붉은꽃 페르난디

1

월강 장편소설

# 붉은 꽃 페르난디 1

위즈덤하우스

## 차례

# 프롤로그

들이쉬는 숨마다 가슴 깊숙이 아찔한 장미향이 스며들었다.

황궁의 정원은 끝없이 넓고, 주목 나무를 다듬어 만든 높고 거대한 미로는 불필요할 만큼 복잡했다. 미로에서 길을 잃지 않을 수 있는 사람은 황궁에서도 손꼽혔다. 정원사들과 황궁에서 나고 자란 직계 황실 가의 몇몇 사람뿐. 예를 들면 지금 이 미로 속을 뛰고 있는 황실 일가 헤이드 같은 사람 말이다.

중앙 분수대나 중간중간 위치한 파고라는 몰라도, 그 안에서 움직이는 사람을 찾는 것은 쉬운 일이 아니었다. 하지만 헤이드는 걱정하지 않았다. 비장의 무기가 있으니까.

처음 미로 주변을 맴도는 그녀를 발견했을 땐 꼭 기적 같았다. 여러 이유로 하루 중 극히 짧은 시간, 정해진 장소에서만 잠시 그녀의 얼굴을 볼 수 있었으니까.

이런 뭣 같은 일이 계속된다면 조만간 궁궐을 발칵 뒤집어 놓겠다, 단단히 작정까지 했던 헤이드였다.

복잡한 머리를 식히러 발코니에 나갔다가, 은은한 달빛 아래 펼쳐진 미로의 풍경에 잠시 시선을 빼앗겼더랬다. 그리고 잠시 후, 그녀가 보였다.

홀로 미로 바깥을 천천히 산책하고 있는 니안. 문득 한 가지 아이디어가 떠올랐다.

니안이 좋아할 만한 동물을 미끼로 미로 안에 끌어들이자!

상황은 곧 그의 뜻대로 풀렸다. 니안이 마침내 미로 안을 헤매게 된 것이다. 발코니에서 그 모습을 확인한 헤이드는 흡족한 미소를 지으며 계단을 뛰어 내려갔다.

오늘은 기어이 해내고 말 거야!

그는 비장하고도 결연했다. 사랑이란 말랑말랑한 감정이 어째서 이토록 비장해야만 하는지 알 수 없는 노릇이지만, 그녀가 더는 주저하지 않게 붙들고 말리라 다짐하고 또 다짐하면서.

니안을 쫓아 미로 안을 달리는 그의 몸에선 멜롯 가 특유의 푸른 오라가 달빛보다 환한 푸른색으로 뿜어져 나오고 있었다.

니안은 형광색 꽃나방들이 주목나무 사이 어디에선가 줄지어 날아오르는 모습을 보고 발걸음을 멈추었다. 날아오른 나방의 날

개에는 푸른 달빛이 반사된 빛가루들이 별처럼 흩날렸다.

어쩌다 발견한 새끼 고양이를 쫓다 저도 모르게 미로 안까지 들어와 길을 잃고 말았다. 혼자 힘으로는 아침이 되어도 이 미로를 빠져나가지 못할 게 분명했다.

걱정이 밀려와 식은땀이 나는 찰나였다. 나방 무리를 바라보는 니안의 눈동자가 불안하게 흔들렸다.

헤이드, 그가 와 있다.

여기. 나를 찾아서.

아아, 설렘과 두려움으로 심장이 터질 것만 같아.

피해서 달아나고 싶은 마음과 만나고 싶은 마음이 격렬하게 대립했다. 그사이, 꽃나방들은 곧장 니안에게로 날아와 머리 위를 맴돌며 춤추듯 날아다녔다. 윤기나는 검은 머리카락 위로 반짝이는 빛 가루가 눈처럼 떨어져 내렸다.

그제야 그녀는 깨달았다. 도망치고 싶어도 이젠 늦었다는 사실을.

아니나 다를까 머지않아 앞쪽 모퉁이에서 그가 불쑥 모습을 드러냈다.

"헤이드⋯⋯."

붉은 입술을 뚫고 그의 이름이 신음처럼 흘러나왔다.

가질 수 없는 사람을 바라보는 것은 칼로 심장을 도려내는 듯한 고통이다.

그 역시 그럴 터였다. 하지만 헤이드는 포기란 것을 몰랐다.

뚫어질 듯 응시하며 걸어오는 헤이드의 눈빛은 오늘도 거부하기 몹시 힘들 게 분명했다.

여전히 아름다운 남자.

나의 오빠, 나의 데릭, 나의 헤이드.

그녀를 향해 걸어오는 발걸음엔 주저함이라고는 없었다. 푸른 달빛 아래에서도 찬란한 금발은 빛을 잃지 않고 눈부시게 빛났다. 영롱한 로열 블루의 눈동자는 격랑이 이는 역동적인 바다와도 같아서 빨려들면 그대로 가라앉아 질식해버릴 것만 같았다.

걸음을 내디딜 때마다 찰랑대는 어깨 위 금장 장식의 떨림에 니안의 심장이 박자를 맞추어 요동쳤다.

"언제까지 피해 다닐 생각이야?"

두 걸음 정도 떨어진 앞에 멈춰 선 그가 낮은 목소리로 물었다.

니안의 머리 위를 맴돌던 꽃나방들은 그제야 각자의 자리로 흩어져 날아갔다. 주변은 이제 차분한 푸른 달빛만이 은은하게 감돌 뿐이었다.

그건 그것대로 둘 사이의 공기를 더욱 팽팽하게 긴장시켰다.

니안은 한쪽 치맛자락을 쥔 손에 더욱 힘을 줬다. 떨리는 목소리를 애써 감추며 최대한 차분하게 대답하려 노력했다.

"새로운 상대를 찾으실 때까지요."

"난 네가 아니면 안 된다고 했잖아."

"저 때문에 하나뿐인 목숨을 거시면 안 됩니다."

"여기 우리 둘밖에 없어, 니안. 편하게 말해."

그가 한 걸음 다가왔고, 니안은 한 걸음 물러났다.

그런데도 그의 눈빛은 흔들림이 없었다.

"처음 만난 순간부터 단 한 번도 너 아닌 다른 사람은 생각해 본 적이 없어."

다가서려는 그와 물러서려는 그녀.

"난 두렵지 않아."

헤이드가 단호하게 말했다.

"……난 두려워."

니안의 녹색 눈동자가 떨렸다.

"그들은 너를 견제하고 싶어 하는 것뿐이야, 니안. 네가 두려워 하는 일은 일어나지 않아."

"확신할 순 없잖아."

니안은 슬픈 눈으로 강하게 도리질을 쳤다.

"나 때문에 오빠가 죽는다면 견딜 수가 없을 거야. 숨도 쉬지 못 할 거야. 살 수가 없을 거야. 영원히 날 저주하겠지."

"내겐 널 사랑하다 죽는 것도 의미 있는 일이야. 네가 슬퍼할 이유 따윈 없어."

그가 희미하게 미소 지으며 다시 한 발 다가왔다. 딱 그만큼 뒤로 물러서려는데 그가 니안의 손을 부드럽게 낚아챘다.

니안은 손을 빼내려 힘을 주었다. 하지만 그는 오히려 도망가지 못하게 단단히 깍지를 껴왔다.

그가 힘주어 말했다.

"너 때문에 내가 다치는 일은 없어. 넌 한 번도 날 다치게 한 적이 없으니까. 그러니 날 믿어."

"그래도 난 무서워. 오빠 없는 세상은 상상할 수도 없으니까."

"오빠라고 하지 마. 난 이제 네 오빠가 아니야, 니안."

그녀를 응시하는 헤이드의 푸른 눈동자가 그윽하고도 부드러웠다.

"헤이드라고 불러."

다른 한 손이 니안의 한쪽 볼을 감쌌다. 어느 틈에 눈망울에 고여 있던 눈물이 뺨을 타고 내려와 턱 끝에 매달려 있었다.

헤이드가 그녀의 눈물을 엄지손가락으로 살며시 훑었다.

"난 자신 있어. 모두를 이길 자신. 너만 허락하면 돼. 너만 날 믿고 나한테 마음을 열면……. 그러니까 보여주자. 그들이 틀렸다는 걸. 응?"

그가 더욱 바싹 몸을 붙여왔다.

심장이 미친 듯이 고동쳤다. 얼마나 열렬히 그를 원해왔는가. 하지만 잔인한 현실은 그토록 사랑하는 그를 밀어내라고 강요해왔다.

아, 이 순간만큼은 작정하고 다가오는 그의 얼굴을 도저히 거절할 수가 없다.

좀 더, 좀 더 가까이 그의 향기를 느끼고 싶어.

저절로 눈이 스르르 감겼다.

이내 부드러운 입술이 그녀의 입술 위로 가볍게 내려앉았다 떨어졌다. 헤이드가 여전히 코를 맞붙인 채 나지막이 속삭였다.

"그러니까, 지금."

"지금?"

너무 놀라 감았던 눈이 번쩍 뜨였다. 그가 작게 웃음을 터뜨렸다.

"그래."

"여기서?"

"여기서……."

니안은 어찌할 줄을 몰라 아기처럼 숨만 쌕쌕 내쉬었다. 그가 부드럽게 말을 이었다.

"걱정하지 마. 절대 실망시키지 않아. 그러니, 허락해 줘, 응? 네가 허락하지 않으면 난 아무것도 할 수가 없어."

다시 사랑스럽게 닿았다 떨어지는 그 입술의 감촉이란.

뜨거운 호흡으로 전해지는 그의 체향이 솜사탕처럼 달콤했다.

그를 원한다. 너무도 간절히. 차라리 이 무거운 사랑의 대가를 그가 아닌 내가 치르게 된다면 얼마나 좋을까.

그런데도 거침없이 직진하는 그의 사랑에 가슴속이 뜨거웠다.

결국, 니안은 저도 모르게 고개를 끄덕이고 말았다. 헤이드의 얼굴에 미소가 번졌다.

바짝 붙였던 몸을 떼어 낸 그가 니안의 손을 잡아끌었다. 그녀의 몸이 속절없이 헤이드를 따라 움직였다.

향기롭고 진한 꽃향기에 취해, 신비한 달빛의 분위기에 취해, 푸르디푸른 바다 같은 눈동자에 취해, 부드럽게 이끄는 따뜻한 손길에 취해, 그녀는 결국 거부하지 못하고 홀린 듯 장미 넝쿨에 휘감긴 파고라 아래에 도착했다.

분홍색과 붉은 장미가 흐드러지게 피어 있는 아름다운 온실 같은 곳이었다. 아찔한 장미향에 머리가 어지러웠다.

헤이드는 유혹하듯 양손을 뻗어 니안의 두 볼을 부드럽게 감쌌다.

"겁내지 마. 무서워하지 마. 내가 널 사랑해서 목숨을 거는 만큼, 너도 용기를 내줘, 니안."

그의 입술이 다시금 그녀의 입술 위에 내려앉았다.

버드키스였던 아까와는 달리 강렬하고도 깊은 키스였다. 그 황홀함에 머릿속이 하얗게 비어버렸다.

어디선가 빛가루를 뿌리는 꽃나방들이 다시금 몰려와 주변을 맴돌았다. 가느다란 새끼 고양이의 울음소리도 들려오는 듯했다.

휘파람새의 상냥한 고음과 올빼미의 풍성한 저음이 화음을 맞춰 밤공기 속으로 은은히 깔렸다. 마치 아름다운 음악 같았다. 니

니안은 두 눈을 감은 채 그의 목 뒤로 팔을 둘렀다.

그래, 아주 오래전부터 우린 이렇게 될 것을 예견해왔을지도 모른다.

그 어떤 잔인한 현실이 우리 사이를 방해하더라도. 지독히도 절박한 상황에서 서로가 상대의 생명을 구했던 어린 시절 첫 만남부터, 각자 능력을 각성해 자신들의 본질을 명확히 꿰뚫어 보던 그 순간에도 말이다.

그것은 운명이었다.

하늘이 정해놓은 운명. 그러니 두려워하지 말자. 물러서지도 말자.

이렇게 간절히 저를 원하는 그를 위해, 지금은 그를 사랑하는 마음, 그것 하나만 느끼도록 하자.

순간 그녀의 얼굴에도 미소가 번졌다. 용기와 확신이 담긴 미소였다. 니안은 헤이드의 목을 두른 팔에 힘을 주었다. 그러자 모든 것들이 또렷해졌다.

그는 자신을 사랑하기 위해 제 목숨까지 아까워하지 않는다.

이제 그녀는 그가 원하는 대로 자신의 모든 것들을 내맡기기로 했다.

세상이, 운명이, 그가 꾸며놓은 이 눈부신 자연의 신방이 그 어느 때보다 아름답게 빛을 발할 수 있도록.

# 아르본 숲, 운명의 만남

한겨울 눈보라가 휘몰아치는 아르본 숲을 로브를 뒤집어쓴 인영이 비틀거리며 헤매고 있었다.

혼자는 아니었다. 여자일 것으로 보이는 인영의 등엔 아이일 것이 분명한 또 다른 누군가가 겹쳐지듯 업혀 있었다.

푹푹 눈밭에 빠지는 발, 머리와 어깨에 하얗게 쌓이는 눈.

여인은 당장에라도 쓰러질 것처럼 몹시 위태로워 보였다.

그녀의 이름은 루이스 켄베라.

루이스는 지금 등에 업혀 있는 작은 소년과 함께 황실 병사들에게 쫓기는 중이었다.

처음 숲에 들어왔을 땐, 잔인하게 휘몰아치는 눈보라를 원망했으나 오히려 지금은 감사했다. 이런 날씨에는 추격대도 더이상 자신들을 쫓긴 어려울 테니. 하지만 빨리 따뜻한 곳을 찾지 못하면 길에서 동사할 터였다.

절박한 눈에 비친 한 줄기 흐린 불빛.

'살았다.'

루이스는 속으로 환호를 질렀다. 남은 힘을 쥐어짜 불빛을 향해 필사적으로 나아갔다.

희미한 불빛을 뿜어내고 있던 것은 외딴곳에 자리한 커다란 통나무집이었다. 군데군데 까맣게 썩어 주저앉은 모양새가 오래도록 버려져 방치된 것 같았다.

'이런 곳에 사람이 사나?'

잠시 의심이 들었으나 주저할 틈이 없었다. 아니라면 흐릿하게 문틈 사이로 흘러나오는 불빛은 설명이 안 된다. 설사 안에 있는 것이 도둑떼라 하더라도, 눈보라가 휘몰아치는 바깥보다는 나을 터. 쾅, 쾅, 쾅, 쾅. 루이스는 있는 힘껏 문을 두드렸다.

"계세요?"

문 너머 인기척이 느껴졌지만, 겁을 먹은 듯 잠시 주춤하는 것 같았다. 그녀는 다시 한번 문을 두드리며 애원했다.

"계세요? 누구든 계시면 대답 좀……."

한참 만에 잔뜩 겁먹은 목소리가 돌아왔다.

"누구……세요?"

아이 목소리다. 여자아이.

루이스는 기운을 내 다시 한번 소리쳤다.

"눈보라에 길을 잃었는데 아이가 너무 아파요. 제발 잠깐 몸 좀 녹일 수 있게 문 좀 열어주세요."

"아, 아……파요?"

여자아이가 되물었다. 루이스는 뚫을 기세로 낡은 문에 바싹 얼굴을 들이밀고 절박하게 말했다.

"그래, 꼬마야. 빨리 따뜻한 데서 쉬지 않으면 죽을지도 몰라. 그러니 제발 좀 살려주렴."

토도도독.

동태를 살피려고 문에 얼굴을 댄 루이스의 귀에 여자아이의 가벼운 발소리가 희미하게 들려왔다.

이어, "할머니! 할머니! 밖에 누가 왔어." 하는 애절한 부름도.

'아, 어른이 있긴 있었구나.'

루이스는 문 너머 어른에게 들릴 만큼 다시 목청을 높였다.

"제발 살려주세요. 이대로 가다간 아이가……."

그때였다. 말이 채 끝나지도 않았는데 벌컥 문이 열렸다.

"살려주세요. 제발 우리 할머니 좀 살려주세요……."

그리고 루이스의 반만 한 여자아이가 그렁그렁한 눈으로 문 앞에서 소리를 쳤다.

살려 달라니. 내가 할 소릴 왜 네가?

당황한 루이스는 잠시 멍하니 소녀를 내려다봤다. 예뻤다. 그것도 몹시.

끝이 말린 길고 새까만 머리카락은 꿀을 바른 듯 윤기가 흐르고, 피부는 눈처럼 희고 투명했다.

커다란 눈망울은 봄날의 새순마냥 따뜻하고 영롱한 녹색. 옷은 비록 남루해도 귀족 가문의 여식이나 나아가 황실의 손이라고 해도 될 만큼 귀티가 흐르는 소녀였다.

여자아이는 오래도록 공포에 시달린 모양이었다.

루이스와 눈이 마주치자 얼굴에 안도감이 퍼져나갔다. 그러고는 긴장이 풀어진 듯 입술을 씰룩이다 이내 큰 소리로 서러운 울음을 터뜨리기 시작했다.

이 상황이 쉽게 이해되질 않아 잠시 넋을 놓았던 루이스는 이내 정신을 차리곤 그대로 집 안으로 밀고 들어갔다.

"일단 들어가자."

여유가 없었다. 온실의 화초로 귀하게 자란 아이가 살인적인 추위에 너무 오래 노출되어 있었다.

견딜 수 있을 리가 없다.

루이스는 빠른 걸음으로 식탁으로 다가와 망토를 젖혔다. 그제야 소녀는 그녀의 등 위에 어린 소년이 업혀 있다는 것을 깨달았다.

여덟 살인 저보다 조금 더 나이가 많아 보이는 소년. 실제로 소년의 나이는 열 살이었다.

조심스럽게 식탁 위에 눕혀지는 소년의 황금빛 머리카락이 스르륵 미끄러져 식탁 바닥에 닿았다. 언제 그랬느냐는 듯 소녀에게서 서럽게 흘러나오던 눈물이 뚝 멈췄다.

'천사다. 천사야!'

굽이치는 찬란한 금발, 희고 뽀얀 피부.

게다가 입고 있는 옷은 과거 백작가에 살았을 때조차 본 적이 없을 정도로 고급스러운 질감과 디자인이었다.

마치 궁궐에서 막 뛰쳐나온 왕자님 같았다.

블룸 홀 복도 천장의 천사가 땅에 내려와 옷을 입고 잠들면 분명 저런 모습일 텐데.

소녀의 동공이 더욱 커졌다.

"와, 꼭 왕자님 같아요."

저도 모르게 탄성이 터져 나왔다.

"아니야!"

루이스가 펄쩍 뛰면서 잡아 죽일 듯 무섭게 소녀를 쏘아보았다.

"아니야, 절대 그런 말 하면 안 돼. 왕자 아니라고!"

깜짝 놀랐다. 자기 집에 들어온 낯선 어른 여자가 소리를 지르다니.

소녀는 잔뜩 겁을 집어먹은 채 눈동자만 데구루루 굴렸다. 루이스가 날카롭게 명령했다.

"담요! 어서 마른 수건하고 따뜻한 담요를 가져와."

소녀는 쪼르르 작은 침대로 달려가 제 이불과 수건을 들고 왔다. 그동안 여자는 소년의 옷을 벗겨냈다. 마른 수건으로 소년의 몸과 머리를 빠르고 꼼꼼하게 닦아낸 뒤 담요로 둘둘 싸 벽난로 앞바닥에 뉘었다.

"베개! 어서 베개도."

소녀는 다시 침대로 달려가 낡은 제 베개마저 들고 왔다. 하지만 여자는 고맙다는 말 한마디 하지 않았다. 안타까운 시선을 소년에게 고정한 채 창백한 얼굴만 열심히 문지를 뿐…… 찬란한 금발을 부드럽게 쓸어 넘기는 여자의 손이 길고도 고왔다.

"제발…… 제발 부탁이에요. 이대로 가면 안 돼요. 깨어나세요. 깨어나셔야 해요."

속삭이는 목소리에 심장을 울리는 간절함이 묻어났다. 이제 겨우 여덟 살인 소녀의 심장마저 찌르르 울릴 정도로. 그럴수록 소녀는 버려진 인형이 된 듯한 기분을 떨칠 수 없었다.

내게도 있어. 날 저렇게 아껴줄 사람.

바넬 할머니, 그리고 엄마.

단지 할머니는 정신을 차리지 못할 정도로 앓고 있고, 엄마는 멀리 떠나 있을 뿐이라고.

갑자기 울컥 설움이 밀려왔다. 질투도 났다.

'문 열어주지 말걸.'

소년에겐 더없이 따뜻한 여자가 자신에게 별로 호의적이지 않다는 건 여덟 살밖에 안 됐어도 충분히 느낄 수 있었다.

소녀는 그대로 등을 돌려 할머니 바델이 누워 있는 침대로 뛰어갔다. 바델은 벌써 몇 시간째 소녀의 부름에 제대로 대답도 못 하고 쌕쌕 불안한 숨만 불규칙하게 몰아쉬는 중이었다. 그녀의 옆구리에 얼굴을 묻고 소녀가 안타깝게 속삭였다.

"할머니…… 할머니……."

그때야 루이스는 방 안의 또 다른 존재를 인식했다. 살려 달라고 외쳤던 소녀의 외침도 떠올렸다. 그녀는 소년의 머리를 쓰다듬던 손을 거둬 쓰던 담요로 어설픈 커튼을 드리운 커다란 침대 가로 다가갔다.

낡은 침대 위 나무토막처럼 누워 있는 늙은 여인. 임종이 코앞에 있는 게 분명했다.

"아줌마…… 우리 할머니 왜 이래요? 의사 선생님 좀 불러주세요."

소녀가 간절한 얼굴로 루이스를 올려다봤다.

"부탁드려요. 제발 의사 선생님을 좀 불러주세요. 제가요…… 아직 시내로 내려가는 길을 몰라요. 하지만 한 번만 절 데리고 가주시면 꼭 잘 기억할게요. 혼자서도 다닐 수 있게 잘 외워둘게요. 그러니까 저랑 같이 의사 선생님을 모시러 가요, 네?"

아니, 그럴 수 없어, 꼬마야. 곧 병사들이 들이닥칠지도 모르니까. 그러면 숨이 곧 넘어갈 네 할머니뿐만 아니라 우리 모두가 죽는다고.

어쭙잖은 동정은 사치일 뿐이다. 어차피 안 될 일이라면 단번에 포기하게 만드는 편이 낫다.

그녀는 더욱 단단히 이성을 붙잡으며 차갑게 말했다.

"소용없어. 시내에 도착하기도 전에 죽을 거야."

"죽는다고요? 할머니가요?"

"그래. 이미 숨이 불규칙하잖니. 곧 끊어질 거야."

그렁그렁한 소녀의 연녹색 눈동자에서 눈물이 주르륵 흘러내렸다. 그 모습조차 청초한 꽃처럼 예뻤다.

위험하다, 이 아이.

루이스는 소녀의 모습에 막연한 위화감과 두려움을 느꼈다. 단지 인형처럼 예쁘기만 해서가 아니었다.

소녀에겐 사람을 홀리는 신비한 매력이 있었다. 눈에 띄는 매력은 반드시 사건, 사고를 몰고 다닌다. 오늘 밤만 무사히 넘기면 소녀와 얽혀서는 안 된다는 경고가 본능처럼 밀려왔다. 더구나 소녀는 자신이 모시는 소년과 나이까지 비슷하다. 무슨 일이 벌어질지 뻔했다.

노파가 죽으면 소녀를 어쩔지 심각하게 고민해봐야겠다 생각한 순간이었다. 연약한 신음과 함께 노파의 입술이 달싹거렸다.

흥분한 소녀가 소리쳤다.

"할머니! 할머니!"

"쉿!"

루이스는 엄한 표정으로 제 입술에 검지손가락을 대 보였다.

놀란 소녀가 흠칫 어깨를 움츠리자 루이스는 소녀를 밀어내고 노파의 입 가까이 귀를 가져갔다.

"니안…… 니안입니다……. 페……르난……디 백작, 마지막…… 딸……. 제발…… 부탁을."

루이스는 깜짝 놀라 몸을 일으켰다.

어쩐지, 외딴 숲 속의 다 허물어져가는 통나무집에 사는 소녀치고는 너무 튄다고 했어.

루이스는 놀란 얼굴로 자기를 올려다보는 소녀의 앙증맞은 얼굴을 내려다봤다.

'백작? 귀족 여식이라고? 이 애가?'

이 상황에 귀족을 만난 것이 좋은 일인지 나쁜 일인지 당최 알 수가 없었다. 아니, 아니다. 최악이다. 지금 이 시점에 귀족 가족을 만난 것은. 머릿속이 복잡했다.

그때 노파의 숨소리가 격해졌다. 노파는 몇 번 껙 껙 크게 숨을 몰아쉬다가 결국 고개를 옆으로 떨구고 말았다. 미련이 남는지 제대로 눈도 감지 못한 채였다. 루이스가 손으로 노파의 두 눈을 내렸지만, 눈꺼풀은 자꾸만 자꾸만 위로 들렸다.

"하…… 할머니?"

"……."

"할머니……."

당황한 소녀가 할머니의 어깨를 흔들었다.

"할머니! 할머니!"

충격을 받은 건 니안만이 아니었다. 쫓기며 소년 하나 챙기기도 벅찬데 엉뚱한 곳에서 동정과 책임감을 느끼는 상황이 벌어져버렸다. 동정은 참을 수 있지만, 책임감은 루이스에게 외면하기 어려운 감정이었다.

루이스는 마음속에 이는 인간적인 감정을 애써 밀어냈다.

일의 우선순위를 곱씹으며 머리와 가슴을 차갑게 비워내려 노력했다. 그러자 용케도 바깥의 칼바람보다도 냉랭한 목소리가 새어 나왔다.

"돌아가셨어."

어린 소녀에게도 그녀의 말투는 얼음처럼 차디찼다.

동그란 녹색 눈동자에 빠르게 다시 눈물이 차올랐다. 그 모습을 바라보고 있자니 루이스의 가슴도 알싸해져 왔다.

그러나 내색하지 않았다. 아니, 내색해서는 안 된다고 생각했다.

그저 호수처럼 맑고도 깊은 눈동자를 바라보며 소녀의 사연이 얼마나 안타깝고 기구한 것일지 속으로만 가늠해볼 뿐이었다.

이내 니안은 바델의 품에 머리를 박고 목 놓아 울어대기 시작했다.

"아니야, 아니야. 눈 좀 떠봐. 할머니! 할머니이이……."

눈보라 치는 밤, 수도 아르본을 둘러싼 거대한 숲 한가운데에 어린 소녀의 울음소리가 구슬프게 메아리쳤다.

생각보다 훨씬 순한 아이다.

니안은 사람이 몹시도 그리웠던 듯 루이스가 안아주자 오래지 않아 울음을 멈추고 아기처럼 쌔근쌔근 잠이 들었다.

소년의 몸이 따뜻하게 데워진 것을 확인한 루이스는 니안과 소년을 작은 침대에 나란히 눕히고는 집 안을 뒤지기 시작했다.

먹을 것이든 돈이든 무언가 생존에 도움이 될 만한 것들이 있으면 다 챙겨야 한다. 너무 급하게 도망치느라 옷은커녕 돈이 될 만한 그 어떤 것도 가지고 나오지 못했다.

덕분에 아르본 숲을 지나다 하마터면 길에서 동사할 뻔하지 않았는가. 그러면서도 루이스는 니안을 어떻게 해야 할까까지 계산하고 있는 자신이 한심했다.

골치가 아팠다. 저 어린아이를 이곳에 두고 갈 것인지, 데리고 갈 것인지…….

예상치 못한 동행은 신분을 감추는 데 도움이 될 수도 있다. 그렇지만 이 혹한에 또 다른 어린아이는 짐이 될 게 뻔하고, 만약 잡히기라도 하면 저 아이도 함께 죽게 될 거다.

'만약 놓고 간다면?'

소녀는 죽은 할머니의 시신과 단둘만 남겨지겠지.

누군가 도움을 줄 만한 어른이 이곳을 발견하기 전에는 필시 이 곳에서 굶어 죽거나, 병에 걸려 죽을 게 분명하다.

아무리 겨울이라도 실내에서는 시신이 썩기 마련이다.

엄청난 냄새와 세균을 발산하면서…….

옷장 서랍을 뒤지던 루이스의 손에 무언가가 잡혔다. 가죽으로 된 작은 가방이었다. 그녀는 바닥에 주저앉아 옷장에서 꺼낸 가방을 빠르게 열어보았다.

작은 주머니 하나와 서류, 그리고 편지뭉치가 들어 있었다.

가방에서 꺼낼 때 짤랑거리는 소리가 나는 것으로 보아 주머니 속에는 돈이 들어 있는 것이 분명했다.

루이스는 얼른 주머니를 열어보았다.

아니나 다를까, 금화였다. 한동안 경비로 쓰기에 문제가 없을 만큼 충분한 양이었다.

루이스의 얼굴에 환희의 미소가 떠올랐다.

다행이다. 이제 몸도 다 녹였으니 돈을 가지고 얼른 이 집을 떠나기만 하면 된다.

그녀는 주머니를 치마 안쪽 주머니에 쑤셔 넣고 바닥에 쏟았던 편지뭉치와 서류를 조급한 손길로 다시 가방에 밀어 넣었다.

너무 서두른 탓일까? 편지들을 묶고 있던 노끈이 가방 모서리에 걸리면서 풀어지고 말았다. 후루룩 편지들이 바닥으로 흩어졌다.

루이스의 미간에 짜증스러운 주름이 잡혔다.

'아, 바빠 죽겠는데……'

그냥 내동댕이치고 가고 싶은 마음이 굴뚝같았지만, 문을 열어 준 니안의 말간 얼굴이 떠올라 차마 그럴 수가 없었다. 처음과 똑같게는 못해도 대강은 치워놔야지. 급한 손길로 바닥에 흩어진 편지들을 주워 담던 그녀는 문득 손의 움직임을 멈추었다.

그녀 자신도 자기가 왜 그랬는지 뚜렷한 이유는 알 수 없었다.

그저 이 깊은 산속에 상당량의 금화가 있는 이유가 궁금해서?

귀족 영애라는 아이가 이런 곳에 남게 된 사연이 알고 싶어서?

그녀는 제 손에 들린 편지 봉투 하나를 뒤집어 겉봉에 적힌 발신인과 수신인의 이름을 살펴보았다.

"발신인, 카트린느 베오만. 수신인, 바델 크라우디……"

작게 중얼거린 그녀는 호기심을 이기지 못하고 봉투를 열어 편지를 펼쳐 보았다.


친애하는 바델.


항상 날 이해해주고 헌신해 주는 당신에게 고맙게 생각해.

니안이 여전히 예쁘고 해맑게 지내는 것 같아 정말 안심이 돼.

그런 니안을 바델이 돌봐주고 있다는 사실도.

특히 지난번 산딸기 사건 이야기는 너무 재미있어서 웃으면서 읽고 또 읽었어.

니안의 교육을 위해 돈을 조금 더 넣었어.

나날이 발전하는 니안의 글을 보는 게 내 유일한 위로야.

앞으로도 잘 부탁할게.


당신의 진실한

헬레나


"헬레나?"

분명 편지 겉봉에는 카트린느 베오만이라고 적혀 있는데? 헬레나는 뭐지? 중간이름인가?

그냥 휙 넘겨버리고 돈만 챙길 수도 있었다. 하지만 루이스는 그러지 않았다.

대신 겉봉에 찍힌 소인의 날짜를 확인하며 차례대로 편지들을 읽어나가기 시작했다. 그리고 마침내 쌓여 있는 편지를 다 읽었을 때, 그녀는 이전보다 더욱 복잡한 표정으로 나지막한 한숨을 내뱉었다.

편지의 내용은 주로 니안을 잘 돌봐줘서 고맙다는 것과 헬레나라는 여자의 근황이었다.

그 편지로 그녀가 현재 일하는 집의 가주(家主)에게 청혼을 받았으며, 이름을 바꿔 결혼했다는 사실을 알게 되었다. 그 집안사람들은 헬레나의 결혼 전적은 알고 있지만 돌봐야 할 딸이 있다는 건 모르는 듯했다.

편지에는 딸을 데려올 수 없는 자신의 처지에 대한 안타까움과 그리움이 뚝뚝 묻어났다.

양육비와 생활비로 보내오는 돈은 양이 꽤 많았는데 바델은 무슨 이유에선지 그 돈을 거의 쓰지 않고 알뜰하게 모아놓은 것 같았다.

이번에는 서류봉투를 열어 보았다. 그 안에는 카트린느가 헬레나의 이름으로 살던 시절의 신분증과 니안의 출생증명서, 그리고 르윈느 남작의 셋째 영애였던 헬레나 르윈느와 셰이번 페르난디 백작과의 혼인증명서가 들어 있었다.

죽어가던 노파의 말대로 니안은 귀족의 핏줄이 맞긴 했나 보다.

그런데 왜 이런 데서 사는 거지? 몰락 귀족?

더구나 니안의 출생증명서에는 페르난디가 성이 아니라 중간이름으로 되어 있었다.

니안 페르난디 르윈느. 분명 아버지가 있음에도 성은 어머니의 친정 성을 따랐다.

퍼뜩 루이스의 머릿속에 한 가지 생각이 스쳤다.

'니안을 데리고 있으면 이 헬레나라는 여자로부터 계속 생활비

와 양육비를 받을 수 있어.'

편지를 쥐고 있는 루이스의 손이 덜덜 떨렸다.

소년을 잘 키우려면 돈이 필요했다. 이 아이의 생활비면 걱정의 절반은 덜 수 있다. 아니, 어쩌면 데리고 있는 척만 해도…… 그러려면 니안이 차라리 이 세상에 없는 편이 나을 수도 있었다.

죽일까? 그냥 죽여버려?

하…… 하지만 할 수 있을까? 사람을…… 그것도 아이를……. 내가, 과연…… 죽일 수 있을까?


쾅, 쾅.

"계시오? 계십니까?"

끔찍한 상상을 하다 순식간에 현실로 끌려왔다. 루이스는 화들짝 놀라 들고 있던 편지를 떨어뜨리고 말았다. 그녀의 얼굴이 창백하게 질려갔다.

쾅, 쾅, 쾅.

다시금 거센 문소리가 실내를 울렸다.

"계시오? 우리는 혁명군이오. 도주한 황실의 죄인을 찾고 있고. 빨리 문을 열지 않으면 부수고 들어가겠소."

'어떡하지?'

이 늦은 새벽 시간 결국 추격대는 험한 눈보라를 뚫고 이곳까지 들이닥쳤다. 그녀는 입술을 질끈 깨물었다.

시끄러운 소리에 잠자던 니안마저 끙끙대는 소리를 냈다. 그 순간 번뜩이는 생각이 머리에 떠올랐다. 그녀는 문을 향해 크게 소리를 질렀다.

"자, 잠깐만요."

루이스는 정신없이 손을 놀려 바닥에 널브러진 편지를 가방에 쓸어 담아 옷장에 처박듯 던져 넣었다.

그전에 서류봉투에서 헬레나의 신분증을 빼내어 제 주머니에 넣는 것을 잊지 않았다.

바델의 머리에 씌워진 파자마용 캡을 제 머리에 뒤집어쓰고 머리카락을 안쪽으로 꼼꼼히 감춘 뒤, 바델의 침대 커튼으로 사용하고 있던 낡은 담요를 걷어내 온몸을 감쌌다.

그러자 제법 자다가 깬 것 같은 모습이 연출 되었다.

쾅, 쾅.

"이보시오."

"자, 잠시만요. 조금만 더 기다려주세요."

루이스는 침대에 누워 있는 소년을 안아 옷장 안에 넣고 문을 꼭 닫았다. 대충의 준비는 끝났다.

루이스는 크게 심호흡을 하며 주머니 속에 넣은 헬레나의 신분증을 비장한 얼굴로 만지작거렸다. 몇 번이나 다리에 힘이 풀리려는 것을 꾹 참으며 루이스는 성큼성큼 걸어가 마침내 문을 열었다.

"쉿! 지금 어머니와 딸아이가 자고 있어요. 이 밤중에 무슨 일이

시죠?"

빠끔히 문을 열고 간신히 고개만 내민 루이스가 낮은 목소리로 물었다.

"도주한 죄인을 찾고 있소. 날이 험해 이곳으로 흘러 들어왔을 확률이 큰데 혹시 낯선 자가 방문하지 않았소?"

"누가 문을 두드리긴 했지만 남자 목소리라 무서워서 열어주진 않았어요."

다행스럽게도 꽤 침착한 목소리가 흘러나왔다.

"남자? 여자가 아니고?"

병사가 고개를 갸웃했다.

"제가 들은 목소리는 남자 목소리뿐이었어요."

"아이는? 아이도 보지 못했소? 금발에 푸른 눈을 한 열 살 정도의 남자아이요."

루이스의 미간이 짜증스럽게 구겨졌다.

"문을 안 열었다니까요. 문을 안 열었으니 당연히 아이가 있었는지 없었는지도 모르죠."

"부인의 이름은 어떻게 되시오?"

"헬레나. 헬레나 페르난디. 죽은 제 남편이 베른 지방 영주였던 셰이번 페르난디 백작이에요."

루이스는 헬레나의 신분증을 추격대의 코앞에 들이댔다. 비록 남루하긴 해도 귀족이다. 신분증이 그것을 증명해 주고 있었다.

추격대의 표정이 어이없이 일그러졌다.

"하, 이런 숲 속에 귀족이라니……."

루이스는 일부러 불쾌한 표정을 지어 보였다.

"사정이 생겨 이리 곤궁해졌어도 귀족 지위가 어디로 가는 것은 아니죠. 이제 내가 당신들하고 이 시간에 이리 씨름할 사이가 아니란 걸 알았으면 이만 돌아가주세요."

매섭게 일갈한 루이스는 얼른 문을 닫으려고 했다. 무리의 대장으로 보이는 자가 급히 문틈으로 발을 끼워 넣으며 그녀를 막았다.

"귀족이라면 더더욱 안 되지. 지금 우리가 쫓는 건 단순한 도적이 아니거든. 처단해야 할 전 황실의 잔당이니까. 당신들이 황실을 옹호하는 반역자 집단일 수도 있지 않소? 더구나 근처에 온기가 있는 곳이라곤 여기밖에 없소. 문을 여시오."

루이스의 심장이 쿵 떨어져 내렸다. 헬레나의 신분증으로 피해 가려 했다가 더 큰 화를 부른 셈이었다.

루이스는 침대 위에 죽어 있는 바델을 흘긋 쳐다보았다.

바델이 죽은 걸 알면 더욱 의심할 텐데.

그녀는 좀 더 강하게 나가기로 하고 눈에 힘을 줬다.

"지금 내가 죄인들을 숨기기라도 했다는 겁니까? 도대체 찾는 사람들이 누구인지는 모르겠지만, 내 평생 이렇게 무례한 대접은 처음이군요. 집 안에 여자들밖에 없습니다. 각자의 방도 없이 한 공간에서 생활하고 있다고요. 정숙하지 못하게 지금 이 안에 낯선 남자들을 들이라고요? 비록 가진 재산 없이 몰락했다곤 하나 아직은 백작 작위를 가지고 있는 귀족 가문입니다. 지금 귀족을 모욕하시는 거예요."

"우린 남자이기 전에 혁명군이요. 지금은 혁명 중이란 말입니다. 산중이라 도시 사정을 전혀 모를 것을 고려해서 이만큼이나마 봐드린 거요."

"혁명이라고요?"

루이스는 기가 막혔다. 반란을 혁명으로 포장하다니. 그가 말문을 잇지 못하고 있는 루이스를 향해 다시 으름장을 놓았다.

"아무리 귀족이라도 혁명에 대항하는 자는 반역자요. 즉결처형이 가능하단 말이오. 오늘 밤 아르본 안팎에서 죽은 귀족들이 얼마나 되는지 말씀해드릴까요, 백작 부인?"

"……."

아아, 끝이다. 여기까지가 한계인 모양이었다. 등줄기로 서늘한 한기가 흘렀다.

즉결처형이라는 말에 창백해진 루이스의 입이 다물어지자 대장으로 보이는 자가 다시 말을 이었다. 나름 매너를 잃지 않으려는 노력이 뚜렷했다. 그는 반란군답지 않게 꽤 인간적인 품성을 가진 자가 분명했다.

"더는 제 인내를 시험하지 마시오, 백작 부인. 일단 안을 살펴보고 별다른 이상이 없으면 길게 불편을 끼치진 않을 테니. 하지만 협조하지 않는다면 신사다움을 보는 건 여기까지 일 겁니다."

가냘픈 소녀의 목소리가 들려온 건 그때였다.

"엄마……."

당황해 소녀를 향해 고개를 돌린 건 루이스뿐이 아니었다. 추격대 대장의 당황한 시선도 잠옷 바람으로 눈을 비비고 서 있는 소녀에게 꽂혔다. 기다란 흑발에 가냘프고 인형처럼 예쁜 아이.

"엄마…… 추워…… 누구야?"

돌연 추격대 대장의 매서운 눈빛이 부드럽게 가라앉았다. 루이스의 눈동자가 반짝 빛을 발했다.

"오, 니안. 괜찮아. 금방 끝날 거야. 얼른 다시 가서 자자."

니안의 등을 돌려 침대로 데리고 가는 루이스의 심장이 미친 듯이 뛰고 있었다. 작은 소녀의 등장은 그의 마음을 훨씬 더 부드럽게 만들었다.

그는 다른 병사들에게 들어오지 말라고 손짓해 보인 뒤 혼자만 성큼성큼 집 안으로 들어왔다. 휙 주변을 둘러보는 눈빛엔 아까와 같은 지나친 의심 따위는 담겨 있지 않았다. 루이스의 품에 안겨 침대에 앉은 니안이 흐느끼듯 말했다.

"엄마, 저 아저씨들은 누구야? 무서워."

"괜찮아, 걱정할 것 없어. 곧 끝날 거야."

"아까 문 두들기고 간 사람들 때문에 그래?"

"응, 그런 것 같아."

니안이 겁에 질린 목소리로 외치며 루이스의 품으로 깊게 파고들었다.

"그 사람들이 나쁜 사람들이었어? 아아, 무서워."

니안의 연기는 확실히 효과를 가져왔다. 바델의 침대 앞에서 어색하게 큼큼 기침한 그는 '어르신이 몸이 많이 안 좋으시군요.'라고 조용히 속삭이곤 형식적인 자세로 침대 밑만 들추어 보았다.

마침내 그가 옷장 문 앞에 가 멈췄다. 루이스는 숨을 들이키며 눈을 질끈 감았다. 니안을 안은 팔에 말할 수 없이 세게 힘이 들어갔다.

저 문을 여는 순간 모든 것이 끝이다.

그도, 나도, 그리고 이 애꿎은 계집아이까지도. 모두 저들의 칼에 목숨을 잃겠지.

덜컹 옷장 문이 열렸다.

루이스는 저도 모르게 감싸 안은 니안의 어깨를 꽉 움켜쥐었다.

그게 꽤 아팠는지 니안이 나지막한 신음을 삼키곤 울먹이는 목소리로 말했다.

"엄마, 미안해……. 또 옷장에 들어가 놀았어. 내일 몰래 치워놓으려고 했는데…… 저 아저씨 때문에 들켜버렸네."

그제야 루이스는 실눈을 뜨고 옷장을 바라보았다. 아까 루이스가 봤던 것과는 다르게 허름한 옷들이 옷걸이에서 떨어져 어지럽게 쌓여 있었다.

그 보이지 않는 옷 무더기 밑에 소년이 있을 터였다.

안도와 공포가 동시에 몰려왔다. 저 남자가 손만 뻗어 휘젓기만
하면…….

"실례가 많았습니다, 백작 부인. 협조해 주셔서 감사합니다."

기적처럼, 옷장 문을 닫고 돌아선 그가 정중하게 인사했다. 그
순간 미친 듯이 뛰던 심장이 큰 소리를 내며 터져버리는 것 같
았다.

그녀는 미간을 잔뜩 찌푸린 채 화난 목소리로 말했다.

"됐어요. 어머니까지 깨시기 전에 얼른 나가주세요."

문으로 걸어가는 그의 발밑에서 마루가 삐걱거리는 소리가
났다.

이내 그는 부하들에게 아무 일도 없다는 눈짓을 해 보인 뒤 조
용히 문을 닫고 나갔다. 진실로 반란군에 어울리지 않게 온화한
성품의 사나이였다.

그제야 루이스는 안도의 한숨을 내쉬며 제 품에 안겨 있는 니안
을 내려다봤다. 영민한 아이다. 이런 아이를 죽여버리고 돈만 갖고
도망칠 생각마저 했다니.

"네가 그랬니?"

간신히 숨을 고르고 뗀 입술에선 까슬한 목소리가 새어 나왔다.

"네가…… 그랬니?"

루이스가 다시 물었다. 숨죽인 녹색 눈동자가 그녀를 올려다보고 있었다. 지진이 난 듯 불안하게 흔들리는 눈동자였다.

"네가…… 왕…… 아니, 헤이드 위에 옷을 덮었느냐고."

"……오빠 이름이 헤이드예요?"

루이스는 가만히 고개를 끄덕여 보였다.

"……제가 덮었어요."

"왜?"

순식간에 니안의 눈동자에 물기가 고였다.

"아줌마랑 오빠가 잡혀가는 게 싫어서요."

니안은 다시금 루이스의 품을 파고들며 덥석 안겨들었다.

"가지 마세요. 제발. 혼자 있기 싫어요……. 네? 아줌마……."

니안은 간절한 목소리로 울먹이며 루이스를 꼭 끌어안았다.

정체를 알 수 없는 감정이 루이스의 목구멍으로 울컥 치밀어 올랐다.

죽음의 문턱에서 살아난 안도감 때문인지, 니안의 기지에 감동해서인지, 아니면…… 생전 처음 보는 여자에게 안겨 애원할 만큼 정에 굶주린 니안이 불쌍해서인지…….

안 돼. 감정에 휘둘려서는. 이 아이는 그저 헤이드를 보호하기 위한 수단일 뿐이야.

루이스는 올라오는 감정을 꿀꺽꿀꺽 삼키며 애써 무감한 목소리를 만들어 냈다.

"그래, 한번 생각해 보자. 어떻게 해야 할지. 생각해 보자……."

⁂

"니안 아가씨, 니안 아가씨."

니안을 찾아 집 안 곳곳을 헤매던 레이니의 이마에 송골송골 땀이 맺혔다.

치미는 짜증에 미간 사이에 살짝 주름까지 패였다.

페르난디 백작가의 새 시녀 레이니는 요즘 이 집에 들어온 것을 후회하는 중이었다. 백작가 금지옥엽 막내딸의 시녀라고 하기에 나름 어깨에 힘 좀 주려나 했는데, 알고 보니 잘못 뽑아도 한참 잘못 뽑은 쭉정이였던 거다.

"니안? 셰이번 백작님이 끔찍이 아끼시긴 하지. 그런데 생긴 게……."

한참 동안 니안을 찾아 헤매던 시녀 레이니가 정원 앞에서 우연히 만난 한나에게 푸념을 늘어놓으며 집안 내 니안의 지위에 대해 은근히 물어봤을 때였다.

한나가 난감한 얼굴로 말끝을 흐렸다.

"생긴 게 뭐요?"

레이니가 되물었다.

다른 먼 지역에서 구인광고를 보고 페르난디가에 들어오게 된

레이니는 이곳 베른 지역의 사정에 대해 밝지 못했다.

대답을 기다리는 호기심 어린 눈이 가늘어졌다.

"생긴 게…… 페르난디 혈통의 특징과는 달라서 정통성을 의심 받고 있지. 족보에도 오르지 못하고."

"페르난디 혈통의 특징이요?"

개나 고양이 같은 애완동물도 아니고 사람에게 혈통에 따라 나타나는 외견상의 특징이라니. 엄청난 비밀을 폭로하듯 한나의 목소리가 은밀해졌다.

"불꽃처럼 하늘로 치솟은 붉은 곱슬머리와 붉은색 눈동자. 페르난디의 피를 물려받은 후손이라면 생모의 생김새와 상관없이 무조건 붉은 곱슬머리에 적안이어야 하거든. 그래서 페르난디 백작가를 붉은 용의 후손이라고 불러. 그런데 니안은 검은 머리에 녹색 눈동자잖아. 어머니인 헬레나 백작 마님처럼. 백작 어른과 백작 마님은 돌연변이라고 주장하지만 다들 마님이 몰래 외도해서 낳은 아이라고 수군대고 있어."

"어머, 세상에!"

불륜과 치정 이야기는 항상 사람들의 관심을 자극한다. 그것은 레이니에게도 예외는 아니었다. 그녀는 한나의 이야기가 끝나기가 무섭게 하얀 손가락으로 깜짝 놀란 입술을 요란스럽게 가렸다. 그예 신이 난 한나의 목소리에 더욱 힘이 실렸다.

"출생신고도 마님의 친정인 남작가의 성을 따라서 했잖아. 니안 페르난디 르윈느. 돌아가신 전 마님이 낳은 자식들이 좀 극성이어야지. 소피아 아가씨랑 게오르 도련님 말이야."

"맙소사…… 그런 거였구나."

겉으론 동정 담긴 눈빛을 해 보였지만 속으론 퍽이나 쓰린 레이니였다.

"이 지역 출신은 아무도 니안 아가씨의 시녀를 안 하려고 해서 전국구 신문에 구인광고를 낸 거였어. 그걸 보고 자기가 이 집에 들어온 거고. 그러니까 자기도 니안 아가씨가 불쌍하다고 너무 티나게 챙기지는 마. 괜히 소피아 아가씨나 게오르 도련님께 찍혀서 억울하게 쫓겨나지 말고."

"쫓겨난다고요? 마님이 계신 데도요?"

질문 의도는 명확했다.

소피아와 게오르가 전처소생의 적자라고는 하나 현재 살아 있는 마님의 영향력이 훨씬 세지 않느냐는 뜻이었다.

하지만 그건 순진한 생각이다. 한나는 답답한 얼굴로 말을 이었다.

"마님이 워낙 순하신 데다 외도 의심까지 받고 계셔서…… 결정적으로 아들이 없는 게 문제지. 앞으로 생기면 또 모를까……. 하지만 백작님 건강이 저렇게 안 좋은데 애를 어떻게 만들어? 설사 생긴다 한들 어차피 장자도 아니고…… 아, 몰라. 어쨌든 이 지역에서는 아무도 니안 아가씨의 시녀를 하려고 하지 않아. 그러니까

자기도 적당히 하는 척만 해."

지금이라도 이 사실을 알게 되어 얼마나 다행인지.

이제 니안의 시중은 대충 들면서 게오르와 소피아에게 잘 보이기만 하면 된다. 레이니가 가슴을 쓸어내렸다.

"좋은 정보 알려주셔서 감사해요. 어휴, 하마터면 이유도 모르고 쫓겨날 뻔했네요."

레이니가 부르는 소리를 듣고 숲에서 뛰어왔던 니안은 둘의 대화 장면을 보고 얼른 장미 넝쿨 뒤에 몸을 숨겼다.

올해 일곱 살.

어리지만 고용인들의 수군거림과 언니, 오빠의 냉랭한 태도를 알아채지 못할 정도로 눈치가 없진 않았다.

소피아 언니의 시녀인 한나와 레이니의 대화 내용이 새삼스러운 것도 아니었다.

하지만 그런 이야기를 들을 때마다 상처를 입는 것은 어쩔 수가 없었다.

니안은 그대로 몸을 돌려 블룸 홀이 있는 본채로 내달렸다.

블룸 홀 문 바깥의 기다란 복도는 무도회 초대 손님들의 휴게 공간으로 꾸며져 있는데 그곳 천장에 니안만의 비밀 친구가 있기 때문이었다.

니안은 마음이 힘들고 외로울 때마다 그 친구를 만나러 갔다.

탁, 탁, 탁, 탁.

조그만 발이 빠르게 바닥과 부딪치는 소리가 경쾌했다.

까맣게 윤기가 흐르는 긴 머리에는 장미가 연상되는 새빨간 리본이 달려 뛸 때마다 위아래로 귀엽게 깡충거렸다.

뒤통수를 다 가릴 만큼 커다란 리본이었다.

엄마가 아침에 빗질하며 꽂아 준…….

'검은 머리카락이라도 괜찮아, 니안. 대신 엄마가 붉은 리본을 달아줄게. 그럼 네 머리도 페르난디의 상징처럼 붉은색이 되잖니. 명심하렴. 넌 분명 페르난디의 핏줄이야. 하늘에 맹세해. 언젠가는 진실이 밝혀져 페르난디의 정식 막내딸로 인정받는 날이 올 거야.'

엄마의 다정한 목소리가 니안의 머릿속에서 메아리쳤다.

하지만 다친 마음은 쉽게 진정이 되질 않았다.

'언제요? 모두가 절 귀찮아한단 말이에요.'

속으로 아무리 반문해 보아도 돌아오는 대답은 없다.

이국적인 무늬가 수놓인 블룸 홀 복도의 붉은 카펫이 시야에 들어왔다. 니안은 속도를 줄이지 않은 채 복도 중앙을 뛰어 화려한 요철로 테두리가 장식된 꽃무늬 소파에 뛰어들었다.

천장을 바라보고 누운 꼬마 숙녀의 가슴이 헐떡이느라 위아래로 크게 오르내렸다.

'안녕, 꼬마 천사!'

니안은 속으로 반갑게 인사를 건넸다. 하얀 스타킹이 신긴 가느다란 다리 한 짝이 소파 아래로 늘어져 까딱까딱 귀엽게 흔들거렸다.

'천사님은 날 미워하지 않죠? 언제까지 니안의 친구가 되어줄 거죠?'

아직 젖살이 채 빠지지 않은 통통하고도 연약한 손가락이 안타깝게 천장을 향해 뻗어 나갔다.

'아, 거인처럼 키가 쑥쑥 커져서 저 천사한테 손이 닿았으면.'

천장에는 100년 전 황국의 유명 화가가 그렸다는 천상의 모습이 담겨 있었다.

화려한 그림이었다. 그리고 한쪽 귀퉁이에 홀로 떨어진 어린 천사는 왼손엔 방패를, 오른손엔 검을 들고 하늘을 향해 힘차게 도약하는 중이다.

발가벗은 어깨에 달린 커다란 날개가 눈처럼 새하얗다. 태양처럼 빛나는 황금빛 머리카락을 나부끼며 하늘을 향해 비상하는 아름답고 씩씩한 천사.

나른한 눈동자는 엄마의 보석함에 있던 사파이어 목걸이처럼 투명하게 반짝이는 로열 블루였다.

'언젠간 날 만나러 땅으로 내려올 거야. 그렇지?'

슬픔으로 두근거리던 심장은 어느새 기대감으로 두근거리고 있었다.

차츰 행복감이 몰려왔다. 니안의 얼굴에도 미소가 번졌다. 그렇게 천사 그림을 올려다보고 누워 있다 보면 시간 감각이 없어지기

일쑤였다.

이번에도 레이니가 니안을 데리러 오지 않았다면 온종일이라도 소파에 누워 있었을 게 틀림없었다.

"아가씨, 한참 찾았잖아요. 한나가 여길 가르쳐주지 않았다면 못 찾을 뻔했어요. 얼른 방으로 돌아가요."

다시 마주한 레이니의 모습은 상냥한 모습 그대로였다.

항상 살짝 말려 올라가 있는 경쾌한 입 꼬리는 보는 이의 마음을 기분 좋게 해주었다.

하지만 아까의 대화를 들어버린 니안에게는 더 이상 그런 효력을 발휘하지 못했다.

"응."

대답하는 목소리에 힘이 빠졌다.

눈칫밥 먹는 귀족 아가씨에게는 착하고 고분고분한 아이가 되는 것 외에 다른 선택지가 없다.

니안은 얌전히 소파에서 몸을 일으켜 레이니의 손을 잡았다.

그때만 해도 몰랐다. 눈칫밥을 먹을지언정 그녀의 어린 시절 중 그때가 가장 윤택한 시기였다는 사실을 말이다.

"나리의 건강이 더 안 좋아지셨대요. 그러니까 니안 아가씨도 절대 멀리 가지 말고 항상 아버님 주변에서 대기하셔야 해요. 알았죠?"

"왜?"

레이니에게 손을 붙잡힌 채 땅을 보고 걷던 니안이 무심하게 되물었다.

"그래야 임종을 지킬 수 있을 테니까요."

"임종이 뭔데?"

"돌아가시는 거요."

"어디로 돌아가는데?"

"……"

레이니는 잠시 입을 다물고 걸음을 우뚝 멈추었다.

고사리 같은 손을 잡은 그녀의 손에 꾹 힘이 들어갔다.

"……하늘……나라요."

"……"

니안은 아무런 대답도 하지 않았지만, 그 뜻만큼은 무섭도록 정확하게 알아들었다.

죽음.

그녀는 지금 자신의 아빠가 죽을 거라고 이야기를 하는 거다.

하지만 일곱 살의 머리로는 아빠의 죽음이 그녀에게 어떤 미래를 가져올지까지 예측할 수는 없었다.

그리고 일주일 뒤, 세이번 페르난디 백작은 정말로 세상을 떠났다.

니안을 페르난디의 이름으로 시집보내겠다던 약속 따위는 전혀 지키지 못한 채로…….

페르난디 저택은 수도 주변의 권세가들의 화려하고 장대한 컨트리하우스와는 비교할 수는 없지만, 고대 역사의 비밀을 간직한 베른 지방 영주의 저택답게 고풍스러운 멋이 있었다.

그러나 지금은 그 우아한 건물 앞에서 전혀 우아하지 않은 일이 벌어지고 있었다.

그 광경을 보는 모든 이의 얼굴이 엉망으로 구겨졌다.

페르난디 백작가의 장남 게오르와 장녀 소피아가 현관 계단 위에 오만한 표정으로 서 있었다.

그리고 그들의 새어머니인 헬레나는 아름다운 드레스에 흙이 묻는 것도 아랑곳하지 않은 채 바닥에 주저앉아 있었다.

"게오르, 소피아…… 오해야. 절대 그렇지 않아. 니안도 너희와 똑같이 아버지 자식이야. 너희 형제라고. 그러니 제발…… 니안만이라도 성인이 될 때까지 여기서 살게 해줘. 부탁할게. 게오르…… 제발……."

헬레나는 계단을 기어올라 게오르의 바지를 붙잡고 처절하게 울부짖었다.

하지만 소피아와 게오르의 혐오감 어린 표정엔 변화가 없었다.

세이번 페르난디 백작의 장례가 치러지고, 장자 상속 원칙에 따라 게오르에게 페르난디 가문의 재산을 귀속시키는 모든 법적 절

차가 끝났다.

그들은 더 이상 제 이복동생과 새어머니인 헬레나를 보고 싶어하지 않았다.

자신에게 매달리는 헬레나를 냉정하게 뿌리치며 게오르가 말했다.

"당신을 쫓아내는 게 니안 때문이라고. 모르겠어? 어디서 누구 씨인지도 모르는 애를 만들어와서는 형제 운운을 해? 당신같이 더러운 여자는 꼴도 보기 싫어. 당장 나가!"

헬레나는 더욱 게오르의 다리에 들러붙으며 제 얼굴을 가져다 댔다.

"알았어! 알았어, 게오르. 그럼 내가 일자리를 구해서 첫 월급을 탈 때까지만이라도 니안을 여기 있게 해줘. 아니, 그럼 며칠 동안 니안을 데리고 밖에서 지낼 여비라도……. 게오르…… 부탁할게. 제발……."

"헛소리하지 말고 썩 꺼져. 두 번 다시 보고 싶지 않아."

그는 야멸차게 다리를 뿌리쳤다. 그 바람에 나가떨어진 헬레나의 얼굴에 작은 상처가 생겼다. 아랑곳하지 않고 게오르가 고용인들을 돌아보며 명령했다.

"잘 들어. 누구든 이 모녀를 집 안에 들이는 사람은 당장 이 집에서 쫓아낼 거야. 쓰던 물건도 아무것도 못 갖고 나가. 레이니, 가서 옷장의 옷 중 이 모녀에게 어울릴 옷들로만 두어 벌 골라서 가지고 와. 작은 가방에 담아서. 다른 건 절대 넣으면 안 돼."

게오르의 명령이 떨어지기가 무섭게 레이니는 겁먹은 얼굴로 저택 안으로 뛰어 들어갔다. 그때 이 집의 오랜 하녀 바델이 나서 게오르 앞에 무릎을 꿇었다. 그녀의 백발이 땅바닥의 흙 빛깔과 대조되어 더욱 하얗고 초라해 보였다.

"나으리, 제발 돌아가신 주인어른의 마음을 헤아리시어 조금만 은혜를 베풀어주십시오. 이 늙은이가 마님과 아씨를 모시겠습니다. 부디 함께 떠날 수 있도록 허락해 주십시오."

게오르는 분기탱천한 얼굴로 차가운 바닥에 머리를 조아린 바델을 내려다보았다.

이미 늙을 대로 늙어 곧 제 앞가림도 하기 힘든 날이 올 터였다.

책임져 줄 가족도 없는 혈혈단신인 처지라 안 그래도 내보내려 하던 참이었는데.

저런 늙은 하녀쯤이야 따라나서거나 말거나 신경 쓸 이유가 없지.

아버지인 셰이번 백작은 마음이 여린 탓에 늙어 빠져 집안일도 제대로 못 하는 그녀를 계속 데리고 있었지만, 게오르는 그럴 마음이 눈곱만큼도 없었다.

핑계 김에 잘됐다 싶었다.

"좋아, 바델. 난 마음이 넓은 사람이니 네 부탁 정도는 들어주도록 하지. 대신 네가 30년 동안 일한 퇴직금은 한 푼도 줄 수 없어.

이달 오늘까지 일한 날짜의 품삯만 지불하겠다."

"안 돼, 게오르! 그건 바델이 당연히 받아야 할 몫이야."

헬레나는 이미 눈물범벅이 된 얼굴로 소리쳤다. 곧 그녀의 고개가 다급하게 바델을 향했다.

"바델. 우린 괜찮아. 그러니 퇴직금 포기하면 안 돼. 그건 바델의 노후자금이잖아."

그러나 바델은 그 말이 들리지 않는지 더욱 땅바닥에 머리를 조아렸다. 늙고 힘없는 목소리가 기운을 쥐어짜느라 떨리며 새어 나왔다.

"나리의 하해와 같은 은혜에 감사드립니다."

"안 돼. 바델……."

어느 틈에 돌아온 레이니가 작은 가방을 내밀자 게오르가 그것을 헬레나의 앞에다 휙 집어 던졌다. 풀썩 소리를 내며 땅바닥에 떨어져 내린 가방 밑에서 하얀 흙먼지가 흩날렸다.

냉정하게 몸을 돌려 저택 안으로 사라지는 게오르의 등 뒤로 소피아가 얄미운 얼굴로 뒤따랐다.

일곱 살의 니안은 멍하니 서서 제 이복 언니, 오빠의 싸늘한 등을 바라보았다. 믿기지 않는 현실에 눈물조차 나지 않았다.

"마님, 괜찮아요. 돌아가신 나리의 은혜로 그동안 이 집에 비루한 몸을 의탁해오면서 월급을 거의 안 쓰고 모을 수 있었어요. 일단 그 돈으로 숙소를 마련하고 앞날은 천천히 생각해 보도록 해요."

"……흑흑, 바델…… 바델…… 정말 미안해…… 미안해……."

"아니에요, 마님. 이렇게라도 주인 나리의 은혜를 갚을 수 있어서 감사하게 생각해요."

친정인 르윈느 남작가는 이미 몰락한 지 오래라 헬레나가 이대로 쫓겨나면 아무 데도 갈 곳이 없다는 것을 잘 알고 있는 바델이었다. 거기에 게오르가 돈 한 푼 주지 않고, 돈 될 만한 물건조차 들고 나가지 못하게 했으니 아무것도 못 먹고 당장 길에서 밤을 새게 될 것이 불을 보듯 뻔했다.

바델은 헬레나의 손을 꼭 맞잡아 주었다.

셰이번 백작이 어린 나이에 후처로 들어온 헬레나와 그 사이에서 태어난 니안을 얼마나 사랑했는지 잘 알고 있는 바델이었다.

더구나 헬레나는 정이 많아 늙어서 일도 잘하지 못하는 자신을 항상 따뜻하게 대해 주었다.

오갈 곳 없는 자신을 거둬주며 일자리까지 주었던 셰이번 백작의 은혜를 떠올리며 바델은 눈물로 얼룩진 입술을 꼭 깨물었다.

쿠커스 황국의 수도 아르본.

가난뱅이와 부랑자가 넘쳐나는 뒷골목 허름한 천막에 고급스러운 옷차림의 귀족 남자가 들어섰다. 탁한 금발에 청안, 긴 구레나룻이 인상적인 남자였다.

의복이나 머리 모양으로 보아 30대 중반이 분명했으나 얼굴만큼은 20대로 보일 만큼 관리가 잘 된 남자였다.

'돈이 넘쳐나 주체 못 하는 인간이구먼.'

윤기가 자르르 흐르는 남자의 행색을 보며 가난한 할렘가 사람들이 수군거렸다.

방금 그가 들어간 곳은 70대 노파 멧드라하의 점집이었다.

멧드라하는 한때 꽤 용한 예언가이자 점성술사로 이름을 떨쳤으나 지금은 그저 가난뱅이의 암울한 미래에 작은 희망과 조언을 더하며 겨우 입에 풀칠이나 하는 처지였다.

전 황제 빌카인 2세가 마법과 점성술을 사람을 미혹하는 '사특한 상술'로 규정한 이래 돈 많은 상인과 귀족들의 발길이 뚝 끊긴 탓이었다.

그러한 풍토는 현 황제 빌카인 3세에 이르러서도 마찬가지여서 이제 그녀가 바라는 것이라곤 천수 끝에 평화로운 말년을 보내는 것뿐이었다.

그런데……

"또 오셨습니까, 오스만 멜롯 대공."

"멧드라하, 대업이 코앞이다. 정직하게 말하라. 이대로 진행해도 좋겠는가?"

오스만 델 크리프트 멜롯.

현 황제 빌카인 3세의 동생이자 그의 아들인 열 살짜리 황태자에 이어 왕위 계승서열 2위에 있는 남자.

멧드라하는 자꾸만 저를 찾아오는 오스만이 부담스러웠지만 내색할 수가 없었다. 그는 하늘이 내린 제왕의 기운을 타고난 자였다.

야망 또한 누구 못지않게 컸다.

자신이 어떤 조언을 한다 해도 반드시 지존의 자리에 오를 인물이었고, 세상은 그의 발밑에 조아리게 되어 있었다.

그를 거스르면 그의 세상에선 목숨을 부지할 수가 없을 터였다.

"대공…….”

느리게 열리는 멧드라하의 창백한 입술마저 주름으로 뒤덮여 있었다. 아름다운 것만을 눈에 담아 오던 오스만은 저도 모르게 살짝 이마를 구겼다.

이어지는 무거운 침묵.

오스만은 인내를 발휘하려 했지만 더는 말을 뱉어내지 않고 고민스럽게 침묵을 이어가는 멧드라하의 태도에 살짝 초조한 생각이 들었다.

"……무슨 문제라도 있나?”

그러자 자글자글한 입술이 천천히 다시 열렸다. 새어 나오는 말마다 오스만이 듣기에 꿀처럼 달콤한 말뿐이었다.

"향후 10년. 매해 쉬지 않고 천운이 들었습니다. 그동안에는 무엇을 하시든 원하는 것이 있으면 다 얻을 것이고 바라는 것은 모두 이루게 될 것입니다."

"10년!"

멧드라하는 대답 대신 고개를 천천히 끄덕였다. 그가 여기서 질문을 멈추어주면 좋으련만. 속으로 간절히 바랐지만 결국 그녀의 바람은 헛된 희망으로 끝나고 말았다.

"그 이후엔?"

오스만이 진득한 눈빛으로 물었다. 진실만을 말해야 한다. 그가 분노하지 않도록. 그것이 예언자로서 그녀의 사명이었다.

"잿더미 속에 핀 ……붉은 꽃을 꺾으십시오. 멜롯의 핏줄 중 그 꽃을 꺾는 자만이 차후 300년 동안 대를 이어 황국을 다스리게 될 것입니다."

이후 죽일 듯 숨 막히는 침묵이 이어졌다. 대공의 청안은 어리석은 자가 보면 찬연할 정도로 순수하고 아름다운 빛이었으나 심안을 가진 자들은 알아볼 수 있었다.

그 속에 담긴 잔인하고도 잔인한 본성을.

씰룩. 그의 한쪽 입 꼬리가 비릿하게 밀려 올라갔다.

"그럼 일단 그 꽃을 꺾을 멜롯의 핏줄은 세상에 단 한 명만 남겨놓으면 되겠군."

무시무시한 발언 이후 금화가 담긴 묵직한 주머니가 탁자 위에 툭 던져졌다.

"말하라. 잿더미 속에 핀 붉은 꽃이 뭘 의미하는지."

그녀는 손을 뻗어 오스만이 던진 금화 주머니를 움켜쥐었다.

"태초의 폐허 위에 터를 잡은 붉은 용의 후손. 이미 멸문의 길로 접어든 가문의 마지막 꽃입니다. 차원의 경계가 무너지면 영험한 힘을 되찾아 이 세상을 구할 고대의 유산이죠."

"더 자세히 설명하라."

"태초의 폐허는 천지창조의 근원지를 말합니다. 베른 지방이요."

"베른?"

오스만이 인상을 찌푸렸다. 그 같잖은 시골 마을이 뭐?

"베른에서 붉은 용의 후예라 일컬어지는 자들은 딱 하나밖에 없습니다."

불만스럽게 일그러진 오스만의 얼굴에 궁금증이 떠올랐다.

"페르난디. 그 가문의 마지막 꽃을 찾으십시오."

바델이 모아 놓은 돈 덕분에 페르난디 가에서 쫓겨난 헬레나 모녀와 바델은 한동안 베른에서 머지않은 작은 소도시의 여관에서 숙식을 해결할 수 있었다.

그동안 헬레나는 둘을 부양할 수 있을 만한 일자리를 필사적으로 알아봤고, 수도 아르본에 있는 유명한 거상 베오만 가의 입주 가정교사로 취직하게 되었다.

바델은 돈을 받고 일을 하기엔 이미 나이가 너무 많았고, 베오만 가에서 받는 월급이면 바델과 니안의 생활비로는 충분한 금액이 었기에 바델은 집을 얻어 니안만 돌보기로 합의를 한 터였다.

하지만 막상 세 사람이 수도 아르본에 입성했을 땐 생각보다 경비가 많이 들어가 수중에 남은 금액이 얼마 되지 않았다.

"어떡하지?"

헬레나가 걱정스러운 목소리로 바델을 돌아봤다.

평생을 호젓한 시골 마을에서만 살아온 세 사람은 수도인 아르본에 도착하자 눈이 핑핑 돌 지경이었다.

번화가에는 여러 대의 마차가 정신없이 지나다니고 인도엔 몸을 부딪치지 않고 지나가기가 힘들 만큼 사람들이 바글바글했다.

헬레나는 니안을 잡은 손에 더욱 힘을 주었다.

손바닥 안쪽은 이미 축축해진 지 오래여서 니안의 작은 손이 미끄러져 빠질까 봐 불안했다.

"미안해, 바델. 집값이 이렇게 비싼 줄 몰랐어. 아무래도 당장 살 집을 구하는 건 어려울 것 같지? 여관에서 지내면 얼마나 버틸 수 있을까? 내가 첫 월급 탈 때까지 버틸 수 있을까?"

"어떻게든 그전에 집을 빨리 얻어야지요."

이미 해가 지려 하고 있었다. 헬레나는 걱정스러운 얼굴로 서산

너머에 걸린 태양과 석양을 바라보며 한숨을 쉬었다.

"바델이 평생 모은 돈인데 이렇게 다 써버리게 해서 정말 미 안해."

"아닙니다, 마님. 자꾸 그런 말씀 하지 마세요. 전 정말 괜찮으니 까요. 저…… 숙소는 인원수대로 돈을 내야 하고 식비도 더 들어 가니까 마님께서는 이대로 베오만 저택으로 가시는 게 어떨까요?"

헬레나가 일하기로 한 베오만 가의 타운하우스는 광장 옆 유명 한 부자 거리에 자리 잡고 있었다. 그녀의 역할은 엄마 잃은 베오 만 가의 불쌍한 남매들에게 귀족 예법을 가르치는 일이었다.

베오만 가의 가주인 빌리어드 베오만은 야망이 큰 남자였다.

덕분에 돈은 많이 벌었으나 평민인 자신의 신분에는 열등감이 있었다.

그만큼 귀족 작위에 대한 열망이 컸고, 언젠가는 반드시 작위를 받으리라는 확신도 있었기에 그날을 대비하고 싶어 했다.

그는 후한 조건을 내걸고 귀족 예법을 제대로 가르쳐줄 가정교 사를 까다롭게 찾았다. 때마침 시골 남작가 출신으로 지방 영주 세이번 페르난디 백작의 후처였다는 헬레나의 이력서를 본 순간 마음이 동했고, 주저 없이 그녀를 고용하기로 했다.

무엇보다 딸린 자식이 없어서 어미 없는 자신의 아이들에게 더 잘할 것 같았다.

"그럼 이왕 이렇게 된 거 베오만 저택에 가서 우리 처지를 사실

대로 말하고 다 같이 지낼 곳을 부탁해 보자."

헬레나가 지친 얼굴로 말했다.

"안 돼요, 마님. 자식이 없는 사람이어야 하는 게 그 댁 입주가정
교사의 조건이었다면서요. 그것 때문에 행여 일을 잘리게 되면 앞
으로의 생계는 어떻게 하시려고요. 니안 아가씨는 제가 잘 돌볼 테
니 걱정하지 말고 얼른 가 보세요. 저희가 기거할 곳을 찾으면 바
로 전보를 칠게요."

금방이라도 터질 것 같은 눈물을 꾹 삼키며 헬레나는 니안의 팔
을 잡고 쪼그려 앉았다.

"니안, 엄마는 이제 돈을 벌러 가야 해. 그래서 니안이랑 같이 지
낼 수 없어. 대신 바델이 널 돌봐줄 거야. 앞으로는 바델한테 이름
부르지 말고 '할머니'라고 불러야 해. 알겠지?"

"왜? 바델은 하녀잖아."

비록 싸구려였지만 연한 핑크색 드레스 위로 회색 로브를 걸친
니안은 인형처럼 예뻤다. 바델의 돈으로 산 옷이었다.

백작가에서 가지고 나올 수 있었던 머리의 붉은 리본만이 니안
이 걸치고 있는 것 중에 가장 비싼 물건이었다. 붉은색을 타고나지
못한 안타까움에 자신이 항상 달아 주던 것이었다.

커다랗고 귀여운 붉은 리본을 사랑스럽다는 듯 만지작거리며
헬레나가 대답했다.

"지금부턴 아니야. 바델은 이제 니안 할머니야. 그러니까 엄마

돌아올 때까지 할머니 말씀 잘 듣고 얌전히 있어야 한다. 할 수 있지?"

"그럼 엄마는 언제 볼 수 있는데?"

그녀는 니안을 꼭 당겨 안았다.

"모르겠어. 하지만 할머니 말씀 잘 듣고 기다리고 있으면 꼭 돌아올게. 최대한 빨리. 알았지? 아아, 니안. 엄마가 정말 사랑해."

석양으로 물든 거리에서 촉촉한 눈으로 자신을 안으며 안타깝게 '사랑한다.' 속삭이는 엄마의 모습을 니안은 평생 잊을 수가 없었다.

왜 그때 나도 사랑한다고 말하지 못했을까 두고두고 후회하면서……

그때는 엄마를 다시 만날 때까지 그리 오랜 시간이 걸릴 거라곤 예상하지 못했다.

바델은 니안을 데리고 시내 외곽에 있는 허름한 여관을 찾았다.

최대한 숙식비를 아끼기 위해서였다. 그곳에서 수중에 남은 돈의 액수를 말하며 살 만한 집을 얻을 수 있을지 조언을 구해 보았지만 모두 고개를 절레절레 흔들 뿐이었다.

최대한 식비를 줄인다 해도 여관에서 버틸 수 있는 기간은 길어야 3주일 남짓이었다.

어린 계집아이를 데리고 암울한 얼굴로 수프를 목구멍으로 넘기는 노파가 안쓰러웠던지 뚱뚱한 여관 여주인이 바델 옆으로 의자를 슬며시 당겨 앉으며 말했다.

"아르본 숲에 버려진 집이 한 채 있기는…… 한 달 정도라면 그곳에서 보내는 것도 방법이긴 할 것 같은데."

"버려……진 집…… 그런 게 있어요?"

"5년 전에 전국적으로 지독한 전염병이 돈 적 있잖아요. 그때 환자 격리용으로 아르본 시에서 임시로 지은 건물인데 전염병이 사라지고 나서는 모두가 그 집엘 들어가길 꺼려서 그대로 방치됐지요. 위치도 너무 외졌고. 아쉬운 대로 내일 날 밝으면 한번 가 보시구려."

여관 주인의 조언대로 바델은 다음 날 시장에서 먹을거리를 사서는 니안과 함께 아르본 산을 오르기 시작했다.

베른에서 아르본을 올 때 마차를 타고 한 번 넘은 적이 있던 산이었다.

여관 주인이 알려준 위치를 머릿속에 새기며 숲 안쪽으로 깊숙이 들어가다 보니 다 허물어져가는 통나무집 한 채가 나타났다.

"할머니, 여기야?"

군데군데 썩은 흔적과 기둥이 뒤틀려 주저앉은 집을 보며 니안은 바델의 등 뒤로 몸을 숨겼다.

질문하는 목소리가 겁에 잔뜩 질려 있었다.

화려한 실크 벽지 위에 아름다운 그림이 걸린 저택에 살던 니안에게 오래된 통나무집은 마치 유령의 집처럼 느껴질 뿐이었다. 바델은 신음 같은 한숨을 흘리며 대답했다.

"어디, 들어가 보도록 하죠."

오래된 문은 살짝만 손을 대도 요란한 비명을 질러댔다.

문을 연 바델은 천천히 통나무집 안으로 발을 들였다.

여러 사람을 수용하던 곳이라 그런지 내부는 제법 넓었지만, 방이나 구획이 따로 나뉘어 있진 않았다.

비치된 침대는 다섯 개 정도. 나머지는 그냥 널찍한 마루뿐.

왼쪽에는 난방 겸 조리를 할 수 있는 벽난로와 화덕, 한쪽에는 4인용의 테이블이 놓여 있었다. 작은 옷장과 서랍장도 한 개씩 있었다. 바델은 먼지가 쌓인 서랍장으로 다가가 서랍을 열어 보곤 작게 중얼거렸다.

"생각보다 나쁘진 않네요. 깨끗이 청소하면 제법 살 만하겠어요."

"여……여기서?"

"네, 아가씨. 집세를 안 내도 되니 일단 마님께서 돈을 보내주실 때까지 살아보고, 괜찮으면 계속 머무는 것도 나쁘지 않을 것 같습니다."

바델은 가지고 온 짐을 테이블 위에 올려놓고는 바로 빗자루를 들고 청소를 하기 시작했다.

"아가씨, 여긴 먼지가 많이 나니 잠시 밖에 나가 계세요."

바델의 말에 니안은 다람쥐처럼 빠른 동작으로 통나무집을 뛰어나왔다. 그녀가 청소하는 데엔 꽤 시간이 걸렸으므로, 니안은 통나무집 바깥을 뱅뱅 돌면서 주변을 실컷 살펴볼 수 있었다.

마음에 들지 않는 것투성이였지만, 집 둘레를 빙 둘러 펼쳐진 노란 유채꽃밭은 마음에 들었다.

꽃밭이 끝나는 자리엔 곧바로 울창한 숲이 이어졌다. 숲 속 어딘가로 이어진 작은 오솔길이 눈에 들어왔지만, 용기가 나질 않아 섣불리 나가볼 수는 없었다.

벌과 나비가 무척 많았다. 육각형으로 쨍하니 부서지는 봄 햇살 아래로 팔랑이는 나비의 날갯짓이 아름다웠다. 사람에 의해 화려하게 가꿔진 정원과 달리 자연이 만든 꽃밭은 거칠면서도 생명력이 넘쳤다.

니안은 그사이를 밝은 얼굴로 폴짝폴짝 뛰어다녔다.

어느덧 해가 지고, 나무를 할 기운이 없을 만큼 늙은 바델은 일단 집 안에 있는 가구를 쪼개 불을 지피고 음식을 했다.

매트리스는 햇볕 아래에서 있는 힘껏 털고 말렸지만 희미하게 남은 곰팡내까지는 어찌할 수가 없었다.

차츰 옅어지는 벽난로의 열기를 느끼며 침대에 누운 니안은 아무런 무늬도 없는 단조로운 목조 천장을 올려다봤다.

처음 왔을 때 즐비했던 거미줄들은 말끔히 걷혀 깨끗했다. 마음 속으로 알 수 없는 파도가 몰려왔다. 그리움 같기도 하고, 불안함 같기도 한 묘한 울렁거림이.

일곱 살 소녀에게서 터져 나온 나지막한 한숨에 바델이 물었다.

"아가씨, 집이 너무 허름해 실망하셨어요?"

"아니, 그냥…… 보고 싶어서."

"어머니가 보고 싶으세요?"

"아니, 천사. 천사가 보고 싶어."

지금 저 천장이 아빠 집에서의 블룸 홀 복도 천장이고, 그림이 비어 있는 이유는 천사가 진짜로 나를 찾으러 땅으로 내려왔기 때문이라면 얼마나 좋을까?

니안은 점점 무거워지는 눈꺼풀에 자신도 모르게 스르르 눈을 감았다. 귓가로 천상의 나팔 소리가 들리는 착각이 들었다.

서서히 잠에 빠져들었다. 그렇게 하루아침에 백작가의 딸에서 산골 소녀가 되어 통나무집 생활이 시작되었고, 다음 해 겨울 헤이드와 만나게 된 니안이었다.

어디서 불이 난 것인지 알 수는 없었다.

황궁 본채는 아닌 것 같은데…….

분명한 건 황궁을 둘러싸고 곳곳에서 붉은 불꽃이 타올랐다는 것이었다. 까만 밤하늘을 붉은 주황빛으로 물들이며 너울대는 불꽃, 불꽃, 불꽃.

챙. 검과 검이 부딪치며 불꽃을 터트렸다.

어두운 밤의 결투는 처음 보는 것이라 검날에 튀기는 불꽃 또한 처음 보는 것이었다.

연습이 아니다. 목숨을 건 대결이었다. 소년의 아버지이자 황제인 빌카인 3세가 그렇게 기를 쓰고 비장하게 싸우는 모습도 처음이었다.

깡, 챙챙.

한낱 도둑 떼였다면 그리 당당하게 얼굴을 드러내지 못했을지도 몰랐다. 환한 보름달 아래 드러난 남자의 얼굴은 다름 아닌 오스만 멜롯 대공.

소년의 작은아버지였다. 그가 아버지에게 칼을 들고 맹렬히 공격하고 있었다.

"아바마마⋯⋯."

소년은 창문에 매달려 본관과 별관을 잇는 다리 위에서 벌어진 결투를 조마조마한 심정으로 내려다봤다.

결투에 집중한 나머지 반쯤 상체를 내민 아이가 창문 밖으로 떨어질까 봐 유모 루이스가 안절부절못한 채 허리를 잡고 있었다.

"왕자님, 안 돼요. 그러다 떨어져요. 이리로⋯⋯."

"루이스! 어서 왕자를 창문에서 떼어내!"

소년의 어머니인 황후가 소리쳤다.

"왕자님! 지금 아버님 결투를 보고 있을 여유가 없어요. 어서 달아나야 해요."

소년은 루이스에게 잡혀가지 않으려고 창틀을 붙잡고 발버둥을 쳤다.

"안 돼. 아바마마를 두고 갈 수 없어. 아바마마……아."

"이러다 모두 죽어요."

"아니야. 아바마마는 이기실 거야. 대공에게 질 리가 없어."

그 말이 끝나기가 무섭게 대공의 칼날이 빛을 발하며 허공을 갈랐다.

깊숙이 칼을 들이밀던 황제의 동작이 멈췄다. 그대로 모든 것들이 멈춰버린 것 같았다.

대공이 땅으로 떨어진 칼끝을 들어 소년의 아버지 빌카인 3세의 몸속 깊숙이 쑤셔 박았다. 등 뒤로 튀어나온 검날 주변으로 붉게 번져가던 새빨간 선혈.

"아아악! 아바마마!"

괴성을 지르는 소년을 루이스와 황후가 힘겹게 안으로 끌어당겼다. 아주 짧은 찰나, 소년은 자신을 향한 대공의 시선과 정면으로 마주쳤다.

푸른 눈동자 속에서 이글대며 타오르던 탐욕과 살의.

아버지를 죽인 그것이 이젠 오롯이 그 아들인 소년을 향하고 있었다.

"어서 가요."

소년을 잡아당긴 황후와 루이스의 손이 그의 몸을 침실로 돌렸다. 그들은 카펫이 깔린 복도를 정신없이 달려 황제의 침실에 닿았다.

쾅, 하고 문이 열린 뒤 그대로 중앙 캐노피가 걸린 거대한 황금색 침대를 지나 방을 가로질렀다. 맞은편 벽장문을 열어젖힌 소년의 어머니는 정신없이 옷들을 밀어내고 매끈한 벽 안쪽 어딘가를 꾹 누르듯 밀어 넣었다. 돌이 움직이는 육중한 소리와 함께 아래로 내려가는 좁고 캄캄한 계단이 나타났다.

그 순간 침실 문을 부술 듯 거칠게 두드리는 소리가 났다.

"어서, 가."

"황후마마!"

"싫어요! 안 돼요, 어마마마."

"누군가 남아서 이 문을 닫고 지켜야 해."

"그럼 제가 할게요."

루이스가 나서자 어머니가 그런 루이스를 소년과 함께 계단 쪽으로 밀어 넣으며 말했다.

"넌 문 닫는 법도 모르잖아. 그리고 내가 남아야 시간을 끌 수 있어."

"안 돼요, 황후마마."

"안 돼요, 안 돼. 그럴 순 없어요, 어마마마."

루이스와 소년이 동시에 소리쳤다. 그에 반해 황후의 목소리는 지나치리만큼 침착했다.

"이 문의 출구는 아무도 몰라. 다른 비밀통로의 출구는 모두 병사들이 불을 질렀겠지만, 이 길 출구엔 아무도 없을 거야."

"안 돼요."

"싫어요. 어마마마 없인 안 가요."

둘은 미친 듯이 소리를 지르며 거부했다. 황후는 검지를 입술에 가져다 대곤 다시 말을 이었다.

"루이스, 명심해. 황태자만 살면 돼. 황태자만 살아 있으면 이 모든 것들을 다시 바꿔놓을 수 있어. 이 아이만이 기회고 미래야. 알겠지, 루이스? 꼭 살려야 해. 꼭! 부탁이야."

소년의 어머니가 벽 어딘가를 만지자 돌문이 다시 육중한 소리를 대며 닫히기 시작했다. 점점 좁아지는 문틈으로 어머니가 다시 소리쳤다.

"아르모트를 찾아. 그가 황실 비자금의 위치를 알고 있어. 병사들도 모아줄 거야."

쿵!

문이 닫히고, 엄습하는 새카만 암흑. 몸을 짓누르는 공포…….


"아아아악!"

헤이드는 비명을 지르며 상체를, 일으켰다. 한동안 가시지 않은 악몽의 잔재에 온몸이 전율하고 있었다. 쌕쌕 몰아쉬는 숨소리가 거칠고 불안했다.

'꿈…… 꿈이었나? 그게 다…… 꿈이었어?'

황태자 헤이드 오스왈드 멜롯.

전날까지만 해도 쿠커스 황국 황실의 왕위계승서열 1위였던 소년.

그는 안도의 한숨을 내쉬곤 땀이 송골송골하게 맺힌 이마를 손등으로 훔쳤다. 그제야 돌아온 정신으로 헤이드는 찬찬히 주변을 살필 수 있었다. 처음 보는 남루한 방이다. 그을음이 가득한 화덕과 오래된 벽난로, 건들면 삐걱 소리가 날 것 같은 테이블과 군데군데 틈이 벌어진 마룻바닥…….

'어, 어떻게 된 거지? 대체 여긴 어디……?'

"괜찮아?"

알 수 없는 눈앞의 현실에 멍해 있는 사이 가는 여자아이의 목소리가 들려왔다. 헤이드는 흠칫 어깨를 떨며 소리가 나는 쪽을 돌아보았다.

침대 위 제 바로 옆에 검은 머리의 작은 소녀가 누워 있다가 상체를 일으켰다. 물론 처음 보는 얼굴이었다. 궁에서도 보기 드문 예쁜 아이다.

소녀가 헤이드의 이마로 손을 뻗었다.

"밤새 앓았어. 머리도 엄청 뜨겁고……."

당황스러웠다. 지금 자기가 어디 있는지도 알 수가 없는 와중에 모르는 아이와 함께 누워 있다니. 헤이드는 니안의 손을 가볍게 탁 쳐내곤 날 선 목소리로 물었다.

"넌 누구냐?"

정면으로 눈이 마주쳤다.

헤이드의 눈동자 색깔은 니안이 기대했던 대로 새파란 바다 빛이었다. 맙소사. 천장의 천사와 똑같다니! 숨이 막혔다.

니안은 멍한 얼굴로 느리게 입술을 뗐다.

"난, 니안."

"여긴…… 어디지?"

그가 여전히 불안한 눈빛으로 주위를 둘러보며 물었다.

"여긴 우리 집인데. 기억 안 나?"

꿈이 아니었다. 아버지가 죽은 것도, 어머니를 남기고 온 것도 모두 꿈이 아니다. 밀려오는 좌절감에 머리가 지끈거렸다.

헤이드는 한 손으로 머리를 감싸 쥐며 떨리는 목소리로 물었다.

"루이스…… 루이스는?"

"아줌마 말하는 거야? 흐응…… 아줌마 이름이 루이스였구나."

헤이드의 비명을 듣고서야 잠을 깼는데, 니안이 루이스의 이름을 알 리는 없었다.

니안 역시 두 눈을 깜빡이며 방 구석구석을 둘러보았지만, 루이스의 모습은 아무 데도 보이질 않았다. 심지어 당연히 침대에 있어야 할 할머니까지도 없었다.

텅 빈 바델의 침대에 닿은 니안의 두 눈이 토끼처럼 둥그렇게 떠졌다.

"어? 할머니? 하…… 할머니!"

니안은 얼른 침대에서 내려와 쪼르르 바델의 침대로 갔다.

말도 안 된다는 걸 알면서도 침대 아래를 들춰보고, 옷장까지 열어보았다. 없다. 아무 데도 없었다.

머리를 싸매고 있던 헤이드가 고개를 들고는 여전히 까칠한 투로 물었다.

"할……머니라니?"

"우리 할머니 말이야! 분명 여기 계셔야 하는데……. 없다! 없어!"

다람쥐처럼 뽀르르 달리는 모양새가 몹시 귀여웠다.

다시 봐도 그냥 예쁜 정도가 아니라 상당히 예쁜 편이었다. 궁에서 선남선녀들만 봐 온 헤이드의 눈이 인정할 수 있을 만큼. 하지만 지금은 그런 것이 중요한 게 아니었다.

부모님이 살해당했다.

"어디 잠깐 나갔나 보지."

불퉁한 목소리가 튀어나왔다.

"아니야, 그럴 리가 없어."

니안이 극구 부인하자 헤이드의 표정에 의아함이 드리웠다.

"그럴 리가 없다니?"

"돌아가셨으니까. 어제 돌아가셨다고!"

"……."

그 한마디에 여러 가지 경우의 수가 어지럽게 헤이드의 머릿속에 떠오른다.

'혹시…… 어제의 반란과 상관이 있는 건가? 내가 여기에 와서 죽게 된 건가?'

죄책감에 그의 얼굴이 창백하게 변해가는 동안 니안은 옷장에서 제 옷을 꺼내 열심히 껴입고 있었다. 치마와 상의, 그리고 코트에 목도리를 대충 두르고 부츠를 신은 그녀가 현관을 향해 정신없이 달려나갔다.

"어디 가?"

"루이스 아줌마랑 할머니 찾으러!"

"저기 잠깐……."

그러나 니안은 헤이드의 대답이 채 끝나기도 전에 이미 벌컥 문을 열고 밖으로 뛰어나가 버렸다.

활짝 열린 문으로 한겨울의 찬바람이 횡하니 안으로 밀려 들어왔다. 찬바람을 맞으니 머리가 더욱 욱신거렸다.

테이블 위에 놓여 있던 작은 종잇조각 하나가 바람을 타고 날아와 침대에 앉아 있는 헤이드의 무릎 위에 떨어졌다. 루이스가 남긴 메모였다.

'좀 늦을지도 몰라요. 기다려주세요. -루이스 켄베라-'

헤이드는 담요로 몸을 감싸고 침대에서 내려와 열린 현관을 닫았다. 이런 곳에서도 사람이 살 수 있다니.

그는 아무 무늬도 없는 초라하고 낡은 테이블 앞에 앉았다.

간밤에 궁에서 벌어졌던 일을 떠올리자 숨이 막혀왔다.

뒤에 남은 어마마마는 어떻게 되셨을까?

과연 어머니의 말대로 황제 침실의 비밀통로 출구에는 지키는 이가 아무도 없었다. 황궁에서 꽤 떨어진 곳이었기에 출구까지 닿는 데 족히 두 시간은 걸린 것 같았다. 비상통로 끝은 바로 아르본 숲 입구와 연결되어 있었다.

혹독한 바람과 눈보라.

코트도 없이 루이스의 얇은 로브 한 장에 의지해 숲길을 걷다 보니 어느 틈에 의식이 흐려졌다.

지독히도 추웠다.

나중엔 업혔는데도 루이스의 등과 맞닿은 곳조차 온기가 희미했으니까.

'황궁은 어떻게 됐을까? 대공의 반란이 정말 성공한 걸까?'

어설픈 벽난로에서 타닥타닥 장작이 타는 소리가 났다. 꼭꼭 닫힌 나무 창문 틈으로 스며든 햇살이 침침한 방 안을 희미하게 가르는 것을 보며 헤이드는 주먹을 꼭 쥐었다.

"하악…… 하악……."

숨을 몰아쉬는 니안의 입술에서 하얀 입김이 터져 나왔다. 차가운 바람에 사정없이 부딪힌 입술과 뺨이 빨갛게 변했다. 창백해진 다른 부위와는 대조되는 진한 체리 빛이었다.

"아줌마! 루이스 아줌마!"

니안은 루이스의 이름을 부르며 숲 속을 헤매기 시작했다. 여덟 살의 나이로도 알 수는 있었다.

그녀가 할머니의 시신을 처리하러 갔으리라는 것 정도는. 하지만 어디로 갔을지는 짐작도 할 수가 없었다.

"루이스 아줌마!"

니안은 큰 소리로 루이스를 부르며 다녔다.

얼마나 시간이 흘렀을까.

한겨울의 숲은 금방 어둑어둑한 땅거미가 내리기 시작했다.

오늘은 눈보라가 치던 어제보다 날씨가 좋아 늑대들이 일찍 사냥하러 나올 텐데. 빨리 집으로 돌아가야 한다.

'장갑도 끼고 올걸.'

니안은 차갑게 식은 손끝에 호호 입김을 불며 생각했다.

'아줌마도 집에 돌아오셨을까? 돌아오지 않았다면 어쩌지?'

횃불을 들고 찾아 나서야겠지만 만들 줄 몰랐다.

깊은 산 속에 살고 있긴 해도 밤에 횃불까지 들고 집 밖을 나설
정도의 일은 별로 일어날 만한 게 아니었으니까.

갑자기 나무 앞에서 누군가가 튀어나와 니안의 손목을 확 낚아
챘다. 그 바람에 놀란 가슴이 쿵 땅으로 떨어져 내렸다.

"니안! 너 여기까지 왜 나왔니?"

루이스였다.

"아줌마!"

니안은 안도의 미소를 지어 보이며 루이스의 가슴을 파고들
었다.

하지만 루이스는 냉랭한 얼굴로 니안을 떼어냈다. 당황스러웠
지만 니안은 굴하지 않고 당당히 말했다.

"할머니…… 할머니가 사라져서요."

루이스는 니안의 말은 무시한 채 니안의 양어깨를 거칠게 움켜
잡았다. 얼굴에 걱정이 가득했다.

"너만 나온 거니? 같이 있던 헤이드는? 헤이드는 어떻게 됐니?"

"할머니는요? 할머니는 어딨어요?"

니안은 고집스럽게도 할머니를 먼저 물었다. 루이스의 얼굴에
짜증이 스몄다.

"내 질문에 먼저 대답해. 헤이드는 어떻게 된 거냐고?"

결국, 루이스의 기에 짓눌려버린 니안이 한숨을 내쉬었다.

"집에요. 집에 있어요. 할머니를 어떻게 하실 거에요? 작별 인사

를 하고 싶어요."

작별 인사고 뭐고 지금 그런 감상적인 마음을 가질 여유가 없다고. 사실 그녀는 바델의 시신을 묻어주려고 했던 자신을 후회하는 중이었다.

"이리로 와."

루이스는 니안을 데리고 바델의 시신이 있는 곳으로 데려갔다.

담요와 옷가지로 이미 꽁꽁 싸매어진 그녀는 꼭 누에고치 같았다.

"할머니 얼굴을 볼 수가 없어요?"

"안 돼. 보다시피 이미 다 싸 놨잖니."

루이스가 옆에 놓인 삽으로 땅을 쿡쿡 찌르며 말했다.

꽁꽁 얼어붙어 단단해진 땅에서는 삽자루를 튕겨내는 쇳소리가 탁, 탁, 둔탁하게 울렸다.

"무리야. 종일 노력을 했는데 땅이 얼어붙어서 도무지 파지지 않아."

루이스의 얼굴에 걱정스러운 그늘이 드리웠다.

"일단 오늘은 돌아가자."

"할머니는요?"

니안의 눈과 마주친 루이스의 푸른 눈동자에 피로가 가득했다.

몹시 지친 것이 분명해 보였다.

"하아…… 다시 집으로 끌고 가야지."

루이스는 이 상황이 몹시도 한심스럽다는 듯이 말했다.

니안의 얼굴에 반가움이 스쳤다. 비록 시신일지언정 바델이 조금이라도 더 자신과 있을 수 있다면 좋았으니까.

하지만 루이스는 그대로 바델을 놓고 가고 싶은 마음이 굴뚝 같았다. 황제의 시신조차 거두지 못한 자신이 겨우 평민 시신 하나 땅에 묻자고 이 난리를 치는 꼴이 우스웠다. 그것도 황태자와 함께 쫓기는 마당에.

그냥 늑대 밥이 되게 내다 버리고 니안에게는 묻었다고 거짓말 할 수도 있었는데, 내가…… 내가, 왜 그랬을까?

그래도 눈물이 가득 고인 소녀의 눈동자가 자꾸만 떠올라 차마 그럴 수가 없었다.

그녀는 자신에게 남아 있는 인간적인 감정에 짜증이 났다.

아무리 밀어내려고 해도 마지막 순간에 발목을 잡는 그 끈적한 감정이. 그녀는 후회막급이라는 얼굴로 이마에 젖은 땀을 손등으로 꾹꾹 눌렀다.

"그런데 큰일이구나. 이대로 겨우 내내 시신이랑 한 집에서 생활 할 수도 없고……."

"빨리 집으로 가요."

니안이 시신을 묶은 끈의 한쪽을 잡아당기며 말했다.

얼굴이 발개지도록 낑낑대며 잡아당기는 모양이 꼭 작은 강아지 같았다. 물론 니안이 아무리 힘을 써도 시신은 제자리에서 꿈쩍도 하지 않았지만.

루이스가 옅게 한숨을 내쉬곤 니안이 쥐고 있는 끈을 뺏었다.

"내가 할게. 넌 삽이나 챙기렴."

하지만 오래지 않아 이 결정조차 후회하게 되리라는 걸 그때의 루이스는 미처 알지 못했다.

❧

해가 지는 건 정말 순식간이었다. 루이스가 니안을 만나고 땅거미가 지기 시작했을 때만 해도 완전히 완전히 어두워지기 전에 집에 도착할 줄 알았다.

아마 바델의 시신을 끌고 가지 않았다면 그게 가능했을지도 몰랐다.

3분. 이제 3분 정도만 더 가면 바로 집인데. 뛰어가면 1분이면 충분한 거리였다.

크르릉…….

집을 지척에 남겨두고 늑대 떼에게 둘러싸인 지금 루이스와 니안은 생사의 갈림길에서 완전한 패닉 상태가 되었다.

"니안."

"네."

"방법이 없어."

"네?"

무슨 의미일까? 공포에 떠는 니안의 눈동자가 커다랗게 떠졌다.

"할머니 시신을 미끼로 던져 놓고 거기에 정신이 팔린 사이에 도망치는 수밖에."

루이스가 말했다. 이럴 줄 알았으면 그냥 아까 그곳에 놓고 오는 거였는데. 혹시 알아? 운이 좋아 다음 날 아침까지 시신이 멀쩡하게 그 자리에 놓여 있었을지. 한겨울인 데다 병사(病死)한 시신이라 강한 냄새를 풍기고 있진 않으니까 말이다.

"아, 안 돼요. 우리 할머니예요. 우리 할머니라고요."

도리질을 치는 니안의 초록 눈동자엔 금세 눈물이 차올랐다. 온몸으로 거부를 표하면서도 그 방법 외엔 다른 게 없다는 걸 느끼고 있음이 분명했다. 눈에서 흘러내리는 서러운 눈물방울이 그것을 증명했다.

'어차피 모질게 될 거, 진작에 그럴걸.'

그럼 이런 험한 꼴까지 보이진 않았을 텐데! 속으로 후회해도 이미 늦었다.

괜히 마음 약해져 미적대다 모두 위험에 빠졌다.

자기가 죽으면 헤이드 왕자는 누가 돌본단 말인가. 루이스는 이를 악물고 허리에 차고 있던 단도를 꺼내 들었다. 그나마 무기가 될 만한 것이 있어 다행이었다.

루이스는 천천히 손을 뻗어 바델의 시신을 칼로 찔렀다. 하지만 이미 반쯤 얼어버린 시신에 칼이 쉽게 들어갈 리가 만무했다.

늑대들이 눈에 불을 켜고 기회만 노리고 있었다. 동작이 여기서 더 크거나 격렬해지면 공격 목표가 움직이고 있는 자신과 니안이 될 게 뻔했다.

늑대를 노려보며 루이스는 다시 한 번 칼 쥔 손을 높이 치켜들었다가 힘차게 시신에 내리꽂았다.

이번에는 제대로 들어갔다. 그 상태로 힘을 주어 살을 찢었다. 쉽게 움직이지 않아 이를 꼭 깨물었다. 피가 흘러나오진 않아도 벌어진 상처 사이로 피 냄새는 새어 나올 거다.

루이스가 시신에 상처를 내고 뒤로 천천히 물러서자 늑대들이 그런 루이스에 눈을 떼지 않은 채 시신에 다가갔다. 눈치를 보던 한 녀석이 시신을 물고 잡아당기자 다른 늑대들도 꼬리를 흔들며 달려들었다. 덜덜 떨리는 손으로 니안의 손을 꼭 잡은 루이스는 늑대들의 시선이 멀어지자 그대로 니안의 손을 잡고 뛰었다.

"가자!"

탁, 탁, 탁, 탁.

루이스와 니안은 죽을힘을 다해 뛰었다. 하지만 한겨울 먹잇감을 그리 쉽게 보내버릴 늑대들이 아니었다. 그중 한 마리가 뒤를 쫓았다. 두 마리가 동참했다.

멀리 도망가지도 못하고 루이스와 니안은 잡은 손을 놓치고 땅으로 뒹굴었다.

늘대 한 마리가 루이스의 다리를 물고 있었다. 그리고 다른 한 마리가 막 목을 향해 덤비는데, 루이스가 정신없이 칼을 휘둘렀다. 니안이 넘어진 상체를 간신히 일으켜 공포에 질린 눈으로 그 모습을 바라봤다.

또 다른 한 마리는 니안을 향해 침을 흘리며 다가오고 있었다.

그리고 녀석이 덮치려 막 뛰어오르는 찰나, 니안은 두 눈을 꼭 감았다.

퍽, 깨갱.

"무슨 짓이야!"

분노에 찬 소년의 목소리. 변성기가 안 된 어린 소년치곤 믿기지 않게 위압감이 넘쳤다. 니안은 실눈을 떴다.

눈앞의 늑대와 자신 사이로 아직 멈추지 못한 커다란 돌 하나가 마지막 몸을 굴리고 있었다. 니안은 소리가 난 쪽으로 고개를 돌렸다.

시커먼 어둠 속에 떠오른 두 개의 푸른 안광. 마치 검은 벽에 박혀 스스로 빛을 발하는 보석 같았다. 보석이 가까워질수록 주변으로 희미하던 형체가 점점 또렷해졌다. 헤이드였다.

니안은 두 눈을 동그랗게 떴다.

헤이드도 저와 같은 어린애일 뿐인데. 니안을 덮친 공포는 그칠 줄을 몰랐다. 당장에라도 으르렁대는 늑대가 헤이드를 덮칠까 봐 심장이 오그라드는 것 같았다.

문득 그의 몸에서 희미한 오라가 솟아올라 푸르게 일렁이기 시작했다. 여전히 파란빛을 발하던 눈동자의 빛도 커졌다. 어둠 속의 그 모습이 마치 기괴한 괴물 같았다. 악마 같기도 했다.

놀라 흠칫거리던 늑대들의 시선이 살기를 띠고 험악하게 제 동료를 향했다.

크아악.

세 마리의 늑대가 서로를 향해 동시에 공중으로 뛰어올랐다.

검은색과 진회색, 갈색의 늑대들이 하나의 털 뭉치가 되어 땅바닥으로 쿵 떨어져 굴렀다. 살기를 띤 으르렁 소리. 살과 뼈를 짓씹는 소리. 늑대들은 저들끼리 물어뜯으며 싸우고 있었다.

갑자기 하얀 니안의 얼굴 위로 새빨간 피가 튀었다. 따뜻하다 못해 뜨겁기까지 한 피였다.

니안은 하얗게 질린 채 그 모습을 넋을 잃고 바라봤다.

"니안! 니안! 정신 차려!"

어느 틈에 기어 온 루이스가 니안의 어깨를 잡고 흔들었다.

심상치 않은 기류를 눈치챈 다른 늑대들이 바델의 시신을 놔두고 이쪽으로 하나둘 몰려왔다.

그러나 놀라운 일은 계속 벌어졌다. 헤이드를 맞닥뜨린 녀석들이 앞선 세 마리의 늑대들처럼 저들끼리 공격하고 싸우기 시작한 것이다.

니안은 루이스의 손에 잡혀 여전히 푸른빛을 뿜어내고 있는 헤이드 앞으로 끌려갔다.

"그만! 그만요!"

루이스가 헤이드를 향해 소리쳤다. 하지만 아무리 거세게 어깨를 흔들고 외쳐봐도 헤이드는 무언가에 홀린 듯 꿈쩍도 하지 않았다. 결국, 루이스는 막무가내로 헤이드를 안아 올렸다. 늑대에게 이곳저곳 물려 피를 흘리는 터라 꽤 힘겨워 보이는데도.

"니안, 어서 따라와!"

루이스는 절뚝이며 뛰기 시작했다.

모양새는 뛰는 거였지만 속도는 보통사람이 빠르게 걷는 속도와 비슷했다.

늑대무리와 멀어질수록 헤이드 몸을 감싸던 푸른 오라의 불꽃도 사그라들었다. 그리고 집에 거의 다다라 늑대들이 보이지 않을 때쯤엔 헤이드의 머리가 루이스의 어깨에 힘없이 묻혀 있었다.

헉…… 헉…… 루이스와 니안의 숨소리가 금방이라도 넘어갈 듯 거칠었다.

오두막집 현관을 거칠게 밀어젖히며 루이스는 헤이드를 안은 채 넘어졌다. 셋의 몸뚱이가 내동댕이쳐지듯 마룻바닥에 널브러졌다.

절뚝이며 다시 일어난 루이스는 필사적으로 현관문을 닫고는 헤이드를 안아 올렸다. 니안의 침대 위에 그를 내려놓는 손길이 안타깝고 애절했다.

"아줌마……."

다가온 니안이 루이스를 불렀다. 울먹이는 소리였다. 루이스가 헤이드의 가슴 위로 막 담요를 덮은 순간이었다. 루이스는 몸을 돌려 니안의 어깨를 움켜쥐었다. 거친 악력에 여린 소녀의 몸이 맥없이 흔들렸다. 그 바람에 초록 눈동자에 고여 있던 눈물이 뺨을 타고 도르륵 흘러내렸다.

마주한 루이스의 눈동자 역시 축축했지만, 눈빛만큼은 단호했다.

"니안! 아무 일도 아니야, 아무 일도! 그러니까 오늘 있었던 일은 어디서도 말하면 안 돼."

대답도 못 한 채 니안은 고개만 주억거렸다.

"알았지?"

미덥지 못한 듯 다시 확인하는 루이스. 니안은 또다시 고개를 끄덕였다. 루이스가 그런 니안을 갑자기 끌어안았다.

긴장이 풀리면서 울음이 터져 나오는 걸 참을 수가 없었다. 그녀는 니안을 안은 채 꺽꺽 서러운 울음을 삼켰다. 심장이 높은 곳에서 까마득히 먼 아래로 추락한 느낌이었다.

이틀 동안 벌써 몇 번이나 죽음의 문턱을 오락가락했던가. 하루 아침에 어떻게 이런 처지가 되었지?

'강해져야 해! 강해져야 해!'

루이스는 속으로 끊임없이 되뇌었다.

그런 그녀의 등을 울먹이는 소녀의 가느다란 팔이 감싸 안았다.

"괜찮아요. 괜찮아요……. 할머니도 이해하실 거예요. 오빠 얘기도 아무한테도 말 안 할게요, 아줌마. 말 안 할게요. 그러니까 울지마요. 울지 마요……."

어린아이가 잔망스럽게 그지없다. 그런데도 토닥이는 작은 손길에 마음이 편안해지는 것이 신기했다. 격해졌던 흥분이 박자를 맞춰 차츰 가라앉고 있었다.

루이스는 니안의 작은 어깨를 더욱 꼭 끌어안았다.

먹을 것이라곤 말린 옥수수 알갱이가 다였다.

항아리에 남은 마지막 옥수수 알갱이를 잘게 빻아 냄비에 넣고 물 대신 눈과 함께 끓였다. 약간의 밀가루, 소금과 설탕이 옥수수죽에 넣을 수 있는 전부였다. 다행히 후추가 조금 남아 있었다.

루이스는 테이블 위에 아이들이 먹을 수프 그릇과 후추통을 내려놓고 말했다.

"먹을 것을 사러 시내에 다녀와야겠어요."

나무숟가락으로 영혼 없이 수프를 휘젓던 헤이드의 손이 멈췄다.

루이스를 바라보는 새파란 눈동자에는 불안이 가득했다.

"미쳤어? 어딜 간다고?"

"그런 말 쓰시면 안 돼요."

루이스가 엄한 눈으로 헤이드를 나무랐다.

"알게 뭐야. 언제 죽을지도 모르는데. 욕 따위 실컷 할 거야. 이 *^&^$*&^**&^&^*……."

생전 처음 듣는 적나라한 욕 퍼레이드에 니안의 눈이 동그래졌다.

천사 입에서 막막 욕이 나온다! 니안은 멍하니 입을 벌리고 그런 헤이드를 바라봤다. 루이스가 깊은 한숨을 내쉬었다.

"어떤 상황에서도 기품을 잃으시면 안 됩니다."

"지금 하나밖에 안 남은 내 보호자이자 유모가 날 남겨두고 죽으러 간다는데 그럼 욕이 안 나와? 난 어떡하라고?"

"안 죽습니다."

"어떻게 알아? 거긴 온통 반란군으로 넘쳐날 텐데."

"그거 무섭다고 가만히 앉아 굶어 죽을 순 없어요. 조심해서 잘 다녀오겠습니다. 꼭 돌아올게요."

바델의 코트를 걸쳐 입는 루이스를 보며 니안과 헤이드가 동시에 자리에서 일어났다.

"가지 마!"

"저도 데려가요!"

헤이드가 고개를 휙 돌려 파란 눈으로 니안을 노려봤다. 조그만 계집애가 만만치 않은 기를 뿜어내며 똑바로 마주 쏘아보았다. 어쭈! 헤이드는 화가 치밀었다.

"넌 또 왜 나서?"

헤이드가 먼저 쏘아붙였다.

"길을 알고 싶어. 혼자서도 다닐 수 있게. 내가 길만 알았어도 할머니를 의사 선생님께 보여 드릴 수 있었단 말이야."

"바보 같으니라고. 그런다고 뭐가 달라졌을 줄 알아? 할머닌 어차피 죽고, 넌 늑대한테나 물려갔겠지. 집에 가만히 있어! 또다시 그러면 안 구해줄 거야!"

그렇지. 어찌 됐든 헤이드가 자신의 목숨을 구해줬다. 인정할 수밖에 없는 진실에 니안의 얼굴이 발개졌다.

"내가 왜 바보야? 헤이드가 바보야!"

"어디서 감히 바보래? 버릇없이!"

"오빠가 먼저 바보라고 했잖아."

"예전 같았으면 넌 진즉에 죽었어. 감히 나한테 반말을 하고 바보라고 하다니."

루이스가 나서서 테이블을 탁탁 두드리며 둘을 말렸다.

"둘 다 집에서 한 발짝도 못 나가요. 호칭 문제는 제가 시내에 다녀오면 정리하도록 하죠. 혹시라도 제가 없는 사이에 누가 오더라도 절대 문 열어주시면 안 돼요. 불가피하게 들키는 상황이 오면 남매라고 말씀하셔야 해요. 이름은……."

루이스는 잠시 눈동자를 굴리며 고민하다 헤이드를 향해 말했다.

"데릭······ 데릭 에드워드 르윈느라고 말씀하세요."

"데릭? 데릭이 대체 누군데?"

헤이드가 심통 가득한 얼굴로 팔짱을 끼고는 의자에 털썩 주저앉았다.

"그것도 다녀와서 말씀드리겠습니다. 꼭 돌아와요. 그러니까 너무 불안해하지 마세요."

루이스의 시선이 여전히 테이블을 짚고 서 있는 니안에 닿았다.

"니안! 나 없는 동안 헤······ 아니, 데릭을 잘 부탁해. 시내에는 나중에 좀 더 안전해지면 데리고 갈게."

무뚝뚝한 목소리지만 어쩐지 진심이 느껴졌다. 그 바람에 니안도 그만 풀이 꺾이고 말았다. 니안은 한결 얌전한 표정으로 의자에 앉았다.

"둘 다······ 제가 돌아올 때까지 아무 일도 없이 무사히 있어야 해요. 저보단 어린 두 분이 더 걱정이에요. 절대 집 앞에도 나가지 말고 안에만 있어요. 알겠죠?"

루이스가 등을 돌려 집안을 빠져나가자 헤이드와 니안 사이에는 한동안 정적이 흘렀다.

옥수수죽이 식어가고 있었다.

할머니 바델이 노쇠한 몸을 이끌고 힘들게 시내까지 나가서 사온 말린 옥수수. 그녀의 노고를 생각하자 그대로 식게 놔둘 수가 없었다. 버리는 건 더더욱 안 된다. 삶에 대한 강렬한 의지도 타올랐다.

니안은 테이블로 바짝 당겨 앉아 전투적으로 옥수수죽을 떠먹기 시작했다.

헤이드는 불만스러운 눈으로 그 모습을 바라보다가 숟가락을 탁 소리 나게 내려놓았다. 할머니를 잃고도 씩씩하게 옥수수죽을 먹을 수 있는 니안의 강단이 부러우면서도 미웠다.

나는 이토록 괴로운데! 괴팍한 심술이 치솟았다.

"아무 맛도 안 나. 대체 이런 음식을 어떻게 먹으란 거야!"

니안이 의아한 표정을 지으며 중얼거렸다.

"뭐가? 고소하기만 한데……."

아무렇지도 않게 옥수수죽을 입안에 밀어 넣는 니안을 헤이드가 빤히 쳐다보았다. 그러자 기분이 더 나빠졌다. 황궁에서 벌어졌던 일의 충격이 가시지 않은 탓일 거다.

지금은 아무라도 걸리면 치고받고 싸우고 싶을 만큼 가슴속에 불길이 이는 헤이드였다. 그는 일부러 도발하듯 더욱 도도한 얼굴로 덧붙였다.

"이런 음식은 짐승들이나 먹는 거지. 아니, 짐승들도 안 먹겠다."

그제야 니안은 움직이던 손을 멈추곤 헤이드를 바라봤다. 니안과 눈이 마주치자 헤이드는 괜한 심술을 부리는 것에 대한 미안함에 심장이 따끔거렸지만, 오히려 '뭐, 어쩔 건데?' 하는 식으로 더욱 사납게 눈을 치켜떴다.

하지만 의외였다. 그렇게 도발을 했으면 화를 낼 법도 한데 뜻밖에 어린 소녀는 의연했다.

"왜 그렇게 미운 말만 해?"

"쓰레기 같은 음식만 주니까 그렇지."

"지금 집에 그것밖에 없어서 그래."

"너나 먹어."

눈을 내리깐 헤이드가 제 접시를 니안 쪽으로 거칠게 밀어내며 말했다.

니안은 숟가락을 입에 문 채 그런 헤이드를 물끄러미 바라보았다. 아무리 봐도 그의 심술이 맛없는 옥수수죽 때문만은 아닌 것 같았다. 분명 다른 무언가에 단단히 화가 난 거다. 니안은 본능적으로 그의 바다색 눈동자에 스민 상처를 감지했다. 마음 한구석이 짠해졌다. 무작정 편을 들어주고 싶었다.

니안은 자신도 화난 것처럼 숟가락으로 죽 그릇을 탁 내리치며 말했다.

"그러게. 옥수수죽이 나빴다, 진짜. 왜 이렇게 맛이 없어서."

헤이드와 똑같이 죽 그릇마저 앞으로 주욱 밀어냈다.

"나도 안 먹을래."

토라져 가늘어졌던 헤이드의 눈동자가 커졌다.

이제 당황해 어쩔 줄 모르는 것은 니안이 아니라 헤이드였다. 니안을 굶게 하려고 심술을 부린 건 아니었으니까. 루이스가 돌아오려면 분명 한참 걸릴 텐데 있을 때 먹어두지 않으면 아주 힘들어질 거다.

당황한 그의 목소리에 힘이 들어갔다.

"왜…… 왜 안 먹어? 먹어!"

아, 이런 젠장. 이러니까 더 화내는 것 같잖아. 더 당황스러워졌다.

"싫어. 맛없어."

니안도 지지 않고 당차게 대답했다. 그의 파란 눈동자가 파도처럼 일렁거렸다.

"마, 맛없긴! 넌 어릴 때부터 먹고 자랐을 거 아냐. 새삼스럽게 뭐가 맛없어?"

"아닌데."

니안이 새침하지만 귀여운 말투로 말했다.

"아니긴 뭐가 아니야."

헤이드가 여전히 큰 소리로 따지듯 외쳤다. 여전히 통제되지 않은 감정이 자꾸 목소리만 키웠다. 얼굴로도 자꾸 피가 몰렸다.

"나도 할머니가 아픈 바람에 먹을 게 없어서 처음 먹어 본 건데? 그전엔 고기 말린 것도 있었고, 빵도 있었고, 할머니가 안 아팠을 땐 맛있는 음식도 많이 해줬어. 옥수수만 먹은 건……."

니안은 손가락을 꼽아보며 골똘히 생각하더니 한쪽 손바닥을 활짝 펴 보였다.

"이만큼?"

그러면서 샐쭉 웃는 니안의 얼굴에선 꼭 빛이 뿜어져 나오는 것 같았다. 땅에 닿지 않는 발이 의자 위에서 까딱거리는 모양도 몹시 귀여웠다.

헤이드는 알 수 없는 묘한 감정에 휩싸였다. 간질간질하기도 하고, 답답해 숨이 막히기도 하고, 창피하기도 했다. 아무튼, 이상했다. 설명할 수 없는 복잡한 감정에 얼굴만 계속 달아올랐다.

니안이 말을 이었다.

"난 우리 할머니가 너무 고생해서 사 온 옥수수라 맛없어도 먹고 싶지만, 오빠가 안 먹는다면 안 먹을래."

허, 말은 또 왜 이렇게 잘해? 헤이드는 복잡한 속내를 감추며 여전히 퉁명스럽게 쏘아붙였다.

"왜, 왜 따라 해? 먹고 싶으면 먹어!"

"싫어."

"왜?"

그러자 니안이 입술을 비죽 내밀고 안타깝게 말했다.

"그럼 오빠가 너무 외로울 거 아냐. 이해해 주는 사람이 하나도 없으니까. 할머니도 중요하지만 지금 내 옆에 있는 사람은 오빠 잖아."

헤이드는 딱 할 말을 잃고 말았다.

"나도 같이 안 먹을래, 그래야 배고픈 오빠 마음을 더 잘 이해하지."

"……."

맙소사. 이 쬐그만 꼬맹이가?!

그 순간 헤이드는 황태자라는 자신의 신분이 부끄러웠다. 수치를 아는 것은 고귀한 신분의 덕목이라고 배웠다. 기억도 못 할 만큼 이전부터 귀에 못이 박이도록 들어오던 말이 아니었던가.

궁에 있을 땐 이렇게까지 막돼먹게 행동해 본 기억이 없었다.

그도 그럴 것이 10년밖에 되지 않는 그의 인생은 잔잔한 파도 위를 항해하는 함선처럼 곧고 바르고 흔들림이 없었으니까.

그를 둘러싸고 있던 모든 것들은 우아했고, 고상했으며, 교양 있었다. 사람들은 누구나 지적이고 본이 되는 사람들이었다. 막돼먹은 것은 본 적도, 들은 적도, 해본 적도 없었다.

그랬던 내가 어떻게 이렇게 막 굴 수가 있었을까?

대체 어떻게 해야 하지? 이럴 땐 어떻게 해야…….

잠시 후, 그는 자신이 실수할 때마다 스승들이 보여줬던 모습들을 기억해 냈다. 그들은 말로 가르치기에 앞서 먼저 행동으로 바른 모습을 보여주며 헤이드를 교정시켰다. 그다음에 주의 사항을 조곤조곤 알려주곤 했다.

지금은 혼자서 깨달았으니 스스로 자신의 잘못된 행동을 교정할 때다.

짧은 반성의 시간 후, 잠시 숨을 고른 그는 말없이 자세를 바르게 하고 밀어 뒀던 죽 그릇을 잡아당겼다. 그리곤 황실에서 만찬을 할 때처럼 고상한 동작으로 숟가락을 들어 조심스럽게 옥수수죽을 한입 떠 넣었다. 인상이 써질 만큼 입에 맞지 않았지만 내색하지 않았다.

그의 우아한 몸짓에 니안의 눈이 휘둥그레졌다.

"이제 너도 먹어, 니안. 할머니의 옥수수잖아."

점잖고 품위있는 목소리도 냈다. 그제야 니안의 얼굴에 환한 미소가 걸렸다.

역시 천사였어. 겉으로만 툴툴거릴 뿐 헤이드는 분명 마음이 따뜻하고 착한 오빠야.

니안은 행복한 얼굴로 숟가락을 들었다. 그리고 다시금 씩씩하게 옥수수죽을 떠먹기 시작했다. 목구멍으로 넘어가는 죽의 느낌이 따뜻했다.

## 뜻밖의 횡재

　반란이 일어난 지 이틀이 지났건만, 아르본 시내는 여전히 어지러웠다. 피의 밤을 애도하기라도 하듯 날씨마저 얼어붙을 듯 추웠다.

　전 황제의 동생이었던 오스만 대공이 이토록 우중충한 날씨에 거사를 치를 수밖에 없었던 이유는 왕의 최측근이며 황국 최고의 기사인 아르모트가 변방에 나가 있기 때문이었다.

　오스만은 황실을 장악하는 동시에 아르모트의 잔당을 없앨 소수정예의 군인들을 이미 그가 파견된 한스넬 지역으로 보낸 상태였다.

　"설마 이런데도 살아 돌아오진 않겠지."

아르모트가 한스넬로 파견 가게 된 것은 멧드라하의 조언을 받은, 오스만 대공의 작업이 있었기 때문이다. 멧드라하는 지역과 시점까지 정확하게 짚어주었다.

'반드시 그 시기여야 합니다. 다른 날이라면 설사 황궁을 장악하는 데 성공하더라도 아르모트의 세력과 오래도록 싸워야 할 겁니다. 전 황실을 추종하는 수도의 귀족들은 황궁을 차지한 다음 날 잡아들여 숙청하십시오. 지체할수록 기반이 흔들립니다. 되도록 백성들이 볼 수 있는 공개적인 장소에서 조목조목 죄목을 읊고 죽이세요. 죄목이야 아무거나 갖다 붙여도 됩니다. 수도 귀족의 빈자리는 돈은 있으나 명예에 굶주린 거상 중에 고르시면 무리가 없으실 겁니다. 그들이 전하의 든든한 뒷배가 되어줄 것입니다.'

황금 옥좌에 앉은 오스만은 인상을 찌푸리며 턱을 만지작거렸다. 걸걸하게 떨리던 멧드라하의 목소리가 연이어 머릿속을 울렸다.

'당연한 이야기이지만 황제의 가족은 단 하나도 남겨놓지 마십시오. 만약 놓치면 확실하게 죽일 때까지 추적을 멈추어서는 안 됩니다.'

그런데 놓쳤다. 그것도 황태자를.

공주나 시종, 시녀들, 심지어 배다른 형제에 만일을 대비한 황태자의 대역까지 모두 죽였는데.

추격대가 황태자를 쫓고 있긴 하지만 얼굴을 정확히 모를 테니 불안하기만 했다.

멜롯 가 적통의 상징인 황금빛 머리카락과 파란 눈동자는 흔하지는 않지만, 귀족이나 평민 중에 전혀 없는 것도 아니었다.

멜롯 가가 쿠커스 황국의 지도자가 된 이유는 외적인 요소보다는 보통 사람이 지니지 못한 특별한 능력 때문이었다. 그것도 고대마법 시대에나 있던 이야기지만…….

황실은 물론 이 세계에서 마법이 사라진 지 벌써 1000년이 다 되어 가고 있었다.

"오스만 전하, 제3추격대가 황태자의 머리를 가져 왔다고 합니다."

한 병사의 보고에 근심스럽던 오스만의 두 눈이 기대감으로 번득였다.

"사실이냐? 어서 들라 해라. 내 두 눈으로 직접 확인하겠다."

오스만이 조급한 얼굴로 왕좌에서 몸을 일으켰다.

루이스가 시내에 도착했을 땐 델피안 광장에서 보수 귀족들의 숙청이 한참 진행되고 있었다. 그 모습을 구경하러 아르본 시민들이 광장을 빽빽하게 메웠다.

혀를 내두를 정도로 빠른 진행이었다. 전날 밤 궁을 공격해 황제를 죽이고, 다음 날부터 바로 기존 권력층의 숙청이라니.

"오히려 날씨가 추워서 다행이네."

눈만 남기고 목도리로 목과 얼굴을 칭칭 두르고 있는 루이스가 중얼거렸다.

시내에 있는 어떤 군인들도 그녀가 이리 대담하게 아르본 시내를 활보할 거라곤 생각하지 못할 테니까. 광장에 시민들이 많은 것도 다행스러운 일이었다. 아무도 그런 루이스를 눈여겨보는 사람이 없었으니까.

무엇보다도 그녀에겐 헬레나의 신분증이 있었고, 그녀의 얼굴을 아는 것은 황실의 고위 공직자나 일부 귀족들뿐이다. 길가의 말단 병사들이 황태자의 유모였던 그녀의 얼굴을 알 리가 없었다.

그런데도 사라지지 않는 불안감에 시내에 들어서면서 제일 먼저 가발 상점에 들른 뒤 주황색 가발을 구매해 감쪽같이 머리색을 바꾸기까지 했다.

루이스는 두꺼운 코트 주머니에 넣어놨던 편지 봉투를 꺼내 주소를 거듭 확인했다.

델피안 광장 북쪽 거리 2번지 타운하우스 린덴. 광장 끝에 있는 델피안 공원을 정면으로 바라보고 있는 고급 저택이었다.

델피안 광장을 중심으로 동쪽과 서쪽에는 상업 지구가, 공원을 바라보고 있는 북쪽에는 귀족과 부자 상인들의 타운하우스가 밀집해 있었다.

린덴 하우스 앞에서 루이스는 건물을 아래부터 꼭대기까지 쭉 눈으로 훑었다. 델피안 공원을 향한 모든 창문에 커튼이 드리워져 있긴 하지만 습격당한 흔적은 없었다.

공원의 아름드리나무 너머로 군중들의 소음과 함께 기요틴 칼날이 떨어지는 소리가 선명하게 들렸다.

타운하우스는 거의 한 집 건너 꼴로 현관과 창문이 모두 부서진 채 엉망으로 망가져 있었다. 귀족이 살던 집만 골라 반란군 병사들이 남겨놓은 흔적이었다.

루이스는 심호흡하고 린덴 하우스의 현관 손잡이를 잡고 두드렸다. 그 소리가 반란군의 방문일까 봐 린덴 하우스 사람들이 가슴을 쓸어내려야 했다는 것은 까맣게 모르는 채.


"누…… 누구라고?"

2층 침실에 딸린 작은 응접실에서 숨을 죽이고 있던 카트린느가 긴장한 얼굴로 하녀에게 되물었다.

"바델 크라우디요. 바델 크라우디가 찾아왔다고 하면 아실 거라는데요."

병사가 아니니 다행일 텐데도 얼굴이 하얗게 질려가는 카트린느가 이해되지 않아 하녀는 두 눈만 의아하게 깜빡거렸다.

"호, 혼자야?"

"네?"

"바델 혼자 왔냐고."

"네……."

써억! 쿵!

섬뜩한 칼날 소리에 카트린느가 깜짝 놀라 어깨를 떨었다.

다음에는 어김없이 '우우'하는 군중들의 탄성이 이어졌다. 아무리 창문을 꼭꼭 닫고 커튼을 쳐도 끔찍한 소리는 아침부터 쉬지 않고 집 안으로 새어 들어왔다.

남편인 빌리어드는 오늘처럼 살벌한 날에도 짐을 싣고 서쪽 제도로 출발할 선박을 살피러 항구에 나갔다.

그녀는 입술이 하얘지도록 깨문 채 목걸이를 만지작거렸다.

'빌리어드가 없으니 살짝 불러 근황을 들어볼까? 아니면 편지로 연락하겠다 하고 그냥 돌려보낼까?'

때마침 편지로 전하기엔 중대한 소식이 있다는 사실을 머릿속에 떠올렸다. 안 그래도 그 문제로 숲 속의 집을 방문해야 하나 고민하던 차였다. 더구나 바델은 카트린느가 편지를 두 통이나 보내는 동안에도 답장이 없었다.

"들여보네."

"네. 어디로 모실까요?"

"여기. 내 방 응접실로."

"네."

똑똑 방문이 울리고, 심호흡한 카트린느가 손님을 맞이하기 위해 몸을 돌렸다. 하지만, 문 앞에 서 있는 것은 전혀 알지 못하는 낯선 여자. 카트린느가 소스라치게 놀라며 몸을 떨었다.

"누, 누구시죠?"

빗자루처럼 뻣뻣한 주황색 머리에 푸른 눈동자를 한 여자. 더구나 바델처럼 칠십이 넘는 노파도 아니었다.

많이 쳐봐야 서른다섯? 여섯?

카트린느의 목소리가 미세하게 떨렸다.

"제가 아는 바델 크라우디가 아닌데요."

그 순간 그녀는 하녀에게 방문자의 연령대 정도는 확인했어야 했는데 하고 후회했다. 여자가 차분한 얼굴로 대답했다.

"전 바델의 먼 친척, 루이스 켄베라라고 해요."

카트린느의 창백한 얼굴을 가득 메운 경계가 한계점에 다다르고 있었다.

"바델한테 가족이 있다는 이야기는 처음 듣는데요."

"믿든 안 믿든 그건 부인의 자유예요. 전 바델이 그제 밤 죽었다는 소식을 전하려고 온 거니까요. 니안은 지금 저와 함께 있어요."

"바…… 바델이…… 죽었다고요?"

믿기지 않는지 카트린느의 입이 다물어질 줄을 몰랐다.

한동안 놀란 눈으로 멍하니 루이스를 응시하던 그녀가 순간 비틀거렸다. 루이스의 손이 금방이라도 뻗어 나갈 것처럼 움찔했지만, 손을 뻗어 부축하기엔 카트린느가 서 있는 곳은 거리가 멀었다.

비틀거리던 카트린느가 창틀을 붙잡고 간신히 몸을 추스르고는 잠시 심호흡을 했다. 그러다 비척비척 앞에 놓인 작은 티테이블로 다가와 앉았다.

이후 흘러나오는 목소리는 금방이라도 숨이 넘어갈 듯 연약했다.

"먼저 자리에 앉은 무례를 용서하세요. 갑자기 어, 어지러워서요."

"괜찮습니다. 많이 놀라셨을 테죠."

루이스는 그런 카트린느를 유심히 살폈다. 지독히도 니안과 닮은 모습이다. 윤기가 흐르는 까만 머리카락, 청명해 보이는 초록색 눈동자, 도자기처럼 매끈하고 하얀 피부.

오프숄더 드레스 위로 드러난 가슴골이 격한 호흡에 맞춰 오르락내리락하는 것이 꽤 관능적이었다. 그러면서도 천박하지 않고 고급스러운 자태.

니안이 성장한다면 저런 모습일까?

잠시 후 카트린느가 어느 정도 진정된 톤으로 루이스에게 물었다.

"바델은…… 왜 죽었죠?"

"노환이겠죠. 사실 제가 도착했을 땐 숨이 거의 넘어가는 단계였어요. 그전에 의사에게 보인 적도 없어서 원인은 정확히 모릅니다."

"그래서 그동안 답장이 없었군요……."

좌절한 카트린느의 얼굴이 그늘 속으로 침잠했다.

"그러면, 니안은요?"

"지금 제 아들과 함께 아르본 숲의 통나무집에 있어요."

헬레나가 눈동자를 흔들며 루이스를 바라봤다.

눈물을 머금은 녹색 눈동자가 마치 영롱하게 빛나는 에메랄드
같았다.

"아들이…… 있다고요?"

"네. 열 살이에요."

"아……."

그때 문 두드리는 소리가 나고 하녀가 티포트와 찻잔이 담긴 쟁
반을 들고 들어왔다.

"이런…… 손님을 너무 서 계시게 했네요. 일단 이쪽으로 앉으
시죠."

카트린느의 말에 루이스가 정중한 자세로 테이블 앞에 앉았다.

잠시 대화가 끊겼다. 하녀에 의해 찻상이 세팅되는 동안 카트린
느는 어디서부터 어떻게 말을 해야 할지 고민했다.

저 여자가 어디까지 알고 온 건지, 자신의 처지를 먼저 말해도
좋을지 도무지 종잡을 수가 없었기 때문이었다.

세팅을 끝낸 하녀가 뒤로 물러서 있자 카트린느가 그녀에게 밖

으로 나가라고 눈짓했다.

하녀는 공손히 고개를 숙이고 응접실을 나갔다.

그때야 카트린느가 루이스를 향해 억지 미소를 지어 보이고는 차를 권했다.

"드세요. 향이 아주 좋아요."

"네."

카트린느는 차를 마시는 루이스를 유심히 관찰했다.

찻잔을 드는 동작도, 앉아 있는 자세도 귀족 특유의 것이었다.

뼛속까지 평민인 바넬의 먼 친척이라기엔 너무 고상했다. 손등의 피부도 지나치게 고왔다. 그런데도 그녀가 입고 있는 허름한 드레스는 바넬의 것이 분명해 보였다.

결국, 카트린느는 그녀에 대한 정보가 너무나 적다는 사실을 인정하고 정공법을 쓰기로 했다.

천천히 찻잔을 내려놓은 카트린느가 먼저 입을 뗐다.

"어디까지 알고 오셨나요, 켄베라 양?"

"바넬에게 보내신 편지와 서류들을 봤어요. 제가 알고 있는 건 거기서 본 게 다예요."

"그럼…… 이제 니안은 어떻게 되는 거죠?"

두려움에 젖은 듯 카트린느의 목소리가 가늘게 떨렸다.

루이스가 그런 카트린느의 눈동자를 정면으로 주시하며 또렷이 물었다.

"그건 제가 묻고 싶은 바인데요, 베오만 부인. 이제 니안을 어떻게 하실 건가요?"

바르고 꼿꼿한 자세에도 불구하고 카트린느의 눈빛은 우울하게 가라앉았다. 그녀가 우아한 속눈썹을 내리깔며 안타깝게 말했다.

"전…… 니안을 데려올 수 없어요. 남편은 저한테 딸이 있다는 사실을 모르거든요. 누군가 아이를 맡아줄 사람이 있다면…… 그분께 맡기고 싶습니다만……."

이것이야말로 듣고 싶었던 말이다. 하지만 양육비도 반드시 함께여야 한다. 루이스는 서두르지 않았다.

잠시간의 침묵 후 카트린느가 말을 이었다.

"전…… 곧 떠납니다."

"네?"

이건 또 생각지도 못했던 반전이었다. 냉정함을 유지하던 루이스의 눈동자가 놀라움으로 커졌다. 카트린느가 말을 이었다.

"남편이 서쪽 제도의 개척지에서 다이아몬드 광산 개발 사업을 시작했어요. 사업 초기라 신경 쓸 일이 많아서 당분간 무역 거래 본부도 그쪽에서 운영할 예정이에요. 그래서 가족 모두 함께 이주하기로 했어요."

안 돼. 그럴 순 없어. 그럼 왕자의 양육과 교육을 위해 위험을 무릅쓰고 시내까지 나온 보람이 없잖아!

"니안은요? 딸을 아주 버리시겠다는 건가요?"

루이스의 입에서 조급한 질문이 튀어나왔다. 카트린느가 손을 내저으며 부인했다.

"아니요, 그럴 리가요. 하지만 지금은 방법이 없어요. 결혼한 지 얼마 되지도 않았고, 남편은 저한테 돌봐야 할 딸이 있다는 사실을 알면 어떻게 나올지 몰라요. 그는 제가 니안을 페르난디 가문에 놓고 나온 줄 알거든요."

"니안을 생각하셨다면 차라리 놓고 나오는 게 나았을 것을요. 아, 혹시 니안이…… 페르난디 핏줄이 아닌가요?"

루이스는 저도 모르게 니안에 대한 동정심을 불쑥 드러내고 말았다.

지금 누가 누굴 걱정하는 건지. 루이스는 빠르게 후회했다.

매끈한 카트린느의 이마에 살짝 주름이 파였다. 불쾌한 모양이었다.

"하아, 그건 절대 아닙니다. 하늘에 맹세해요. 니안은 셰이번 페르난디 백작의 핏줄이 분명히 맞습니다."

"그런데 왜 성이 르윈느죠? 오두막집에 남기고 간 서류들을 봤어요. 부인의 예전 신분증, 혼인증명서, 니안의 출생증명서까지. 출생증명서엔 분명 니안 페르난디 르윈느라고 적혀 있었어요. 베른 지방 르윈느 남작의 셋째 영애였던 당신의 결혼 전 성이요."

"그건……."

그녀는 초록 눈망울에 눈물을 가득 머금은 채 잠시 머뭇거렸다.

꿀꺽 무언가를 삼켜 내고선 그녀가 간신히 뒷말을 이었다.

"……니안의 외모가 아버지가 아닌 절 닮았기 때문이에요. 그래서 정식으로 페르난디 가문의 족보에 이름을 올릴 수가 없었어요."

기함할 일이다. 아이가 외탁했다고 가문 족보에 이름을 올려주지 않는다니.

"아니, 그게 무슨……."

루이스의 턱이 황망하게 떨어져 내렸다.

"페르난디 가문이 영주로 있는 베른 지방은 보통 지역과 많이 달라요. 태초의 마수 전쟁과 천지창조 신화의 근원지라 신비한 전설과 미신이 많죠. 실제로 마법처럼 특이한 일들도 간혹 일어나고요. 그 전설 중 하나가 페르난디는 붉은 용의 후예라는 거예요."

마법 시대가 끝난 지가 언제인데 용이라니.

비현실적인 이야기에 루이스가 두 눈을 깜빡거렸다.

"붉은…… 용이요?"

"그 집안의 직계 자녀들은 대대로 붉은 곱슬머리에 붉은 눈동자를 갖고 태어나거든요. 타오르는 불꽃 같은 색이죠. 전 세계에 유일무이한 특이한 빨강이에요. 그래서 페르난디 가문의 사람은 누구나 알아볼 수 있어요. 예외란 없었어요."

진짜 예외가 없었을까? 가문의 전설을 지키기 위해 버려진 거 아니었을까? 니안처럼 말이다. 그런 식으로 버려진 자식들이 대대로 수십 명은 되지 않을까?

루이스의 미간이 살짝 찌푸려졌다.

"그런데 예외가 생긴 거로군요."

"네."

"그게 니안이고요."

"네……."

답답한 마음이 들어 루이스는 찻잔을 다시 들어 올렸다. 목구멍으로 넘어가는 찻물 맛이 갑자기 몹시도 썼다.

카트린느의 이야기는 계속되었다.

"모두가 절 의심했어요. 제가 다른 남자와 정을 통해 낳은 아이가 아니냐고요. 하지만 맹세해요. 니안은 분명 셰이번 페르난디 백작의 아이가 맞아요."

백작의 아이임을 주장하는 카트린느의 목소리는 단호했다.

"그래서 쫓겨났나요?"

"아니요. 백작님은 제 결백을 믿었어요. 1000년 만에 생긴 이변을 기꺼이 받아들이셨죠. 하지만 족보에는 이름을 올리지 못한다고 했어요. 그래도 니안은 분명 자신의 딸이고, 페르난디 안에서 키워서 페르난디의 이름으로 시집까지 보내겠다고 맹세도 하셨고요. 그런데……."

"……?"

루이스의 얼굴에 궁금증이 떠올랐다.

카트린느의 시선은 어느새 테이블 위에 놓인 찻잔에 고정되어 있었다.

"……그분이 약속을 지키기 전에 돌아가신 거예요. 전 그분이 상처하고 난 다음 결혼한 후처였고, 전처에게서 본 장성한 자식이 둘이나 있었죠. 정확히 말하면 니안의 배다른 오빠와 언니요. 남편이 죽고 나자 장자상속 원칙에 의해 모든 재산이 장남인 게오르에게 넘어갔어요. 그런데 게오르와 여동생 소피아는 우리와 함께 사는 걸 원치 않았어요. 니안을 핑계로 제 정조를 문제 삼아 집안에서 쫓아냈어요. 땡전 한 푼 없이요."

루이스의 눈동자에 동정과 분노가 어렸다. 카트린느가 계속 말을 이었다.

"생계가 막막했어요. 그때 무역상인 베오만 씨가 자신의 아이들에게 귀족 예법을 가르쳐 줄 가정교사를 찾는다는 구인광고를 낸 걸 보게 됐고, 이력서를 낸 후 이 집에 입주 가정교사로 들어왔어요. 당시 제 조건이 이 집에서 원하는 가정교사의 조건과 부합했거든요. 딱 한 가지만 빼고요."

"그게 뭐죠?"

"자식이 없어야 하는 거요. 그게 입주 가정교사의 필수 조건이었어요. 베오만 씨도 부인 없이 혼자 아이를 둘이나 키우고 있었기 때문에 엄마 역할까지 대신해줄 수 있는 헌신적인 사람을 필요로 했거든요. 아무래도 자기 자식이 있으면 베오만의 아이들에게 최선을 다할 수 없을 테니까……. 그래서……."

"속이……셨군요……."

"여기서 받는 보수면 바델과 니안의 생활비를 충분히 댈 수 있으니까요. 살기 위해서는 어쩔 수 없었어요."

그녀는 이후 베오만으로부터 청혼을 받았지만, 결혼하고 나면 생활비를 니안에게 보낼 수 없을까 봐 몇 번이나 거절했었다고 한다.

하지만 베오만은 포기를 몰랐다고. 그는 카트린느에게 끈질기게 청혼을 해 왔고, 결국 카트린느는 베오만으로부터 이유를 묻지 않고 일정 금액을 매달 융통해 주겠다는 약속을 받고 나서야 결혼을 승낙했다.

"만약 루이스 퀜베라 양이 니안을 보살펴줄 수 없다면 다른 후원자라도 찾아봐 주세요. 부탁드려요. 니안의 양육비는 지금과 같이 매달 보내 드릴 수 있어요. 그건 제가 서쪽 제도로 떠난 후에도 끊기지 않을 거예요. 대신 바델이 했던 것처럼 매달 우편으로 니안의 소식만 전해주시면 돼요."

"제게도 아들이 있어요. 만약 제 아들의 교육비까지 부담해 주신다면 맡아볼 의향이 있습니다만."

"……."

"후원자만 있다면 차후 검술학교에 보내고픈 욕심이 있어서요."

사실은 일반 검술학교가 아니라 왕립아카데미지만.

그런 루이스를 바라보는 카트린의 눈빛이 어쩐지 무거워 보였다.

"교육에 대한 열의가 높으시네요."

"베오만 씨만 할까요. 베오만 씨는 평민이면서 귀족식 교육을 시키고 계시잖아요."

고민하는지 카트린느는 한동안 말이 없었다. 도톰한 입술을 꾹 다물고 심각한 표정으로 잠시 테이블을 응시하던 그녀가 마침내 고개를 들었다.

"돈을 더 늘려줄 수 있는지 남편과 이야기해 볼게요. 만약 더 드리지 못하게 된다면 제가 드리는 양육비를 댁의 아드님과 나누어 쓰셔도 좋습니다. 되도록 원하시는 대로 맞춰 드리도록 노력할게요."

루이스의 얼굴에 편안함이 스며들었다. 비로소 원하던 것을 얻었다.

이제 그녀의 새 이름과 구 신분증의 존폐유무만 확인하면 된다.

"아, 참…… 이름은 어떻게 된 건지 여쭤봐도 될까요?"

혹시나 의혹을 품고 경계할까 봐 걱정했는데 카트린느는 모든 것을 초월한 것처럼 루이스에게 거침없이 술술 털어놓았다.

아무래도 자신의 아이를 맡기게 되었으니 절대적인 신뢰를 보여주어야 한다고 생각한 것 같았다.

"결혼하면서 이름과 신분을 새로 발급받았어요. 예전 이름과 신분을 가져오면 니안이 곤란해질 수도 있을 것 같아서요. 어느 모로 보나 니안에게 서류상으로라도 엄마가 남아 있는 게 낫잖아요. 그래야 귀족 신분도 유지할 수 있고……."

"알겠습니다."

원하던 답은 얻었다. 조급한 마음에 루이스가 재빠르게 말을 잘랐다.

"그러면 편지로 답변 주세요. 오늘 돌아가면 한동안 시내에는 못 내려올 것 같아서요. 부인께서도 제가 직접 찾아오는 것은 부담스러우시겠죠."

"네. 그렇게 하겠습니다."

루이스는 이제 그녀를 대신해 니안의 엄마인 헬레나 페르난디의 신분으로 살 수 있게 되었다. 헤이드만 헬레나의 아들로 새로이 신분등록을 하면 된다.

지위가 낮긴 해도 귀족 가문의 핏줄을 이어받았으니 귀족만 입학하는 왕립아카데미에서 수학도 가능하다.

그때가 되면 왕자의 외모를 제대로 기억하는 사람은 하나도 없을 거다.

더구나 쫓기는 전 황태자가 대담하게 귀족학교에 나타날 거라고 누가 의심이나 하겠는가.

생각지도 못했던 행운에 가슴이 벅차 왔다. 왕자가 어느 정도 클 때까지 남의 눈에만 띄지 않으면 된다.

그런 의미에선 숲 속의 외딴 통나무집이 살기엔 제격이었다.

주인 없는 집이라 집세가 안 들어가는 것까지 모든 것이 만족스러웠다.

"오……빠?"

벽난로 앞에서 부지깽이를 들고 장난을 치던 니안은 침대에서 흘러나오는 옅은 신음에 헤이드를 돌아봤다. 하지만 그에게선 아무런 반응이 없다.

옥수수죽을 다 먹고 난 뒤 헤이드는 여전히 몸이 좋지 않은지 침대 속으로 파고들었었다.

니안은 천천히 자리에서 일어나 침대에 누운 헤이드에게로 다가갔다.

"오빠?"

조심스럽게 담요를 젖혀보았다. 땀에 흠뻑 젖은 헤이드가 눈을 감은 채 쌕쌕 아픈 숨을 몰아쉬고 있었다. 손가락을 코 밑에 가져다 댔더니 날숨이 델 것처럼 뜨거웠다. 이번에는 이마에 축축하게 달라붙은 금빛 머리카락을 조심스럽게 떼어내고 이마를 만져보았다.

열을 잘 재지 못하는 니안에게도 확실히 뜨거운 열기가 느껴졌다.

"오빠…… 열 많이 나. 괜찮아?"

벽을 보고 누운 헤이드를 똑바로 눕히며 니안이 물었다.

그 바람에 잠이 깬 헤이드가 나지막이 중얼거렸다.

"저리 가……."

아파 끙끙대면서 까칠하게 밀어낼 기운은 있나 보다.

"조금만 기다려 봐. 내가 가서 눈을 가져올게."

눈으로 대체 뭘 할거냐 묻고 싶었지만, 말이 나오질 않았다. 헤이드는 흐릿한 눈으로 대야를 들고 집 밖으로 뛰어나가는 니안의 뒷모습을 바라봤다. 활짝 열린 문으로 황소바람이 들어왔다.

'아프다는 데 문까지 열어놓는 멍청이가 어딨어……'

목까지 올린 담요 끝을 힘겹게 여미며 헤이드는 속으로 불평을 해댔다. 하얗게 눈이 쌓인 밖에서 까만 머리를 휘날리는 작은 소녀의 모습이 눈에 들어왔다. 대야가 가득 찰 때까지 눈을 퍼 담는 고사리손이 쉴 틈을 몰랐다. 장갑도 끼지 않은 채였다.

'역시 바보야……. 눈은 대로 퍼도 되잖아.'

니안이 대야에 소복이 쌓인 눈을 들고 다시 집 안으로 들어와서야 활짝 열렸던 현관문이 닫혔다.

테이블 위에 얇은 수건이 펼쳐지고, 그 안에 작은 손으로 눈을 꼭꼭 뭉쳐 넣는다. 니안은 눈 뭉치를 수건으로 돌돌 말아서는 헤이드의 이마에 올려놨다.

"어때? 시원하지? 머리가 좀 덜 아프지?"

"지금 막 올렸거든…… 바보……."

열에 들떠 발간 얼굴로 헤이드가 중얼거리자 니안이 희미하게 미소지었다.

끙끙 앓으면서도 날을 세운 기개 하나는 인정해 줘야겠네.

니안은 벽난로로 뛰어가 장작 몇 개를 더 던져 넣고 불이 잘 일도록 부지깽이로 들썩였다.

다시 침대로 돌아온 니안의 이마엔 썰렁한 공기에도 작은 땀방울이 맺혔다. 의자를 끌어다 침대 옆에 앉은 니안이 담요 속으로 손을 넣어 헤이드의 손을 잡았다.

"뭐하는 짓이야……."

헤이드는 강하게 뿌리치려 했지만, 기운이 너무 없었다. 니안의 양손이 미약한 반항을 가볍게 제압하곤 그의 손을 꼭 쥐었다.

"이렇게 차가운 수건을 이마에 놓고 손을 꼭 잡고 있으면 금방 나아. 사람 손바닥에는 기가 드나드는 통로가 있어서 안 아픈 사람이 아픈 사람 손을 잡아주면 건강한 기가 아픈 사람한테 옮겨간대. 그래서 더 빨리 낫는 거랬어."

"누가 그런 바보 같은 소리를 해?"

"우리 할머니가."

헤이드는 눈만 깜박인 채 더는 반박하지 않았다. 니안의 할머니라면 함부로 깎아내리기가 미안했다.

갑자기 니안이 샐샐 간지러운 미소를 짓는 바람에 헤이드가 못마땅한 소리로 물었다.

"왜 웃어?"

"흐흥, 얌전히 있으니까 예쁘다. 천사 같다."

헤이드의 얼굴이 화르륵 달아올랐다.

"도, 돌았구나……."

헤이드는 어이없는 목소리로 중얼거리곤 천장을 향해 눈을 감고 말았다.

얼마나 시간이 흘렀을까? 잠이 들었다 깨고 나니 몸이 한결 가벼운 느낌이었다. 헤이드는 자신의 손이 여전히 니안에게 잡혀 있다는 사실을 깨닫곤 니안을 불렀다.

"니안."

하지만 돌아오는 것은 대답 대신 쌕쌕 내쉬는 고른 숨소리뿐.

헤이드는 고개를 돌려보았다.

"……!"

의자에 앉은 니안은 고개를 침대에 대고 잠이 들어 있었다.

"니안?"

"으음……."

니안은 옅은 신음을 흘리며 몸을 부르르 떨었다. 단열이 제대로 되지 않는 집이라 불을 때도 공기가 꽤 써늘하다. 그냥 두면 감기에 걸릴지도 모르는데.

살짝 몸을 일으킨 헤이드가 잡힌 손을 빼려 했지만, 그럴수록 니안은 그의 손을 더 꽉 쥐었다.

잠결이면서 힘도 참 세지.

헤이드는 바델의 침대를 건너보았다. 바델 침대의 매트리스는 루이스가 햇볕에 소독해야 한다며 아침에 밖에 내다 놓은 상태였다. 집 안에 침대라곤 현재 자신이 누운 니안의 침대 하나뿐이었다. 덕분에 헤이드는 이틀 내내 니안과 한 침대에서 자야 했었다.

"아, 진짜……."

헤이드가 짜증스럽게 중얼거렸다.

감기에 걸리거나 말거나 신경 쓰지 말고 그냥 놔둬 버릴까?

눈을 내리깔자 방금 일어나면서 옆으로 던져놓은 수건이 보였다.

안에 뭉쳐 넣었던 눈은 다 녹아 없어지고 수건만 축축하게 젖어 있었다.

끙끙 앓던 순간 주저 없이 대야를 들고 밖으로 뛰어나가던 니안이 떠올랐다. 찬 겨울바람을 타고 너울거리던 새카만 머리카락.

"니안……. 야!"

헤이드는 니안의 어깨를 흔들었다.

"으음……."

"침대에서 자."

니안의 손을 침대 위로 잡아당기며 달래듯 말해보았다.

그제야 니안은 눈을 감은 채 비척비척 침대 위로 올라왔다. 헤이드가 지금껏 베고 있던 베개를 끌어당겨 제 머리까지 자연스럽게 뉘면서.

"뭐야, 너? 아픈 사람 베개도 뺏는 거냐?"

어이없어서 하는 말이었지만 밉지는 않은 투였다. 자신도 누우면서 둘의 몸 위에 담요를 가지런히 펼쳐 덮었다.

베개는 니안에게 빼앗긴 덕에 한쪽 팔로 팔베개를 한 채였다.

니안에게서 제 쪽으로 서늘한 기운이 밀려왔다. 괜히 멋쩍어진 헤이드는 인상을 찌푸렸다.

"……!"

그 순간 니안의 작은 머리가 헤이드의 품 안으로 파고들었다. 마치 어미 새의 품을 파고드는 새끼 새처럼. 예상치 못했던 스킨십 공격에 당황한 헤이드가 버벅거렸다.

얼굴이 터질 것처럼 달아올랐다.

"……야, 야야……야……."

누구와 침대를 나눠 써본 적도 없지만, 침대 위에서 무언가를 안고 자는 건 더욱 처음이었다. 그것도 사람을 말이다.

그런데 이상하게 싫지가 않다. 심장도 두근거렸다. 니안의 숨결이 닿는 부분이 뜨겁고 간지러웠다.

헤이드는 등 뒤로 팔을 돌려 조심스럽게 니안을 안아 보았다. 따뜻하고 말랑말랑하고 포근했다. 마치 둥글게 등을 만 채 서로를 안고 잠든 두 마리 새끼 고양이가 된 기분이었다. 또 스르르 눈이 감겼다. 그렇게 몽롱한 꿈속으로 빠져드는 헤이드의 입가엔 희미한 미소마저 떠오르고 있었다.

다그닥, 다그닥, 다그닥.

쿠커스 황국의 작은 마을 베른.

그곳의 영주인 페르난디 백작가의 저택으로 향하는 길이 요란한 말발굽 소리로 뒤덮였다. 웬만한 발길질엔 먼지도 날리지 않을 만큼 잘 다져진 흙길이지만 뽀얀 먼지가 일 만큼 요란하고 격정적인 말발굽이었다.

쿠커스 황국은 오스만 대공의 반란으로 피바람이 분 지 오래였다.

수도 귀족의 절반 이상이 목숨을 잃은 탓에 그와 동맹을 맺고 반란에 참여하지 않았던 지방 귀족들은 두려움에 몸을 사리고 있던 때였다.

그것은 비록 몰락을 코앞에 두었으나 아직은 귀족의 이름을 달고 있는 페르난디 가도 마찬가지였다.

페르난디 백작가의 기름진 영지와 저택은 희대의 난봉꾼인 아들 게오르가 1년도 안 되어 도박으로 탕진하고 도망쳤다.

현재 허울뿐인 백작가에 남은 것은 가문의 유일한 딸 소피아뿐이었다. 현금이 바닥나 고용인들도 모두 내보내고, 소피아도 며칠 내로 저택을 비워주기로 되어 있었다.

원래도 권력의 주류와는 거리가 먼 가문이었지만 게오르의 분탕질로 귀족 이름도 얼마나 유지할 수 있을지 미지수가 됐다.

'지금처럼 시국이 어지러운 때는 어쩌면 그편이 더 나을지도 몰라.'

소피아는 이런 말도 안 되는 소리로 자신을 위로하는 중이었다.

그런데 저택을 향해 달려오고 있는 무리는 분명 반란군 깃발을 들고, 반란군 군복을 입고 있다.

왕위 찬탈에 성공한 새 황실에서 다 몰락한 시골 백작가의 영지엔 도대체 왜?

'아버지가 나도 모르는 사이에 오스만 대공을 상대로 무슨 사고라도 친 건가? 아니면 게오르 오빠가?'

저택을 향해 달려오는 흙먼지를 보면서 소피아의 속이 까맣게 타들어갔다.

"셰이번 페르난디 백작의 영애 소피아 넬 페르난디는 쿠커스 황국의 새 태양 오스만 델 크리프트 멜롯의 청혼서를 받으시오."

전령을 갖고 온 병사들을 맞이하러 홀로 현관 앞 계단에 나와 있던 소피아는 제 귀를 의심했다.

새 황실에서 뜬금없이 청혼이라니!

더구나 오스만 대공은 이미 결혼해 아내와 자식까지 있는데!

'말하라. 잿더미 속에 핀 붉은 꽃이 뭘 의미하는지.'

협박조가 다분한 오스만의 명령에 멧드라하는 이렇게 대답했다.

'태초의 폐허 위에 터를 잡은 붉은 용의 후손. 이미 멸문의 길로 접어든 가문의 마지막 꽃입니다. 차원의 경계가 무너지면 영험한 힘을 되찾아 이 세상을 구할 고대의 유산이지요.'

이것이 오스만이 소피아 페르난디에게 청혼서를 보낸 이유였다.

태초의 폐허, 붉은 용의 후손.

이 모든 것이 베른 지방에서 오래도록 터를 잡고 유지해온 페르난디 가문을 의미했다.

베른 지방은 천지창조 신화의 근원지다.

고대 인간과 마수가 전쟁하던 시절, 그 치열함을 이기지 못하고 땅이 토해낸 용암 위에 세워졌다는 마을, 베른.

어떤 이유에서인지 붉은 용 하나가 차원의 문을 넘지 못하고 인간 세계에 터를 잡았다고 한다.

페르난디 가문은 그 후손의 징표로 타오르는 불꽃 색깔의 머리카락과 적안을 갖게 되었다.

얼떨떨한 표정으로 잠시 넋을 놓고 있던 소피아는 이내 양손으로 풍성한 스커트 자락을 부여잡았다. 그리고는 백작가의 후예답게 우아한 자태로 고개를 숙이며 예를 갖췄다.

"셰이번 페르난디 백작의 장녀 소피아 넬 페르난디, 존경하옵는 황제 폐하의 명에 따라 전령의 청혼서를 받습니다."

"그러면 영애는 지금 당장 황제 폐하의 청혼에 대한 답을 하셔야 하오."

"네?"

이해할 수 없는 요구에 소피아는 두 눈을 빠르게 깜빡였다.

반란에 성공한 황실이라지만 예법에 어긋나도 한참이나 어긋난 요구였기 때문이었다.

본래 청혼서라는 것은 황실과 귀족 사이 결혼에 대한 사전 합의가 끝난 상황에서 보내는 것이기도 하거니와, 형식적인 절차라 해도 청혼서를 받고 답신을 보내기까지 못해도 1주, 길어도 2주 정도의 숙려 기간을 두는 것이 관례였다.

아무리 반란으로 황실을 집어삼킨 오스만이라 해도 황실 직계 출신인 그가 그런 예법을 모를 리가 없다.

그녀는 살짝 고개를 들고 말 위에 올라탄 병사들의 얼굴을 훔쳐보았다. 도무지 청혼서를 건네러 온 전령같지 않은 고압적이고 험악한 표정이었다.

그제야 소피아는 깨달았다.

이 청혼을 거절하면 죽는다. 청혼을 빙자한 명백한 협박.

'그래, 어차피 난 아무도 거들떠보지도 않을 몰락한 백작가 딸인데. 그런 나한테 황제의 청혼이라니. 어쩌면 인생역전의 기회일지도 몰라.'

소피아의 입에서 대답이 나오기까지 오랜 시간이 걸리지 않았다.

"명에 따라 즉답을 하겠나이다. 저 소피아 페르난디는 오스만 황제 폐하의 청혼을 기꺼운 마음으로 받아들이겠습니다."

비록 재산은 모두 잃었어도 드레스 자락을 넓게 펼치며 고개를 숙이는 소피아에게서는 귀족으로서의 그 어떤 흠결도 찾을 수가 없었다. 등 뒤로 길게 늘어진 불꽃 같은 머리카락, 길고 하얀 목선, 여전히 비싸 보이는 화려한 드레스. 무엇보다도 그녀의 붉은 눈동자엔 여전히 귀족으로서의 자부심이 도도하게 흐르고 있었다.

게다가 이젠 황제의 청혼이라. 중앙 귀족에게도 쉽지 않은 황후의 자리였다.

고개를 숙인 그녀의 입가에 남몰래 짓는 회심의 미소가 떠올랐다.

새로운 운명의 주사위가 던져지는 순간이었다.

# 아르본 숲, 그들만의 세계

반란이 일어난 지 한 달.

도망친 황태자 헤이드가 잡혔다는 공고가 시내 곳곳에 붙었다.

아르본 광장 가장 잘 보이는 곳에는 어린 헤이드와 그를 구출했다는 시종의 목이 효시 되었다.

음식과 생필품을 구하러 시내에 내려간 루이스 역시 그것을 보았다.

자신들이 추격대를 따돌린 탓에 애꿎은 사람들이 목숨을 잃었다. 특히 효시된 금발 소년의 얼굴은 많이 부패했어도 헤이드와 몹시도 닮아 있었다.

하마터면 자신과 진짜 황태자가 저런 꼴이 될 뻔하지 않았는가.

루이스는 부르르 몸을 떨었다. 신이 계시다면 분명 자신과 황태자를 보우한 것이 틀림없다. 어쨌든 이로써 한결 마음이 가벼워졌다.

더는 황실에서 죽은 헤이드를 쫓을 리는 없을 테니까.

희미한 미소를 떠올리며 사람들 사이에서 막 몸을 돌렸을 때였다. 루이스는 낯익은 얼굴을 발견하고는 얼굴이 하얗게 질리고 말았다.

"메, 멜드린……?"

그는 아르모트가 변방으로 떠나기 직전 황실기사단을 나간 멜드린 하워드 경이었다. 덕분에 기존 황실 지지층이면서도 이번 오스만의 반란에서 무사할 수 있었다.

기사 복장이 아닌 평범한 차림의 멜드린은 원래도 자유로운 영혼이었지만 더욱 자유분방해진 모습이었다. 목까지 아무렇게나 늘어진 진한 갈색 머리하며 여전히 깊고 푸근한 분위기를 풍기는 헤이즐넛색의 눈동자.

"루……."

그는 루이스의 이름을 말하려다 입을 다물었다. 주위를 의식한 것이 분명했다. 놀라 커다랗게 떠진 눈동자엔 놀라움과 반가움, 두려움이 교차하고 있었다.

루이스는 모르는 척하며 그를 피해 그냥 지나가려 했지만, 다짜고짜 따라온 멜드린에게 손목을 잡히고 말았다.

"얘기 좀 해."

"……."

광장은 경비대가 상시 주둔해 있는 곳. 괜한 반항은 그들의 주의를 끌기 십상이다. 루이스는 당황스러웠지만, 재빨리 머리를 굴렸다.

멜드린은 궁에 있을 때도 정치적 성향이 있거나 야망이 큰 인물이 아니었다. 그는 그보다 내면의 소리에 귀를 기울이던 자유로운 영혼의 소유자였다.

애당초 자기 뜻으로 궁에 들어온 것이 아닌, 소문 날 정도로 뛰어난 검술 실력으로 기사단에 차출당했다는 표현이 어울렸다.

결국, 제 발로 걸어나가고 말았지만…….

루이스는 멜드린을 보며 이번에 아르본 시내에 내려온 또 다른 목적을 떠올렸다.

바로 헤이드의 교육을 담당할 선생을 물색하는 것. 그런 면에서 멜드린은 나쁘지 않은 대상이었다. 야망이 없으면서 전 황실에 대한 충성심이 두텁고 검술 실력이 뛰어난 자. 게다가 가벼워 보이는 쾌활한 언행과 달리 실제론 아주 진중한 사람이었다.

잠시 갈등하던 루이스는 결국 얌전히 그가 이끄는 곳으로 따라가 보기로 했다.

어쩌면 그에게 도움받을 수 있을지 모른다는 기대와 함께.

광장에서 떨어진 한적한 동네의 주점, 그랑데 펍.

고급스럽거나 대중적인 인기가 있는 술집은 아니었지만 애호가들이 꽤 찾는 곳이었다. 그리고 그랑데 펍의 주인과 친목이 있는 멜드린 역시 그런 부류 중 하나였다.

그는 그랑데 펍의 가장 구석진 자리로 루이스를 데려가 앉혔다.

"난 당연히 당신도 죽었을 줄 알았어."

멜드린은 감격에 겨운 얼굴로 말했다.

"그래도 왕자와 함께 있다 잡힌 사람이 유모가 아닌 시종이라길래 혹시나 하는 희망도 버리진 않았지만……. 다행이야. 정말 다행이야."

들어오면서 주문했던 르비앙이 작은 잔에 담겨 테이블로 배달되었다.

길렘 특산 독주였다. 루이스는 멜드린 앞에 놓인 술잔을 가져가 제 입에 털어 넣었다. 멜드린의 눈이 휘둥그레졌다.

식도를 타고 내려가는 타는 듯 알싸한 느낌.

루이스의 얼굴로 확 열기가 올라왔다.

"운이 좋았어요."

루이스는 아찔해진 머리를 작게 흔들며 덤덤하게 말했다. 술기운이 돌면서 그동안 쌓인 정신적 피로가 조금은 위로받는 듯했다.

"머리가……."

루이스의 주황색 머리카락을 보며 멜드린이 말끝을 흐렸다.

"아, 이건 가발이에요. 당신처럼 알아보는 사람이 생길까 봐……."

그녀가 나지막한 한숨을 내쉬었다.

"결국, 소용이 없었네요. 당신도 날 단번에 알아봤으니."

"그건 나, 멜드린 하워드니까 가능한 거지. 웬만한 사람은 한눈에 알아보긴 어려워."

그가 여전히 루이스의 뻣뻣한 주황 머리카락에 시선을 두며 말했다. 헤이즐넛색 눈동자가 애잔하게 떨리고 있었다. 루이스는 일부러 그 눈빛을 무시했다.

어색한 분위기를 떨쳐내려 작게 기침을 하곤 더욱 사무적인 목소리로 근황을 물었다.

"그동안 어떻게 지냈어요?"

그가 호쾌한 동작으로 몸을 뒤로 젖혔다.

"나야 뭐…… 여기 머물면서 귀한 집 자제분들한테 검술이나 가르치고 가끔 시간 나면 주인이랑 수다나 떨고 그랬지. 이 집 주인이 길렘 출신인데 오랜 친구이거든."

"집에는 안 돌아가고요?"

"여기가 더 재밌고 편해. 봐봐. 오늘 이렇게 뜻밖에 당신을 만나는 행운도 벌어졌잖아."

그가 씨익 미소를 지어 보였다. 루이스를 만난 것이 진심으로 기뻤는지 시원하고도 밝은 미소였다. 그녀가 새 황실의 반역자 명단에 있든 없든 별 상관이 없는 듯했다.

루이스는 입을 다문 채 그런 그를 잠시 응시했다.

본래 마음이 따뜻한 멜드린이라면, 결코 난관에 부닥친 황태자를 모른 척하지 않을 것이다. 그러면 사실대로 모든 것을 털어놓고 직설적으로 도움을 청하는 편이 더 낫지 않을까?

잠시 뜸을 들이던 루이스가 결국 결연한 표정으로 입술을 뗐다.

"멜드린."

"응?"

그가 집중하려는 듯 젖혔던 몸을 앞으로 잡아당겼다.

그러고는 빙글거리는 얼굴로 턱을 괴었다. 그녀가 자신에게 의지할 것만 같은 묘한 느낌이 퍽 만족스러웠다. 흘러나오는 목소리도 나른해졌다.

루이스는 아랑곳하지 않고 덤덤하게 말을 이어갔다.

"그가…… 살아 있어요."

"……."

멜드린은 어리둥절한 표정을 지었지만, 루이스가 말한 '그'가 누구인지 깨닫는 데까진 오래 걸리지 않았다.

그녀가 돌보던 황태자, 헤이드 오스왈드 멜롯을 말하는 것이 분명하겠지.

멜드린은 턱을 괴었던 손을 떼고 허리를 세웠다.

흐뭇하게 가늘어졌던 눈은 놀라움과 두려움으로 화등잔만 하게 커졌다.

"제가 데리고 있어요. 그리고 당신 도움이 필요해요."

루이스는 그간 겪었던 일들과 현재의 처지에 대해 멜드린에게 자세히 설명했다. 그리고 자신이 계획하고 있는 황태자의 미래까지도. 물론 그는 경악했다.

"그를 왕립 아카데미에 보내겠다고? 당신 제정신이야?"

한낮이라 그랬데 펍의 내부는 한적했지만, 손님이 전혀 없는 것은 아니었다. 그가 큰 소리로 되묻는 바람에 몇 안 되는 사람들의 시선이 일제히 그들의 테이블에 꽂혔다.

그제야 멜드린이 눈치를 보며 루이스에게로 바싹 상체를 들이밀었다. 목소리도 은밀해졌다.

"당신 마음을 이해 못 하는 건 아닌데, 군이 그런 위험을 감수할 필요가 있어? 학교 보내는 것은 포기하고 그냥 가정교사만 붙여도 충분할 것 같은데. 그의 얼굴을 모르는 사람으로 말이야."

루이스의 목소리도 같이 낮아졌다.

"안 돼요. 황실과 귀족들 움직임을 자세히 알려면 그들과 가까운 곳에 있어야 해요. 교육과 정보 수집을 동시에 해결할 수 있는 최선의 방법이에요. 차후 그가 자신의 자리를 되찾을 때 그의 편이 되어 줄 또래 인맥도 필요하고요. 엘리트 이미지는 귀족들을 규합

하는 데 도움이 되죠. 그만큼 준비된 황제라는 것을 어필할 수 있으니까요. 어차피 황제는 그가 죽은 거로 알고 있고, 열여섯이면 어릴 때 모습은 많이 남아 있지도 않을 거예요. 게다가 적당한 새 신분도 있고…… 도와줘요, 멜드린."

한때 자신이 몹시 짝사랑했던 여자의 부탁을 멜드린은 차마 거절할 수가 없었다.

그녀가 아무리 곁을 내어주지 않았어도, 그래서 제풀에 지쳐 궁을 나왔어도, 루이스는 그에게 여전히 거부하기 어려운 아련한 여인이었다.

결국, 멜드린은 그녀의 부탁들 받아들여 헤이드의 검술 선생이 되기로 했다. 나아가 역사와 고대어 수업을 위해 재야에 묻혀 지내던 학자 델쿠스를 소개해주기로 약속했다.

헤이드의 신분을 모르면서 학문에 조예가 깊은, 그러고도 기꺼이 깊은 아르본 숲까지 수업을 와 줄 만한 온화하고 자상한 성품의 사람으로.

"태초에 인간 세계와 마법 세계는 하나의 세계였습니다. 현 황실인 멜롯 가가 집권하게 된 것도 사실은 그들만이 가지고 있는 특별한 능력 때문이었지요."

델쿠스는 머리와 수염이 희끗희끗할 정도로 나이가 많았지만, 눈빛만큼은 여느 젊은이 못지않게 광채가 나는 사람이었다.

그에게 헤이드는 헤이드가 아닌 데릭이었고, 그가 이 아르본 숲에서 데릭을 가르친 지는 벌써 5년이나 되었다.

"그게 뭔가요?"

델쿠스의 설명에 니안이 호기심 어린 눈으로 질문했다.

올해 열세 살이 된 니안은 항상 옆에서 바느질이나 뜨개질을 하면서 그의 수업을 들었다.

니안의 어머니가 보내오는 돈은 충분했지만, 데릭의 아카데미 수업료를 저축하려면 부득이 절약해야 했기 때문이었다.

둘 중 한 명에게만 투자해야 한다면 루이스에게는 당연히 황태자인 데릭이 먼저였다.

니안에겐 미안한 일이지만, 도덕과 양심이 현실의 문제를 해결해 주는 것은 아니지 않은가.

모든 죄와 죄책감, 가책, 업보 따위의 어두운 것들은 홀로 짊어지기로 작정한 루이스였다. 그래서 니안에게 어머니와 연락을 하며 양육비를 받는다는 사실을 말하지 않았다.

헤이드와, 심지어 멜드린에게도 비밀로 했다.

하지만 마음 넓은 델쿠스는 한 사람분의 교육비에도 불구하고 니안이 그렇게라도 수업을 듣도록 내버려두었다. 때론 기꺼이 토론에 참여시키기도 했다.

이번에도 그는 인자한 얼굴로 뜨개질감을 손에 쥔 채 침대에 걸터앉아 있는 니안을 향해 답을 해주었다.

"동물들을 자유자재로 조종할 수 있다는 것이죠."

"그게 왕이 될 정도로 큰 능력인가요?"

니안이 눈을 동그랗게 뜨고 다시 물었다.

"당연하죠. 황제의 마력이 클수록 더 먼 거리까지 통제할 수 있었으니까요. 멜롯 가가 동물들을 통제하는 한, 동물이 인간에게 해를 입힐 수가 없었지요. 그래서 사람들은 멜롯 가를 신성시하게 됐고, 여러 국가 중 쿠커스만이 황국이 될 수 있었답니다."

'동물을 조종한다.'라······.

니안은 문득 처음 데릭을 만났던 때를 떠올렸다. 할머니 시신을 묻으러 갔다가 늑대 떼를 만났던 순간을 말이다. 일촉즉발의 위기 상황에서 늑대들이 보였던 기행동과 데릭의 몸에서 뿜어져 나오던 푸른 오라의 불꽃.

'혹시, 동물들을 조종한다는 것이 그런 것을 말하는 걸까? 하지만 데릭은 멜롯 가 사람이 아닌데?'

게다가 그 이후엔 단 한 번도 데릭이 그런 기이한 모습을 보인 적이 없었다.

'내가 너무 어려서 꿈을 꿨던 걸까? 그럼 엄마가 나한테 아무한테도 말하면 안 된다면서 울었던 기억은 뭐지?'

그녀는 아직도 데릭이 황실에서 도망친 황태자라는 사실을 모르고 있었다. '헤이드'라는 이름조차 너무 오랫동안 사용하지 않아 거의 잊어버린 그녀였다.

니안은 주저하지 않고 궁금한 것들을 계속 토해냈다.

"이해가 안 돼요. 그런데 왜 마수 전쟁이 일어났어요? 황제가 마수들을 조종하면 됐잖아요."

"마수는 용만 따릅니다. 용이 양이나 질적으로 훨씬 강한 마나를 보유하고 있었으니까요. 원래 마수라는 것이 인간보다 강한 마력을 가지고 있는 짐승들이라 인간의 힘으로 조종하는 것은 불가능했다고 하죠."

"하지만 현재에는 마법이 다 사라졌다면서요. 그런데 왜 아직도 멜롯 가가 황제로 군림하고 있는 거예요? 심지어 빌카인 2세와 3세께서는 마법이라는 이름으로 행해지는 모든 것들을 사특한 상술이라며 규제하셨잖아요. 예언이나 점성술까지도요. 제가 알기론 현 오스만 황제께서도 그 기조만큼은 계속 유지하고 계신 걸로 알고 있는데요."

오스만이 황제로 등극하자마자 가장 먼저 한 일이 음지에 남아 있는 마지막 예언가나 점성술사를 싹도 남기지 않고 모두 잡아들인 것이었다.

잡혀 들어간 그들이 어떻게 되었는진 아무도 정확히 알지 못한다. 누군가는 지하 던전에 갇혀 있다고도 하고, 누군가는 은밀하게 궁 안에서 처형당했다고도 했다.

오스만은 그것으로도 성에 차지 않았는지, 마법이나 예언이 행해지는 것을 보거나 들은 자는 모두 황실에 신고하도록 독려했다. 큰 상금까지 걸었다. 어찌 보면 이전 황실보다 훨씬 더 엄격하게 마법이나 점성술을 단속하는 것 같았다.

"그 때문에 사람들이 마법에 대해 부정적인 이미지를 갖게 된 것만은 사실입니다."

델쿠스가 대답했다. 니안은 이해가 되질 않는 듯 고개를 갸우뚱했다.

"정작 초대 황실도 마법 능력 때문에 왕이 됐으면서 왜 그럴까요? 너무 이율배반적인 것 같아요."

혹시 황실 사람이 아닌데도 동물을 조종하는 사람이 생겨날까 봐 두려워서 그러는 건 아닐까?

니안은 잠시 생각했다.

정작 자신들은 거의 1000년 동안 그 힘을 잃어버렸으니 말이다.

데릭의 입에서 한숨이 새어 나왔다. 그는 진짜 황실 사람이라도 되는 양 고고하게 허리를 세우고 지그시 눈을 내리뜬 채 말했다.

"너 그거 황실 모독이야. 알아?"

쳇, 잘난 척하기는. 데릭에게로 고개를 향한 니안의 눈이 새침해졌다.

"여긴 우리밖에 없는데 무슨 상관?"

델쿠스가 호쾌한 웃음을 터트렸다.

"허허, 그러게요. 뭐 어떻습니까? 안 듣는 데선 나라님도 욕한다고 했는데요. 오히려 이런 교육의 장에서라도 '황실 모독' 같은 건 잠시 잊고 신랄한 토론을 해야 하지 않겠습니까. 그래야 인재들 사고의 폭넓어지고 황국이 발전하지요. 황제께서도 그 정도는 허하실 듯합니다만."

델쿠스 몰래 니안이 데릭을 향해 날름 혀를 내밀었다가 쏙 집어넣었다. 장난꾸러기 토끼처럼 귀여운 모습. 데릭의 눈매가 조금 커졌다. 때로는 아무렇지도 않은 척 들끓는 감정을 숨기는 것이 퍽 어렵다. 바로 지금처럼.

니안이 델쿠스를 향해 몹시 아쉬운 말투로 한탄했다.

"마법이 지금까지 남아 있었다면 정말 재밌었을 것 같은데…… 하아, 지금은 볼 수가 없다니!"

'바보, 니안.'

데릭은 속으로 쓴웃음을 지었다.

'넌 정말 한 번도 마법을 본 적이 없다고 믿는 거니? 진짜 그래?'

그동안 내가 몰래 보여준 것만 해도 얼마나 많은데.

'그게 마법이 아닌 자연스러운 현상이라고 믿는 네가 순진한 거야, 니안.'

여전히 무덤덤한 얼굴로 책 위의 까만 글씨에 시선을 둔 채 데릭은 생각했다.

니안의 말을 받아 델쿠스가 설명을 이어갔다.

"그랬으면 인간 세상이 훨씬 윤택해졌겠지요. 하지만 단점이 있으면 장점도 있는 법. 마법을 잃은 덕분에 인간은 과학에 집중하게 되었잖습니까. 특히 의학과 약초학은 괄목할 만한 성장을 했죠. 교통수단이나 무기는 또 어떻습니까?"

"무기라면 화약을 말씀하시는 건가요?"

데릭이 끼어들었다.

"네. 실용화 단계까지는 조금 더 시간이 필요하겠지만 말입니다. 그래도 고위 귀족들 사이에선 꽤 비싼 값에 화약 무기가 조금씩 유통되나 보더군요."

"그럼 오빠가 배우는 검술은 어떻게 되는 거야?"

니안이 조금은 걱정스러운 얼굴로 데릭을 돌아봤다. 데릭의 푸른 눈동자가 니안의 청초한 녹색 눈동자에 닿았다.

"네가 걱정할 일이 아니야, 니안. 아직 검술은 이 시대 최고의 전투술이니까. 그리고 만약 마법이 돌아오면……."

데릭은 그대로 입을 다물었다. 니안의 눈동자가 호기심으로 커졌다. 하지만 그는 더 말할 생각이 없는지 다시금 눈을 내리깔았다.

'검술이 화약보다 더 큰 힘을 낼 수도 있어.'

그는 속으로만 대답했다.

마력을 실은 검은 화약보다 더 폭발적인 힘을 발휘하기도 하니까.

데릭 대신 델쿠스가 웃으며 말을 이어갔다.

"마법이 만약 남았다면 이 세상에 마수들도 남게 되었겠죠. 그럼 무서워서 이런 외딴곳에서는 살지도 못했을 겁니다. 지금처럼 큰 도시나 국가를 이루기도 힘들었을 거고요. 마법사가 아니면 마수와 싸울 엄두도 못 냈다고 하니까요."

그러자 니안이 반박했다.

"그때는 인간이 마수와 싸워 이길 수 없었겠지만, 그 이후로 1000년이란 세월이 있었는데 그동안 인간이 마수를 물리칠 무기 하나 발명하지 못했을까요? 아마 초기에는 마법사의 도움 없이 마수를 대적하기 어려웠겠지만, 시간이 흐르면서 방법을 찾았을 것 같은데요. 안 그래요, 선생님?"

"흐음……."

델쿠스가 하얀 수염이 난 자신의 턱을 쓰다듬으며 잠시 생각에 잠겼다가 입을 열었다.

"마수가 없는데도 화약 무기가 생기기까지 1000년의 세월이 걸렸는데 마수에 시달리면서 과연 지금만큼의 성과를 거둘 수 있었을까요?"

이번에는 데릭이 차분하게 반박했다.

"오히려 그래서 더 빨리 발견했을지도 모르죠. 간절하니까요. 사람은 극한 상황에 몰리면 기적을 일으키기도 하잖아요. 또 마법이 남아 있으면 마법과 접목한 새로운 과학이 발전했을지도 모르죠."

데릭을 바라보는 델쿠스 선생의 얼굴에 흐뭇한 미소가 떠올라 있었다. 데릭이 계속 말을 했다.

"전 저쪽 세계가 정말 궁금해요. 단지 마법사라는 이유로 마수들하고 같은 차원에 갇혀버린 마법사들의 세상이. 덕분에 우리는 평화롭게 살게 되었지만, 저쪽 차원으로 보내진 마법사들은 지금 어떻게 진화해 왔을까요? 모두 마수를 물리쳤을까요? 마법을 더욱 갈고 닦아 우리보다 더 번영된 제국을 건설했을까요? 아니면 마수들에게 거의 멸족당했을까요?"

델쿠스의 눈빛도 데릭의 것만큼 호기심 어린 빛을 발했다.

"저도 그것이 궁금하군요. 보통 다른 학생들은 이런 이야기가 나오면 그냥 전설로만 치부하고 마는데 두 분은 이리도 진지하게 고민하시니 저까지 즐겁습니다."

생각지도 못했던 델쿠스의 칭찬에 둘은 할 말을 잃었다. 괜히 부끄러워 얼굴도 발개졌다.

"자, 그럼…… 오늘은 여기까지 할까요?"

델쿠스가 흡족한 얼굴로 책을 덮으며 말했다.

봄이면 노란 유채꽃이 가득하던 집 뒤 공터는 가을이 되면 가장자리에 자리한 늦은 장미와 국화, 그리고 코스모스로 아기자기한

멋을 자아내곤 했다.

니안은 데릭이 만들어 놓은 나무 벤치에 앉아 바로 옆에 핀 환한 주황빛의 폴리도르[1]를 들여다보고 있었다.

해는 어느덧 서쪽을 향해 가고 있었다. 노을이 질 때쯤이면 시내에 나갔던 루이스가 돌아올 거다. 그러면 이런 여유를 만끽하는 것도 끝나겠지.

집으로 들어가 저녁 준비를 돕고, 식탁을 치우고, 뒷정리와 잠자리를 준비해야 한다.

수업을 끝낸 델쿠스 선생을 배웅하고 돌아온 데릭은 집 안에 니안이 없는 것을 발견하곤 그녀를 찾아 공터로 나오는 중이었다.

그러다 홀로 벤치에 앉아 폴리도르 꽃송이에 조용히 코를 박고 있는 니안을 보았다. 타는 듯한 노을을 닮은 폴리도르는 니안의 검은 머리와 환상의 조화를 이루고 있었다. 화폭의 그림처럼 아름다운 모습이었다.

니안을 부르려다 그는 발걸음을 멈추고 그대로 통나무 벽에 몸을 기댔다.

아주 조금만, 아주 조금만 더, 그 모습을 눈에 담고 싶었다.

"니안……."

데릭은 니안의 이름을 나지막이 중얼거렸다.

---

1) 레몬색, 강렬한 밝은 빨강과 주황 꽃잎이 특징인 코스모스 종.

내년이면 왕립 아카데미로 떠나야 한다. 그래 봐야 5개월도 남지 않았다. 그러면 니안의 이런 모습을 다시 보기는 힘들 거다. 하나라도 더 눈에 꼭꼭 담아 머릿속에 각인해 놓아야 한다. 그곳에 가서도 두고두고 되새길 수 있도록.

'그래야 널 보지 않고 지내야 하는 기숙 생활을 버틸 수 있을 거야.'

청명한 가을 하늘을 닮은 데릭의 푸른 눈동자가 우수에 젖어들었다. 그의 시선을 느꼈는지 한참 동안 꽃잎을 들여다보던 니안이 고개를 돌렸다.

초저녁의 서늘한 바람에 폴리도르들이 춤추듯 하늘거렸다. 니안의 검은 머리카락도 옅게 나부꼈다. 신록을 떠올리게 하는 녹색 눈동자는 고결하게 느껴질 정도로 청초하고 순수했다.

데릭은 통나무 벽에 기댔던 몸을 일으키곤 주머니에 손을 꽂았다.

쿵 무너지듯 내려앉는 심장을 수습하며, 그는 애써 무덤덤한 표정으로 니안을 향해 걸어가기 시작했다.

그런 그를 향한 니안의 녹색 눈동자가 불안하게 흔들렸다.

다소 무뚝뚝한 성격의 데릭은 한겨울 하얀 눈이 쌓인 얼음 호수와도 같았다. 한없이 눈부시면서 시리도록 차가운 매력을 가진 사람. 어쩐지 누구에게도 소유될 것 같지 않은, 그래서 여자들의 애를 있는 대로 닳도록 만들고야 말⋯⋯.

니안은 과연 어떤 여자가 그런 데릭의 마음을 가져갈지 몹시 궁금했다.

아카데미에 가면 화려하고 예쁜 귀족 영애들이 넘쳐날 것이다. 분명 그중 하나에 빠져들겠지. 그러면 나 같은 시골뜨기 여동생이 있다는 것쯤은 금세 잊고 말 거야.

'난…… 처음부터 오빠에게 반해 있었는데. 아니, 만나기 훨씬 전부터.'

아빠의 저택, 블룸 홀 천장에서 처음 천사의 모습으로 만났을 때부터. 하지만 그런 마음을 드러낼 수는 없었다. 그랬다간 루이스도 기겁할 게 분명했다.

무엇보다 자신이 부끄러웠다. 데릭은 자신을 여동생 이상으로 특별하게 생각하지 않는데…….

어렸을 때는 툴툴거리면서도 곧잘 자신을 놀리고 웃던 데릭이 어느 날부터 말수가 줄더니 얼음 왕자가 됐다.

그래, 아마 그때부터였을 거다. 재작년, 그러니까 데릭이 열세 살, 니안이 열한 살이 되던 봄. 그때도 이곳 통나무집 뒤 공터는 유채꽃으로 노랗게 뒤덮여 있었다.

니안은 빗자루를 들고 집 안 청소를 하는 중이었다. 그때 데릭이 헐레벌떡 뛰어들어와 큰소리로 외쳤다.

"니안! 니안! 나와 봐! 괴물 꽃이야, 괴물 꽃! 꽃밭 한가운데에 엄청나게 큰 유채꽃이 피었다니까."

그가 워낙 진지한 얼굴로 소리쳤으므로 니안도 가만히 있을 수가 없었다. 그녀는 주저 없이 빗자루를 내동댕이쳤다. 루이스가 뭐라 뭐라 화를 내는데도 들은 척도 안 하고 그대로 밖으로 뛰어나갔다.

과연, 그가 말한 대로 꽃밭 한가운데에 있는 커다란 꽃대에는 다른 꽃대와 비교해 열 배쯤은 많은 꽃이 피어 있었다. 한 꽃대에 얼마나 많은 꽃송이가 피었는지 휘청거리는 줄기가 곧 쓰러질 것만 같았다. 투명한 아침 햇살을 받은 노란 꽃잎들이 어쩌나 아름답던지.

니안은 숨을 죽이고 천천히 그 꽃으로 다가갔다. 가까이 갈수록 노란 꽃잎들은 살아 있는 듯 생생하게 하늘거렸다. 그리고 마침내 손이 닿을 만큼 가까워졌을 때, 그녀가 조심스럽게 팔을 뻗어 꽃잎에 손을 댔다.

팟.

순식간에 터지듯 산산이 흩어져 공중으로 날아가는 노란 꽃잎들.

"앗!"

니안은 깜짝 놀라 외마디 비명을 질렀다.

꽃잎이 아니었다. 나비다. 유채꽃처럼 샛노란 나비들.

꽃밭 중앙 가장 키가 큰 유채꽃 다발에 한 몸처럼 다닥다닥 붙어 있던 나비들이 니안의 손길에 놀라 화드득 흩어지는 중이었다.

등 뒤에서 깔깔대는 데릭의 웃음소리가 들려왔다.

당황한 니안이 데릭을 향해 몸을 돌렸다. 바람에 흩날리는 꽃잎처럼, 온통 노란 물결을 일으키며 나풀나풀 흩어지는 노란 나비들 사이에 데릭이 서 있었다.

"바보야, 진짜 꽃인 줄 알았냐?"

심장마저 간지러울 정도로 기글기글 공기를 가르던 장난스럽고 유쾌한 그 웃음소리란.

"세상에 그렇게 큰 유채꽃이 어딨어? 하하하."

니안은 멍하니 서서 그런 데릭을 바라보았다.

노란 나비들 속 황금색 머리를 반짝이며 웃고 있는 소년. 너무나 아름다웠다.

그래서 자신을 놀리는 그에게 화를 내는 것도 잊고 말았다. 가느다랗게 접힌 두 눈에선 푸른 사파이어색의 눈동자가 햇살을 받아 어룽대며 반짝거렸다.

몇몇 나비들이 제 검은 머리에 앉아 날개를 저으며 숨을 돌리는 것도 모르고 니안은 넋을 놓아 버렸다.

이상한 낌새를 느꼈는지 해맑게 웃던 그의 웃음소리가 차츰 잦아들었다. 그리고 그의 시선이 니안에게 또렷이 닿았을 때, 웃음기가 사라진 그의 얼굴은 열이 오른 듯 발갛게 상기되어 있었다.

무표정을 거쳐 천천히 일그러지기 시작하는 얼굴. 마치 못 볼 것을 본 사람 같았다.

이후 그는 변했다. 원래 도도한 성격이었지만, 말수가 줄고 무표정으로 일관하는 순간이 많아지면서 차갑고 차분한 이미지가 더해졌다. 눈에 콩깍지가 씌여 그런지 니안에겐 그런 모습까지도 매력적으로 보였다.

덕분에 그를 향한 마음은 더욱 마음속 깊숙이 꼭꼭 숨겨버렸다. 괜히 드러냈다간 정말로 그가 자기를 안 보려 할지도 모른다는 위기감마저 느껴졌기 때문이었다.

뚜벅뚜벅 걸어온 데릭이 니안 옆에 털썩 자리를 잡았다.

'마법이 지금까지 남아 있었다면 정말 재밌었을 것 같은데······ 하아, 지금은 볼 수가 없다니!'

데릭의 머릿속에 수업 시간 니안이 했던 말이 메아리쳤다. 피식, 웃음이 났다.

'니안, 너 정말 바보니? 산나물 캐러 갈 때마다 네가 돌아서 있는 동안 저절로 조금씩 채워지던 바구니는 뭣 때문이라고 생각했니? 네가 캐려던 나물을 물고 오던 토끼와 마주쳤을 땐? 네가 혼자 낚시하러 갔을 때는 전혀 잡히지 않던 물고기가 나와 함께 갔을 땐 양동이를 가득 채울 정도로 잡히던 건? 그토록 흔하던 늑대들이 더는 주변에 나타나지 않고, 아르본 숲의 악명 높은 붉은 곰이 단 한 번도 계곡 이쪽으로 넘어온 적이 없다는 건 또 어떻고? 그리고 나는 어떻게 매번 상처 하나 입지 않고 야생 벌집에서 꿀을 따가지고 오는 걸까? 네가 봤던 그 커다란 괴물 유채꽃은? 넌 정말

나비들이 한 몸처럼 그렇게 꽃대에 모여 있는 게 가능하다고 생각하니?'

그 외에도 데릭이 몰래 시전했던 신기한 일들은 많았다.

하지만 니안은 그 모든 것이 누군가에 의해 만들어진 것이라고는 전혀 의심하지 못하는 눈치였다. 다행스러우면서도 한편으로는 섭섭했다. 그가 행한 대부분의 마법은 바로 니안의 집안일을 덜어주기 위한 거였으니까.


두 사람은 그렇게 각자의 생각에 잠겨 눈앞에 펼쳐진 광경에만 시선을 두었다. 파랗던 하늘에 점점 붉은 기운이 퍼져가고 있었다.

공터 가장자리에 빙 둘러 있는 폴리도르의 빛깔도 불이 붙은 듯 더욱 붉게 타 들어 가고 있었다.

이 시간대쯤이면 붉은 기운에 휩싸인 니안은 평소보다 더 신비롭게 보였다.

보고 싶다. 지금의 니안 얼굴이.

더구나 이때만큼은 자신의 얼굴이 다소 붉어지더라도 노을빛에 가려진다는 장점마저 있지 않은가.

그런데도 그가 여전히 다른 곳에 시선을 두고 있는 이유는 아직 니안의 얼굴 쪽으로 고개를 돌릴 만한 그럴싸한 이유를 찾지 못했기 때문이었다. 아까 눈이 마주치지 않았더라면 계속 오두막에 기대선 채 니안의 얼굴을 훔쳐볼 수 있었을 텐데.

"오빠, 있잖아……."

마침 니안이 말을 걸어왔다. 그제야 데릭은 천천히 니안 쪽으로 고개를 돌렸다. 가까이서 바라보니 더욱 좋았다. 하지만 그는 여전히 무심한 척했다.

"죽은 황태자 말이야. 그 혁명 때 죽은……."

"황태자?"

생각지도 못했던 주제라 다소 당황스러웠다. 자신의 이야기이기에 더더욱.

"응. 그 황태자한테 혹시 고대의 능력이 발현되었더라면 어땠을까? 그래도 죽었을까?"

데릭의 심장으로 서늘한 기운이 내려앉았다. 혹시, 지금 내 신분을 의심해서 떠보는 걸까? 니안이 자신의 정체를 알아봐야 좋을 게 없다는 건 늑대 습격 사건 이후, 루이스의 설명으로 충분히 납득하고 있던 데릭이었다.

'니안이 우리 신분을 모르고 도왔다면 잡혔을 때 선처를 구할 기회라도 있겠지만, 만약 알고도 도왔다면 극형을 면치 못할 거예요. 그러니, 니안이 모르는 게 서로에게 득이 돼요.'

데릭은 루이스의 말을 떠올리며 최대한 여상한 목소리로 물었다.

"왜 그런 게 궁금해졌어?"

"그 능력은 한 세대에 단 한 명에게만 발현이 됐다고 하니까. 그랬다면 현재의 황제가 혁명을 일으킬 명분이 없었을 것 아니야. 그럼 황태자가 어린 나이에 죽지도 않았을 거고 오빠도 가족과 신분을 잃지 않아도 됐을 텐데……. 남작이라는 우리 집 신분은 원래 오빠네가 가진 작위보단 훨씬 낮잖아."

데릭은 니안이 뭔가 눈치챈 건 아닌지 작은 변화라도 감지해 내려고 꼼꼼히 관찰했지만, 딱히 특이한 변화는 떠오르지 않았다.

'진심으로 내 처지가 안타까운 거야. 날 황태자라 의심하는 게 아니고.'

그러자 니안의 마음이 기특해 가슴께가 저릿해 왔다.

"왜 우리 집 신분이 더 높을 거로 생각해?"

"오빠 머리랑 눈 색깔을 보면……."

니안이 데릭에게로 고개를 돌렸다. 청초한 녹색 눈동자가 굽이치는 금색 머리카락을 향했다가 이내 데릭의 파란 눈동자에 고정됐다.

"아마도 조상 어디에선가 황실의 피가 섞였을 테니까. 황실의 피가 섞인 수도의 중앙 귀족이라면 당연히 작위가 높았을 거 아냐."

산들바람에 닿은 나뭇잎처럼 옅게 떨리는 니안의 눈동자가 데릭의 시선을 가득 메웠다. 그러자 알 수 없는 열기와 갈증이 그의 전신을 휩쓸었다. 어느 날부터 편한 잠자리를 방해하던 이상하고도 뜨거운 열망. 애가 타는 듯한 갈증.

"아마 그랬다면 널 못 만났겠지."

그가 대답했다. 설명하기 어려운 복잡한 감정과 차오르는 열기는 언젠가부터 오롯이 니안을 향하고 있었다.

평소엔 내색하지 않았지만 이런 순간만큼은 감출 수가 없었다. 그 뜨거움은 니안에게도 당황스러울 만큼 또렷이 전해졌다.

하지만 니안은 그의 들뜬 열기가 싫진 않았다. 오히려 좋았다.

그녀에게 그것은 막연한 두려움이자 묘한 만족감을 주었으니까. 몹시도 설렜다.

하지만 그 불꽃같은 순간은 오래가지 않았다. 데릭이 곧 도도하게 눈을 내리뜨며 고개를 돌려버렸기 때문이다.

먼 곳을 응시하며 중얼거리는 목소리가 낮고도 짓궂었다.

"그랬음 놀려먹을 사람도 없었을 거 아냐. 얼마나 심심했겠어."

"……."

아, 갑자기 확 찬물을 맞은 기분이 들었다.

"뭐…… 뭐라고?"

그의 말과 행동에 설렜던 자신이 부끄럽고 약이 올라 니안의 얼굴이 빨갛게 달아올랐다. 니안은 몰랐다. 그런 감정을 들키는 건 아직 어린 사춘기 소년에겐 부끄러운 것이라는 걸. 데릭도 솔직하게 제 감정을 드러내지 못하는 자신이 답답했지만 현재로서는 딱히 어쩔 수가 없었다.

더구나 루이스는 늘 자신들에게 '진짜' 남매가 됐음을 강조했다. 여동생에게 그런 마음을 품는다는 건 말이 안 됐다.

그때였다. 얼음보다도 더 냉랭한 목소리가 분위기를 싸하게 가라앉혔다.

"거기서 뭐 하고 있니, 니안."

루이스였다. 곧고 단정한 자세의 그녀가 통나무집 옆에 서서 엄한 얼굴로 자신들을 바라보고 있었다. 화들짝 놀란 니안은 반사적으로 벌떡 일어섰지만, 데릭은 사춘기 특유의 반항적인 느낌으로 그대로 앉아 살짝 인상을 구겼다.

"뜨개질이 끝났으면 마실 물이 충분한지도 확인하고 저녁 할 불도 피워놨어야지. 내가 올 때까지 그렇게 놀고만 있으면 어떡하니? 어서 들어가!"

말이 떨어지기가 무섭게 니안은 집 안으로 급하게 뛰어들어갔다. 루이스는 그런 니안에겐 시선도 주지 않았다. 그녀는 여전히 꼬장꼬장한 모습으로 서서 불만을 담아 천천히 몸을 일으키는 데릭을 바라보았다.

"좋게 말해도 충분히 알아들어요, 니안은."

루이스에게 가까이 다가온 데릭이 차갑게 말했다.

열다섯이 된 데릭은 어느 틈에 훌쩍 자라서 다 일어서고 나면 루이스보다도 키가 컸다. 그래서인지 이렇게 일어서서 차갑게 말을 하면 제법 고압적인 느낌이 났다.

"기분이 상했다면 미안하구나."

루이스가 사과했다. 그 바람에 그냥 지나가려던 데릭의 발걸음이 우뚝 멈췄다. 루이스의 바로 옆이었다. 하지만 시선만큼은 그녀에게 허락하지 않았다.

데릭은 제가 가야 할 곳만 뚫어지게 바라보고 서 있었다. 루이스가 데릭을 향하기 위해 천천히 몸을 돌리곤 말을 이었다. 목소리가 한결 부드러웠다.

"나도 사람이라 멀리 다녀오니 피곤해서 예민해졌다. 그래도 외출했다 돌아왔을 땐, 둘이 이렇게 느슨하게 있는 것보단 좀 더 긴장된 모습을 보여줬으면 좋겠구나. 누구든 오해하지 않게 말이다."

"명심할게요."

데릭이 다시 발걸음을 떼었다. 하지만 곧 몇 발짝 가지 못해 멈춰야 했다. 루이스가 할 말이 남은 듯 다소 조급하게 자신의 이름을 불렀기 때문이다.

"데릭. 세상에 여자가 나와 니안만 있는 게 아니란 건 아카데미에 가 보면 깨닫게 될 거다."

그제야 데릭이 몸을 돌려 루이스를 정면으로 마주했다.

"그건 한참 어릴 때부터 알고 있었어. 내가 평생 본 여자가 둘만 있는 것도 아니잖아."

루이스가 데릭에게로 한 걸음 다가섰다. 그녀는 호소하듯 간절하고도 안타까운 표정을 지어 보였다.

"그걸 몰라서 하는 말이 아니야. 너무 오랫동안 외진 곳에 살면서 마음 나눌 여자가 나와 니안밖에 없었기 때문에 그래. 네가 혹시 착각할까 봐."

루이스는 간곡한 얼굴로 데릭에게 한 걸음 더 다가섰다.

"데릭, 니안은 네 동생이야. 피는 나누지 않았지만 분명 네 동생이다. 그러니 혹여 빚진 마음이 든다면 아카데미에 있는 동안 니안에게 어울릴 만한 좋은 남자를 찾아봐 주렴. 그래서 책임지고 결혼까지 무사히 시켜줘. 그게 빚을 갚을 수 가장 좋은 방법이다."

데릭의 얼굴에 냉소가 떠올랐다.

"빚도 갚고, 사돈으로 내 편이 되어줄 만한 세력도 끌어들이고…… 일석이조가 되겠군요."

"꼭 그런 뜻은 아니다."

루이스가 바로 부인했다.

"물론 그렇게 된다면 더 좋긴 하겠지만."

그리고 이어지는 사족. 데릭은 헛웃음이 났다.

"여동생을 평생 데리고 살 수는 없지 않니. 당연히 좋은 남자를 찾아 짝지어 주는 게 오빠의 책임이자 의무지."

데릭은 뜻밖에 무덤덤한 표정을 짓더니 순순히 대답했다.

"네, 맞는 말씀이에요. 여동생을 평생 데리고 있을 수는 없죠. 명심할게요, 어머니."

그의 수긍에 루이스는 그만 할 말을 잃고 말았다. 물론 그의 말이 진심처럼 느껴지지도 않았다.

루이스의 안타까운 시선은 몸을 돌려 뚜벅뚜벅 걸어가는 데릭의 등에 박혀 떨어질 줄을 몰랐다.

"그런데 왜 전 불안할까요, 전하."

그녀가 혼자 나지막이 중얼거렸다.

인형처럼 예쁘고 귀엽던 꼬마 소녀는 사춘기가 되자 점점 더 여성스럽게 변해가고 있었다. 조금 더 지나면 남자들의 마음을 단번에 사로잡을 정도로 매력적으로 변할 게 뻔했다.

루이스는 진심으로 걱정스러웠다.

조금 전에도 니안과 데릭이 묘한 열기를 품고 서로를 부드럽게 응시하지 않았던가. 그녀는 그 모습을 똑똑히 목격했다.

다행인 건 아직 니안도 데릭도 그게 어떤 건지 정확히 깨닫지 못하고 있는 것 같았다. 처음 니안을 만났을 때 느꼈던 위화감과 불안이 현실에서 점점 구체화되고 있었다.

그녀로서는 황태자가 니안을 사랑하게 되는 것만큼은 꼭 피해야 할 일이었다. 황제에게, 더구나 기반 세력이 약한 황제에게 결혼은 사랑의 결실이 아니라 정치 세력을 다질 수단이자 도구였다.

니안은 그런 길을 가야 할 데릭에게 장애가 될 게 뻔했다. 그런 노파심이 자꾸만 니안을 차갑게 대하게 만들었다. 그럴수록 데릭의 감정적 거리도 루이스에게서 멀어져 갔다.

"아카데미에 꼭 합격해야 할 텐데."

그가 니안에게 사랑을 느끼기 전에, 남자로서의 본능을 깨우치기 전에 말이다.

"그러면 곧 둘은 떨어지게 될 테니까⋯⋯."

루이스의 얼굴에 드리워진 그늘이 걷힐 줄을 몰랐다. 그녀의 걱정만큼 세상에도 짙은 땅거미가 드리우고 있었다.

챙, 깡!

아침부터 통나무집 앞에선 날카로운 쇳소리가 주변 공기를 울렸다. 멜드린과 데릭이 한창 검술 훈련에 열을 올리는 중이었다. 몸이 자라면서 날렵함과 기술은 물론 힘까지 좋아지고 있는 데릭이었다.

멜드린은 매번 가르침을 겸한 대련을 할 때마다 늘어만 가는 데릭의 실력에 속으로 감탄을 금치 못했다. 더구나 오늘은 자신이 미처 생각지 못한 허를 찌르고 들어오기까지 했다.

이 정도 실력이면 15세 소년들 중에서는 단연 탑일 게다.

멜드린과 맞닿은 검을 강하게 밀어붙인 데릭이 쌕쌕 힘겨운 숨을 몰아쉬며 말했다.

"어때요? 이제 힘에 부치시죠?"

"어림도 없는 소리. 그러기엔 내가 아직 너무 한창이라서."

멜드린은 입술까지 비틀어 보이며 흐트러지지 않은 목소리로 대꾸했지만 속으로는 힘들어 죽을 맛이었다. 힘이 달린다기보다는 체력이 달린달까.

그런 사정을 알 리 모르는 데릭은 이를 악물었다. 그는 더욱 몸을 밀어붙이며 압박했지만 이내 멜드린이 그 힘을 반동 삼아 데릭을 튕겨내고 말았다.

획-

멜드린이 옅은 바람을 일으키며 몸을 돌렸다.

칼끝에는 강한 원심력마저 실려 있었다. 그는 그 칼로 잠시 중심을 잃은 데릭의 상체를 노렸지만, 사춘기 소년의 재빠른 순발력은 무시할 것이 못되었다.

데릭은 빠르게 허리를 숙여 무시무시한 그의 공격을 피했다.

그는 그 상태로 멜드린의 복부를 향해 깊게 칼을 찔러 넣었으나 멜드린은 베테랑답게 가볍게 옆으로 비켜났다. 덕분에 데릭의 칼끝은 허무하게 허공만 찌르고 말았다. 제대로 찔렸다면 속절없이 몸통을 꿰뚫렸을 터. 두 사람이 든 칼의 움직임이 어찌나 매섭고 빠른지 마치 실전인 듯 살벌했다.

"조심해요, 그러다 다치겠어요."

어느덧 점심 준비를 끝낸 루이스가 현관 앞에 서서 둘을 향해 소리쳤다.

그제야 둘은 숨을 돌리며 칼끝을 내렸다.

멜드린이 통나무 의자에 걸쳐 놓은 두 개의 수건 중 하나를 들어 올려 데릭에게 던졌다. 그 수건으로 이마에 땀을 닦아내는 데릭을 바라보며 멜드린이 흐뭇한 목소리로 말했다.

"시험장에 가서 딱 오늘만큼만 해라."

데릭은 대답 대신 피식 가벼운 미소를 지어 보이곤 집 안으로 뛰어들어갔다. 옅은 바람을 일으키며 루이스 옆을 스치는 모습이 꼭 급한 볼일이라도 있는 사람처럼 조급해 보였다.

루이스는 그런 데릭을 향해 변함없이 다정한 미소를 보여주었지만 사실 딱히 기분이 좋아 보인다고 하긴 어려웠다.

오히려 데릭의 태도를 못마땅해 하는 것 같다고 할까?

물론 멜드린은 루이스가 왜 그런 표정을 짓고 있는지 금세 눈치챘다. 데릭이 뭐 마려운 강아지처럼 잽싸게 집 안으로 들어가 버린 이유.

'니안이지 뭐.'

그는 속으로 한숨을 쉬었다. 집 안에서는 니안이 점심을 위한 마지막 마무리를 하고 있었다.

멜드린은 가벼운 걸음걸이로 다가가며 일부러 환하고 유쾌한 목소리로 말했다.

"녀석, 되게 배고팠나 본데?"

그럴 리가! 그래서가 아니라는 건 당신도 알고 나도 아는 사실이잖아요. 도대체 왜 당신이 변명하냐는 얼굴로 루이스가 멜드린을 바라봤다. 하지만, 말해봐야 입만 아플 터. 그녀는 크게 한숨을 내뱉고는 그의 의도를 모른 척했다.

"그러게요. 당신도 어서 들어와요."

그렇다고 반쯤 썩은 표정까진 바꾸지 못했지만. 물론 멜드린 역시 그런 그녀의 표정을 모른 척해버렸다.


소박한 메뉴에도 불구하고 멜드린이 식사에 끼면 항상 분위기가 훨씬 즐거워졌다.

그는 자신이 머무는 주점에서 이 사람 저 사람에게 주워들은 실없고 황당한 이야기를 재미있게 풀어내기도 하고, 루이스가 알면 기겁할 만한 책이나 물건들을 니안과 데릭에게 식탁 밑으로 슬쩍 건네기도 했다.

무엇보다도 그는 늘 과하게 경직된 루이스에게 스스럼없이 장난을 걸고 기분을 풀어줄 수 있는 유일한 사람이었다.

멜드린이 오면 루이스의 얼굴엔 진심 어린 미소가 떠올랐다. 평소엔 좀처럼 볼 수 없는 귀한 미소였다.

멜드린은 누구보다 루이스를 이해하면서도 사춘기가 시작된 예민한 아이들과 엄격한 그녀 사이에서 완충재 역할을 해주는 소중한 존재였다.

그날의 식사도 예외는 아니어서 그들은 그 어느 때보다 즐거운 점심을 끝마쳤다.

식사가 끝나면 데릭은 멜드린과 문학 수업을, (멜드린은 검술사이면서 동시에 감수성이 뛰어난 문학가였다.) 니안은 쌓인 빨래를 하러 계곡을 가기로 되어 있었다.

말끔하게 치워진 식탁에서 수업을 위해 펜과 노트를 꺼내던 데릭의 눈에 빨래바구니에 무언가를 몰래 숨기는 니안의 모습이 들어왔다.

'저게 대체 뭐지?'

니안은 수업을 방해하지 않기 위해 다녀오겠다는 말 대신 루이스에게만 조용히 눈인사하고 집을 나섰다. 호기심에 찬 데릭의 푸른 눈동자가 니안이 사라진 문가에서 떠날 줄을 몰랐다. 루이스 역시 빈 접시들을 통에 담아 설거지를 하기 위해 마당으로 나갈 준비를 하던 참이었다.

멜드린이 수업을 시작했다.

"오늘은 시 대신 기승전결이 있는 이야기 형식의 서정적인 작문을 한번 해보도록 하자. 주어가 '나'가 아닌 관찰자의 시점으로 말이지. 주제는……."

멜드린은 고민하듯 이맛살을 살짝 찌푸리며 말꼬리를 늘였다. 그때 고개를 돌린 데릭이 느닷없이 큰소리로 외쳤다.

"연어!"

"뭐?"

설거지통을 막 집어 올린 루이스도, 고민하느라 눈동자를 굴리던 멜드린도 동시에 되물었다. 뜨악한 표정이 되어 데릭을 바라보는 모습도 똑같았다.

데릭은 천연덕스럽게 말을 이었다.

"요즘 한참 연어가 올라올 때잖아요. 영감을 떠올리려면 아무래도 직접 가서 봐야 할 것 같아요. 시험 준비 때문에 너무 바빠서 올해는 아직 연어를 못 봤거든요. 기억이 잘 안 나네요."

그가 잽싸게 책과 필기도구를 챙겨 자리에서 벌떡 일어났다.

"긴 작문은 시간이 오래 걸리니까 선생님은 그냥 여기 계세요. 저 혼자 가서 써올게요."

"그럼 난 언제 집에 가라고?"

놀란 멜드린이 데릭의 팔을 잡으려고 식탁 위로 재빨리 손을 뻗었다. 하지만 놓치고 말았다. 데릭이 뻔뻔하게 소리쳤다.

"자고 가시면 되잖아요."

놀란 루이스가 설거지통을 내려놓으려 하자 데릭이 그러지 못하도록 설거지통을 잡은 그녀의 손을 꽉 붙든 채 이마에 키스했다.

"허락해줘서 고맙습니다, 어머니!"

"뭐, 뭐?"

무뚝뚝하던 데릭의 난데없는 키스에 루이스는 어처구니가 없어 말을 더듬고 말았다. 도망치는 데릭을 잡으려 멜드린이 벌떡 일어나 식탁을 돌았다. 하지만 데릭은 이미 현관문 손잡이에 손을 올리고 있었다.

"다녀올게요."

그는 바람처럼 빠르게 문밖으로 뛰어나갔다.

"안 돼. 어서 잡아요, 멜드린!"

루이스가 허둥대며 소리쳤다. 하지만 이미 늦었다는 걸 깨달은 멜드린은 어정쩡한 자세에서 움직임을 멈추고 멍하니 문만 바라보았다. 잠시 후 그에게서 헛웃음이 터졌다. 그리고 그 헛웃음은 이내 껄껄거리는 박장대소로 바뀌었다.

"하하하……."

"아니, 지금 웃을 때예요?"

루이스가 신경질적으로 설거지통을 마룻바닥에 내려놓았다. 멜드린은 급하게 뛰어나가려는 루이스의 치맛자락을 붙잡았다. 여전히 배꼽이 빠지라 웃는 중이었다. 힘이 어찌나 센지 루이스가 그의 손을 아무리 뿌리치려 해도 뿌리쳐지지 않았다. 루이스가 짜증을 내며 소리쳤다.

"이거 놔요, 멜드린. 지금 데릭 속셈을 몰라서 이래요?"

"하하하, 선생은 나요, 루이스. 내가 허락하겠소."

"뭐라고요?"

루이스가 휙 고개를 돌리곤 멜드린을 째려보았다.

"하하하, 내가 허락했다고, 루이스. 걱정 말라고. 제대로 못 써오면 내가 니안 앞에서 녀석 볼기짝을 아주 제대로 차버릴 테니까."

그가 여전히 루이스의 치마를 붙잡고 늘어지며 웃어댔다.

"멜드린!"

루이스의 앙칼진 목소리가 통나무집의 공기를 울리는 동안에도 멜드린의 푸근한 웃음소리는 한동안 그칠 줄을 몰랐다.

뛰어가던 데릭의 눈에 골짜기로 내달리던 데릭의 눈에 빨래바구니를 들고 걸어가는 니안의 뒷모습이 들어왔다. 그는 니안이 자신의 존재를 알아채지 못할 만한 거리에서 발을 멈추고 숨을 골랐다.

빨래바구니에 뭘 숨겼는지 궁금해 무작정 쫓아오긴 했는데 어떤 식으로 접근해야 자연스러울지 감이 안 왔다.

평소처럼 도도하고 무뚝뚝하게 말해봐야 보여줄 것 같지도 않았고, 겨우 그런 것이 궁금해 수업을 제쳤다는 것도 들키고 싶지 않았다. 그건 좀 자존심이 상했다.

잠시 고민하다 마음을 정한 데릭은 니안을 향해 뛰기 시작했다. 마음 같아서는 그대로 니안을 덮쳐 안고 싶었지만 그럴 순 없지 않은가. 그는 대신 니안이 들고 있는 빨래바구니를 채어 달아났다.

"꺅!"

니안이 깜짝 놀라 비명을 질렀다. 한동안 점잖던 데릭이 장난을 치니 이게 진짜 장난인지조차 헷갈렸다. 하지만 뒤를 흘끔거리는 짓궂은 눈빛을 보니 자신을 놀리는 게 분명하다는 확신이 들었다.

"뭐하는 짓이야?"

니안도 뛰기 시작했다. 그러나 쉽게 잡을 수가 없었다.

커갈수록 자꾸만 느려지는 니안에 비해 검술 훈련 등을 통해 몸을 다져온 데릭은 빠르고 가벼웠다. 다리도 어찌나 긴지 니안을 돌아보면서도 경중경중 잘도 뛰었다.

"뭐야? 이리 내놔!"

니안이 소리를 질렀지만, 데릭은 여유만만한 얼굴로 웃었다.

"어이, 곰. 운동해야지! 헛둘, 헛둘. 너 요즘 완전 둔해졌어."

니안은 그를 따라잡기 위해 기를 썼다. 그런데도 잡힐 듯 잡힐 듯 쏙쏙 빠져나가는 게 영 얄미웠다. 어렸을 때는 달리기에서 이렇게까지 많이 차이가 안 났는데. 울컥한 기분마저 들었다.

"지금 수업 시간 아니야?"

도저히 잡을 수 없겠다는 생각이 들었는지 니안이 걸음을 멈추곤 뾰로통한 표정을 지었다.

채 빠지지 않은 볼의 젖살이 핑크빛으로 달아올라 있었다. 귀여워 미칠 지경이었다.

"뭐야? 벌써 포기야?"

데릭도 뛰던 걸음을 멈추고 니안을 돌아봤다. 파란 눈동자가 가을 하늘보다도 더 청명하고 투명하게 빛났다.

"설마 지금 오빠가 하는 행동이 귀족답고 고상하다고 생각하는 건 아니지? 갑자기 퇴행이라도 했어?"

흥. 뾰로통한 얼굴로 니안이 콧대를 바짝 치켜들었다.

"지금은 너랑 나랑만 있는데 귀족인 게 무슨 상관이야?"

데릭이 환하게 웃어 보이며 고민했다. 이제 어떡하지? 발이 꼬인 척하면서 바구니를 바닥에 뒤집어버릴까?

니안은 오래간만에 보는 데릭의 환한 미소에 눈을 동그랗게 떴다. 무표정할 때의 데릭은 얼음처럼 차가워 보였지만 환하게 웃으면 마치 언제 그랬냐는 듯 눈부신 빛이 흘렀다.

'아, 저 미소를 망가트리는 건 아깝지만.'

니안이 비교적 가까이 있는데도 방심한 나머지 긴장을 풀어버린 데릭의 모습을 니안은 놓치지 않았다. 비호처럼 냅다 달려들어 그가 들고 있는 바구니를 움켜잡는 데 성공했다.

"어, 어?"

바구니 밀고 당기기가 시작됐다. 물론 그건 니안의 착각이었지만. 데릭은 조금 씨름을 하는 척하다가 기다렸다는 듯이 바구니를 뒤집어버렸다. 바구니에 담겨 있던 빨래들이 후두두 바닥으로 쏟아졌다.

"앗?"

"어?"

쏟아진 내용물을 보고 외마디 비명을 지른 건 니안만이 아니었다. 데릭도 미처 생각하지 못한 자신의 물건을 보고 당황한 나머지 그만 소리를 질렀다. 덕분에 니안이 떨어뜨린 미지의 물건에 시선을 둘 여유가 없어졌다.

데릭은 잡았던 바구니를 얼른 놓아버리고 제 물건을 집어 등 뒤로 감췄다.

그사이 니안도 잽싸게 몸으로 자신의 물건을 가린 채 집어 올려 등 뒤에 감춰버렸다.

"뭐, 뭐야 너?"

데릭이 얼굴이 벌게진 채 소리쳤다.

"그러는 오빠는 뭐야? 뭘 감춘 건데?"

데릭이 주워든 것은 자신의 속옷이었다. 사춘기가 되면서 아침에 몰래 제 속옷을 빨다 들킨 이후 루이스가 데릭의 속옷만큼은 니안을 시키지 않고 자신이 세탁해 주겠다고 약속했었는데.

루이스는 최소한 이런 일로 거짓말을 할 사람은 아니니 데릭은 뭔가 착오가 생긴 거라고 확신했다. 성인이 가까워져 오면서 개인 공간도 없이 한 방에서 생활하는 게 점점 불편해지고 있다는 증거인 셈이다.

어디 이뿐이랴. 커튼 뒤에서 니안이 옷 갈아입는 소리가 들리는 건 또 어떻고? 한겨울 집 안에서 더운물로 목욕하는 소리는? 줄줄이 엮어 흘러나오는 기억에 데릭은 머리를 쥐어뜯고 싶은 심정이 되어버렸다. 그에 반해 니안은 이런 일들에 덤덤했다.

'왜 나만…… 왜 나만 이렇게 괴로워야 하는데?'

억울한 일이었다. 이럴 때는 아카데미에 가게 되면 모든 것이 편해질 거라는 루이스의 말에 공감하지 않을 수 없다.

아카데미에 가게 되면 최소한 이런 문제들은 해결될 테니까.

데릭이 혼란스러워하는 사이 니안은 게걸음으로 쭈뼛쭈뼛 땅에 떨어진 빨래바구니를 향해 다가갔다. 휙 바구니를 뒤집은 니안의 손에서 칙칙한 색깔의 무언가가 빛의 속도로 바구니에 던져졌다.

아, 통탄할 노릇이다. 정신이 혼란스러워 그게 뭔지 못 봤다!

바구니 속으로 툭 떨어져 내리던 무게감으로 보아 결코 옷 따위의 가벼운 물건은 아니었다. 오늘은 멜드린이 온 날이니 분명 루이스와 자신 몰래 그가 니안에게 뭔가를 전해 준 게 분명했다.

이후 니안은 무시무시한 속도로 땅에 떨어진 빨래를 주워 그 위에 마구 처넣기 시작했다.

"니안! 너 방금 그거 뭐였어?"

물론 니안은 대답하지 않았다. 니안은 빨래바구니를 다 정리한 후 여전히 붉어진 얼굴로 데릭을 빠르게 지나치며 말했다. 부끄러워 시선조차 마주치지 않은 채였다.

"그렇게 창피하면, 어차피 나온 김에 그건 오빠가 빨든가!"

어, 어떻게 알았지? 데릭은 창피해 얼굴이 터져버리는 것 같았다.

수치심에 잠시 정신을 놓은 사이 앞서가던 니안이 걸음을 멈추고 뒤를 돌았다.

"근데 그거 알아? 그거 항상 내가 빨던 거거든? 새삼스럽게 왜 그래?"

젠장, 젠장, 젠장!

넌 이게 뭔 줄 알고 빤 거냐? 머리에선 김이 나고 입에서 거품이 나올 지경이었다.

이럴 거면서 루이스는 왜 자신이 하겠다고 한 걸까? 왜 나한테 이런 모욕감을 주는 거냐고!

'어, 억울해!'

자신만 당하기엔 너무 억울했다. 데릭은 앞에 가는 니안의 뒤통수에 대고 소리를 질렀다.

"그러는 넌 뭘 숨긴 건데?"

니안이 다시 발걸음을 멈췄다. 뺨이 다시금 발개지기 시작했다. 니안이 살짝 몸을 돌려 새침하게 말했다.

"나도 나만 갖고 싶은 비밀이 있는 거거든."

니안은 몸을 돌려 태연한 척 걸어 보았지만, 뒤로 뚝뚝 떨어지는 당황한 기운은 감출 수가 없었다. 그 뒤를 영혼이 털린 표정의 데릭이 터덜터덜 뒤따랐다.

멜드린의 수업을 뛰쳐나온 건 이런 결과를 기대한 건 아니었는데!

어느덧 거친 계곡 물소리가 들려오기 시작했다.

니안은 익숙한 곳에 자리를 잡아 늘 하던 대로 빨래하기 시작했고, 데릭은 그보다 조금 떨어진 아래쪽에 자리를 잡았다.

골짜기를 가득 메우며 거슬러 올라가는 연어 떼들로 물은 온통 붉은색처럼 보였다. 쨍하니 내리쬐는 햇살 아래 번쩍이는 비늘을 자랑하며 펄떡펄떡 뛰어오르는 연어들이 연출하는 장관이란!

이맘때쯤이면 너른 계곡 건너편에서 곰 가족이 나와 연어를 잡아먹는 모습을 보이기도 했다. 먹이가 부족할 땐 아르본 산을 넘는 사람을 공격해 악명을 떨치던 붉은 곰들은 희한하게도 니안이 물일을 하는 계곡 이쪽으로는 절대 넘어오는 일이 없었다.

마치 보이지 않는 투명 장막이라도 쳐진 듯 빨래를 하는 니안 쪽으로는 고개도 돌리지 않고 물고기 사냥에만 몰두했다.

그 모습이 너무 평화롭고 예뻐 니안은 빨래하던 손을 놓고 잠시 구경하기도 했었다.

하지만 니안이 오늘 빨래하던 손을 잠시 놓은 건 곰 때문이 아니었다. 맞은편엔 아직 곰이 나타나지도 않았을뿐더러 자꾸만 신경 쓰이는 다른 무언가가 있기 때문이었다.

데릭!

데릭 에드워드 르윈느!

노트와 펜을 풀밭에 아무렇게 던져놓은 데릭은 니안과 조금 떨어진 물가에 무릎을 꿇은 채 제 속옷을 물에 담가 어설프게 흔들고 있었다. 빨래하면서도 그런 그가 신경 쓰여 자꾸만 손이 멈춰지고 시선이 갔다. 데릭은 그런 니안을 의식하지 않으려 노력하며 부지런히 손을 놀렸다.

마침내 니안이 길게 한숨을 푹 내쉬며 말했다.

"오빠, 정말 왜 그래? 그냥 나한테 줘. 맨날 하던 건데 새삼스럽게."

"됐어."

데릭이 퉁명스럽게 대답했다.

"그럼 매번 따라올 거야? 어차피 그럴 수도 없잖아."

니안이 치마를 걷은 채 자리에서 일어났다. 찰박찰박 물방울을 튀기며 걸어오는 니안의 종아리가 하얗게 빛났다.

데릭은 저도 모르게 고개를 들고 니안을 바라봤다. 넘어지지 않으려 고개를 숙이고 조심조심 걸어오는 니안의 등 뒤로 환한 햇살이 쏟아져 내렸다. 순간 눈이 부셔 저도 모르게 눈을 찡그렸다.

"이리 줘!"

다가온 니안이 손을 내밀었다.

"싫어."

"자꾸 이렇게 고집부릴래? 내가 더 깨끗이 빤다고."

"싫어."

"이 고집불통!"

니안의 타박에도 불구하고 데릭은 물이 뚝뚝 떨어지는 제 속옷을 다시 등 뒤로 감췄다.

"너는 나 안 보여줬잖아."

"뭘?"

니안이 눈을 동그랗게 떴다.

"아까 바구니에 숨긴 거."

"……"

니안은 할 말을 잃었다. 한동안 파닥이는 연어의 몸짓과 물소리만이 흘렀다. 고민하는 니안의 뽀얀 미간에 작은 주름이 파였다.

사실 니안이 숨긴 건 별것 아니었다. 데릭에게 보여준다고 무슨 일이 생길 것도 없었다. 그런데도 굳이 그에게 들키고 싶지 않았던 이유는 가까운 언젠가부터 관심을 가지고 몰두하게 된 주제가 좀…… 아, 그래 좀…… 부끄럽기 때문이랄까?

데릭이 그런 것에 관심을 가지고 재미있어하는 자신을 비웃을 것만 같았다.

아니, 어쩌면 반대로 '이게 뭐?' 하고 심드렁한 표정을 지을지도 모른다. 그러고는 부끄러워하는 니안을 오히려 더 이상하게 생각하고 놀리겠지.

'아, 모르겠다. 정말 모르겠다.'

니안은 갈등 어린 눈으로 데릭의 등 뒤에서 뚝뚝 떨어져 내리는 물방울을 바라보았다. 그렇다고 데릭이 제 할 일도 못 하고 잘하지도 못하는 빨래를 하는 모습을 보고 싶지는 않았다.

니안은 잠깐 어느 것이 더 싫은지 경중을 재봤다. 제 비밀을 데릭에게 들키는 것과 데릭이 빨래하는 모습을 보는 것.

자기 발전에만 온전히 제시간을 쏟아부을 수 있는 데릭과 집안일을 병행해야 하는 자신의 처지가 불공평하다는 것쯤은 니안도 충분히 알고 있었다. 불만도 있었다.

하지만 아무리 생각해 봐도 그 불만은 차별하는 루이스를 향한 것이지 데릭을 향한 것은 아니었다. 그렇다고 데릭의 후원금으로 더부살이하는 처지에 그런 걸 불평할 수도 없는 노릇이고.

데릭은 오히려 우중충하기만 했던 제 인생에 빛을 가져다준 사람이었다. 마침내 결심이 선 듯 니안이 과감히 손을 내밀었다.

"줘! 내 건 이따 빨래 다 하면 보여줄게."

데릭의 눈동자가 커다래졌다.

"진짜야. 약속할게. 나도 창피한 거 참고 보여주기로 마음먹은 거니까, 오빠도 창피한 거 참고 그거 그냥 줘."

"……"

"빨리."

이제 공은 데릭에게로 넘어왔다. 설마 니안이 이렇게 순순히 보여주겠다고 할 줄 몰랐다.

진짜 별거 아닌 건가?

데릭도 제 마음이 어느 쪽으로 더 기우는지 저울질을 시작했다. 니안의 비밀이 더 궁금한지, 제 속옷을 맡기는 게 더 창피한지. 결론은 쉽게 났다. 데릭은 아무 말도 없이 제 속옷을 불쑥 니안에게 내밀었다. 어차피 중요한 흔적은 다 처리를 했으니 괜찮겠지. 그는 의연해 보이려 눈물겹게 노력을 했지만, 얼굴을 물들인 붉은색은 지울 수가 없었다.

한참 동안 둘이 앉은 거리 사이엔 주변의 소음만이 흘렀다.

콸콸 흐르는 골짜기의 물소리, 연어가 뛰어오르며 헤엄치는 소리, 빨래를 문지르고 때리는 소리.

데릭은 가지고 온 노트에 글을 쓰면서 니안의 빨래가 끝나기를 기다렸다. 작문에 집중하다 보니 다행히 부끄러움도 저 멀리 사라져버렸다.

그는 자신만의 이야기 속으로 평화롭게 침잠해갔다. 볕도 적당한 것이 사색하기엔 더없이 좋은 날씨였다.

"황태자의 첫사랑?"

데릭이 기가 찬 얼굴로 크게 소리쳤다.

"왜 소리 내서 읽고 그래? 속으로 읽어!"

당황한 니안이 얼굴을 붉히며 그런 데릭을 나무랐다.

데릭은 어이가 없어서 웃음이 나올 것 같은 걸 꾹 참아야 했다. 얇은 나무 판에 갈색 천을 둘러 만든 책 표지엔 금박 문양으로 '황태자의 첫사랑'이라는 오글거리는 제목이 선명하게 찍혀 있는 게 아닌가.

그랬다. 니안이 그토록 부끄러워하며 바구니에 감췄던 건 다름 아닌 연애소설이었다. 데릭은 어쩐지 맥이 좀 빠지는 기분이었다.

그렇게 궁금해하던 니안의 비밀이 겨우 소설이었다니.

물론 제목만큼은 의미심장했지만 말이다. 출처야 말하지 않아도 뻔한 일이었다.

"멜드린 선생님?"

그가 책을 흔들어 보이며 물었다. 데릭 옆에 앉은 니안이 안고 있는 제 무릎에 발개진 얼굴을 묻고는 고개를 끄덕였다. 그대로 무릎에 코를 박고 말을 하니 웡웡 울리는 소리가 났다.

"요즘 10대 귀족 영애들 사이에서 유행하는 완전 핫한 소설이라고…… 데뷔탕트 전에 꼭 읽어야 하는 필수 도서랬어."

"데……뷔탕트?"

데릭은 더는 말을 잇지 못했다. 벌써 니안이 그런 것에 관심을 가질 나이가 됐나?

하긴 자기가 왕립 아카데미에서 수학할 나이가 되었으니, 니안이 데뷔탕트를 생각하는 것도 당연한 일이었다.

그러나 이런 산골에 사는 한 제대로 된 데뷔탕트를 치르기엔 무리가 있었다. 더구나 지위도 겨우 남작. 시내에서 구색을 갖춰 살고 있어도 황실 연회에 초대될 수 있을지 의문이었다.

보통 수도 근처에 있는 고위 관작 가문 영애들의 데뷔탕트는 1년에 한 번, 황제가 치러준다. 곧 성인이 될 귀족 처녀들의 사교계 입

문을 축하해주는 것이 본래 취지지만, 사실 그 자리는 황실과 혈연 관계를 맺고 있는 가문의 나이 어린 영식과 왕자들에게 알맞은 짝을 물색해 보도록 하기 위함이라는 게 더 맞았다.

자연히 데뷔탕트에 초대될 아가씨들의 최고 관심사는 차후 황제 자리를 잇게 될 황태자다. 미혼의 황태자. 그러니 데뷔탕트를 앞둔 귀족 영애들이 이런 연애소설을 돌려보는 것은 당연한 일일지도 몰랐다.

원래대로라면 향후 몇 년 동안 데뷔탕트 및 각종 연회에서 가장 주목을 받을 사람은 황태자 헤이드였을 것이다.

바로 데릭 자신 말이다.

'하지만 그랬다면 난 죽을 때까지 너라는 존재는 모르고 살았 겠지?'

데릭은 복잡한 심경으로 여전히 제 무릎에 코를 박고 있는 니안을 빤히 바라보았다.

하지만 멜드린은 왜, 어차피 니안은 가지도 못할 황실 데뷔탕트를 언급하며 이런 허황된 소설을 가져다줬을까?

데릭은 몇 번 보지 않아 잘 기억나지 않는 제 사촌들을 떠올렸다. 오스만에게는 한 명의 아들이 있었다. 자신보다 세 살이 어렸고, 그 역시 멜롯 가 특유의 밝은 금발과 청안을 지니고 있었다.

데릭이 듣기로 오스만이 본처를 내쫓고 새 황후를 들인 덕에 현 황태자의 입지가 몹시 불안하다고 했다.

황제의 신뢰를 받는 새 황후가 왕자를 낳으면 현 황태자의 앞날은 누구도 보장할 수가 없다. 그런데도 이런 소설을 돌려보는 귀족 영애들이라니. 대체 무슨 생각을 하는 건지. 게다가 이걸 니안에게 준 멜드린은 또 뭐람? 지금 니안을 원수의 아들인 내 사촌에게 안기기라도 하겠다는 거야?

거기까지 생각이 닿자 갑자기 화가 치밀었다. 대체 무슨 내용인데!

데릭이 표지를 넘겨 안을 보려고 하자 니안이 펄쩍 뛰며 책을 다시 빼앗았다.

"내, 내용은 보면 안 돼."

"왜?"

데릭의 미간이 못마땅하게 구겨졌다.

"뭔지 알려줬으니까 됐잖아. 보지 마."

"그러니까, 왜?"

슬슬 화를 숨기기가 어려워지려 했다.

"그, 그냥. 오글거린단 말이지."

데릭이 황당한 표정을 지어 보였다.

"벌써…… 봤어? 멜드린이 오늘 가져다준 게 아니야?"

"저번에 왔을 때 준 거야."

부끄러움으로 홍조가 드리워진 니안의 얼굴은 잘 익은 복숭아 같았다. 저 홍조의 대상이 자신이 아니라 황궁에 있는 사촌이라고 생각을 하니 말할 수 없는 부아가 치밀었다.

"오글거리는데 왜 봐?"

자연스레 공격적인 목소리가 튀어나왔다.

"……."

하지만 니안은 불쌍한 표정만 지어 보일 뿐 아무런 말도 하지 않았다.

'왜냐하면, 황태자가 오빠 닮았으니까.'

데릭이 이 책을 읽으면 자기가 그를 좋아한다는 걸 눈치챌지도 모른다.

책 속 황태자는 신분만 다를 뿐, 생긴 것도, 성격도 데릭과 똑 닮아 있었다.

'뭐야. 꼭, 억지로 뺏으면 울 것 같잖아.'

미치겠네. 데릭은 흥분을 가라앉히고 니안을 살살 달래야겠다고 생각했다.

니안은 착하니까 조금만 달래면 순순히 책을 내놓을지도 모른다. 그는 제법 어른스러운 목소리를 내며 니안을 설득했다.

"니안. 소설은 소설일 뿐이야. 네가 쓴 것도 아니고, 너만 읽는 것도 아닌데 뭘. 데뷔탕트 전에 영애들이 읽는 연애소설이라고 하니까 나도 궁금해서 그래. 책 속엔 여자들이 동경하는 이상형의 남자가 나올 거 아냐. 여자들이 그런 남자랑 어떤 사랑을 꿈꾸는지 알고 싶다고."

"······."

토, 통하나? 니안이 갈등하는 표정으로 커다란 두 눈을 깜빡거렸다. 데릭은 내친김에 좀 더 밀어붙이기로 했다.

"나도 여자애들이 어떤 남자를 좋아하는지 진짜 궁금해. 그러니까 너도 창피해하지 마. 이성에 관심을 가지는 건 자연스러운 거거든. 봐봐. 나도 그런 거."

"······."

"자, 그러니까 이제 몇 달 뒤면 아카데미에 가야 할 이 오빠를 위해 도움을 좀 주지 않을래?"

데릭은 제 거짓말이 진심처럼 보이기 위해 혼신의 노력을 다했다. 그 순간만큼은 충실한 오빠처럼 보이길 진실로 바랐다.

자신의 관심사는 연애소설을 읽는 네 행위가 아니라 책 속의 내용이라고. 네 이상형이 아니라 보편 다수의 평범한 귀족 영애들의 취향이 궁금한 것이라고.

니안은 한동안 고개를 숙이고 고민을 하더니 이내 책을 품은 팔에 힘을 풀었다.

살짝 깨물린 분홍색 입술 사이로 비쳐 보이는 잇속이 하얗고 깨끗했다. 어느 틈에 화가 가라앉아 버린 데릭은 쓸데없이 진지한 니안의 표정에 피식 웃음이 나올 것 같았다.

결국, 니안이 책을 내밀었다. 데릭의 얼굴에 만족스러운 미소가 걸렸다. 푸른 풀밭처럼 싱그러운 미소였다.

데릭은 빠르게 책을 읽어 내려갔다. 니안이 그런 데릭을 빤히 쳐다보았다.

집중하느라 살짝 접힌 미간이 매력적이다. 연애소설을 마치 새로운 이론을 접한 학자처럼 읽는 모습에 웃음이 터질 것만 같았다.

'굽이치는 금발에 사파이어가 연상되는 청안의 소년.'

소설 속 남자주인공인 황태자 에드먼드의 외모 묘사였다. 괜히 속이 뜨끔했다. 뭐, 당연한 일이지. 이런 외모야 어차피 1000년간 황실을 유지해 온 멜롯 가의 특징이니까.

소설 속 황태자는 가상의 인물이지만 작가가 실제 멜롯 가를 모델로 썼을 테니 당연한 일일 게다. 그는 계속 읽어 내려갔다.

'열여덟 살인 에드먼드는 황국의 유일한 후계자이자 뛰어난 검술 실력과 명석한 두뇌를 가진 잘생긴 소년이었다. 옳고 그름의 판단이 명확하고 주관이 강하며 다소 오만하고 차가운 인상이어서 얼음 왕자란 별명을 가지고 있다. 그런 그의 매력에 많은 귀족 소녀들이 가슴을 태우지만, 그는 여자에겐 관심이 없었다. 무도회에서도 차디찬 얼굴로 거만하게 자리에 앉아 있을 뿐 누군가에게 춤을 청하지도 않았다. 그도 그럴 것이 그에게는 여자에 대한 트라우마가 있었기 때문이다.

아름답지만 쉽게 접근할 수 없는 오만한 오라. 절실한 소유욕을 불러일으키는 매력.

하지만 감히 그에게 먼저 다가가는 여자는 없었다.'

뭐지? 책 속에 나온 황태자는 자신이 알고 있던 사촌의 성격과는 많이 달라 보였다.

아름답고 오만해? 그 녀석이? 게다가 녀석의 머리카락은 곱슬이 아닌 단정하고 뻣뻣한 직모다.

당시에는 많이 어렸으니 귀여운 맛은 있긴 했다. 하지만 결단코 미남으로 클 얼굴은 아니었다. 녀석은 오만은커녕 골목대장도 하기 어려울 정도로 소심했다.

헤이드가 황태자라는 말에 겁을 집어먹고 제 어미 뒤에 몸을 숨기기 바쁘던 아이 아니던가.

만약 멜드린이 이 책을 읽어 봤다면 결코 현 황태자를 염두에 둔 채 니안에게 권한 것은 아니란 소리다.

그 역시 황실에 있는 동안 그들을 봤을 테니까.

'천지개벽해서 녀석의 천성이 변했다면 모를까.'

그러자 한결 마음이 놓였다. 그런데 여자들이 이런 차갑고 오만한 캐릭터를 정말 좋아한다고? 데릭이 고개를 갸우뚱했다.

"너도 이런 남자가 좋아? 차갑고 오만한 얼음 왕자? 별로일 것 같은데. 친절하고 예의 바르고 다정하고 따뜻한 남자가 낫지 않아?"

데릭의 질문에 니안이 황당한 표정을 지었다.

'뭐야? 자기가 지금 저 인물하고 분위기가 똑같다는 걸 모르는 거야?'

이런 둔한 오빠 같으니라고. 괜히 걱정했어. 이 웃긴 상황은 뭐람.

니안이 한결 기운을 찾은 얼굴로 설명했다.

"아니. 당연히 친절하고, 예의 바르고, 따뜻하고, 거기에 열정적이기까지 하면 최고지. 하, 지, 만, 이렇게 오만하고 차갑던 남자가 나한테만 목매고 나한테만 친절하고, 나한테만 예의 바르고, 따뜻하다면 그 매력과 가치는 몇 배나 올라가는 거거든."

"하……."

뭐야 결국 자기만 위하라는 뜻이잖아. 어처구니가 없어서 입이 벌어졌다. 헛웃음도 삐져나왔다. 마치 애인 자랑이라도 하듯 의기양양하게 변한 니안의 표정도 기가 막혔다.

그런 데릭의 표정을 접한 니안의 기분도 썩 좋진 않았다.

으아, 마치 한심한 종족을 바라보는 듯한 저 표정이라니.

니안의 얼굴이 금세 부루퉁하게 부어올랐다.

"거 봐. 보지 말라니까!"

니안이 심통 난 목소리로 책을 뺏으려 했다. 그제야 자신이 어떤 표정을 짓고 있었는지 깨달은 데릭이 책을 높게 휙 들어 올리며 낄낄거렸다.

"왜 웃어? 웃지 마!"

"알았어, 알았어. 안 웃을게."

"뭐야! 지금도 웃고 있잖아!."

"아니야, 아니야. 진짜 안 웃어. 봐. 보라고. 웃음 뚝!"

그가 순식간에 웃음기를 지우고 정색을 했다.

"봤지?"

어찌나 완벽하게 연기를 하는지 니안의 말문이 막혀버렸다. 뭐야, 더 화내고 싶은데. 니안의 아랫입술이 귀엽게 비죽 튀어나왔다.

그 모습이 너무 귀여워 데릭은 더는 웃음을 참기 어려웠다.

"귀여운 녀석."

웃음을 터뜨린 그가 니안의 정수를 흐트러뜨리고는 다시 책으로 시선을 돌리며 물었다.

"그래서 이 황태자의 트라우마는 뭔데?"

"그건…… 엄마인 에리나 황비가 타국의 공작과 눈이 맞아서 달아난 거야. 그래서 얘네 나라가 그 나라와 적국이 됐어."

"아……."

그가 작게 탄성을 뱉었다.

"그 일로 왕자는 여자를 믿지 않게 됐지. 절대 사랑 따윈 하지 않겠다고 다짐하는 중에 여주인공을 만났어."

"그렇군."

여주인공의 외모는 니안과는 좀 달랐다. 분홍색에 가까운 붉은 머리에 금안을 가진 귀엽고 사랑스러운 소녀라고 묘사되어 있었으니까.

그 부분에서 니안이 한숨을 내쉬었다.

"나도 오빠나 여주인공처럼 연한 머리카락이었으면 얼마나 좋을까? 이게 뭐야?"

니안이 까만 제 머리끝을 못마땅하게 만지작거리다가 어깨 뒤로 휙 넘겨버렸다. 니안이 제 외모에 불만을 품고 있을 줄은 몰랐는데. 데릭은 다소 놀란 얼굴로 물었다.

"네 머리카락 색이 어때서?"

"까만색이잖아. 안 예뻐. 생각해 봐. 까만 머리 공주라니. 상상이나 할 수 있어? 왕자나 공주는 다 금발이나 백금발이 어울려."

'왕자나 공주는 다?'

이것으로 확실해졌다. 그동안 꽤 많은 소설책이 멜드린을 통해 니안에게 제공됐다는 사실 말이다.

대체 그 선생은 무슨 생각을 한 거지? 왜 니안에게 연애소설을 가져다주는 걸까? 지금도 충분히 예쁜데 쓸데없이 소설 속 인물이랑 외모 비교나 하고.

"그런 바보 같은 말이 어딨어?"

데릭은 그 말에 동의할 수 없어서 한 말이었지만 니안은 여전히 툴툴거렸다.

"뭐가 바보야. 오빠도 오빠 머리가 까맸으면 나처럼 생각했을걸."

"아니, 그렇지 않아."

데릭이 자신 있게 말했다.

'네 머리카락이 얼마나 예쁜데.'

하지만 이 말은 입 밖으로 차마 말하지 못하고 삼켜버렸다.

실제 니안의 머리카락은 윤기가 흐르는 매끄러운 흑발이어서 몹시 탐스럽고 예뻤다.

집에는 얼굴만 간신히 보이는 손거울만 있으니 니안은 자신이 얼마나 예쁜 사람인지 정확히 모르는 것 같다.

제대로 된 귀족 영애로 자랐으면 방 안에 제 키보다 훨씬 큰 전신 거울을 갖고 있었을 텐데. 그리고 매일매일 거울 앞에서 자신을 가꾸는 일에 시간을 보냈을 텐데. 그런 생각을 하니 니안이 측은했다.

"난 내 머리가 금발이 아니라 흑발이어도 좋았을 거야. 그것도 내 일부니까. 니안, 너도 자신을 좀 소중히 생각할 필요가 있어."

제법 의젓하게 타이른 데릭이 다시 책장을 넘겼다.

그다음 눈에 들어온 것은 황태자와 여주인공의 첫 만남이었다. 어릴 때부터 여주를 시샘해 오던 백작가의 딸이 길눈이 어두운 여주인공을 골려주려고 황궁의 복잡한 미로에 데려가 몰래 놓고 돌아온 것이 발단이었다.

책에서 황궁의 미로는 귀족 저택의 미로와 규모가 달라서 처음 들어가는 사람은 쉽게 길을 잃곤 하는 곳이라고 이야기하고 있었다. 그리고 데릭이 기억하는 한, 실제로도 그랬다.

당시 어리다는 이유로 황태자인 자신도 혼자서는 절대 미로에 들어가지 않도록 단단히 주의를 들었으니까.

"음…… 이 작가 말이야……."

"응?"

니안이 호기심 어린 눈을 동그랗게 떴다. 데릭은 짧은 신음을 흘렸다간 의미심장하게 말했다.

"아무래도 진짜 황궁에 들어가본 적이 있는 거 같아."

"오빠가 그걸 어떻게 알아?"

그는 당황했지만 금세 둘러댔다.

"그게…… 나도 가봤으니까."

"오빠가 가봤다고?"

"응."

"황궁에?"

"응."

데릭의 눈빛이 쓸쓸해졌지만, 니안은 그런 변화를 전혀 눈치채지 못했다.

"진짜 황궁? 아르본에 있는, 황제가 사는, 그 황궁?"

"그렇다니까……."

니안의 얼굴에 환희가 번졌다.

"와! 그런데 왜 나한텐 한 번도 말 안 했어?"

"그냥. 얘기할 기회가 없었잖아."

진짜 황궁을 가본 사람이 바로 옆에 있었다니. 역시 데릭은 보통 가문의 사람은 아니었던 거야. 니안은 감탄했다.

그녀는 궁에 가봤다는 데릭이 신기했다. 오빠는 사실 대단한 사람이었다. 그런 생각은 니안을 흥분시켰다. 데릭이 보기에도 니안은 허공으로 둥실둥실 떠오를 것처럼 들떠 보였다.

'그게 그렇게 좋아할 일인가?'

데릭은 의아했지만, 니안은 아랑곳하지 않고 큰 소리로 물었다.

"진짜 신기하다. 그럼 거기서 황제 폐하도 봤어? 황태자 전하도?"

"응?"

황태자를 봤냐는 말에 데릭은 당황한 얼굴로 니안을 쳐다봤다.

"못 봤어? 오빠가 궁에 갔을 땐 황태자 전하가 없었을 땐가? 황제 폐하만 계셨어? 그럼 공주는? 공주도 없었어?"

니안의 녹색 눈동자가 기대로 반짝거렸다. 데릭은 어색한 목소리로 천천히 말을 이었다.

"그때엔…… 공주는 없었어. 당시 황제 폐하께는 아들만 한 명 있었거든."

다행히 니안은 전 황태자의 이름은 묻지 않았다. 그저 기쁨에 겨워 손뼉을 한 번 친 후 손을 모아 감격에 젖은 듯 입가에 가져다 댔을 뿐.

"그럼 황태자 전하를 본 거야?"

"그런 셈이야."

'황실 거울에 비친 내 모습은 질리도록 봤으니까.'

데릭은 최대한 기분이 가라앉아 보이지 않으려 노력하며 대답했다.

"꺅!"

니안이 작게 비명을 질렀다.

"그럼 황태자 전하는 어떻게 생겼어? 정말 여기 소설에 나온 것처럼 금발에 파란 눈이야? 진짜 이렇게 멋지게 잘생겼어?"

"멋지게 잘……?"

이쯤이 되니 혈압이 올랐다. 분명 데릭 자신에 관한 이야기를 하는 거지만, 니안은 그게 데릭이라는 사실을 모르니 다른 남자를 상상하고 있다고 봐야 했으니까.

애써 '난 니안의 오빠야'라고 마음을 추스르면서도 '도대체 내가 왜 오빠여야 하지?'하는 반항심을 이기기 힘들었다.

"그게 왜 궁금해? 황태자 생긴 게 너랑 무슨 상관인데?"

데릭이 못마땅한 표정으로 살짝 눈썹을 구기자 니안이 잠시 당황한 표정을 지었다.

아, 대체 뭐라고 설명을 해야 할까? 황태자를 데릭으로 상상하고 있다고? 그래서 실제로도 닮았다는 이야기를 듣고 싶었다고? 아니, 차라리 오빠가 진짜 황태자였으면 좋겠다고?

니안이 아주 어릴 때부터 루이스는 둘만 있을 때 이런 이야기를 자주 해왔다.

　'니안, 데릭은 네 오빠야. 너희 둘은 부모는 달라도 법적으로 완전한 남매라고. 그러니 행여라도 오빠를 상대로 이상한 상상을 하면 안 돼. 연애나 결혼 같은 거 말이야. 오빠를 상대로 그런 생각을 품는다면 그것 자체가 죄가 되는 거야, 죄. 아주 큰 죄!'

　루이스가 데릭에게도 그런 말을 했을까? 그럼 내가 오빠를 좋아한다는 걸 알면 정말 놀라겠지? 끔찍해하겠지?

　아무리 그래도 우리는 남인데. 왜 내가 오빠를 좋아하면 안 되는 걸까?

　니안이 복잡한 생각을 하는 사이 데릭이 눌린 목소리로 대답했다.

　"비슷해."

　"응?"

　"황태자 말이야. 그냥 나랑 비슷하게 생겼다고."

　니안의 입에서 탄성이 터져 나왔다.

　"그럼 잘생긴 거잖아!"

　"뭐?"

　이번엔 가늘어졌던 데릭의 눈매가 평소보다 훨씬 커졌다.

　그래도 하나는 알게 되어 다행이다. 니안이 자신을 잘생겼다고 생각한다는 것. 다소 기분이 풀어지는 기분이었다. 니안이 즐겁게 재잘거렸다.

"오빠랑 비슷하다며. 오빠가 얼마나 잘생겼는데! 그래도 내 상상 속에선 황태자가 오빠보단 쪼금 더 잘생겼다고 상상해야지!"

니안은 천진한 얼굴로 웃더니 머리 뒤에 깍지를 끼고 풀밭에 드러누웠다.

"나보다 잘생겼다니? 넌 그게 가능한 일이라고 생각하냐?"

데릭이 기가 찬다는 말투로 도도한 표정을 지었다. 농담을 가장했지만, 기분이 좋진 않았다. 니안이 다른 남자를 상상하며 행복해하는 모습이라니.

니안은 그런 모습의 그가 장난을 치는 거라고 생각했다.

"칫, 질투하긴. 알았어. 그럼 오빠보다 조금, 아주 조금만 더 못생겼다고 상상할게. 그럼 됐지?"

뭐가 그리 좋은지 니안은 귀엽게 생글거리기까지 했다. '조금, 아주 조금만'이라고 말을 할 땐 장난스레 한쪽 눈을 감고 엄지와 검지를 맞붙여 보이기까지 했다.

데릭은 한숨을 푹 내쉬며 강 한가운데로 시선을 옮겼다. 니안은 누운 채 그런 데릭의 옆모습을 올려다보았다.

날이 갈수록 솟아나는 조각 같은 콧대가 예술이다. 둘 사이에 잠시 침묵이 흘렀다.

흰 구름이 흘러가는 가을 하늘에 시선을 옮기며 니안이 물었다.

"오빠, 황태자랑 여주인공이랑 어떻게 만나는지 아직 못 봤지?"

"관심 없어."

데릭이 시큰둥하게 말했다.

"이 정도만 봐도 충분해. 다 읽은 것 같아. 뻔하잖아."

니안이 벌떡 몸을 일으키더니 데릭의 무릎 위에 놓인 책을 뺏어 들었다. 그러고는 자신이 말한 부분을 펼쳐 보이며 친절히 손으로 짚어주기까지 했다.

"여기야. 데뷔탕트 시작하기 직전. 여주인공이 미로 안에 들어갔다가 나가는 길을 못 찾아서 훌쩍훌쩍 울거든. 그때 미로 안을 산책 중이던 왕자가 울음소리를 듣고 찾아와. 그리곤 한눈에 반하지. 그러면서 만약 무도회장에서 자신을 다시 보게 되면 꼭 함께 춤을 춰 달라고 해. 그것만 약속하면 당장 미로 밖으로 데리고 나가 주겠다고. 그리고 여주인공은 그의 청을 허락하는 거야. 그 남자가 황태자인 것도 모르고 말이야."

그러더니 부끄러운 듯 어깨를 움츠리며 키득키득 웃는 게 아닌가?

"아아, 세상에. 그 차가운 얼음 왕자가 춤을 신청했어. '레이디.' 하면서. 까아아아."

니안은 양손으로 붉어진 얼굴을 가리며 도리질을 쳤다. 데릭은 어이가 없어 그저 '하!' 하는 헛숨만 터트렸다.

부끄럽다며 책 보여주기 싫어하던 아까의 넌 대체 어디로 간 거니?

그러더니 이번엔 또 금세 눈꼬리를 축 늘어트리며 한탄을 하는 거다.

"그럼 뭐해. 나하곤 상관없는 얘긴걸. 게다가 난 춤도 출 줄 모르잖아. 난 여주처럼 왕자가 춤 신청을 하며 손을 내밀어도 잡을 수가 없어. 춤을 못 추니까."

니안은 과장된 몸짓으로 철퍼덕 풀밭에 쓰러져버렸다. 마치 모노드라마처럼. 심지어 데굴거리며 흐느끼는 소리를 냈다.

아, 도대체 왜 그렇게 불쌍한 표정을 짓는 건데. 장난이라도 그렇지!

"니안……."

데릭이 부드럽게 니안의 이름을 불렀다.

"우리도 춤 배울까?"

그러자 니안의 움직임이 뚝 멈췄다. 갑자기 진지한 목소리로 춤을 배우겠냐고 물어오는 데릭의 말에 괜히 심장이 쿵 소리를 내버렸다.

하지만 어떻게? 루이스는 결코 둘이 같이 춤을 배우는 상황을 허락해주지 않을 게 분명했다.

그런 니안의 속마음을 읽기라도 한 듯 데릭이 말을 이었다.

"어차피 아카데미 가기 전에 기본적인 춤 몇 개는 배워서 가야 해. 상대가 있으면 연습하기가 더 수월하니까 내가 잘 이야기하면 어머니도 허락하실걸? 정 안 되면…… 내가 배워서 너한테 몰래 다시 가르쳐주지 뭐. 이렇게 밖에 있을 때."

니안은 어떻게 반응을 해야 할지 몰랐다. 사실 춤이 배우고 싶어 그랬던 건 아니었다. 그저 복잡한 속내를 숨기고 싶어서 장난을 친 것뿐인데 본의 아니게 신세 한탄처럼 들린 모양이다.

니안은 벌떡 몸을 일으켜 데릭의 얼굴을 바라봤다.

마주친 파란 눈동자가 묘한 빛을 띠고 있었다. 어딘지 애잔하고 가슴이 아픈 듯한.

그의 동정을 받는 건 싫었다. 니안은 씩씩한 목소리로 말했다.

"아니, 됐거든. 나중에 궁에서 만난 왕자님한테 가르쳐 달라고 할래. 그 핑계로 얼굴도 한 번 더 보고, 손도 한 번 더 잡아보고."

니안이 또다시 귀엽게 키득거렸다.

무도회 따위. 어차피 못 갈 거라는 것쯤은 나도 알고 있다고.

"이제 그만 가자, 오빠. 너무 늦는다고 엄마한테 혼나겠다.

니안이 자리에서 일어나며 말했다. 데릭은 아무렇지도 않게 엉덩이를 털어내는 니안을 잠시 바라보다 자신도 몸을 일으켰다. 바로 그때, 계곡 맞은편 숲속에서 붉은 곰 한 마리가 강을 향해 급히 뛰어오는 것이 보였다.

# 짐승, 곰을 죽이다

한참 연어가 올라오는 시기라 곰이 나타난 것이 이상할 일은 아니었지만 뛰는 모양이 심상치 않았다.

보통 연어가 가득한 강가로 배를 채우러 나오는 곰은 여유가 있기 마련이다. 하지만 그 곰은 마치 무언가에 쫓기고 있는 듯했다.

'사냥꾼이라도 나타난 건가?'

데릭은 대수롭지 않은 표정으로 달려오는 곰을 바라봤다. 어차피 녀석은 계곡을 건너지 않을 것이다. 설사 녀석을 쫓는 것이 사냥꾼이라 할지라도 말이다. 자신이 그렇게 설정을 해놓았다. 크게 동요하지 않은 건 니안도 마찬가지였다.

경험상 곰들은 단 한 번도 계곡을 건너오지 않았기 때문이었다.

그렇게 집으로 돌아가기 위해 가져온 짐들을 챙기려고 할 때였다.

반대편 계곡 물가에서 철벅, 물이 튀는 소리가 요란스럽게 들려왔다. 연어 떼가 뛰어오르는 소리와는 확연히 다른 소음이었다.

고개를 돌려 건너편을 바라본 데릭과 니안의 눈이 휘둥그레졌다.

"어…… 저거?"

니안이 먼저 놀라 말문을 뗐다.

당연히 강가에 멈추어 설 것이라는 예상을 깨고 아까의 그 붉은 곰이 맹렬한 속도로 계곡을 건너기 시작한 것이었다. 녀석이 발을 놀릴 때마다 철벅 철벅 소리를 내며 정신 사납도록 물이 튀었다. 수면 위로 뛰어오르는 연어 떼 사이를 가르고 기세 좋게 달려오는 붉은 곰.

그 모습에 넋을 잃었다가 먼저 정신을 차린 것은 데릭이었다.

'어떻게 된 거지?'

데릭이 조종 마법을 사용하려면 몸에서 나오는 푸른빛을 감출 수가 없다. 그러면 니안은 어릴 적 늑대 습격 당시 본 것들이 착각이 아니란 걸 알게 될 텐데!

"니안! 어서 피해, 어서! 위쪽으로 뛰어!"

데릭의 말이 떨어지기가 무섭게 니안은 돌아가는 길이 있는 상류를 향해 뛰기 시작했다. 거의 반사적인 반응이었다.

데릭은 니안이 몸을 돌려 뛰는 것을 확인한 후 곧바로 몸 안의 마력을 가동했다. 순식간에 그의 몸 위로 푸른 오라가 피어올랐다. 하지만 이내 힘없이 사그라지고 말았다.

'어…… 어째서? 왜 안 되는 거지?'

데릭의 얼굴에 당황한 빛이 떠올랐다. 오랜 기간의 연습과 훈련으로 눈앞에 있는 곰 한 마리쯤 원하는 대로 움직이는 것은 일도 아니었다. 그런데 어찌 된 일인지 지금은 통하지가 않는다.

강가를 뛰고 있는 니안의 뒷모습을 흘끔 다시 바라본 후 데릭은 커다란 돌을 하나를 주워들었다.

니안부터 멀리 보내야 한다.

그사이 니안은 죽을힘을 다해 뛰면서도 쉬지 않고 머리를 굴렸다. 대체 어떻게 해야 데릭도 자신도 이 위험에서 벗어날 수 있을까? 하지만, 딱히 답을 알 수가 없었다. 집에 도착하려면 쉬지 않고 뛰어도 5분은 걸렸다.

곰은 사람보다 달리기가 빠르니 데릭이 곰을 쓰러뜨리지 않는 한 얼마 가지 않아 죽거나 다칠 게 뻔했다.

설사 자신은 무사히 달아난다 치자. 그럼 데릭은 어떡하지?

거기까지 생각이 이르자 지금껏 공포에 질려 기계적으로 움직였던 발걸음이 우뚝 멈추고 말았다. 코앞에 숲 안쪽으로 이어지는 길이 보였다.

니안은 잠시 머뭇거리다 절박한 표정으로 뒤를 돌았다. 데릭이 다가오는 곰의 머리를 겨냥해 돌을 던지고 있었다. 곰이 강을 다

건너기 전에 오던 길로 발길을 돌리려는 의도 같았다.

그리고 그가 던지는 돌은 대부분 곰의 머리를 정확히 강타했다. 그런데도 녀석은 전혀 멈출 기미가 보이지 않았다. 심지어 마지막 으로 던져진 돌에선 이마가 터져 피가 맺히기까지 했는데도. 달리 는 속도조차 줄지 않았다. 그때 강 건너편에서 또 다른 기척이 느 껴졌다.

곰보다도 더 거대하고 무시무시한 기운을 내뿜는 시커먼 그 무 엇. 니안이 그것의 정체를 확인하려 고개를 돌렸다.

크르르…….

'저…… 저게 뭐야?'

놀란 눈은 찢어질 듯 커졌고 얼굴은 공포로 창백하게 질려갔다.

생전 처음 보는 동물이다.

덩치는 곰의 1.5배쯤은 될까? 새카만 피부가 훤히 드러날 정도 로 성긴 털은 멧돼지 털보다도 길고 뻣뻣했다. 사람의 것처럼 연약 한 피부는 그 털에 찔리면 긁히거나 피가 날 것만 같았다.

코는 삐죽 튀어나오려다 무언가게 심하게 부딪혀 눌린 것처럼 찌그러졌고 커다란 붉은 색의 눈 사이로 노란색의 작은 눈이 세 개 나 더 있었다.

이빨은 무시무시했다. 아래턱까지 길게 뻗은 송곳니 사이로 톱 날 같은 돌기를 가진 기다란 이빨이 빽빽하고 불규칙하게 뻗쳐 있 었다.

니안은 그때야 깨달았다. 곰이 정신없이 자신들을 향해 돌진해 왔던 이유를.

처음부터 곰은 데릭과 니안 같은 인간 따위엔 관심도 없었던 거다. 오로지 저를 향해 무섭게 꽂혀 있는 저 다섯 개의 눈을 피해 달아나기 바빴을 뿐.

데릭은 주저하지 않고 다시 마력을 움직여 보았다. 하지만 어찌된 일인지 이번에는 아예 오라조차 피어오르지 않았다.

곰이나 저 괴물을 움직이지 못한다면 산까치나 다른 산짐승들이라도 동원해보려고 했지만, 소용이 없었다. 완전히 먹통이었다.

"데릭!!"

그를 부르는 니안의 목소리가 비명처럼 높고 날카로웠다.

이미 곰은 데릭의 코앞에까지 와 있었다. 니안의 비명에 깜짝 놀란 데릭이 고개를 돌리는 순간 강가에 도착한 곰이 커다란 앞발을 들어 올렸다.

"악!"

데릭이 옆으로 붕 날아올랐다가 거칠게 땅에 떨어졌다. 곰의 앞발이 정확히 데릭의 어깨를 가격한 거였다. 동시에 니안의 입에서도 경악의 비명이 터져 나왔다.

움찔거리는 등 근육을 적나라하게 드러내며 움직이던 짐승이 날듯이 도약한 건 바로 그 순간이었다.

짐승은 곰이 수십 차례나 찰박거리며 건너던 넓은 계곡을 단 두

걸음 만에 훌쩍 뛰어넘었다. 그런 다음 데릭을 밀쳐내고 정신없이 달아나던 곰의 등 위에 사뿐히 올라탔다.

데릭과 불과 3미터 정도밖에 떨어지지 않은 거리였다.

거대한 입이 벌어지고 기다란 송곳니가 곰의 뒷목에 쿡 쑤셔 박히는 순간…….

우두둑.

뼈가 으스러지는 소리가 선명하게 울려왔다. 니안은 데릭을 향해 전력으로 뛰기 시작했다. 척추를 타고 공포의 전율이 짜릿하게 흘러내렸다. 하지만, 발을 멈출 순 없었다. 방법은 모르지만, 데릭을 구하고 싶었다. 아니, 구해야 했다.

목뼈가 부러진 곰은 금세 발버둥을 멈추고 축 늘어져 버렸다. 살생의 욕구로 달아오른 짐승은 그래도 흥분이 가라앉지 않는지 곰의 목을 몇 차례나 더 씹어 댔고, 그럴 때마다 뼈가 으스러지는 와작와작 소리가 공기를 울렸다. 곰의 터진 동맥에서는 피가 분수처럼 뿜어져 나왔다가 땅으로 쏟아져 내렸다.

짐승이 엎드린 곰의 몸 아래로 찌그러진 코를 쑤셔 넣고 힘을 주자 곰의 몸이 훌러덩 뒤집히며 배가 드러났다.

짐승은 곧장 곰의 배 중앙을 두어 번 물어뜯었다. 와르르 내장이 옆구리로 흘러내렸다. 배 속의 비릿한 냄새가 데릭 앞에 도착한 니안의 코에도 훅 끼쳐왔다. 우적우적 질컥질컥 짐승이 곰의 내장을 씹는 소리가 적나라하게 귓속을 파고들었다.

'제발 이쪽으로 고개 돌리지 마!'

니안은 짐승에게서 시선을 떼지 않으며 속으로 그렇게 빌었다.

짐승이 곰에게 정신이 팔린 동안 되도록 멀리 달아나야 한다고 생각했다.

니안은 고통스럽게 신음하는 데릭의 어깨를 살펴보았다. 곰의 발톱 자국이 등에서부터 팔뚝까지 깊게 패어 있었다. 터질 것 같은 눈물을 꾹 누르며 니안이 데릭의 귓가에 속삭였다.

"오빠. 오빠. 움직일 수 있겠어? 응?"

가느다랗게 뜨인 데릭의 눈꺼풀 사이로 걱정스러운 니안의 얼굴이 비쳐들었다.

데릭은 몸을 움직여보았다. 상당한 통증이 느껴지긴 했지만 뼈가 부러지진 않은 것 같았다. 하지만 지금 자신이 다친 게 문제가 아니다. 전혀 제어되지 않는 위험한 상황에 니안이 돌아온 것이 더 큰 일이었다.

"돌아오면 어떡해?"

데릭이 작게 입 모양으로만 나무랐다. 등의 통증 때문에 절로 인상이 찌푸려졌다.

"가, 어서."

데릭의 파란 눈동자에 짜증과 걱정이 동시에 떠올랐다.

니안은 소리 없이 눈물을 흘리면서도 고집스레 고개를 가로저었다. 데릭은 답답해 미칠 것만 같았다. 아직은 짐승이 제 먹이에 정신이 팔려 있지만, 언제 이쪽으로 신경이 쏠릴지 몰랐다.

조용히 누워 있다 보면 운이 좋아 붉은 곰만으로도 녀석의 배가 찰지도 모른다. 그러면 녀석이 조용히 자리를 떠날 수 있지도 않을까?

"제발, 니안. 가!"

데릭이 다시금 눈에 힘을 주며 작게 말했다. 하지만 니안은 도저히 데릭을 혼자 두고 갈 수가 없었다.

차라리 같이 죽는 한이 있어도 데릭만 죽게 놔두지 않을 거다. 만약 입장이 바뀌었다면 데릭도 똑같은 심정일 걸!

니안은 비장한 눈으로 곰의 배 속에 머리를 처박고 있는 짐승을 다시 바라봤다. 녀석의 위치가 너무 가까웠다. 둘이 낑낑대며 일어섰다간 짐승의 주의를 끌게 될 게 뻔했지만, 그렇다고 딱히 뾰족한 수도 없었다.

니안은 그저 저 끔찍한 짐승이 곰 하나만으로 만족하길 간절히 바라며 데릭의 팔을 제 목에 둘렀다. 부축하기 위해서였다. 그런 니안의 표정이 너무도 결연해서 데릭은 자신이 거부해봐야 소용없을 거라는 걸 깨달았다.

그들은 쩝쩝거리는 소리를 들으며 최대한 조심스럽게 자리에서 일어났다.

다행히 몸을 완전히 일으킬 때까지 짐승은 고개를 들지 않았다. 그렇게 녀석에게 등을 돌린 채 숨을 죽이며 한 다섯 걸음쯤 나아

갔을까? 갑자기 게걸스럽게 쩝쩝대던 소리가 뚝 그쳤다.

크르르……

그리곤 낮게 새어 나오는 섬뜩한 울림. 순식간에 덮여오는 공포로 둘의 몸이 그대로 얼어붙었다.

니안과 데릭은 천천히 고개를 돌렸다. 너덜너덜해진 곰의 사체 너머에 녀석이 이빨을 드러내고 있었다. 피범벅이 된 입가엔 채 수습되지 못한 침까지 뚝뚝 떨어져 내렸다.

데릭의 파란 눈빛에 절망이 번졌다. 자신이 아니라 니안을 못 구할지도 모른다는 두려움 때문이었다. 짐승이 도약하려 몸을 움츠리는 0.1초의 찰나 데릭은 반사적으로 니안을 밀쳐냈다.

죽음을 각오한 푸른 눈동자가 자신을 덮치기 위해 뛰어오른 짐승을 향했다. 그리곤 쩍 벌어진 아가리의 거대한 송곳니가 제 목에 닿을 때까지도 끝내 부릅뜬 눈을 감지 않았다.

그때였다. 바로 옆에서 난데없이 불길이 치솟은 것이. 용암처럼 시뻘건 불꽃이었다. 눈부심에 순간적으로 시야가 먼 순간, 짐승이 공처럼 데릭에게서 튕겨 나갔다. 송곳니가 피부에 닿기 직전이었다.

그 충격으로 데릭이 주저앉았다. 데릭은 붉은 곰보다도 훨씬 커다란 짐승의 입에서 비명에 가까운 신음이 터져 나오는 광경을 목격했다. 어리둥절한 나머지 두 눈이 깜빡거려졌다.

'뭐…… 뭐지?'

여전히 뜨거운 열기가 느껴지는 곳으로 데릭이 고개를 돌렸다. 화염에 휩싸인 기둥처럼 니안이 붉은 불꽃 속에 서 있었다.

뱀처럼 머리끝부터 발끝까지 그녀를 휘감으며 타오르는 불꽃.

구슬처럼 반짝이던 녹색 눈동자는 새빨갛게 변해 있고, 윤기가 흐르던 까만 머리카락은 열기의 움직임에 따라 아지랑이처럼 떠서 일렁거렸다.

"니…… 니안?"

데릭이 입을 떡 벌린 채 중얼거렸다.

분명 니안인데 자신이 알고 있는 그 니안이 아닌 것만 같았다.

그사이 전열을 가다듬은 짐승의 잇새에서는 다시금 크르릉거리는 소리가 새어 나왔다. 이전보다 훨씬 위협적인 울림이었다. 녀석은 고고하게 서서 불타오르고 있는 니안의 허점을 찾으려는 듯 다섯 개의 눈을 부릅뜨고 제자리를 천천히 맴돌았다.

그 팽팽한 긴장감에 데릭의 심장이 얼어붙는 것만 같았다.

녀석이 다시 번개처럼 도약했다. 아까보다 훨씬 더 높고 공격적인 몸놀림이었다. 데릭의 눈동자가 하염없이 커진 순간, 손바닥을 활짝 펼친 니안의 팔이 짐승을 향해 번쩍 들렸다. 그 손바닥에서 불꽃이 길게 쏘아져 나왔다.

파바밧!

불꽃의 가느다란 끝은 정확하게 짐승의 목덜미에 명중했다.

치이익 소리와 함께 연기가 피어오르고 살이 타 들어가는 냄새가 났다. 녀석은 고통에서 벗어나려 몸부림쳤지만, 집요하게 목덜미를 파고드는 불길은 멈출 기미가 보이질 않았다.

어느덧 짐승의 신음 섞인 비명은 괴성으로 변해갔다. 녀석이 아무리 발광을 하며 이리저리 뛰어다녀도 불길은 마치 목덜미에 박힌 사슬처럼 따라다녔다.

한계에 다다른 짐승이 마지막 발악을 하며 몸을 뒤트는 순간, 녀석의 몸이 순식간에 쪼그라들며 사라져버렸다. 그 과정이 너무 빨라 평범한 인간의 시력으로는 짐승에게 무슨 일이 벌어진 것인지 잡아낼 수조차 없었다.

그제야 맹렬한 기세로 니안의 몸을 휘감던 불꽃도 훅 꺼지듯 사그라들었다. 그리고 그 자리엔 정신을 잃고 쓰러져 있는 열세 살의 평범한 소녀만이 남아 있었다.

데릭과 니안이 계곡으로 가버린 후 화가 난 루이스는 한동안 입을 꾹 다문 채 멜드린에겐 눈길도 주지 않았다. 마당에 나가 설거지를 하는 동안에도, 집 안으로 돌아와 바느질을 하고 저녁때 사용할 음식 재료들을 미리 손질하는 중에도 말이다.

멜드린은 이런 일이 익숙한 듯 루이스가 일을 끝낸 후 차 마실 시간이 될 때까지 끈기 있게 기다렸다. 그리고 마침내 차 마실 시간이 되자 루이스는 마지못해 멜드린에게 랜톤잎차를 마실 건지 물었다.

기다렸다는 듯 책을 내려놓는 멜드린의 입가에 잔잔한 미소가 걸렸다.

"당연하지."

뜨거운 물이 담긴 주전자에 거름망을 걸고 말린 랜톤잎을 넣자 금세 향긋한 차 냄새가 공기 중에 퍼져 나갔다.

루이스는 아무 문양도 없는 소박한 찻잔에 랜톤잎차를 따라 멜드린 앞에 내놓았다. 숲 속 통나무집을 찾는 유일한 손님 델쿠스 선생과 멜드린을 위해 준비해놓은 찻잔이었다.

그가 기분 좋은 얼굴로 잔을 들어 차를 한 모금 마셨다.

"역시, 당신이 우려낸 랜톤잎차가 세상에서 제일 맛있어."

멜드린이 너스레를 떨자 루이스도 제 앞에 놓인 나무 컵을 들어 올려 차를 한 모금 맛봤다.

"또 말도 안 되는 소리를 하네요. 랜톤잎차 맛이야 누가 우리든 다 똑같아요. 그런 뻔한 거짓말에 내가 넘어갈 것 같아요? 그런다고 이미 벌어진 일이 없던 일이 되는 것도 아니고. 이번엔 정말 당신이 용서가 안 돼요."

그러자 멜드린이 귀엽게 눈가를 휘며 능글맞게 웃었다.

"그럼 날 잘라. 난 이런 숨 막히는 분위기에서는 수업 못 하거든."

루이스가 샐쭉한 눈으로 그런 그를 바라봤다.

"이번엔 정말 그럴까 심각하게 고려 중이거든요. 애들 편드는 것도 어느 정도죠. 이런 식으로 데릭 가는 길에 훼방을 놓으면 진짜 선생 바꿔버릴 거예요."

"저런……. 그래도 못 바꾸는 거 뻔히 아는데 뭐."

맞는 말이었다. 안타까운 일이지만 루이스와 데릭 처지에 멜드린보다 더 훌륭한 선생을 구한다는 건 불가능했다.

얄밉도록 진실을 말하는 멜드린에게 루이스는 침묵으로 응수했다. 귀족 특유의 도도한 자세로 차 맛에만 집중하면서.

잠시 후, 멜드린이 부드러운 목소리로 루이스를 불렀다.

"루이스."

"……네."

그녀가 마지못해 대답했다.

"황제 폐하께선 당신에게 몹시 고맙게 생각하고 있을 거야. 왕자를 당신처럼 끔찍하게 아끼는 사람은 이 세상에 둘도 없을 테니. 당신은 이미 그분께 진 빚을 다 갚았는지도 몰라. 어쨌든 왕자를 살렸잖아."

"……."

루이스가 듣기엔 낯간지러운 말이었다. 루이스는 여전히 자신이 데릭을 위해 하는 일들이 충분하지 못하다고 생각했다. 그런데도 멜드린이 목소리를 깔고 진지하게 이런 말을 할 때면 난감하기 짝이 없었다.

그녀는 자신이 동요하지 않고 있다는 것을 보여주려는 듯 무표정으로 일관했다. 루이스의 표정을 살피며 그가 계속 말을 이었다.

"그러니 이제 좀 여유를 갖고 너그러워졌으면 좋겠어. 당신 자신에게도, 다른 사람들에게도. 특히…… 니안에게……."

"여유라뇨?"

루이스가 정색했다.

"목표의 반도 못 갔어요. 아직 데릭은 미성년자인 데다 아르모트는 오리무중이고 복위를 위한 사업에 쓸 황실 비자금은 어디 있는지도 몰라요."

아르모트 생각만 하면 답답함이 몰려오는 루이스였다.

그날 밤, 황궁에 황제의 오른팔이자 황국 최고의 기사인 아르모트와 그의 기사단만 있었어도 일이 이 지경이 되지는 않았을 거다.

처음 궁을 탈출할 때엔 머지않아 그와 연락이 닿게 될 줄 알았다.

특히나 꽤 장기간 은신이 가능한 이 통나무집과 니안 어머니의 신분증을 발견했을 때에는 말이다.

아무래도 한곳에 머물러 있는 게 그가 자신들을 찾아내게 하기에 수월하니까. 하지만 그는 모두의 예상을 깨고 제 기사단과 함께 수도로 진격해오지도 않았고, 황태자와 자신을 찾지도 않고 사라져버렸다.

이후 그의 행적은 오리무중이었다.

황태자가 성인이 되는 18세까지 그를 찾지 못하면 헤이드는 복권을 위해 다른 방도를 모색해야 할 터였다. 이 와중에 황태자가 니안같이 부모도 없는 반쪽짜리 귀족 출신에게 정신을 빼앗겨서는 결코 안 될 일이었다.

루이스의 날 선 반응에도 멜드린은 따뜻함을 잊지 않았다. 그의 이런 자상한 면은 통나무집의 기묘한 가족들에겐 그 자체만으로도 위로가 되곤 했다.

"그래도 왕자의 후원자를 찾았잖아. 그래서 이렇게 은거를 하면서도 꾸준히 그를 교육할 수 있고. 그게 얼마나 다행이야."

"……."

"아직도 그 후원자가 누구인지 나한테 말해줄 수 없어?"

말해줄 수 없다. 절대로!

마음이 약한 멜드린은 그럼 은혜를 갚는답시고 니안에게 간, 쓸개를 다 내어주고 심지어 왕자와 짝을 지어주려 할지도 몰랐다.

왕자에게는 차후 황제가 되었을 때 그의 왕권을 더욱 공고히 해줄 힘 있는 외척이 필요하다는 게 루이스의 생각이었다.

니안에 대한 후사는 그 이후에 내려도 된다. 그 이후에…….

그때였다. 통나무집의 문이 여느 때와 다르게 부서질 듯 거칠게 열렸다. 식탁에 마주 앉아 차를 마시던 멜드린과 루이스가 깜짝 놀라 동시에 현관 쪽을 바라봤다.

"맙소사, 데릭!"

"니안!!"

둘은 자리를 박차고 벌떡 일어났다.

멜드린이 앉았던 의자는 쿵 소리를 내며 뒤로 넘어가기까지 했다.

현관에는 피투성이가 된 데릭이 정신을 잃은 니안을 안고 서 있었다. 멜드린이 얼른 뛰어가 니안을 받아들었다. 그제야 안심이 되었는지 데릭은 붙잡고 있던 정신의 끈을 놓고 바닥에 쓰러졌다.

니안이 제 상태를 자각하기까지는 그리 오래 걸리지 않았다.

제일 먼저 열린 감각은 청각이었다. 아득한 곳에서 들려오는 듯 탁하고 몽롱하게 들려오는 목소리.

"저리 가!"

누구지? 니안이 인상을 찌푸렸다.

"어서 저리 가라고!"

분명 아주 익숙한 목소린데.

"우린 너 같은 거 거둬줄 여유가 없어. 어서 가서 혼자 알아서 살아."

'엄……마?'

그제야 생각났다. 자신이 엄마라고 부르는 여자, 루이스 켄베라.

가서 혼자 살라는 말이 아프게 가슴에 와 박혔다. 가슴속으로 서늘한 바람이 몰아치는 것 같았다.

다음엔 좀 더 가까운 곳에서 다른 목소리가 들려왔다. 맑고 또렷하며 따뜻한 음색의 저음.

"니안, 정신이 좀 드니? 니안?"

동시에 이마 위에 놓여 있던 물수건이 사라졌다. 간질간질하고 시원한 감각이 피부에 전해졌다.

니안은 살며시 눈을 떴다. 그러자 멜드린의 온화한 얼굴이 시야에 들어왔다. 짓궂은 기는 온데간데없고 걱정이 그득한 얼굴이었다. 덕분에 제법 제 나이다워 보였다.

니안의 입가에 피식 웃음부터 흘렀다.

"이 녀석! 뭐야! 정신이 들자마자 웃어? 얼마나 걱정했는데!"

멜드린이 어처구니없는 표정을 지었다.

"죄송해요……. 선생님 표정이 너무 어른 같아서……."

그 말에 약간 충격을 받은 듯 멜드린의 표정이 멍해졌다. 꼭 커다란 돌이라도 머리에 떨어져 내린 듯했다.

"니안 깼어요?"

현관문이 덜컹 열리며 루이스가 집 안으로 들어왔다. 니안이 잠결에 들은 루이스의 목소리가 헛것은 아니었던 모양이었다.

뭔가가 막힌 듯 먹먹한 소리는 아마 그녀가 문밖에서 말을 했기 때문인 것 같았다. 그런데, 갑자기…….

"어머! 여기가 어디라고 들어와!"

작은 동물이 내달리는 우다다 소리와 동시에 루이스가 짜증스럽게 외쳤다.

멜드린이 심드렁한 목소리로 "그 녀석 아직도 안 갔어?" 하고 물었다. 니안은 루이스가 있는 쪽으로 고개를 돌렸다. 그녀는 무언가를 쫓는 듯 기다란 빗자루를 들고 이리저리 움직이고 있었다.

"하아, 정말 못살아."

이내 움직임을 멈추고 크게 한숨을 내쉰 루이스가 니안의 침대가로 다가오며 화난 목소리로 말했다.

"니안! 대체 계곡에서 무슨 일이 있었니? 데릭 등이 난리도 아니야. 그런데도 멀쩡한 넌 정신을 잃은 상태로 데릭한테 안겨 오고, 데릭은 오자마자 기절하고."

"루이스!"

멜드린이 얼른 루이스의 말을 막았다.

"니안도 지금 깼어. 좀 천천히…… 정신 좀 차리고."

그때야 니안의 기억이 돌아오기 시작했다. 연어가 펄떡이는 강가에 나타난 붉은 곰과 마치 괴물과도 같던 시커먼 짐승. 그리고……

니안은 벌떡 몸을 일으켰다. 무언가에 두드려 맞은 듯 삭신이 쑤셨다. 할머니가 쓰던, 그리고 지금은 루이스의 것이 된 침대 위에 데릭이 얌전히 누워 있었다. 탈의한 상반신은 온통 붕대로 칭칭 감겨 있는 채였다.

"오빠 좀 어때요? 괜찮아요?"

니안이 금방이라도 울 것 같은 눈으로 물었다. 멜드린이 그런 니안을 달래며 부드럽게 대답했다.

"다행히 부러지거나 한 곳은 없는 것 같아. 멍이 좀 심하게 들었고, 발톱에 긁혀 피가 난 것 말고는……. 그런데 니안, 너희들 대체 무슨 동물을 만난 거니?"

끔찍한 기억을 떠올리자 니안의 말이 더듬거려졌다.

"곰…… 곰이요. 오빠가 곰한테 맞았어요. 앞발로요."

"곰?"

깜짝 놀란 얼굴로 멜드린과 루이스가 동시에 소리쳤다. 이어 멜드린이 다행이라는 표정으로 제 얼굴을 한 번 쓸어내리곤 말했다.

"어쩐지 그런 것 같더라. 그래도 천만다행이구나. 곰 앞발에 맞고도 저 정도라니. 하마터면 죽을 뻔했어."

"맙소사, 곰이라니!"

루이스의 경악한 표정은 펴질 줄을 몰랐다.

"그런데 정말 이상하네. 요즘엔 먹이가 충분해서 웬만하면 녀석들이 먼저 사람을 공격하거나 하지 않을 텐데. 그리고 곰은 주로 계곡 건너편에 있지 않니?"

멜드린이 의아한 표정을 지으며 미간을 찌푸렸다.

니안은 붉은 곰이 무언가에 쫓기듯 강을 건너오던 일과 데릭이 자신을 도망가게 하려고 곰을 향해 돌을 던지던 일, 그리고 그 곰이 멈추지 않고 돌진해 데릭을 치고 달아나던 일을 자세히 말했다.

"그럼 대체 곰은 뭐에 쫓기고 있었던 거냐?"

"······."

니안은 그 질문에 대답하려다가 그만 입을 꾹 다물었다. 데릭의 품에 안겨 오는 동안 꿈처럼 들려오던 목소리가 생각났기 때문이었다.

'니안······ 어머니껜 검은 짐승에 대해선 절대 말하면 안 돼. 알았지? 니안······ 절대 꼭······.'

왜 데릭은 자신에게 검은 짐승에 대해 말하지 말라고 한 걸까? 엄마와 멜드린 선생님이 걱정할까 봐? 그리고 그 이후엔······ 그 이후엔 어떻게 된 거지?

니안은 붉은 곰 이후에 벌어진 일에 대해서는 전혀 기억이 나질 않았다.

"모, 모르겠어요······."

니안은 자신 없는 얼굴로 고개를 숙이며 거짓말을 했다. 어쨌든 검은 짐승이 쫓아와 곰을 죽인 이후엔 기억나는 것이 전혀 없으니 모른다고 한들 꼭 거짓말이라고만 볼 수는 없었다.

"모른다니! 데릭이 지금 저 지경이 됐는데 넌 아무것도 못 봤단 말이야? 그것도 널 구하려다 그랬는데?"

루이스가 목소리가 조금 격앙됐다.

"그 정도만 하세요, 어머니. 우리가 곰을 만난 게 니안 잘못은 아니잖아요."

어느 틈에 깼는지 데릭이 힘겹게 몸을 일으키며 말했다. 목소리가 허스키하게 갈라진 채였다.

"세상에, 데릭. 그렇게 불러도 정신을 못 차리더니…… 정말 괜찮은 거니?"

루이스는 애절한 목소리로 팔을 벌리며 데릭에게로 다가갔다. 그러나 그녀의 손이 어깨에 닿으려는 순간 데릭이 인상을 쓰며 몸을 움츠렸다.

루이스의 손이 허공에서 머뭇거리다 그의 어깨에 닿지 못하고 아래로 떨어졌다. 예전엔 웬만하면 루이스의 기분을 맞춰주던 데릭이었지만 사춘기가 되면서부터는 기분이 좋지 않을 땐 날카로운 속내를 드러내곤 했었다. 어느 날부터 루이스는 그런 데릭의 모습을 대하는 게 세상에서 제일 아프고 두려웠다.

"괜찮아요."

슬며시 손을 내리는 루이스를 느낀 데릭이 다소 누그러든 목소리로 말을 이었다.

"그런데 어머니가 니안한테 뭐라고 하시면 더 아파질 것 같아요. 그러니까 그만 하세요."

데릭이 루이스를 똑바로 바라보며 말했다.

피를 많이 흘린 탓에 눈 밑이 퀭하고 창백했지만, 눈빛만큼은 강렬했다. 루이스는 많고 많은 말들을 그저 목 뒤로 꿀꺽 삼켰다.

데릭은 그제야 멜드린에게 시선을 돌려 한결 부드러운 목소리로 설명했다.

"곰은…… 사냥꾼에게 쫓기는 것 같았어요. 제대로 보진 못했지만요. 그렇지 않다면 그렇게 급하게 강을 건널 리가 없죠."

멜드린은 그런 데릭을 가만히 바라보며 생각에 잠겼다. '사냥꾼에 쫓기고 있었다'라는 단정이 아니라 '같았다'라는 추측성 말이 영 꺼림칙했다.

데릭은 멜드린의 눈빛이 더욱 깊어지는 느낌을 받았다. 마치 사실을 숨기는 제 속내를 훤히 꿰뚫고 있는 듯한 눈빛.

마침내 멜드린이 조용히 되물었다.

"그게 정말이냐, 데릭?"

데릭은 진실에 닿으려는 멜드린의 눈빛을 피하지 않고 똑바로 바라보며 또렷이 대답했다.

"사실이에요."

그 괴상한 짐승에 관해 이야기하려면 니안이 보여줬던 기이한 능력에 대해서도 말을 해야 했다. 데릭은 그것이 마법의 한 종류일 거라고 확신했다.

문제는 니안도 마법 능력이 있다는 사실을 알게 됐을 때 루이스의 반응이었다. 루이스가 그것을 받아들일지, 아니면 데릭에게 해가 될까 봐 니안을 쫓아낼지 짐작이 가질 않았다.

"알겠다……."

멜드린은 순순히 그렇게 말하곤 루이스에게 눈짓을 해 보였다.

그가 조용히 집 밖으로 나가자, 루이스도 잠시 후 그를 따라 밖으로 나왔다.

멜드린은 앞마당에 있는 통나무의자에 앉아 먼 곳을 바라보고 있었다. 루이스가 천천히 그에게로 다가갔다.

"무슨 생각을 하고 있어요? 이 일 관련해서 뭔가 아는 게 있어요?"

먼 곳에 닿아 있던 멜드린의 시선이 루이스에게로 향했다.

"그런 것 같기도 하고, 아닌 것 같기도 하고……."

"뭔데요? 어서 말해봐요."

"델쿠스 선생이 전에 와서 다른 말 한 건 없었지?"

"없었어요."

멜드린의 표정이 어두워졌다.

"사실 요즘 시내에 도는 이상한 소문이 있어."

"그게 뭐죠?"

멜드린은 잠시 뜸을 들이다 진지한 어조로 말했다.

"숲속에서 예전에는 볼 수 없던 짐승의 흔적이 발견되고 있어. 거의 뜯어 먹힌 채 발견된 곰 사체도. 사냥꾼 중에서도 돌아오지 않은 사람이 몇 명 있다고 해."

루이스의 얼굴이 묘하게 일그러졌다.

"그게 무슨……."

"모르지. 아무도 본 적은 없으니까. 뭔지는 모르지만 곰보다도 훨씬 크고 힘이 센 동물이라는 추측이야."

갑자기 상당히 무서워졌다. 지금 멜드린은 여러 사람이 죽어 나가는 숲속에 자신들이 살고 있다고 말하는 것이다. 그 말인즉슨 황태자의 안위가 심각한 위험에 처해 있다는 뜻이기도 했다. 루이스가 놀라 더듬거리는 목소리로 물었다.

"우리가 한 번도…… 본 적이 없……던 짐승이 갑자기 생겨났다는 뜻이에요? 아니면 어떤 미치광이가 죽이거나. 하…… 그게 말이나 돼요?"

멜드린은 입술을 꾹 다문 채 심각한 얼굴을 지어 보였다. 루이스가 물었다.

"그럼 아까 곰이 쫓기고 있었다는 이야기를 듣고…… 설마 당신은 애들이 그 짐승을 만났다고 생각하는 거예요?"

"……."

지금처럼 심각한 표정의 멜드린은 처음이었다. 루이스가 망연자실한 표정으로 그의 옆자리에 앉았다.

안 돼. 아직 준비가 덜 됐단 말이야. 이런 말도 안 되는 변수가 왜 하필 지금 생기는 거야.

루이스는 이 모든 이야기를 부정하고 싶었다. 반박하는 그녀의 목소리가 옅게 떨려왔다.

"그랬으면…… 만약 애들이 그 짐승을 만난 거라면…… 저렇게 살아서 돌아왔을 리가 없잖아요. 아무도 본 사람이 없다는 건 그 짐승을 만난 사람 중에 살아 돌아온 사람이 없단 뜻인데……."

"천운이 작용했을 수도 있지. 아니면 짐승이 아이들 있는 곳까지는 오지 않았거나……."

루이스는 숨을 크게 들이켰다. 만약 멜드린의 짐작이 맞는다면 정말 큰일 날 뻔한 거였다. 오히려 저 정도만 다치고 살아 돌아온 것에 감사해야 할 정도로.

"그리고 한 가지 더 있어."

멜드린이 덧붙였다.

"지금 사람들 사이에서 떠도는 풍문."

"그게 뭔데요?"

루이스가 미간을 찌푸렸다.

"고대 신화에 나오는 이세계. 그 이세계와의 경계가 곧 허물어질 거라더군."

"네?"

놀란 루이스의 눈이 크게 떠졌다. 잠시 말을 잇지 못하던 루이스는 이내 말도 안 된다는 듯 피식 웃음을 터뜨렸다.

"말도 안 돼……. 그건 그냥 신화예요. 실제 마법을 가둔 이세계가 어디 있겠어요? 그런 소문을 내는 사람은 사람들을 현혹하려는 이단자들이 분명해요. 곧 종말이 올 거라는 말과 뭐가 달라요?

그래서 전전황제셨던 빌카인 2세께서 마법과 점성술을 사특하다며 제한하신 거예요. 그렇게 말도 안 되는 소문으로 사람들을 현혹하니까요."

"……"

그러나 멜드린의 심각한 표정은 전혀 풀리지 않았다. 루이스가 불안감을 감추며 애써 평온한 목소리로 말했다.

"진실이 뭐가 됐든 무슨 뜻인지는 알겠어요. 조심하라는 거죠?"

하지만 그는 고개를 가로저었다.

"그보다는…… 이젠 시내로 내려가는 걸 생각해보면 어떨까 싶어. 어차피 데릭이 아카데미에 가게 되면 여자 둘만 외딴집에 남게 되는 거잖아. 안 그래도 마음에 걸렸거든."

그 말에 루이스의 눈에 힘이 들어갔다. 그녀는 단호한 목소리로 데릭의 제안을 거부했다.

"안 돼요. 너무 위험해요. 우리가 가진 돈으로는 평범한 주택가에 들어가기도 힘들 텐데. 그런 곳에서 이런 고급 귀족 교육을 하는 것이 알려지면 너무 눈에 띄어요. 소문이 날 거예요. 그럼 사람들 관심이 쏠릴 테고, 갖은 루머 위에 데릭이 가진 멜롯 가 분위기의 외모까지 더해지면……."

루이스의 눈동자에 두려움이 번졌다. 하지만 멜드린도 쉽게 의견을 굽히지 않았다.

"그의 얼굴을 알 만한 중앙 귀족들은 반란 때 거의 숙청됐어. 5년

밖에 안 지났지만, 지금은 황태자가 훌쩍 커서 오스만이라도 단번에 알아보긴 힘들 거야. 당신도 그걸 염두에 두고 그를 아카데미에 보낼 계획을 세운 거 아니었어?"

"하지만 숨어 있다가 아카데미로 바로 들어가는 것과 그 과정에서 여기저기 소문이 나는 건 달라요."

"제대로 된 신분증에 나와 믿을 만한 귀족이 후견인이 되고 니안과 남매란 설정까지 더해지면 아무도 의심하지 않을 거야. 그리고 니안에게도 이젠 밖으로 나갈 기회를 줘야 하잖아. 당신이 니안을 놓고 무슨 생각을 하고 있는지는 모르지만 아무리 가진 것 없는 고아라도 귀족 가문의 영애야. 또 데릭과 당신에겐 생명의 은인이잖아. 그러면 내 은인이기도 하다고. 형편이 닿는 대로 최선을 다해 보상하고 싶어."

그럴 줄 알았다. 너그럽다 못해 물러터진 멜드린. 거기에 니안의 양육비까지 알게 된다면 그가 어떻게 나올지 루이스의 눈에 선했다.

"니안은……."

반박하려는 루이스의 말을 멜드린이 빠르게 막았다.

"그만큼 당신과 데릭이 내겐 소중하다는 뜻이야. 이해하겠어? 혹시 당신과 데릭의 가치가 그 정도도 안 된다고 생각하는 건 아니지?"

그러자 루이스가 마지못해 대답했다.

"전 몰라도…… 그는 아니죠."

"나한테는 당신도 똑같아. 안 그래도 데릭이 아카데미에 가게 되면 당신과 니안을 시내로 데려오려고 했어. 그냥 시기가 조금 앞당겨진 것뿐이야. 특히 니안은…… 내가 소개하려는 후견인에게서 많은 도움을 받을 수 있을 거야. 그러면 일반 사교계에 데뷔도 할 수 있을 테니 최소한 비슷한 작위를 가진 집안에 혼처를 구해 줄 수는 있을 거야."

"……."

굳게 다물어진 루이스의 입술은 화가 난 것처럼 보였다. 잠시간의 침묵 후 견디다 못한 멜드린이 결국 먼저 그녀의 이름을 불렀다.

"……루이스?"

"당신은 내가 뭘 걱정하는지 몰라요."

루이스에게서 절박한 목소리가 새어 나왔다.

"전 둘이 진짜 남매처럼 자라길 바랐어요. 혹시라도 데릭이 니안을 여자로 볼까 봐 일부러 니안은 차림새도 더 허름하게 했고요."

처음으로 멜드린에게 니안에 대한 속내를 드러내려니 알 수 없는 감정이 울컥 올라와, 루이스는 잠시 말을 쉬어야 했다. 표정마저 와락 일그러졌다. 하지만 이내 감정을 삼키고선 평상시와 다름없이 냉정하고도 평온한 얼굴로 돌아왔다.

"니안이 사교계를 들락거리기 시작하면 데릭이 어떻게 반응할 것 같아요? 다 떨어진 옷만 입는 지금도 반짝거리는 아이예요. 저 아이가 제대로 된 성장을 시작하면 얼마나 더 예뻐질지 가늠도 못 하겠어요. 둘을 한 집에서 키우면서 제 가슴이 얼마나 조마조마했 었는지 알아요? 왕자가 아카데미로 떠나는 날을 제가 얼마나 손 꼽아 기다려왔는지 아느냐고요."

'게다가 성격마저 순하고 사랑스럽다고.'

하지만 루이스는 차마 제 입으로 그 말을 할 수는 없었다. 그녀 는 어떻게든 데릭이 니안과 사랑에 빠지는 일을 막으면서 데릭을 제대로 키워야만 했다.

아르모트를 만나 비자금의 위치만 확보했어도 이렇게까지 독하 게 살지 않아도 됐을 텐데.

"니안이 평범하게만 생겼어도 저 역시 지금처럼 모질게 굴진 않 았을 거예요. 저 아이는…… 저 아이는, 후우…… 너무 위험해요."

그런 루이스를 가만히 바라보던 멜드린이 지그시 물었다.

"그래서…… 싹이 밟히던가?"

"네?"

루이스의 얼굴이 쩡하니 얼어붙었다.

"밟는다고 그 위험한 싹이 밟히더냐고. 그럼 차라리 다른 곳으 로 보내지 그랬어. 나한테 부탁했으면 됐을 텐데."

멜드린이 루이스를 이해할 수 없는 부분이 바로 이 부분이었다. 왜 루이스는 니안을 다른 곳에 보내지 않고 데리고 있으면서 전전 궁금해왔을까?

양육비의 존재를 모르는 멜드린으로서는 그것이 루이스의 남다른 책임감과 그녀가 바득바득 숨기고 싶어 하는 연약한 감정 때문이라고 해석하고 있었다.

니안이 못마땅하지만, 자신과 왕자의 생명을 빚졌으니 보호자가 되어주어야 한다는 책임감, 부모와 돌봐줄 할머니를 잃고 홀로 버려진 어린 꼬마를 가련하게 여기는 마음 때문이라고. 물론 그의 해석이 틀린 것은 아니었다.

단지, 루이스에겐 그런 것들보다는 황태자가 더 중요할 뿐. 더불어 루이스가 양육비를 안정적으로 받으려면 니안이 자라는 것을 옆에서 보면서 편지를 써야 한다는 사실도 중요하게 작용했다.

물론 니안을 어디론가 보내버리고 거짓으로 써도 카트린느는 아무것도 모를 테지만. 그러나, 루이스는 그렇게 하지 않았다. 사실 그녀는 그 이유를 정확히 깨닫지 못하고 있었다.

어쨌든 멜드린은 루이스가 니안을 키우고 있는 여러 이유 중 양육비라는 가장 중요한 이유라는 사실은 까맣게 모르고 있다.

'알아봐야 마음만 괴롭겠지.'

루이스는 속으로 쓴웃음을 지었다. 그는 분명 자신이 경제적으로 도움이 되고자 나서고 싶어 할 것이다. 지금껏 봐온 멜드린은 그랬다.

하지만 황실 기사단 소속이자 황제 호위무사라는 성공의 끈도 던져버린 자유로운 영혼의 검술사가 갑자기 돈을 벌면 얼마나 벌 겠는가. 물론 그 끈을 진즉 집어 던진 덕에 오스만 반란 때에 목숨을 부지하긴 했지만.

멜드린과 루이스 둘이 뼈 빠지게 벌어도 지금만큼의 환경을 데릭에게 제공하긴 어려웠을 거다.

멜드린은 루이스처럼 안면 몰수하고 니안의 양육비를 가로채지도 못할 성격이고, 정말 어쩔 수 없이 루이스의 계획에 동참했다 해도 분명 황태자보다 니안에게 제 모든 걸 바쳤을지도 모른다.

루이스는 결연한 표정으로 다시 말했다.

"그럼 한 가지만 약속해 줘요. 절대 니안을 데릭과 엮이게 하지 않겠다고. 데릭을 흔들지 않을 수만 있다면 저도 니안에게 제대로 된 혼처를 찾아주는 건 좋다고 생각해요. 할 수만 있다면 그보다 더 좋은 보은은 없겠죠."

그러나 루이스의 표정은 긍정적인 대답과 달리 썩 흡족해 보이지는 않았다.

"그런데 당신 표정은 그렇게 좋아 보이질 않는데?"

멜드린이 걱정스럽게 묻자 루이스가 속상한 표정을 지어 보였다.

"데릭은…… 겉으로는 제가 하자는 대로 따르는 것 같지만 속으로는 무슨 생각을 하고 있는지 잘 모르겠을 때가 많아요. 조용하면서도 주관이 아주 강한 아이예요. 솔직히 전 그를 통제할 자신이 없어요. 그래서 그래요."

멜드린이 조심스럽게 루이스의 손을 잡더니 따뜻한 얼굴로 말했다.

"루이스, 당신이 데릭에게 느끼고 있는 책임감이 어떤 건지 잘 알아. 갓난아기 때부터 키워서 더 그럴 거야. 하지만 결국 모든 건 데릭의 의지에 달렸어. 우리가 데릭에게 바라는 것도 결국 데릭이 원하지 않으면 할 수 없는 거야. 어쨌든…… 당신이 뭘 걱정하고 있는지는 알겠어. 당신이 원하는 게 그거라면 노력한다고밖엔 말 못 해. 이거 하나는 약속하지. 내가 먼저 나서서 데릭과 니안을 엮는 일은 없을 거라고. 그러니 니안의 일은 내 뜻을 따라줬으면 좋겠어."

그 말에 루이스의 표정이 아주 조금은 편안해지는 것 같았다. 멜드린의 입가에도 옅은 미소가 번졌다.

"오빠, 좀 어때? 괜찮아?"

니안은 루이스가 멜드린을 따라 나가자마자 데릭이 앉아 있는 침대로 뛰어갔다.

"잘했어, 니안."

다짜고짜 칭찬부터 하는 데릭의 말에 니안의 눈이 커졌다.

"뭐가?"

"짐승에 대해 말 안 한 거."

그러자 니안이 생긋 예쁜 미소를 지어 보였다.

"오빠가 하지 말라고 했잖아."

"들었어?"

들었다. 정신을 잃은 와중에도. 몽롱한 안개 넘어 데릭의 목소리만은 또렷이 들렸었다.

"응. 정말 신기하게도. 그것만 생각나."

"다행이다."

데릭이 안도의 한숨을 내쉬자 니안이 그의 표정을 살피며 다시 물었다.

"그런데 왜 말하지 말라고 한 거야?"

차마 루이스가 쫓아낼까 봐 그랬다고는 말할 수가 없어, 데릭은 니안의 질문에는 대답하지 않고 말을 돌렸다.

"너…… 어떻게 된 건지 기억은 다 나?"

"응?"

니안의 미간이 살짝 찌푸려졌다. 아니, 기억이 나질 않는다. 아까 루이스와 멜드린이 곰을 쫓아온 것이 뭐냐고 물을 때부터 제대로 떠오르지 않는 뒷부분의 기억에 당혹스러웠다.

"오빠가 곰 앞발에 맞아 넘어지고 내가 뛰어가서 부축해 일으킨 다음 짐승한테 들킨 것까지는 생각이 나. 그런데, 그 이후가……."

"생각이…… 안 나?"

니안이 황당한 얼굴로 고개를 끄덕이고는 물었다.

"진짜…… 어떻게 된 거야? 오빠가…… 짐승을 쫓은 거야? 어떻게?"

그 순간 니안은 늑대 습격 사건이 떠올렸다. 데릭의 몸에서 피어오르던 푸른 오라와 저들끼리 물고 뜯던 늑대들. 설마 그게 꿈이 아니었던 걸까?

그래서 데릭이 이번에도 그 능력으로 짐승을 물리친 걸까?

하지만 니안은 데릭의 대답을 바로 듣지 못했다. 갑자기 데릭의 무릎 위로 털 뭉치 같은 것이 펄쩍 뛰어들었기 때문이었다.

"앗!"

"꺅!"

니안과 데릭이 동시에 비명을 질렀다.

"뭐야! 쥐새끼인 줄 알았잖아!"

데릭이 제 무릎 위에 올라온 털 뭉치를 바라보며 소리쳤다. 그의 파란 눈동자가 지진이 난 듯 떨리고 있었다.

몸이 조금만 덜 아팠어도 그 털 뭉치의 정체를 확인해 보지도 않고 집어 던졌을지도 몰랐다. 하지만 털 뭉치는 쥐라고 보기엔 훨씬 컸고, 몸통도 가늘고 길었다.

"뭐, 뭐야? 이거 족제비 아니야?"

니안이 여전히 놀란 눈을 커다랗게 깜빡거렸다.

223

털 뭉치 녀석은 당당하게 데릭의 무릎 위에서 니안을 향해 털을 세우고 끼끽거렸다. 마치 말이라도 거는 것 같았다.

"족제비 같긴 한데…… 색깔이 왜 이렇게 시커멓지?"

작지만, 이빨도 상당히 날카로워 보이고.

"물리면 꽤 아프겠는데?"

데릭이 손을 들어 녀석을 쓰다듬을지 말지 주저하며 말했다.

"앗, 만지지 마, 오빠. 물리면 어떡해?"

니안의 비명에 동물의 머리에 거의 닿았던 데릭의 손이 화들짝 놀라 떨어져버렸다.

"니안! 너 때문에 더 놀랐잖아."

"으아, 미…… 미안……. 그렇지만 또 다칠까 봐 걱정된단 말이야."

니안은 데릭 몸에 칭칭 감긴 붕대를 보며 말했다. 붕대 바깥으로 드러난 살에는 얼룩덜룩 피멍의 흔적이 남아 있었다. 데릭이 그런 니안을 달래려 한결 부드러운 목소리로 말했다.

"네가 놀라게 하지만 않으면 괜찮을걸? 얘가 우릴 공격할 거였으면 진즉 했겠지. 이렇게 내 무릎 위에 올라와 앉지도 않았을 테고. 조용히 좀 해 봐. 내가 살살 만져볼 테니까."

데릭이 다시 조심조심 손을 뻗었다.

녀석은 그런 데릭에게는 신경도 쓰지 않고 니안만 쳐다보고 있었다. 어느덧 녀석의 머리에 닿은 데릭의 손이 머리부터 등까지 조심스럽게 쓰다듬었다.

반항은커녕 기분이 좋은지 몸을 쭉 늘이기까지 한다. 데릭 입가에 미소가 번졌다.

"와, 털이 되게 부드러워. 귀엽다! 니안, 너도 만져봐."

"싫어. 얘가 나만 보고 있잖아. 무서워."

"괜찮아. 만져봐."

니안도 조심스럽게 손을 뻗었다. 녀석의 시선이 니안 손을 따라 끈질기게 움직였다. 꿀꺽 침을 한 번 삼킨 니안이 녀석의 머리에 조심스럽게 손을 댔다. 데릭의 말대로 손끝에 닿는 털의 느낌이 무척 보드라웠다.

니안의 입가에도 미소가 피어났다.

"너무 좋다. 진짜 부드러워."

니안은 어느새 녀석을 안아 들고 얼굴을 비비대기까지 했다. 다행히 녀석은 무척 얌전했다.

"우리 이름 지어주자. 뭐가 좋을까?"

니안이 제안했다.

"난 네가 지어주는 거면 뭐든지 좋아."

데릭이 가볍게 대답했다.

"음…… 그럼 데니펫?"

"데니펫? 무슨 뜻인데?"

그러자 니안이 부끄럽게 빙긋 웃었다.

"데릭과 니안의 행복한 펫!"

"……."

아, 의미는 물어보지 말걸. 그렇게 오글거리는 의미인 줄 알았더라면 말이지.

데릭은 잠시 후회했지만, 이름만 놓고 보면 무난하기도 하고 무엇보다 아무도 그 뜻은 모를 테니 상관없겠다는 생각이 들었다.

데릭은 가만히 고개를 끄덕였다. 그러자 니안이 옅은 비명을 지르며 까르르 웃었다.

"까아! 너무 좋아."

데니펫을 얼굴에 꼭 밀착시키며 행복한 미소를 짓는 니안이 너무도 예뻤다.

그때 데릭의 눈에 무언가 이상한 것이 보였다. 데니펫의 목덜미 털이 살짝 들떠 있는 것. 데릭이 손을 내밀자 데니펫은 이내 데릭의 품으로 넘어왔다. 그는 데니펫의 목덜미 부분을 살살 어루만지며 피부를 살폈다.

"왜 그래, 오빠?"

"여기…… 땜빵 같은 게 있는 거 같아서……."

데니펫을 살펴보는 데릭 가까이 니안이 머리를 들이밀었다.

"어디?"

"여기……."

데릭이 털을 헤집어 보였다. 목 언저리에 아주 작은 흉터가 보였다. 얼핏 보면 전혀 표가 나지 않았지만, 데니펫이 고개를 움직일 때마다 그 자리가 살짝 비어 보이기는 했다.

"으음…… 그러네……. 어쩌다 그랬을까?"

"흉터가 크지 않아서 다행이다."

"응."

니안이 힘차게 고개를 끄덕여 보였다.

"그런데 집 안엔 어떻게 들어왔지? 사람을 무서워하지도 않고……."

"아까 오빠 깨어나기 전에 들어왔어. 엄마가 문 여는 순간 후다닥. 나도 소리로만 들었어."

"희한하다."

데릭이 고개를 갸우뚱했다.

"엄마는 별로 안 좋아하는 것 같아. 아까도 쫓아내려고 했었어. 거둬줄 여유 없다고. 어휴…… 난 잠결에 나한테 하는 소린 줄 알고 철렁했어. 오빠 다치게 해서 쫓겨나는 줄 알고."

그 말에 오히려 놀란 것은 데릭이었다. 너 항상 쫓겨날까 봐 걱정하고 있었던 거니? 그는 당황한 시선을 들어 니안을 바라봤다. 니안은 여전히 데니펫을 안고 좋아서 어쩔 줄 몰라 하고 있었지만, 데릭의 눈빛은 급격히 무거워졌다.

"쫓아내다니! 절대 그럴 일 없어, 니안. 다시는 그런 생각하지 마. 내가 결코 그렇게 놔두지 않아."

니안의 얼굴에 쓸쓸한 미소가 떠올랐다. 여전히 시선은 데니펫을 향한 채였다.

"고마워."

니안이 가볍게 대답했다. 어쩐지 자신을 믿지 못하는 말투인 것 같아서 데릭은 다시 힘주어 덧붙였다.

"데니펫도 절대 못 쫓아내. 날 믿어."

그제야 니안의 얼굴에 함박웃음이 번졌다.

"헤헤, 고마워."

그리고 데릭은 확실히 약속을 지켰다.

멜드린과 대화를 마치고 들어온 루이스가 니안 손에 들린 데니펫을 보며 당장 쫓아내라고 불같이 화를 냈지만, 데릭은 자신이 준 선물이라며 고집을 부렸다.

"내가 아카데미에 가면 니안은 이제 친구 형제도 없이 혼자 잖아."

그는 그런 니안이 외로울까 봐 힘들게 잡아 길들인 것이라고 주장했다. 옆에서 멜드린까지 데릭과 니안의 편을 들자 결국 루이스도 항복하고 말았다.

"사람 먹을 것도 없는데 이젠 저런 짐승한테까지 고기를 나눠주게 생겼잖아!"

이렇게 쏘아붙인 루이스가 문밖으로 나가버리자 니안이 데릭을 돌아봤다. 얼굴에 걱정이 가득했다.

"그런데 얘 진짜 고기 먹는 앨까?"

그러자 데릭이 작게 대답했다.

"이빨 봐봐. 날카롭고 뾰족하지? 분명 육식동물이야."

니안의 눈동자가 지진이 난 것처럼 흔들렸다. 루이스는 결코 데니펫에게 고기를 나눠주지 않을 것이다. 그럼 데니펫은 어쩌지? 굶어 죽는 건가?

하지만 결론적으로 말하면 데니펫으로 인해 가족의 먹을거리가 줄어드는 일은 일어나지 않았다. 데니펫은 귀여운 외양과는 다르게 무척이나 호전적이어서 틈만 나면 집 밖으로 나가 제힘으로 먹을 것을 사냥했기 때문이다.

덕분에 집 주변에서 들끓던 들쥐들이 감쪽같이 사라져버렸다. 그제야 루이스는 데니펫이 집안을 위해 세운 공로를 인정하고 가족으로 받아들였다.

아, 그 조그만 녀석이 막 사냥을 끝내고 입에 사냥감을 물고 있는 모습이란. 그 모습이 흡사 개선장군 같았다. 카리스마가 뚝뚝 떨어졌다. 작고 귀여운 동물에게서 그런 기운이 나올 수 있다는 게 신기할 정도로.

일주일 뒤, 니안의 가족은 아르본 외곽에 있는 다세대 주택 2층으로 이사했다.

숲속 통나무집은 전염병이 돌 때 환자들을 격리 수용하다 버려진 곳이라 집세를 내지 않아도 되었지만, 시내에 나오고부터는 집세와 더불어 생활비가 더 들었다. 아무래도 숲에서 공짜로 얻을 수 있었던 먹거리들이 줄어든 탓이다.

루이스는 니안의 어머니에게 돈을 조금 더 늘려줄 수 있는지 물어볼까 하다가 그만두었다. 사실 이미 그녀에게서 나오는 돈은 상당한 금액이어서 평범한 가족이 살기엔 부족할 것이 없었다. 오히려 풍족하다면 모를까. 그런데도 그녀의 가족이 허리띠를 졸라 매야 하는 이유는 데릭의 아카데미 학비 저축과 교육비 때문이었다.

대신 멜드린이 생활비를 보조해 주었다. 이미 선생으로서의 교육비도 안 받은 지 오래됐음에도 적은 금액이라도 꾸준히 루이스에게 가져다주려 노력했다.

멜드린은 본래부터 풍족한 집안 출신도 아니고 돈벌이에 딱히 재능도 없어 경제적으로 큰 도움이 된다고 할 순 없었지만, 부모 잃은 아이들에게 정신적으로 좋은 기둥이 되어주었다. 또한, 자신의 인맥을 사용해 사라진 아르모트의 소식도 꾸준히 알아봐주기까지 했다.

덕분에 멜드린을 향한 루이스의 마음도 이전보다는 한결 말랑말랑해졌다. 하지만 그녀는 자신의 책무를 끝내기 전까지 절대 멜드린을 특별하게 받아들일 수 없었다.

그저 언젠가 제 역할이 끝나게 되면…… 그때는 그와 함께 남은 생을 함께 보내도 좋겠다……하는 생각을 막연히 해볼 뿐.

12월.

데릭은 아르본 왕립아카데미에 수석으로 합격했다.

모두를 놀라게 한 결과였다.

귀족 자제 대부분이 입학시험에서 좋은 성적을 거두기 위해 어릴 때부터 교육에 큰돈과 시간을 투자한다. 그 과정에서 중앙 귀족들 사이에서는 더 좋은 개인 교사를 구하기 위해 치열한 경쟁이 벌어지기도 했다. 그런데 '르윈느'라는 이름뿐인 시골 남작 가문에서 수석이 나오다니.

수석에게는 기숙사비 및 수업료 전액 면제 혜택이 있었지만, 돈이야 차고 넘치는 귀족들에게 그런 혜택이 무슨 의미가 있겠는가.

그들이 원하는 것은 명예, 그게 다였다.

쿠커스를 이끌어갈 리더를 키우는 황국 최고의 아카데미에서 수석을 한다는 것은 가문의 큰 영광이었으니까. 하지만 데릭은 달랐다. 그에게는 장학금이 몹시도 절실했다. 그래야 생활에 여유가 생기고, 자신에게만 쏟아지는 투자를 니안에게 조금이라도 돌릴 수 있으니까.

그의 합격 소식을 듣고 가족들이 뛸 듯이 기뻐했음은 말할 필요도 없었다. 하지만 데릭은 담담했다.

오히려 그런 가족들이 흥분을 가라앉히기를 기다렸다가 차분하게 제 요구 조건을 말해 나갔다.

"어머니, 이제 그동안 모은 제 학비는 어떻게 하실 거예요?"

루이스의 얼굴에 만연하던 함박웃음이 차츰 흐려졌다.

"그게 무슨 말이니, 데릭?"

"제가 학교 생활에 필요한 비용 일체를 지원받게 되었으니 그동안 제 학비를 위해 저축한 금액은 어떻게 하실 건지 여쭤본 거예요."

"……."

돈과 관련된 갑작스러운 질문에 루이스의 말문이 막혀버렸다. 데릭은 그 틈을 놓치지 않았다.

"특별한 계획 없으시죠? 그럼 그 돈은 하나도 남김없이 니안을 위해 써주세요."

루이스의 얼굴이 일그러졌다. 반면 멜드린의 얼굴은 환하게 빛났다.

"그것참 좋은 생각이구나."

멜드린이 박수를 치며 맞장구를 치자 루이스가 그의 이름을 부르며 인상을 썼다.

"멜드린!"

"왜? 기특하잖아. 제 동생을 위해 써 달라는데. 솔직히 그동안 니안이 얼마나 고생을 했어."

루이스가 데릭을 똑바로 바라보며 단호하게 말했다.

"데릭, 네가 졸업하려면 4년이나 더 있어야 해. 그동안 네가 줄곧 수석을 한다는 보장도 없고. 그 돈은 만일을 위해 남겨둬야 해. 그

리고 책값이랑 잡다한 용품, 네 용돈이랑 귀족 품위에 맞는 옷이나 신발도 사야 하고…….'

"아뇨."

데릭이 루이스의 말을 막아섰다. 전혀 물러설 기미가 없었다. 덕분에 루이스는 당황한 표정을 감추려 몹시 애를 써야 했다.

데릭은 한 단어, 한 단어 오랫동안 생각해왔던 것들을 거침없이 토해냈다.

"그동안은 제가 나이도 어렸고 저한테 주어진 의무가 무거웠기 때문에 어머니가 뭐라 하시든 딱히 뭐라고 말을 못 했어요. 하지만 이런 식으로 가족의 희생을, 특히 니안의 희생을 보면서 지내는 건 너무 괴로웠어요. 그래서 제자리를 지키면서 할 수 있는 일이 뭐가 있을까 늘 고민했죠."

데릭이 속을 잘 내비치지 않는 건 알고 있었지만, 조목조목 잘 정리된 그의 생각에 멜드린과 루이스의 입이 점점 벌어지고 있었다. 데릭이 잠시 숨을 고르곤 말을 이었다.

"제 목표는 처음부터 아카데미 입학이 아니라 수석이었어요. 제가 아카데미를 가지 않겠다고 고집을 부려도 어머니는 절대 그 돈을 니안이나 우리 가족 생활의 질을 높이는 데 쓰지 않을 게 분명하니까. 그럼 차라리 엄마가 원하는 대로 왕립아카데미에 가는 대신, 절대 집에서 돈을 가져가지 않겠다고 다짐했죠."

"데릭!"

루이스의 입에서 황당하다는 듯한 목소리가 터져 나왔다. 하지만 데릭은 루이스가 다른 말을 할 틈을 냉정히 잘라버렸다.

"자신 있어요. 절대 학비 때문에 집에 손을 벌리지 않을 자신. 물품 구매비나 제 용돈도 알아서 해결할게요. 귀족이라고 다 돈이 많은 건 아니잖아요. 왕립아카데미 내에서 그런 학생들을 구제하기 위한 몇몇 제도들이 있어요. 제가 알아서 할게요."

"안 돼. 그건 너무 고생스럽잖니. 차라리 여유 시간은 아카데미 동기들과 친목을 쌓는 데 보내렴, 데릭."

그러자 데릭의 이마에 살짝 주름이 잡혔다.

"고생은 니안이 더 했죠. 앞으로 제가 할 일들은 고생이라 할 것도 없어요. 어쨌든 전 교육의 혜택을 받잖아요. 만약 어머니가 제 요구대로 해주지 않는다고 하시면 전 아카데미 입학을 포기하고 용병에 지원할 생각이에요."

"뭐…… 뭐라고?"

루이스도 멜드린도 기가 탁 막힌 표정이었다. 특히 루이스는 숨까지 막혀왔다. 지금까지 데릭이 자신에게 정면으로 도전한 적이 없었기 때문에 더 그랬다. 당황한 그녀가 더듬더듬 말을 이었다.

"그, 그게 지금…… 네 상황에서…… 네 신분에서 할 소리니?"

데릭의 눈빛이 차갑게 가라앉았다.

"제 신분이 뭐요?"

"뭐?"

"제 신분이 뭐 어떤데요?"

지금 그걸 몰라서 물어?

그 말에 숨이 막힌 루이스의 얼굴은 빨개지다 못해 터질 것 같았다. 표정도 일그러졌다. 큰 소리로 네가 '황실 유일의 적통이야!'라고 소리치고 싶은 걸 니안 때문에 참았다.

니안이 지금 이 모든 광경을 보고 있었다. 루이스는 높아지려는 목소리를 억누르며 말했다.

"지금 본분을 잊은 건 아니겠지, 데릭! 너한텐 세상에 그보다 더 중요한 일은 없어! 용병이라니! 기사단도 아니고. 그 천박한 집단에서 대체 무슨 일을 도모하려고!"

"물론 전 그 천, 박, 한, 용병단에서도 자신 있죠. 제 대의를 버리지 않고 이뤄나갈 자신이요. 어머니는 당연히 만족 못 하시겠지만. 제가 좀 더 고상하게 크길 바라시잖아요."

"당연한 거 아니니? 지금도 충분히 바닥이거든. 네가 겪지 않고 보지 않아도 될 꼴들까지 다 경험하면서 말이야!"

"전 그렇게 생각해본 적이 단 한 번도 없어요. 제가 안 겪고, 못 볼 꼴들이라는 게 평범한 백성들의 삶을 말씀하시는 건 아니죠? 다른 사람들은 당연히 겪는 일들을 왜 제가 몰라야 해요? 제 미래를 꿈꾼다면 당연히 알아야 하는 일들이죠. 그러니 이제 제 걱정은 그만하시고 니안 좀 챙겨주세요. 지금부터 준비하면 2년 후에는 지역 사교계 데뷔는 가능해요. 여긴 수도니까 지역 사교계라 해도 어머니께서 흡족해하실 만큼 꽤 괜찮은 가문일 테니까요."

루이스는 잠시 헷갈렸다. 어쨌든 표면상으로 니안을 다른 집안으로 시집보내겠다는 의도로 해석됐기 때문이다. 그렇지 않고서야 굳이 다른 가문을 들먹이며 니안을 사교계에 데뷔시켜 달라고할 리는 없으니까.

'그게 아니라면…… 대체 무슨 의도인 거지?'

의심 한 가닥은 여전히 가슴 한편에 남았지만 그래도 데릭의 입에서 그런 말이 나왔다는 것 자체가 고무적인 일이었다.

데릭의 마음속에 니안이 차지하는 비중이 큰 것 같았는데 어쨌든 그 이상 선을 넘지는 않기로 한 듯해 보이니.

사교계 데뷔란 원래 귀족 젊은이들이 결혼 상대자를 찾는 자리가 아닌가. 지금 데릭은 자신의 학비로 니안을 사교계에 데뷔시키란 말을 하는 거였다.

데릭이 말을 이었다.

"전 제 힘으로 최고가 될게요. 반드시 모두의 존경을 받을 만한 훌륭한 사람이 될게요. 이건…… 제가 그런 자리로 가기 위한 첫 걸음이에요. 그러니 제 말에 따라주세요."

니안에 대한 데릭의 마음을 100퍼센트 신뢰할 수는 없지만, 루이스로서는 굳이 그와 각을 세우면서까지 고집을 부릴 이유는 없어진 셈이었다. 하지만 니안을 그가 만족할 만큼의 귀족 아가씨로키울 생각은 없었다.

원래 귀족이란, 아니 귀족 가의 여자란 욕심을 부리자면 치장하는 데에 비용이 한도 끝도 없이 들어가기 마련이다. 그러기엔 시내에서의 생활비가 너무 부담되었다.

니안의 어머니인 카트린느도 그렇게까지 니안을 키워주기를 바라진 않을 거다.

"무슨 뜻인지 알겠구나, 데릭. 네가 말한 대로 적당한 선에서 조율해 보도록 하마."

드디어 한 걸음 뒤로 양보한 루이스를 보며 데릭도 조금은 수그러들었다.

사실 그가 니안을 사교계에 내보내려고 한 것은 루이스의 기대와는 전혀 다른 의도였다. 그는 니안이 귀족으로서, 여자로서 당연히 누려야 마땅한 것들을 최대한 누리게 해주고 싶었을 뿐.

그건 데릭이 처음으로 니안이 연애 소설을 읽는다는 사실을 알게 되었을 때부터 쭉 바라왔던 거였다.

아르본 숲의 자연은 깨끗하고 아름다웠지만, 여자로서의 욕구를 충족시켜줄 순 없었다.

그녀는 아름다운 귀족 영애로서 많은 남자의 시선을 받을 만했고, 화려한 옷과 장신구로 자신을 꾸미는 행복도 느껴봐야 했다.

더는 멜드린이 가져다주는 소설을 몰래 훔쳐보며 대리만족을 느끼게 하고 싶지 않았다. 니안은 쿠커스 황국의 진정한 황태자 헤이드 오스왈드 멜롯이 사랑하는 유일한 여자였으니까.

수도 아르본의 황궁.

오스만 대공이 반란으로 왕권을 잡은 지 6년이 흘렀다.

그의 방식은 속전속결. 반대 세력이 힘을 집결하기 전에 빠르게 대부분의 귀족을 처형해버리는 방식이었다. 이후 6년은 철혈정치 시대였다. 성군이었던 전 황제 빌카인 3세를 죽이고 왕위를 찬탈한 황제에겐 오로지 힘으로 누르는 것 외엔 딱히 다른 방법이 없었기 때문이다.

감히 그 누구도 오스만에게 함부로 대적하지 못했다. 심지어 그는 야망을 위해 대공 시절 자신의 부인이었던 메릴린을 내치고 황제에 즉위하면서 새로운 부인을 맞이했다.

소피아 넬 페르난디.

쿠커스 황국 끄트머리에 있는 베른 지방, 힘없는 영주의 딸.

페르난디 백작 가문은 오랫동안 중앙 귀족들 사이에서 잊혀왔다. 반면 메릴린은 황실 내각에서 꽤 힘을 발휘하던 공작 가문의 장녀였다.

반란에 성공하면서 오스만은 전 황실의 세력이었던 메릴린의 가문마저 역적으로 몰아 모조리 숙청해버렸다. 이제 그녀의 가문에서 살아남은 사람은 오직 메릴린 한 명뿐이었다.

그래도 오스만은 황후였던 메릴린의 목숨만큼은 거두지 않았다. 아직은 대를 이을 아들들이 그녀에게서 얻은 자식들뿐이었기 때문이다.

그는 대신 아주 먼 곳으로 메릴린을 추방했다. 반란에 참여했던 공신들은 본처를 쫓아낸 오스만이 이제 자신들 중 한 집안과 사돈을 맺을 거라 기대했지만, 오스만이 황후로 삼겠다고 데리고 온 여자는 백작 가문임에도 불구하고 그들의 뇌리에서 오래전에 지워진 베른 지방 영주의 여식이었다.

오스만은 그녀가 용의 후예인 페르난디 가문의 마지막 붉은 꽃이라고 칭송하며 황후로 삼는 것을 합리화했다. 하지만 그 사실은 오히려 공신들로 하여금 '그게 대체 뭐라고?'라는 의문만 들게 만들 뿐이었다.

대신들이 보기에 소피아 넬 페르난디는 평범한 보통 여자였다. 다른 가문의 귀족 영애보다 특별히 현명하거나 미모가 뛰어나지도 않았다. 그렇다고 그녀의 가문이 황실 재정을 밀어줄 만큼 재산이 많다거나 사병이 있는 것 또한 아니었다.

소피아는 귀족 가의 영애답게 몸에 익힌 귀족 예법과 자태는 훌륭했지만, 본처를 내쫓을 만한 대단한 능력이나 매력은 없었다.

공신들은 도통 자신들의 새 황제가 왜 굳이 그녀를 황후로 삼았는지 이유를 알 수가 없었다. 그들은 틈만 나면 모여 그런 황후의 자질에 대해 의심을 제기했다.

"전 아무리 생각해도 소피아 황후의 어느 면에 황제께서 매혹되

셨는지 알 수가 없습니다."

"동의합니다. 차라리 대공 시절 부인이었던 메릴린 대공 부인이
미모도 인품도 훨씬 뛰어나셨죠."

공신들은 귀족 부인들을 초청한 야외 티파티에서 테이블 위에
찻잔을 소리 나게 내려놓았다는 이유로 시녀에게 소리를 지르며
불같이 화를 냈다는 소피아 황후의 이야기를 전해 듣고 이렇게 수
군거렸다.

실수한 시녀는 그 자리에서 시녀 일을 그만두고 궁에서 쫓겨나
야 했다. 잔인한 오스만 황제의 부인답게 자비라고는 눈곱만큼도
없는 여자였다.

"그래도 귀족으로서의 자부심 하나는 쿠커스 황국 최고일 듯합
니다만. 그 붉은 눈동자에 밴 오만함은 태어났을 때부터 배어 있었
을 것 같더군요."

"하지만 이젠 그냥 단순한 귀족이 아니지 않습니다. 한 황국의
모후입니다. 백성들은 황후에게서 자애로운 모습을 바랄 것입
니다."

"황제가 그렇지 못한데 황후라고 어찌 다를 수 있겠습니까."

"쉿, 말씀 조심하십시오. 누가 듣겠습니다."

물론 소피아도 공신들이나 황궁 식구들이 자신을 놓고 그런 식
으로 숙덕거린다는 사실을 잘 알고 있었다. 하지만 그럴수록 그녀
는 더 당당하게 굴었다.

오스만이 어느 점술사의 예언에 따라 자신을 선택했다는 사실을 잘 알고 있었기 때문이었다.

'하하하하, 드디어 예언의 붉은 꽃을 손에 넣었어.'

결혼식 후 오스만과의 첫날밤 그는 분명 그렇게 말했었다.

'그런데 내가 가진 능력은 뭘까?'

궁궐 후원이 내려다보이는 베란다에 앉아, 그녀는 이맛살을 찌푸렸다. 그 생각을 하자 더없이 화창한 날씨도 짜증이 났다.

'대체 내가 가진 능력이 무엇인데 그 미친 점술사는 날 손에 넣는 멜롯 가의 후손만이 차후 300년을 통치할 수 있을 거라고 말한 걸까?'

그 말은 바꿔 말하면 소피아 자신이 낳은 아들이 황제가 된다는 뜻이기도 했다. 한마디로 그녀의 인생은 탄탄대로란 의미.

하지만 시간이 지날수록 오스만도, 소피아도 점점 초조함을 감추기 어려웠다. 설상가상, 결혼한 지 6년이 지났건만 소피아에게선 후사 소식이 들려오지 않았다.

여전히 황실의 제1왕위계승자는 오스만의 전 부인인 메릴린의 장남 로이드였다.

"그 늙은이는 얘기해줄 거면 끝까지 해줬어야지."

오스만 역시 서재에 앉아 불만스럽게 턱을 문지르며 의자에 등을 기댔다.

잘못했다. 처음 붉은 꽃 이야기를 들은 날 바로 물었어야 했다.

대체 그 붉은 꽃이 가진 능력이 무엇인지 말이다.

그는 반란에 성공하면 멧드라하를 궁으로 불러들일 생각이었다. 그런데 어찌 된 일인지 반란을 끝내고 황제에 오른 오스만이 멧드라하를 찾았을 때 그녀는 어디론가 사라진 후였다. 그것도 주변인들에게 황제가 자신을 찾거든 노환으로 죽었다는 거짓말을 해 달라 부탁까지 해놓고서.

그는 신경질적으로 책상 위를 내리쳤다.

"멧드라하! 대체 어디 있나?"

오스만이 황국의 모든 예언가와 점성술사를 잡아들이고 있는 이유가 멧드라하를 찾기 위해서라는 사실을 아는 자는 아무도 없었다. 오로지 황후인 소피아 넬 페르난디를 제외하고는.

대신들은 그저 그가 전황제처럼 마법을 믿지 않는다고만 생각할 뿐이었다.

소피아의 신경질이 날이 갈수록 더해지고 있는 이유도 이 때문이었다. 세상 사람들의 수군거림만큼이나 그녀 역시 자신을 믿지 못하고 있었다. 황제는 분명 자신에게 무언가 남다른 능력을 기대하고 있는데 그녀 역시 그게 뭔지 모르는 데다 아들은커녕 딸조차 낳지 못하고 있으니 말이다.

본래 타고난 성품이 너그럽지 못한 소피아였다. 그러니 점점 그녀의 시중을 드는 주변 사람들도 힘들어질 수밖에 없었다. 불안을 참지 못한 소피아는 후원을 내려다보며 신경질적으로 제 손톱을 물어뜯었다.

"황후마마, 손톱을 물어뜯으시면 손 모양이 예쁘게 되질 않아요. 미용사를 불러 손톱을 정리해 드릴까요?"

전담 시녀인 로라가 물었다.

"됐어. 신경 쓰지 마."

그녀는 아랑곳하지 않고 손톱을 씹었다. 천운이라 믿었던 오스만의 청혼이 점점 불구덩이를 향해 달려가는 지옥 열차가 되어가고 있었다.

# 얽힌 운명의 만남

아르본 왕립아카데미의 한가로운 점심시간.

두 명의 소녀가 벤치에 앉아 편지를 읽는 금발의 소년에게 시선을 고정한 채 속닥거리고 있었다.

벤치에 등을 기대고 월등하게 긴 다리를 꼬고 앉은 소년. 그 소년의 자태가 너무도 우아해 쉽게 눈을 뗄 수가 없었다.

"쟤야?"

"응. 완전 고급스럽지?"

부드러운 연갈색 머리에 연두색 눈동자를 한 소녀가 황홀한 얼굴로 말했다.

"그래. 생긴 건 뭐…… 거의 황태자 감이다. 게다가 장학생."

귀엽고 발랄한 이미지의 백금발 머리 소녀가 스커트 주름을 만지작거리며 시큰둥하게 말했다.

"응. 입학 후 4년 동안 한 번도 수석을 놓친 적이 없다며?"

"맞아. 수석 장학생. 문제는, 명예형이 아니라 생계형이라는 거지."

백금발 머리 소녀의 말에 나머지 한 소녀의 얼굴이 금세 굳어버렸다.

"생계형? 어딜 봐서?"

"몰랐어? 완전 시골 출신이라던데? 다 망해버린 남작가."

아르본 왕립아카데미에 생계형 장학생이 입학하는 일은 아주 드문 일이었다. 가장 하위 작위인 자작이나 남작 가문의 영식이나 영애가 들어오는 일도 흔치 않았다. 입학시험 자체가 까다로워서 아무리 귀족이라도 충분히 공부할 형편이 아니라면 시험에 통과하기가 어렵기 때문이었다.

아르본 왕립아카데미는 황실 자제들의 필수 코스일 정도로 전통과 역사, 명망을 두루 갖춘 유일한 귀족학교였으니까.

"맙소사…… 아까워라."

갈색 머리 소녀의 초승달 같은 눈썹 끝이 안타깝다는 듯 주저앉았다.

로렌 하트 베오만.

곱슬기가 없는 연갈색 머리카락 때문인지 단정하고 소박한 느낌이 나는 소녀였다.

하지만 로렌이 입고 있는 옷은 평범한 드레스 살롱에서는 구경조차 어려울 귀한 소재로 만든 것이었다. 부유한 귀족 중에서도 알아볼 안목을 가진 사람이 많지 않을 정도로.

그도 그럴 것이 그녀의 아버지는 쿠커스 황국 3대 부호 중 하나로 거대한 무역 상인이었다.

본래는 평민 출신이었으나 9년 동안 서쪽 제도에 나가 다이아몬드 광산 사업에 손을 대면서 현 황실에 절대적 재정 지원을 하고 있는 인물. 덕분에 평민으로서는 이례적으로 후작이라는 작위를 단숨에 얻을 수 있었다.

예전 같으면 그런 말도 안 되는 작위 수여에 기존 세력들의 반발이 심했겠지만, 이미 힘 있는 중앙 귀족들은 거의 숙청된 후인 데다 오스만 시대가 열린 이후 베오만 가의 재력이 현 황실의 절대적인 자금줄이 되어왔기에 가능한 일이었다.

그동안 오스만 황제는 그에게 서쪽 제도의 다양한 개발 사업권을 주었고, 이제는 그 사업들이 안정기에 접어 들어서 황국의 3대 부호에서 제1 부호로 도약하고 있었다.

로렌은 서쪽 제도에서 어린 시절의 절반을 보내고 아버지가 후작 작위를 받으면서 엄마, 오빠와 함께 아르본으로 돌아왔다.

늦게나마 귀족들만 다닐 수 있다는 아르본 왕립아카데미에 다니기 위해서였다.

2학년이지만 로렌이 신입생처럼 반짝이는 눈으로 교정을 돌아다니는 이유는 바로 편입한 지 얼마 되지 않았기 때문이었다.

오래된 역사만큼이나 테두리가 굵은 교정의 아름드리나무들, 고대 신수와 여신, 마법사들이 조각된 아름다운 건물, 수천 권의 책이 있는 유서 깊은 도서관, 고풍스러운 연무장…….

이 모든 것들이 그녀의 눈을 흡족하게 했지만 정작 마음을 완전히 사로잡은 것은 다른 존재였다.

데릭 에드워드 르윈느.

화려한 황금빛 컬, 차가운 사파이어를 연상시키는 로열 블루의 눈동자, 무심하게 반쯤 내려앉은 긴 속눈썹, 여자보다 곱고 혈색 넘치는 피부.

늦은 밤, 우연히 연무장에서 금빛 머리카락을 땀으로 적시며 홀로 검술 훈련 중인 그를 본 이후 로렌의 머릿속엔 온통 데릭 르윈느의 모습만이 어른거렸다.

데릭은 아르본에 돌아온 이후 황실 연회에서 만났던 로이드 황태자보다 더 황태자처럼 보일 만큼 아름답고 카리스마가 넘쳤다.

그건 아마도 그 머리카락과 눈동자 색 때문인지도 몰랐다.

황실 외부에서는 흔치 않게 멜롯 가와 꼭 닮은 금발과 청안.

그녀로서는 데릭이 전 황태자라는 사실을 알 리가 없었지만, 황실에서 로이드를 만나서인지 이상하게 로이드와 데릭을 비교하게 되면서 무섭도록 빠르게 데릭에게 빠져 들어갔다.

오스만 황제는 로렌의 아버지가 오랫동안 탐내오던 귀족 작위를 수여하는 대신 정치적 협력을 다질 혼인관계를 원하고 있었다.

오스만에게는 딸이 없으므로 자연스레 그 정략결혼의 대상은 에이든이 아닌 로렌이 될 수밖에 없었다.

하지만 로렌의 아버지는 제1왕위계승자로서 로이드의 입지가 불확실한 점 때문에 딸과 현 황태자와의 결혼과 약혼에 대해 이런 저런 핑계로 구체적 대화를 피하는 중이었다.

로렌의 아버지인 빌리어드 베오만은 뭐든 최고만을 추구하는 야망 넘치는 사람으로 아무리 황실과 혈연관계로 엮이게 된다 해도 쭉정이는 원치 않았기 때문이었다.

만일 소피아 황후가 아들이라도 낳게 되면, 자신의 가문은 자연스레 황후 및 미래의 황제와 적이 되어버린다. 그렇게 허망하게 자신이 이뤄놓은 모든 것을 잃고 싶지 않았다.

로렌은 이런 복잡한 정치적 상황은 알지 못했지만, 자신의 미래가 정략결혼으로 끝을 맺을 거라는 건 막연히 알고 있었다. 제힘으로 어찌할 수 없는 운명 때문인지 몰라도 그녀는 더욱 데릭이 좋았다. 꼭 황태자가 아니더라도 데릭이 황실 사람이었으면 얼마나 좋았을까.

그럼 유약한 로이드 대신 데릭과 결혼시켜 달라고 말해볼 수도 있었을 텐데. 게다가 저렇게 멜롯 가문의 고고한 분위기를 번듯하게 따라 갖고선 말이야.

그런데, 보도들도 못 한 르윈느라니! 남작이라니!

사람은 본래 가질 수 없는 사랑에 더욱 집착하는 법이다. 로렌도 그랬다.

"아직 사귀는 여자는 없다고?"

"없어. 그건 확실해."

"그럼……."

로렌이 결연한 표정으로 꿀꺽 침을 삼키자 백금발 머리 소녀, 제시가 정색을 했다.

"난 경고했다. 소용없다고. 철벽도 저런 철벽은 본 적이 없어. 내가 말했지? 데릭이 여자한테 미소 짓는 걸 본 건 딱 한 번뿐이라고. 자기 여동생. 그렇게 해맑게 웃어주는 건 처음 봤다."

"그래 봐야 여동생이잖아. 여동생은 여동생이지."

"하아…… 그게 정말…… 눈빛이 묘하다고. 여동생이 정말…… 저엉말 예뻐. 자기 여동생이 그러니 다른 여자가 어디 눈에나 차겠어? 여동생이 작년에 아벨 백작님 댁에서 열린 파티로 처음 사교계에 데뷔했는데 그날 파티장이 아주 난리가 났다더라. 보통 황실 무도회나 큰 사교장 소식이 작은 곳으로 퍼지잖아. 그런데 그조그만 사교장의 데뷔 소식이 역으로 주류로 퍼진 건 개가 처음일걸?"

"몇 살인데?"

"우리랑 동갑. 열일곱 살."

"걔 우리 학교 안 다녀?"

그러자 제시가 답답하다는 듯 작게 한숨을 내쉬며 말했다.

"내가 말했지? 데릭, 생계형 장학생이라고. 아마 여동생까지 아카데미에 보낼 만큼 여유가 안 되는 거겠지. 그리고 여유 있는 가문에서도 여자를 아카데미에 꼭 보내진 않잖아. 그렇다고 르윈느 가문이 큰 무도회에 초대될 만큼 명망 있지도 않고. 아벨 백작가에서 열리는 파티에만 몇 번 나왔대. 그 이상 큰 무대는 어쩌다 초대받아도 다 거절한다더라."

"왜?"

"입을 드레스가 없나 보지."

아주 틀린 말은 아니었지만, 더 큰 이유는 남들의 이목을 끄는 니안이 큰 무대를 나돌다가 괜히 데릭과 루이스의 신분을 노출하게 될까 봐서였다.

처음 데뷔 무대를 마친 후 니안의 미모에 대한 소문은 빠르게 사교계에 퍼져 제법 큰 무대에서도 초대장이 왔다. 루이스는 데릭을 위한 일이라며 큰 무도회는 되도록 자제하게끔 니안과 멜드린을 설득했고, 마침내 대부분의 초대에 정중히 거절 편지를 보냈다.

덕분에 후견인이 되어준 아벨 백작의 다음 파티엔 손님이 미어터질 정도로 밀려왔고, 그것을 감당하기 어려웠던 아벨 백작은 이후 파티를 잘 열지 않게 되었다.

자식도 없이 조용히 살다가 말년에 니안과 연을 맺으면서 약간

의 활기만을 바랐던 노인에겐 감당하기 어려운 수준의 북적임이
었기 때문이었다.

제시가 말을 이었다.

"그리고 데릭은 학교 밖에서 열리는 무도회에는 단 한 번도 나
온 적이 없어."

로렌의 얼굴에 실망이 번졌다. 하지만 온실에서 자란 이 천진하
고 긍정적인 아가씨는 좌절이란 걸 몰랐다. 잠시 뽀로통하게 볼을
부풀렸던 로렌은 다시금 해맑게 웃었다.

"괜찮아. 나한테 좋은 생각이 있어."

그녀의 눈동자가 희망으로 반짝거렸다.

맙소사.

에이든은 여동생의 간곡한 부탁을 듣고 눈을 동그랗게 떴다. 설
마 제 여동생 입에서 그 이름이 나올 줄이야.

"누구?"

에이든은 믿기지 않는다는 듯 되물었다.

"데릭! 데릭 에드워드 르윈느. 오빠랑 같은 4학년. 검술부."

로렌이 간절한 눈으로 외쳤다. 에이든이 기가 막힌 표정으로 입
을 쩍 벌렸다.

그는 로렌보다 진한 갈색 머리에 보라색 눈동자를 가진 쾌활하고 다부진 느낌의 소년이었다.

"나보고…… 뭘 어쩌라고?"

"좀 친하게 지내봐. 응? 응? 그리고 동생이라고 소개해 주면 되잖아."

"어휴, 나 참……."

에이든은 제 여동생의 생떼에 고개를 절레절레 흔들었다.

서쪽 제도에서 자라는 동안 또래 친구라곤 이종족밖에 없었던지라 둘은 유독 사이가 돈독했다.

장난기 많고 붙임성도 좋은 데다 서글서글하기까지 한 에이든은 여동생인 로렌이 이렇게 떼를 부리면 견디지 못하고 매번 부탁을 들어주곤 했다. 하지만 이번 부탁은 퍽 난감했다.

"어떻게 알지도 못하는 애랑 친해지란 말이야? 뜬금없이 가서 그냥 '야, 친구 하자.' 그러면 저절로 다 친구가 돼?"

"오빠아아……."

볼을 붉히며 앙탈까지 부려대니 속수무책이다. 로렌의 가느다란 두 팔이 불쌍한 자태로 에이든의 팔을 붙잡고 늘어졌다. 눈가가 그렁그렁했다.

"야, 너 진짜…… 너 나한테 이러는 건 너무한 거야."

"진짜 한 번도 본 적 없어? 응? 응? 같은 검술부인데."

"없어! 없어! 난 그런 자식 본 적도 없단 말이야!"

에이든이 소리를 질렀다. 물론, 거짓말이었다.

데릭 에드워드 르윈느.

어떻게 그 이름과 얼굴을 잊을 수 있단 말인가.


"검술부에 들어오고 싶다고?"

처음 검술부를 찾아간 날, 검술부 선생 나투는 에이든을 머리부터 발끝까지 깔아보듯 훑으며 콧방귀를 뀌었다.

"여기 아이들은 신입생 때부터 시험을 거쳐 엄격하게 선별된 아이들이다. 그동안의 훈련도 보통 아이들의 몇 배나 된다고. 외국에서 살다가 뒤늦게 편입한 아이가 놀러오듯 올 만한 곳이 아니야. 대부분이 황실 고위 기사나 기사단장이 될 사람들이다!"

에이든 베오만은 황제에게 인정받아 귀족이 되고자 했던 아버지의 열망에 큰 영향을 받고 자란 소년이었다.

그가 뒤늦게 이 학교에 들어온 목적은 단 하나, 장래 주류가 될 귀족 아이들과 동등해지기 위해서였다. 하지만 몸 안에 넘치는 테스토스테론은 그를 단순한 귀족 정치인이나 귀족 상인이 되도록 놔두지 않았다.

아버지의 사업을 언젠간 물려받아야 하겠지만, 당분간은 몸을 쓰는 기사나 검술사 쪽으로 가보고 싶었다. 그것이 입학하자마자 에이든이 검술부부터 다짜고짜 찾은 이유였다.

검술 선생 나투는 아무리 구박해도 일주일째 찾아와 완강하게 버티는 에이든을 바라봤다.

말로 해서는 졸업할 때까지 따라다니며 자신과 검술부원들을 괴롭힐 것만 같았다. 팔짱을 끼고 짜증스럽게 턱을 어루만지던 그가 결국 제안했다.

"좋아, 세 번의 기회를 주지. 내가 지목하는 학생과 검술을 겨뤄 단 한 번이라도 이기면 정식으로 받아줄게. 대신, 세 번 다 지면 두 번 다시 네 면상을 이 시간 이곳에서 보지 않게 해다오. 좋지?"

검술은 서쪽 제도에 있을 때도 하루도 빠지지 않고 훈련을 했었다. 에이든은 보라색 눈동자를 빛내며 자신 있게 고개를 끄덕였다.

모두가 자리를 비워준 연무장 중앙엔 황금빛 머리에 차가운 로열 블루의 눈동자를 한 데릭 르윈느가 나타났다.

여자아이들에게나 인기 있을 법한 늘씬한 미소년의 여리한 손 끝엔 대형 소드가 가볍게 쥐어져 있었다. 빛을 받아 번쩍이는 칼끝이 땅을 향해 있었다.

에이든은 속으로 허탈한 웃음을 흘렸다. 비록 주류와는 떨어진 외지에서 9년을 살았다지만 그에게는 누구보다 훌륭한 검술 선생과 피나는 노력이 담긴 훈련이 있었다.

'절대 지지 않아.'

그는 제 손에 쥐어진 검을 더욱 힘주어 잡았다.

모두가 숨을 죽이는 가운데 오로지 칼과 칼이 부딪치는 소리만의 연무장의 공기를 울렸다.

에이든의 움직임과 자세는 더없이 훌륭했지만, 데릭에게는 역부족이었다.

시작한 지 몇 분 되지 않아 세 판 중 두 판에서 모두, 데릭의 검에 목이 겨눠졌다. 말할 수 없이 수치스러웠다. 그리고 마지막 세 번째 대결에서야 에이든은 나름대로 경기라 부를 만한 경기를 치르고 있었다.

에이든의 가슴속에서 불길이 치밀었다. 이번 역시 맥도 못 추고 져버린다면 화병이 나서 제 명에 못 살 것 같았다. 데릭의 칼끝이 옆구리를 깊숙이 찔러오는 순간 에이든은 한 바퀴 돌면서 데릭의 얼굴을 가격했다.

데릭의 입가가 찢어지며 피가 튀었다. 에이든은 데릭이 잠시 휘청하는 동안 재빨리 또 몸을 돌려 그의 칼날을 내리쳤다.

챙그랑.

데릭의 칼이 바닥에 떨어졌다. 에이든은 이번에야말로 데릭의 목에 칼을 겨눌 수 있다는 기대에 가슴이 짜릿했다. 그러나 에이든이 회심의 미소를 지으며 칼을 휘두르는 순간 그곳엔 아무도 없었다. 이미 데릭은 에이든의 뒤쪽으로 급히 몸을 빼낸 후였기 때문이었다.

몇 초도 되지 않아 그는 떨어진 칼을 주워든 데릭에게 다시금 목을 내어주고 말았다. 날카로운 칼날이 에이든의 왼쪽 목덜미에 베일 듯이 닿아 있었다.

등 뒤에서 데릭이 헉헉 몰아쉬는 숨소리가 몹시도 거칠었다.

"그마안!"

나투 선생이 한 손을 번쩍 들었다. 깊은 패배감을 느끼며 에이든은 힘없이 검을 떨어뜨렸다.

나투는 여전히 숨을 헐떡이며 칼을 겨누고 있는 데릭에게 다가와 그의 손을 천천히 거두었다. 에이든을 향한 나투의 목소리가 승리감에 젖어 있었다.

"이제 다시는 여기 나타나지 마라."

몸을 돌려 나투를 마주한 에이든은 입술을 짓누르며 승복의 의미로 고개를 끄덕였다. 그렇다고 머리를 숙이진 않았다. 졌지만 자신은 정정당당했고 최선을 다했으므로.

그는 천천히 연무장 끝을 향해 발걸음을 옮겼다.

"잠깐!"

누군가 외쳤다. 채 허스키함이 사라지지 않은 목소리. 그러나 굵고 무게감 있는 진중한 음성이었다.

"훌륭했다. 마지막엔 이기느라 힘들었어."

에이든은 우뚝 발걸음을 멈추었다. 그 목소리의 주인공이 데릭이라는 건 굳이 보지 않아도 알 수 있었다.

이번엔 데릭의 목소리가 나투를 향했다.

"선생님, 괜찮으시면 저 친구도 저희와 함께 훈련하게 해주시지요."

"뭐…… 뭐?"

나투가 당황한 나머지 말을 더듬거렸다. 데릭은 전혀 기죽지 않은 당당한 목소리로 또렷이 말했다.

"제가 칼을 놓쳤습니다."

"……!"

나투의 표정이 한 대 얻어맞은 듯했다. 데릭이 말을 계속했다.

"정식 부원은 못 되더라도 함께 훈련할 충분한 실력은 된다고 생각합니다."

에이든은 깜짝 놀라 뒤를 돌았다. 처음 마주쳤을 때와는 다르게 자신을 향한 푸른 눈동자엔 존경과 신뢰가 담겨 있었다. 마지막 순간엔 살짝, 한쪽 입 꼬리마저 부드럽게 말려 올라갔다. 호감이 담긴 미소였다.

'젠장.'

고마움과 함께 수치가 몰려왔다.

'가진 자의 여유로군. 열 받게도.'


여기까지 기억이 미치자 에이든은 로렌에게 짤짤 흔들리면서도 부르르 몸을 떨었다. 다신 생각하고 싶지 않은 기억이었다.

"오빠아아!"

이 난처함을 어쩌면 좋을까. 게다가 로렌은 황실과 정식으로 혼담이 오갈지도 모르는데. 그런 그녀가 다른 남자를 마음에 둔다는 게 상당히 위태롭게 느껴졌다. 하지만 다른 관점에서 생각해보면, 지금이 아니면 언제 풋풋한 연애의 달콤함을 느껴볼 기회가 있을까.

그는 여동생의 얼굴을 다시 내려다봤다. 연녹색의 눈동자가 그렁그렁 금방이라도 물기를 쏟아낼 것만 같았다.

아, 저 눈. 도저히 이길 수 없는 저 연둣빛. 언젠가부터 저 연둣빛 눈동자에는 맥을 못 추고 마는 에이든이었다.

시작은 지금의 어머니를 만난 후부터였다. 새어머니의 녹색 눈에 담긴 절대적인 사랑을 깨닫는 순간부터. 그 순간 에이든은 그만 그 초록빛과 사랑에 빠지고 말았다. 따뜻한 희생과 사랑을 상징하는 그 초록 빛깔과.

녹색 눈동자만 마주하면 그는 제 모든 것을 바치고 싶은 충동이 일었다.

로렌의 연녹색 눈동자는 피 한 방울 안 섞였음에도 새어머니의 눈동자를 연상케 했다. 거기에 혈육에 대한 끈끈한 정까지 없으니 도저히 거부할 수가 없었다.

"어휴…… 내가 진짜 우리 집 여자들한텐 못 당하겠어. 정말 나한테 다들 왜 그래?"

"흐앙, 오빠! 오빠아!"

그가 한 손으로 진한 갈색 머리를 쥐어뜯으며 소리를 질렀다.

"으악! 알았어, 알았어. 내가 노력해본다고! 대신 안 되더라도 너무 실망하기 없기다."

"까아! 우리 오빠 최고!"

로렌이 비명을 지르며 에이든의 목에 매달렸다.

"윽! 로렌, 이거 놔. 숨 막혀!"

에이든은 인상을 찡그리며 로렌의 팔을 떼어내려 했지만, 동생을 위하는 오빠의 푸근한 눈빛만은 감출 수가 없었다.

금요일.

"니안!"

갑자기 데릭의 목소리가 들려온 것은 니안이 부엌에서 밀가루 반죽을 하고 있던 때였다.

"오빠!"

데릭을 안으려던 니안은 밀가루 범벅인 제 손을 깨닫고는 팔을 내렸다.

데릭이 그런 니안을 몸통째 번쩍 안아 올렸다가 내렸다. 갑자기 데릭에게 안겨 공중으로 붕 떠오른 니안의 입에서 옅은 비명이 터졌다. 깔깔 반가운 웃음도 나왔다. 데릭의 허리춤에 하얀 밀가루가 묻었지만, 그는 상관하지 않았다.

"오빠, 2주 만이네? 생각보다 너무 이른 시간에 도착해서 깜짝 놀랐어."

"지난 주말에는 해야 할 과제가 있었어. 대신 오늘은 좀 서둘러 왔지. 어머니는?"

그가 집 안을 빠르게 훑은 후 니안에게 물었다.

"시장에 가셨어. 오빠 온다고 이것저것 사러."

"멜드린 선생님은?"

"선생님도 외출. 약속이 있다고. 이따 저녁 먹기 전에 올 거야."

데릭이 식탁 의자를 빼내어 자리에 앉았다.

"데니펫은 또 나갔어?"

데니펫 이야기가 나오자 니안이 까르르 웃음을 터뜨렸다.

"이 동네 생쥐가 자취를 감췄잖아. 처음엔 고양이 열 마리보다 데니펫 한 마리가 낫다고 하더니, 요즘 옆집 벤저민 할아버지가 되게 예민해서. 데니펫이 자꾸 그 집 강아지랑 싸우나 봐."

데릭이 그 말에 껄껄 웃으며 식탁 위 과일 바구니에서 탐스러운 사과 하나를 집어 들었다. 사과를 씹는 데릭의 입에서 아삭, 경쾌한 소리가 났다.

"싸운다고? 잡아먹으려는 게 아니고?"

데릭이 키득거리자 깜짝 놀란 니안이 고개를 돌렸다. 커다랗게 떠진 두 눈이 설익은 연둣빛 사과를 연상케 했다.

"벤저민 할아버지네 강아지가 훨씬 큰데? 걔 다 크면 몸무게가 나만큼 나갈걸? 아직 어려도 이만 하단 말이야."

니안이 가슴 넓이만큼 손을 휙 펼쳐 보였다. 하얀 가루가 후두두 바닥에 떨어졌다. 반죽하느라 니안의 손에 묻었던 밀가루였다.

"앗!"

니안이 아차 하는 얼굴로 작게 탄성을 질렀다. 피식 미소를 지은 데릭이 먹던 사과를 내려놓고 자리에서 벌떡 일어났다.

"내가 할게."

그리고는 옆에 세워진 자루걸레를 가져와 바닥을 쓱쓱 닦는다. 그 동작이 아주 가볍고 자연스러웠다.

니안이 빤히 그 모습을 바라봤다. 시선을 느낀 데릭이 닦고 있는 바닥에서 시선을 떼지 않고 피식 미소를 지었다.

"뭘 그렇게 빤히 봐? 걸레를 들어도 멋지지?"

그 바람에 화들짝 놀란 니안이 서둘러 변명했다.

"아니, 엄마가 보면 뭐라고 하실까 봐……."

니안은 그렇게 대충 둘러댔다가 제자리에 걸레를 세워놓고 돌아선 데릭에게 새침하게 웃으며 말했다. 마치 놀리는 듯했다.

"그래 봐야 내 거도 아닌데 알게 뭐람. 난 나중에 더 멋진 남자 만날 거다."

그렇게 다시 몸을 돌려 반죽을 시작하는 니안의 뒷모습을 데릭은 미소를 지운 채 바라봤다.

'그런 소리 하지 마, 니안. 농담이라도 그런 말은 듣고 싶지 않아.'

니안을 다른 남자에게 보내는 것은 생각하고 싶지도 않았다.

그에게 복위라는 목표는 살해당한 부모님 때문만이 아니었다. 니안 때문이기도 했다. 그래야 남매의 굴레를 벗고 남들 앞에서 당당하게 그녀를 사랑할 수 있을 테니까. 그래야, 그녀를 이 세상 그어느 여자보다도 풍족하고 행복하게 해줄 수 있을 테니까.

숲속에 살 때보다 나아졌지만, 니안은 여전히 수수한 평민의 옷에 커다란 앞치마를 두르고 있었다.

데릭의 머릿속에 문득 왕립아카데미 교정을 활보하는 귀족 아가씨들의 사치스러운 복장이 떠올랐다. 집에 있는 니안은 마치 신데렐라처럼 집안일이나 하는 재투성이 아가씨일 뿐이었다. 어디를 봐도 귀족 아가씨다운 차림새가 아니었다.

루이스는 니안에게도 투자를 약속했지만, 니안이 귀족 아가씨로서 최소한의 생활을 유지하려면 아무래도 집안에 하녀 하나쯤은 있어야 했다.

화려한 귀족 드레스를 입고 집안일을 할 수는 없는 노릇이니까. 하지만 고용인을 고용하는 것이 부담스럽다는 루이스의 말은 꼭 핑계만은 아니었다.

금전적인 것도 문제였지만, 생면부지 타인을 이 기묘한 가정에 끌어들이는 것 자체가 부담이기 때문이었다. 이렇게 좁은 집에서 하녀를 고용한다는 건 가족만큼이나 사생활을 공유하게 된다는 뜻이다.

루이스는 지금처럼 여러 세대가 사는 주택이 아닌, 작은 저택이라도 마련하게 되면 그때 생각해보겠다고 딱 잘라 말했다. 대신 아벨 백작 저택에 방문하거나 무도회에 참석할 때는 그때그때 필요한 옷이나 신발, 장신구들을 준비해주겠다고.

그런 니안을 보는 데릭의 마음이 불편하다 못해 아파 왔다.

"졸업해서 황실에 들어갈 때 즈음이면 이사도 할 수 있을 거고, 하녀 한 명쯤은 고용할 수 있어. 조금만 참아."

"난 괜찮은데?"

고개를 돌린 니안이 쾌활하게 웃어 보이곤 밀가루를 치대는 데 열중하며 말했다.

"내일 아벨 백작님이 저택 호숫가에서 피크닉을 연다고 하셨어. 놀러 오래. 오빠도 갈래?"

"아벨 백작이? 웬일로?"

데릭의 얼굴에 의아함이 떠올랐다. 최근 아벨 백작의 건강이 더욱 안 좋아져 사람들의 방문을 꺼린다고 들은 데릭이었다. 니안이 어깨를 으쓱해 보이며 대답했다.

"모르겠어. 한동안 힘들다고 아무것도 안 하신다더니⋯⋯. 중요한 손님이 오신다나 봐. 오빠, 아직도 사교계 나가기가 좀 불편해? 아카데미에 다닌 지 벌써 4년이나 됐는데 별일 없었잖아. 조금 있으면 성인인데 괜찮지 않을까? 첫 파티 이후 이런저런 이유로 초대 손님들을 많이 제한해서, 이제 백작님 저택을 방문하는 손님들은 소박한 분들이 대부분이야."

방긋 짓는 니안의 미소에 연말 축제 때의 화려하고 우아하던 자태가 겹쳐졌다.

데릭이 니안의 무도회 차림을 본 건 작년 아카데미 연말 축제가 처음이었다. 커플로 참여하는 그 무도회에 데릭은 같은 학교 여학생 대신 니안을 데려갔다. 니안을 흘긋대던 학우들이 그녀가 자신의 여동생이란 사실을 알고 난 후 어찌나 친한 척을 해대던지.

데릭은 불나방처럼 날아드는 학우들에게 대꾸도 없이 사나운 표정만을 돌려줬다. 그런 반응을 예상 못 한 건 아니었다. 그런데도 굳이 니안을 그 파티에 데리고 갔던 건 아무리 일회성이라도 니안 외에 다른 여자를 파트너로 삼고 싶지 않았기 때문이었다. 또 그녀가 보통의 귀족 영애들처럼 아름다운 무도회 드레스를 입은 모습을 보고 싶기도 했다.

아벨 백작이 파티를 자제한다는 소식이 데릭에게 다행이라 느껴진 건 연말 축제에서 니안을 향한 사내 녀석들의 반응을 보고 난 후였다.

데릭 자신도 제 속을 이해할 수가 없었다. 분명 그녀가 또래 영애들이 누리는 당연한 행복과 즐거움을 만끽하길 바라면서도 한편으론 다른 녀석에게 마음을 빼앗기게 될까 봐 불안했다.

저렇게 남루하게 차려입은 니안을 보는 건 무척 가슴 아프면서도, 또 홀로 화려하게 사교계를 누비는 니안도 상상하기가 두려웠다. 니안에게 데릭 에드워드 르윈느란 피를 나누진 않았어도 같은 성을 가진 가족일 테니.

이 모든 문제를 해결하는 유일한 방법은, 역시 그가 빨리 제자리를 되찾는 것뿐이었다. 니안이 말을 이었다.

"사실 난 별생각은 없는데, 오빠랑 같이 가는 거면 괜찮을 것 같아. 안 그래도 날 위해 열어주시는 파티인데 거절하기도 곤란했거든. 같이 가자, 오빠. 이사 오고 난 후 둘이 자연에 나가본 일이 별로 없잖아. 숲에서 살 때 생각도 나고 좋을 것 같아."

하지만 같이 가는 거라면…….

쾅쾅쾅.

그 순간 거칠게 문 두드리는 소리가 들렸다.

"니안! 니안!"

옆집 벤저민 할아버지의 성난 목소리가 들려왔다. 생각을 멈춘 데릭이 니안을 대신해 문을 열었다. 머리가 반쯤 벗어진 벤저민 할아버지의 품엔 커다란 강아지 한 마리가 안겨 있었다.

무언가에 물어뜯긴 듯 험한 상처가 난 강아지의 목덜미에는 피가 흥건했다. 녀석은 몹시 힘든 듯 할아버지의 품에 축 늘어진 채 힘든 숨을 쌕쌕 몰아쉬고 있었다.

불길한 예감에 니안의 심장이 쿵 내려앉았다. 벤저민이 화난 목소리로 크게 떠들었다.

"내가 몇 번이나 경고했지?"

그가 제 품에 안겨 있는 강아지를 내밀어 보였다.

"이것 봐! 빌어먹을 너희 집 족제비 새끼가 내 강아지한테 이런 몹쓸 짓을 했어. 덩치도 작은 녀석이 왜 이렇게 사나워? 그런 건 산으로 돌려보내야지, 이렇게 사람 많은 시내에서 풀어 키우면 어떡하나?"

그가 집 안쪽을 힐끔거리며 사납게 물었다.

"엄마는? 오늘은 기필코 네 엄마도 보고 가야겠다."

벤저민이 막무가내로 집 안으로 들어오려고 하자 데릭이 재빨리 나서 그의 앞을 가로막으며 말했다.

"지금 어머니는 계시지 않습니다. 저한테 말씀하시죠. 우리 집 데니펫이 할아버지 강아지를 공격하는 걸 직접 보셨어요?"

"봤지! 봤으니까 내가 오지 않았겠나! 성질머리 고약한 녀석 같으니라고. 그 코딱지만 한 녀석이 내 강아지를 잡아먹으려고 했어! 이게 이게 그냥 싸운 게 아니야. 잡아먹으려고 한 게 틀림없다니까!"

핏대를 올리는 벤저민의 얼굴은 빨갛게 달아오르고 침을 튀기는 입가엔 허연 거품마저 물려 있었다. 그러자 이번엔 니안이 나섰다.

"할아버지, 데니펫은 들쥐나 새 같은 작은 야생동물은 잡아먹어도 사람이 키우는 애완동물이나 가축은 해치지 않아요. 전에는 데니펫 덕분에 근처에 쥐들이 모두 없어져서 좋다고까지 말씀하셨고, 또 저희가 이곳에 이사 온 이후 그런 적이 단 한 번도 없었다는 사실은 할아버지께서도 잘 알고 계시잖아요."

"무슨 헛소리야! 내가 두 눈으로 똑똑히 봤다니까. 두 번 다시 그 빌어먹을 족제비 새끼를 밖에다 풀어놓는 날엔 내 가만있지 않을 거야. 루이스는 어딜 갔어, 응? 집에 있으면서 어디 숨어 있는 거 아니야? 내 이 보상은 꼭 받아낼 거야."

데릭의 미간이 사납게 일그러졌다. 눈가에 힘도 들어갔다.

그가 제법 묵직하게 목소리를 깔며 벤저민에게 말했다.

"만약 진짜로 데니펫이 그런 거라면 당연히 보상해야죠."

데릭은 귀족답게 허리를 꼿꼿이 세운 채 벤저민에게 성큼 다가섰다. 갑작스레 느껴진 위압감에 벤저민이 저도 모르게 움찔 어깨를 떨었다.

데릭은 벤저민이 안고 있는 강아지의 목덜미를 살폈다. 아무리 봐도 작은 동물에게 여러 번 뜯겼다고 보기에는 무리가 있었다. 넓은 간격에 깊숙이 팬 상처는 훨씬 큰 동물에게 물린 게 분명했다. 제대로 물렸더라면 단숨에 숨통이 끊어졌을 만큼.

"아무리 봐도 데니펫처럼 입이 작은 동물에게 물어뜯긴 상처 같진 않습니다. 훨씬 큰 동물이지. 직접 목격하셨다고 주장을 하시니 일단 사과를 드리겠습니다만, 저희가 직접 목격하거나 다른 목격자가 있지 않은 이상 보상을 해 드리기는 어려울 것 같습니다."

"뭐야? 지금 내가 거짓말이라도 하고 있다는 거야?"

벤저민의 회색 눈빛에 노기가 그득했다. 주름으로 뒤덮인 분기 탱천한 얼굴은 이제 새빨간 딸기 같았다. 그는 눈을 부라리며 데릭을 위아래로 훑더니 버럭 소리까지 질렀다.

"어린 놈의 자식이 건방지게. 당장 어른 나오라고 안 해?"

이 부분에선 그만 데릭의 인내도 한계에 다다랐다.

"뭐라고?"

데릭의 푸른 눈빛이 별안간 무섭도록 시리게 바뀌었다.

"이봐! 지금 당신 눈엔 내가 뭐로 보이지?"

"뭐…… 뭐야?"

손자뻘이나 될까 하는 데릭이 하대하자 그의 얼굴에 황당함이 번졌다. 그러나 데릭은 아랑곳하지 않고 그의 앞으로 바짝 다가섰다. 푸른 눈에 얼음처럼 차가운 빛을 담아 벤저민을 내려다보며 데릭은 한껏 고압적인 목소리로 말했다.

"지금 내가 뭐로 보이느냐고 물었잖아, 벤저민 그웬!"

여전히 상황 파악이 안 된 벤저민이었지만 지나치게 당당한 데릭의 모습에 이유 없이 기가 한풀 꺾이고 말았다.

니안은 입안이 마르는 것을 느끼며 조용히 침을 삼켰다. 데릭이 짓씹듯 조용히 읊조렸다.

"벤저민. 너는 지금 감히 귀족을 모욕하고 있어. 낮다 해도 황제 폐하께서 직접 하사하신 작위다. 그동안 네게 어른으로 대우해 준 것은 부득이한 사정으로 평민 동네에 섞여 살게 된 이유로 부담을 주지 않으려는 거였어. 그런데 네가 지금 감히 귀족의 집을 찾아와 말도 안 되는 주장으로 내 어머니와 가족을 욕보이려고 해?"

"귀…… 귀족?"

벤저민의 얼굴이 잠시 싸늘한 공포로 얼어붙었으나, 이내 믿기지 않는 듯 피식 웃음을 터뜨렸다. 그 비웃음에는 안도의 빛마저 흘렀다.

"귀족이라고? 네가? 너희 집안이?"

어이없이 웃는 벤저민에게 데릭은 더 바싹 얼굴을 들이밀었다. 벤저민보다 머리 하나는 더 큰 그가 찍어 누르듯 내려다보자 벤저민에게서 그제야 옅은 두려움이 번졌다.

데릭은 싸늘한 조소를 흘리며 낮게 목소리를 깔았다.

"왜, 직접 겪어보고 싶어? 귀족을 모욕하면 무슨 일을 당하는지?"

그의 눈에서 흘러나오는 형형함은 지배하는 자만이 가질 수 있는 오만한 빛이었다. 벤저민은 그제야 데릭이 농담하는 것이 아니란 것을 깨달았다.

쿠커스 황국에서 귀족 모욕죄에 대한 형벌이란 딱히 제한이 없었다. 어떠한 벌을 내리든 전적으로 모욕을 당한 귀족의 마음에 달려 있었기 때문이다.

"아…… 아니, 난……."

벤저민은 말을 잇지 못하고 더듬거렸다. 머릿속이 복잡했다.

'귀족이라고? 이런 허름한 다가구 주택에 세 들어 사는 주제에?'

그 순간 데릭의 왼쪽 가슴에서 황실 문양의 왕립아카데미 배지가 반짝거렸다.

아무리 배운 것 없는 무지렁이라도 쿠커스 사람이라면 그것을 못 알아볼 리가 없었다.

황실의 문양은 귀족 중에서도 특별한 경우에만 지닐 수 있는 표식이었으니까. 기가 눌린 벤저민이 마지못해 눈을 깔고 말았다. 그의 입에서 비굴한 목소리가 흘러나왔다.

"몰라뵀습니다. 죄송합니다."

"다시 한번 묻겠다. 진정 나의 애완동물이 네 강아지의 목을 물어뜯는 장면을 직접 보았나?"

"그것이……."

벤저민이 잠시 머뭇거렸다.

"제가 도착했을 땐 이미 제 강아지가 피를 흘리며 쓰러져 있었고, 그 옆엔 족제비가 이를 세우고 있었습죠. 그래서 전 당연히 족제비 짓인 줄 알고…… 평상시에도 자주 싸웠던지라…… 죄송합니다."

그가 목소리가 점점 작아졌다. 그런 그의 태도에 데릭의 목소리도 한결 너그럽게 변했다.

"네 마음은 이해한다, 벤저민. 하지만 정확지 않은 일로 모함하는 짓은 하지 말도록 해. 정말 잘못된 것이 있다면 정당한 대가를 치를 테니."

"알겠습니다."

"강아지 일은 안 되었어. 유감이야."

"네. 실례가 많았습니다."

벤저민은 머리를 조아렸지만, 표정만큼은 과히 좋질 못했다. 그는 그대로 몸을 돌려 조용히 사라졌다.

그가 밖으로 나가 사람들에게 어떤 식으로 떠들어댈지 알 수는 없었지만, 자신이 잘못한 것이 있는데 행여 함부로 떠들까. 데릭은 한숨을 내쉬었다.

현관문이 닫히기가 무섭게 데니펫이 창틀을 넘어 집 안으로 들어왔다. 마치 이 모든 광경을 관전하며 기다리고 있었던 것처럼.

"데니펫!"

니안의 걱정스러운 목소리에도 데니펫은 아무렇지도 않게 다리를 타고 올라와 니안의 어깨와 목덜미에 몸을 둘렀다.

"데니펫, 아니지? 네가 안 그런 게 맞지?"

알아들은 건지 못 알아들은 건지 데니펫은 평상시와 다름없이 니안의 목에 제 몸을 문지르며 애교를 부렸다.

"아까 데니펫이 강아지를 잡아먹으려고 하는 거 아니냐고 했던 건 농담이었는데, 진짜로 이런 오해를 받을 줄은 몰랐네."

데니펫을 쓰다듬으려 데릭은 니안에게 바짝 다가섰다. 손을 뻗어 니안의 턱 아래에 자리를 잡은 데니펫의 머리를 살살 문질렀다.

손등을 살짝만 틀어도 닿을 거리에 니안의 뽀얀 뺨이 있었다.

자꾸만 눈길이 갔다.

잠시 들었던 어색한 기분은 모르는 척 손을 대고 싶은 충동으로 바뀌어갔다.

'살짝 스치듯 만져볼까?'

그는 망설였다. 뺨에 손이 닿으면 니안의 얼굴을 양손으로 감싸 쥐고픈 충동을 못 이길 것 같았다. 얼굴을 감싸 쥐면, 그대로 니안의 입술에 제 입술을 내리누르고 싶어질 것 같았다.

그러고 나면, 입술을 가르고 그 안을 맛보고 싶겠지?

눈앞에 그림처럼 선명하게 떠오르는 욕망의 환영에 데릭은 깜짝 놀라 데니펫에서 손을 뗐다. 주춤주춤 뒤로 물러서는 그의 몸짓에는 당황한 기운이 역력했다.

동그랗게 뜨인 니안의 초록 눈동자가 의아한 빛을 띠고 데릭을 올려다보았다.

데릭의 심장이 두근거리는 동안 알싸한 전류가 흘렀다. 의식하지 못하는 꿈속이 아니라 현실의 니안을 보며 이런 상상을 해도 되는 건가 싶었다.

그때, 맞붙어 있던 니안의 붉은 입술이 떨어지고, 질문이 흘러나왔다.

"왜 그래?"

"……."

데릭은 윤기가 흐르는 도톰한 입술에서 쉽사리 눈을 뗄 수가 없었다. 금세 대답도 나오지 않았다.

"데니펫 다쳤어? 어디 상처라도 있는 거야?"

데릭에게서 대답이 나오지 않자 고개를 갸우뚱하던 니안이 걱정스러운 목소리로 물었다.

"아, 아냐. 잠깐 전기가 올라서……."

데릭이 급히 둘러댔다.

"아, 그럼 오빠. 이제 데니펫 좀 떼어줘. 하던 일 마저 해야지."

부드러운 검은 머리를 젖히고 데릭의 두 손이 안쪽으로 뻗었다.

말랑하고 따뜻한 데니펫의 몸통이 만져졌다. 그러나 여전히 니안의 귓불과 목덜미에 시선이 갔다.

데릭은 일부러 고개를 돌리곤 조심스럽게 데니펫을 떼어냈다. 민망함을 감추려 데니펫의 몸통을 얼굴에 문지르자 니안의 향취가 옅게 묻어났다. 데릭은 데니펫의 몸에 코를 묻고 깊이 숨을 들이마셨다.

세찬 심장박동은 여전히 잦아들 줄을 몰랐다.

"니안, 사과 파이 반죽은 다…… 데릭!"

양손에 장바구니를 든 루이스가 벌컥 현관문을 열고 들어왔다.

데릭을 발견한 그녀의 얼굴에 반가움이 가득했다. 루이스는 재빨리 장바구니를 식탁 위에 올려놓고는 데릭의 목을 끌어안았다.

"어서 오렴. 평소보다 일찍 왔구나."

"잘 지내셨어요?"

데릭이 의례적인 목소리로 인사를 했다.

"당연하지. 어디 보자."

루이스는 몸을 떼어내곤 데릭의 얼굴을 양손으로 감싸며 감탄했다.

"못 본 사이에 더 멋있어졌네."

"겨우 2주인데요."

"나한텐 2주가 꼭 두 달 같았단다."

루이스는 데릭의 뺨에서 손을 떼어낸 뒤 식탁 위에 올려놨던 장바구니를 뒤적였다. 그가 온 것이 어찌나 기쁜지 들뜬 목소리를 감출 수가 없었다.

"이번에는 언제쯤 돌아갈 거니?"

"내일 니안과 함께 아벨 백작님 댁의 피크닉에 갔다가 끝나는 대로요."

순간 루이스의 얼굴에 만연했던 웃음이 차츰 사라져 갔다. 그녀는 애써 아무렇지 않은 척 말을 이었다.

"아, 그래. 좋은 생각이구나. 안 그래도 백작님께 널 소개할 때가 됐다고 생각하고 있었어. 알다시피 그분이 후계자가 없잖니. 이참에 가서 인사를 드리고 눈도장을 찍는 것도 괜찮겠구나."

"제가 내일 그분께 니안의 후견인이 되어주신 것에 대해 제대로 감사 인사를 드리고 올게요."

"당연히 그래야지. 네가 니안의 유일한 오빠잖니. 백작님도 왕립 아카데미에 다니는 오빠가 어떤 사람인지 몹시 궁금해하셨어."

루이스는 '오빠'라는 말을 특히 강조하며 어색하게 웃었다. 니안을 돌아보는 그녀의 목소리가 쾌활하게 울렸다.

"그럼 이따 저녁밥을 먹고 내일 입고 갈 드레스를 골라볼까?"

막 오븐 판에 파이용 반죽을 펼쳐놓던 니안이 그 말에 놀라 살짝 어깨를 떨었다. 루이스가 하는 말이 잘 이해되지 않았기 때문이다.

드레스라고 해봐야 딱 세 벌이 전부인데, 같이 고를 게 대체 뭐가 있다는 걸까? 지금 저녁 준비를 멈추고 드레스를 사러 시내로 나가겠다는 건가? 아니면 데릭에게 적당히 둘러댈 말이 필요했던 걸까?

궁금함을 담은 니안의 눈동자가 살그머니 루이스를 곁눈질했다.

"있는 것에서 드레스를 고른다고요?"

데릭이 미심쩍은 목소리로 물었다.

"아, 물론 있지. 안 그러면 저녁 먹고 드레스 고르자는 말을 왜 하겠니. 하지만 이참에 한 벌 새로 장만하는 것도 나쁘지 않겠구나.

그런데 우리 둘 다 드레스를 고르러 가면 저녁 준비할 사람이 없으니 일단 저녁부터 먹고……"

하지만 루이스는 말을 끝맺지 못했다. 데릭이 절인 사과를 반죽 위에 올리고 있는 니안의 손을 털어낸 뒤 어깨를 밀었기 때문이었다.

"어서 손 씻어, 니안. 우선 내일 필요한 물건이 뭔지 확인부터 하자. 없으면 상점 문 닫히기 전에 다녀와야 하니까."

루이스의 얼굴이 찡하니 얼어붙었다. 니안은 그런 루이스의 얼굴을 한 번 올려다보곤 못 이기는 척 세면대에서 손을 씻었다.

데릭은 뒤도 돌아보지 않고 바람처럼 빠르게 니안의 방이 있는 2층을 향해 계단을 뛰어오르기 시작했다.

"데릭!"

루이스가 데릭의 이름을 불렀지만, 그는 들은 척도 하지 않았다.

루이스는 당황한 얼굴로 그를 따라 좁은 나무 계단을 급히 올랐다. 하지만 루이스가 니안의 방에 도착했을 때, 이미 데릭은 니안의 방에 들어가 벌컥 옷장 문을 열어버린 후였다.

옷장에 걸린 것들은 대부분 일할 때 입는 평상복들이었고, 드레스라 불릴 만한 것이라곤 구석에 걸려 있는 세 벌이 전부였다.

그것도 하나는 데릭의 아카데미 축제 때 입고 왔던 겨울 드레스였고, 나머지 두 벌은 봄철의 실내 무도회용 드레스였다.

대체 루이스는 왜 드레스가 많은 척 어처구니없는 연극을 했을까?

그녀는 이토록 초라한 니안의 옷장을 데릭에게 숨기고 싶었던 거다. 그래서 고를 드레스가 충분한 것처럼 허세를 부리다가 저녁을 먹고 드레스를 사러 나설 셈이었겠지.

보통 시내의 유명 샵들은 저녁 시간 전에 문을 닫으니, 그것을 핑계로 비교적 저가의 물건을 파는 샵에서 중고 드레스나 저렴한 드레스를 사려고 말이다.

"데릭!"

루이스가 숨을 몰아쉬며 데릭을 불렀다. 그녀는 옷장 문을 잡고 망연자실한 표정으로 안을 들여다보고 있는 데릭 앞에서 멈춰 섰다.

"데릭⋯⋯."

할 말이 금세 떠오르질 않았다. 무언가 핑계를 대야 하는데. 뭐라 해야 할까? 저택 살 돈을 모으느라 그랬다고 할까? 이럴 줄 알았으면 아까 허세 따위 부리지 말걸.

가뜩이나 니안 때문에 자신에게 데면데면하고 까칠하게 구는 데릭이었다. 설마 데릭이 자신의 말을 믿지 못하고 니안의 드레스를 확인하려 방까지 뛰어 올라올 줄은 몰랐다.

루이스는 아랫배 앞에 모아 쥔 손을 더욱 힘 있게 맞잡았다. 데릭은 양손으로 옷장 문을 움켜쥔 채로 웅얼거리듯 낮게 말했다.

"제가 분명 집에서 학비를 가져가지 않을 테니 니안에게 투자해 달라고 말했을 텐데요. 사교계에 데뷔한 지가 언젠데 드레스가 세 벌밖에 없어요?"

루이스는 두근거리는 심장을 가라앉히려 애쓰며 굳게 마음을 다졌다. 이제부턴 본심을 숨기고 흔들림 없이 곧고 이성적인 모습만을 드러내야 했다.

그녀는 차갑고 냉정한 목소리로 또박또박 말을 이었다.

"그야 니안이 참석했던 파티가 세 번뿐이었으니까. 전에 말하지 않았니. 하녀를 고용하지 않는 이상 평상시에는 귀족 아가씨처럼 지낼 수가 없다고. 그리고 저택은 아무리 작고 평범해도 값이 상당히 비싸단다. 그러니 그때까지는 꼭 필요한 것 외에는 낭비할 이유가 없지."

"집에서는 그렇다고 쳐요. 외출할 때는요? 무도회에서 만났던 귀족들이 니안이 평민 복장으로 거리를 활보하는 모습이라도 보게 된다면요? 그러면 니안은 뭐가 되죠? 고급스럽고 화려하지 않아도 귀족다운 최소한의 옷차림은 하고 나갈 수 있게 해주실 순 없으셨어요? 이건…… 하녀 복장보다도 못하잖아요!"

"그런 걸 바로 사치라고 하는 거야, 데릭. 우리 형편에, 그것도 이 평민들이 사는 골목에서 그까짓 귀족 복장이 대체 무슨 소용이 있니?"

"지금 '우리 형편에'라고 하셨어요?"

루이스에게 시선을 돌린 데릭의 눈동자가 섬뜩하게 빛났다. 그는 천천히 문 앞에 서 있는 루이스에게로 다가와 똑바로 마주 섰다. 그가 고압적으로 내려다보는데도 루이스는 눈 하나 깜빡이지 않고 데릭을 뚫어지라 바라보고 있었다.

어느 틈에 따라왔는지 열린 문 뒤에 안절부절못하는 니안이 서 있었다. 데릭은 그대로 팔을 뻗어 니안이 보지 못하게 문을 닫았다. 그러고는 루이스의 귀에다 입술을 바싹 갖다 대고 서늘하게 속삭였다.

"지금 나한테 형편 운운한 거야, 루이스? 나, 헤이드 오스왈드 멜롯한테?"

루이스는 대답하지 않았다. 그저 꼿꼿하게 미동도 하지 않고 선 채 앞만 뚫어질 듯 바라보고 서 있을 뿐. 데릭이 말을 이었다.

"나한테 '형편' 따위를 어필할 거였으면 이딴 식으로 날 아카데미에 보내지도 말았어야지. 내가 왕족으로서의 자존심과 자부심을 다 팔아먹고 그저 내 안위만을 챙기면 흡족해할 사람으로 보였어? 도대체 날 뭐로 본 거야? 아니, 뭐로 키우고 싶었던 거야. 루이스, 응? 말해 봐."

"……."

데릭은 싸늘한 얼굴을 루이스에게서 떼어내고 다시 옷장 앞으로 다가가 문을 닫았다. 그는 그대로 루이스의 시선을 외면한 채 말을 이었다.

"이제 말을 좀 해보시지. 아르모트도 없는데 나한테 후원금을 대고 있는 사람이 누군지. 그 대단한 인물이 누구길래 니안을 위해 쓰라는 내 말도 듣지 않고 그렇게 아득바득 돈을 쥐고 있는지. 그 후원자라는 자의 의지인가? 아니면 루이스 당신 자신의 판단?"

그가 몸을 돌려 루이스를 정면으로 응시했다.

"도대체 내 의지를 거역하면서까지 니안한테 그렇게 박하게 구는 이유가 뭐야? 무슨 꿍꿍이가 있어서!"

"꿍꿍이 따위 없습니다. 그저 전하를 위하는 마음에서일 뿐이지요."

"날 정말 위한다면 내 자존심을 건드리지 말았어야지. 내가 왕족으로서 자부심을 품고 살 수 있게 해줬어야지. 기어이 내 삶을 유지하기 위해 아무것도 가진 것 없는 여자애를 등쳐먹는 파렴치한으로 만들어야 속이 시원하겠어? 그것도 내가 신분을 숨기고도 살아갈 수 있게 이름과 지위를 주고 가족이 되어준 여자애한테?"

"단지 그런 이유만이라면 다행입니다만."

"뭐라고?"

데릭이 눈썹을 씰룩였다.

"무슨 말씀인지 충분히 알아들었다고요."

루이스가 여전히 냉랭하게 말했다.

"그럼, 당장 가서 그 후원금이란 걸 몽땅 가져와. 니안을 데리고 가서 내일 필요한 옷과 물건들을 사야겠으니까."

하지만 루이스는 앞만 바라보고 서서 꼼짝도 하지 않았다. 일자로 굳게 다물린 입에선 당장 데릭의 말을 따를 수 없다는 강한 의지가 배어 나왔다. 그가 성큼 루이스에게로 다가섰다.

"작년 12월에 이미 성인식을 치른 나야. 이제 이 집의 가장은 남자인 나라고. 후원금이든 뭐든 이 집안의 모든 것들은 이제 다 나한테 권리가 있어."

"……."

루이스는 여전히 아무런 말도 하지 않았다. 데릭이 회심에 찬 얼굴로 한쪽 입 꼬리를 말아 올렸다.

"설마 제가 법원에 가기를 바라시는 건 아니겠죠, 어머니?"

그제야 루이스의 눈동자가 데릭을 향했다. 그녀는 타는 듯한 눈으로 데릭을 바라보며 거친 숨을 몰아쉬었다. 원망이 가득한 눈이었다.

'내가 널 어떻게 키웠는데!'

'역시 니안은 화근덩어리였어!'

'그건 대업을 위한 자금 일부라고!'

세월에 빛이 바래가는 그녀의 푸른 눈동자만이 차마 소리가 되지 못한 그 말들을 이야기하고 있었다.

지금까지 함께 살아오면서 데릭과 루이스가 가장 극렬하게 대립하는 순간이었다. 이 상황을 중재할 수 있는 단 한 사람. 멜드린이 문을 열고 나타난 건 바로 그때였다.

"데릭! 루이스!"

이미 니안에게 상황을 들은 멜드린은 아무렇지 않은 척 둘 사이를 비집고 들어와 너스레를 떨기 시작했다.

"그거 좋은 생각이다, 데릭. 루이스, 어서 가서 가져와요. 안 그래도 내가 니안 드레스 한 벌 해줘야 하나 어쩌나 했는데, 돈이 있었단 말이지? 이렇게 반가운 소리가! 하하하."

그가 루이스의 어깨를 잡고 문밖으로 밀어내며 호쾌하게 웃었다. 루이스가 멜드린에게 반박하려 몸을 돌리려 했지만, 어깨를 잡은 멜드린의 악력이 훨씬 셌다. 그는 다짜고짜 루이스를 그녀의 방으로 밀고 들어갔다.

"멜드린, 이러지 말아요."

"루이스!"

루이스가 어깨에 닿은 멜드린의 손을 털어내려 하자 멜드린이 달래듯 그녀의 이름을 불렀다. 하지만 루이스는 더 화가 나서 발끈한 얼굴로 멜드린에게로 돌아섰다.

"멜드린! 대체 왜 이러는 거예요?"

"당신이야말로 왜 데릭이 원하는 대로 안 해주는 거야?"

"예전에 말했잖아요. 그건 만일을 위해 아껴야 한다고요."

"그가 원칠 않잖아."

"그야 그는 아직……."

그러자 멜드린이 말꼬리를 자르고 들어왔다.

"성인이지. 당신이나 내 눈에는 아직 어려 보이지만."

"……."

순간 루이스는 아무 말도 하지 못했다. 데릭은 작년 겨울 18세 생일을 맞이하며 법적으로 성인이 되었다. 데릭의 주장도, 멜드린의 말도 모두 맞는 말이었다.

어쩌면 그녀만이 데릭이 성인이라는 점을 인정하지 못하고 자신만의 방식을 그에게 강요하고 있는지도 몰랐다.

그렇다고 뜻을 굽힐 수는 없었다. 엄밀히 따지자면 그 돈은 데릭의 것이 아니라 니안의 것이고, 데릭을 잘 키우기 위해 훔친 것이니까. 그러니 처음부터 온전히 데릭에게 권리를 넘겨줄 수가 없는 돈이었다.

루이스가 많은 말이 담긴 눈빛으로 멜드린을 올려다봤다. 멜드린은 그녀가 왕자의 엄마 노릇에 너무 빠져 있는 게 아닌가 걱정되었다.

"루이스, 당신이 데릭을 위해 치른 희생이 어떤 건지 내가 알아. 하지만 아이들이 커갈수록 우린 점점 그들의 인생에서 빠져줘야 해. 진짜 부모, 자식 간에도 그래. 그런데 하물며…… 루이스, 당신은 왕자의 엄마가 아니야!"

"멜드린!"

"당신은 아주 현실적이고 실리적인 사람이지. 그런 점이 지금의 왕자를 있게 했어. 인정해. 하지만 지금 왕자에게 필요한 건 돈이 아니야. 자부심이라고. 그 자부심이 그를 그의 자리로 이끌 거야. 그가 자신을 부끄러워한다면 어떻게 지존의 자리까지 갈 수 있겠어?"

하, 어쩜 저렇게 얄밉도록 말을 잘 하는지. 루이스는 고집스레 입을 꾹 다문 채 원망스러운 눈으로 그를 바라봤다.

"데릭은 곧고 정의로운 아이야. 니안에게 부채감과 책임감을 느끼고 있어. 그는 당신이 니안에게도 똑같은 기회를 주길 원해. 자신이 르윈느가 된 게 아니라, 니안을 멜롯의 일원으로 여기고 있다고. 니안의 기회를 빼앗아 성공하는 건 원치 않아. 그러니 그가 자신을 부끄러워하지 않도록 도와줘. 그게 이제 당신과 내가 할 일이야."

루이스는 여전히 말문이 막힌 얼굴로 멜드린을 뚫어지라 바라봤다. 그로서는 루이스가 왜 이리도 말도 안 되는 고집을 피우는지 알 수가 없었다.

자존심 때문인가? 아니면 여전히 니안이 왕자와 엮이는 게 걱정이 되어서?

니안이 예쁘게 차려입고 사교계를 다니다 좋은 남자를 만나게 되면 그 걱정도 다 사라지는 것 아닌가. 도무지 이렇게까지 예민하게 구는 이유를 알 수가 없다. 하지만 루이스니까, 자신이 사랑하는 여자니까 멜드린은 그녀를 이해하려고 최선을 다하는 중이었다.

멜드린의 노력은 확실히 효력을 나타냈다. 마침내 루이스는 어깨에 힘을 빼고 깊게 한숨을 내쉬었다. 잠시 다른 곳을 바라보며 고민하던 그녀는 결국 고집을 꺾고 금화가 든 주머니 하나를 꺼내 왔다. 니안의 어머니로부터 지금 보증 형식으로 오는 수표를 그때 그때 금화로 바꾸어 보관해오던 것이었다.

멜드린의 얼굴에 칭찬이 담긴 미소가 떠올랐다. 하지만 루이스 는 그런 그를 본체만체하고는 침대로 가서 휙 누워버렸다.

어지간히 속이 상했나 보다. 그렇게 생각하니 멜드린은 돈주머 니를 건네주고 드러누운 그녀에게 화가 난다기보다는, 오히려 그 런 식으로 감정을 드러내는 루이스가 인간적으로 보였다. 평상시 그녀답지 않은 보기 힘든 모습이 귀엽기까지 했다. 그리고 그런 저 자신이 한심하고도 우스웠다.

'콩깍지가 제대로 씌었군. 아주 벗겨질 줄을 몰라.'

그는 소리 나지 않게 혼자 씨익 미소를 지었다.

"니안 드레스 사는 데 같이 안 가?"

그가 슬그머니 침대에 한쪽 엉덩이를 걸치며 루이스를 떠보았 다. 그녀는 여전히 화가 풀리지 않았는지 멜드린에게 등을 보이고 누운 채 대답했다.

"다녀오면 바로 저녁을 먹어야 하잖아요. 우리가 하녀가 있는 것도 아니고 제가 가면 저녁 준비는 누가 해요? 지금은 머리가 아 프니 조금 쉬었다가 일어날게요. 도착 시간에 맞춰 식사 준비해 놓 을 테니 멜드린 당신이 니안 데리고 좀 다녀와요."

진짜 아픈 것처럼 목소리마저 착 가라앉아 있었다.

"아프다면서 저녁 식사 준비는 어떻게 하려고 그래?"

멜드린이 걱정스러운 듯 묻자 짜증이 났는지 돌아누운 루이스에게서 앙칼진 대답이 튀어나왔다.

"영혼 없는 소리 하지 말고 가게 문 닫기 전에 빨리 다녀와요!"

그리곤 휙 이불을 뒤집어쓴다. 하, 저렇게 날을 세우니 꼭 삐친 고양이 같군.

멜드린은 달려들어 그녀의 뺨에 키스를 퍼붓고 싶은 충동을 억눌렀다. 피식 바람 빠지는 소리와 함께 웃음이 허허 나왔다.

루이스와 멜드린이 나가버린 방에는 데릭이 남아 두 주먹을 불끈 쥐고 서 있었다. 말할 수 없는 자괴감이 몰려들었다.

루이스.

생명의 은인.

피붙이보다 절 아끼고 길러준 진정한 의미의 어머니.

데릭은 그녀에게 죽음으로도 다 갚을 수 없는 빚이 있었다. 그런 루이스에게 상처를 주는 일은 남루한 니안을 보는 것만큼이나 힘들었다. 가슴이 둘로 쪼개지는 듯했다.

하지만 루이스에게 황태자인 자신이 무엇보다 우선이듯이, 그의 마음속 최우선은 니안이었다.

이렇게까지 하지 않도록 루이스가 제 뜻을 따라줬더라면 정말 고마웠을 텐데. 그는 루이스에게 책임을 떠넘기면서도 마음이 편 칠 못해 입술을 깨물었다. 순간 떠오르는 어렸을 때의 기억.

차마 부끄러워 아무에게도 말하지 못했던 기억의 조각이 슬그 머니 고개를 들었다.

니안의 할머니를 숲에 버리고 온 다음 날이자 니안과 옥수수죽 을 먹고 한 침대에서 잠이 들었던 그날이었다.

데릭은 덜컹 문이 열리는 소리에 저도 모르게 깜짝 놀라 눈을 떴다.

가느다랗게 뜬 눈 사이로 비집고 들어오는 빨간 머리의 루이스 모습. 양손 가득 먹을 것과 잡다한 것을 잔뜩 사 들고 온 루이스는 물건들을 식탁 위에 올려놓더니 이내 머리에 쓰고 있던 붉은 머리 털을 밀어냈다. 그러자 본래 색인 갈색 머리카락이 어깨 위로 쏟아 져 내렸다. 그제야 데릭은 그 뻣뻣한 붉은 머리카락이 가발이었다 는 걸 눈치챘다.

어쩐지 그런 루이스를 아는 척하고 싶지 않았다. 자신이 잠에서 깼다는 사실을 알면 그녀가 제 품에 잠든 니안을 빼앗아 갈 거라 는 확신이 들었기 때문이다.

자신은 모두가 우러러보던 고귀한 멜롯 가의 혈통이고 니안은 외딴 숲속에 버려진 고아 소녀이니까. 감히 황태자 품에 천한 신분

의 아이가 안겨 자고 있다니. 유모인 루이스는 결코 그 모습을 좌
시하지 않을 게 분명했다.

하지만 자신까지 잠들어 있다면 이야기가 다를 것이다. 최소한
자신이 깰 때까지는 단잠을 방해하지 않을 테니까. 그는 니안을
좀 더 안고 있고 싶었다. 니안의 잠을 방해하고 싶지도 않았다.

루이스의 시선이 침대로 향하는 순간 데릭은 눈을 질끈 감았다.
눈을 감고 있어도 서로 안고 있는 자신과 니안을 못마땅하게 바라
보는 루이스의 시선만큼은 선명하게 느껴졌다.

뚜벅뚜벅, 느린 발걸음 소리가 침대로 다가오는 소리.

쪽.

데릭의 머리 위로 루이스의 입술이 내려앉았다 떨어졌다. 이내
자신의 금발을 쓰다듬는 부드러운 손길이 이어졌다.

"헤이드 전하, 이런 시국에 좋은 소식이랄 수도 없지만 어쨌
든…… 그나마 다행스러운 소식을 가지고 왔어요. 이 추운 겨울
에, 멀리 달아나지 않고도 추격대의 눈을 피해 살 방도를 찾았거든
요. 세상에, 이 여자애가 귀족 신분을 갖고 있다네요. 이 아이의 어
미는 이미 새 신분을 마련해서 이곳을 떠날 예정이고요. 제가 그
어미의 신분을 사용할 수 있게 됐어요. 몹시도 송구하지만, 전하
를 그 어미의 자식으로 올리려고 해요. 그럼 새 이름과 함께 남작
신분을 갖게 돼요. 더구나 니안을 맡는 조건으로 양육비까지 받게
됐어요. 평범한 사람들에겐 꽤 큰 금액이지요. 이제 아무 걱정하지

마세요. 제가 전하께서 성인이 되실 때까지 책임지고 돌봐 드릴게요. 왕립아카데미도 보내 드리고요. 아무래도 신께서 전하를 버리지 않으신 모양입니다."

니안의 양육비.

그 양육비를 가로채 자신을 먹이고, 입히고, 교육하는 루이스.

그런 그녀를 못 본 척 눈 감아버린 어리고 비겁한 자신.

듣지 말아야 했다. 그 말을 듣지 않았다면 9년의 세월 동안 그토록 마음이 괴롭지는 않았을 텐데. 루이스를 애증의 눈으로 바라보지 않아도 되었을 텐데. 자신을 스스로 좀 더 자랑스러워했을 텐데.

정의, 도덕, 양심, 대의, 그리고 사랑.

빛의 세계에 속해 한편일 것만 같은 저 관념들은 결코 온전히 한편이 아니었다. 빛의 세계에 속해 있으면서도 끊임없이 상충하고 대립했다. 그러면서도 서로 자기가 먼저라고 주장했다. 데릭에게 순위를 정하라고 종용했다.

덕분에 그의 심장은 늘 고통의 바다 한가운데에 있어야 했다.

언젠가 델쿠스 선생은 역사 수업 중 이런 이야기를 한 적이 있었다.

"사람들은 자신이 믿고 있는 사실이 진리라 믿으며 살고 있단다. 그 진리에 따라 자신이 내린 결정이 늘 정답이라고 생각하지. 하지만 이 세상엔 온전한 진리도, 완벽한 정답도 없단다. 옳고 그름도 그와 같다. 행복과 불행도 마찬가지지."

역대 황제들이 선택했던 전쟁의 역사를 배우던 중이었다. 선생은 황제의 선택으로 인해 많은 사람이 살육과 굶주림으로 죽어간 장면에서 과연 황제가 전쟁을 선택한 것이 옳은 것인가에 대한 데릭의 의문에 그렇게 답해줬다.

데릭이 다시 물었다.

"그럼 공부가 다 무슨 소용이에요? 우리가 철학이나 역사 따위를 배우는 건 진리를 알고, 옳은 답을 찾기 위해서잖아요."

그에 델쿠스 선생은 인자한 미소를 지어 보이며 설명했다.

"첫째, 배움은 배움 그 자체로 의미가 있지. 우리에게 즐거움을 주거든. 또 하나, 우리는 정답을 찾기 위해 배우는 것이 아니라, 최선의 답을 찾기 위해 배우는 거란다. 그것은 때로 가장 우선이 되는 답이 될 수도 있고, 가장 선한 답일 수도 있다. 하지만 가장 우선이 되는 답이 항상 가장 선한 답인 건 아니란다."

'가장 우선되는 답이 가장 선한 답인 것은 아니다.'

데릭은 니안의 양육비를 가로챘던 루이스의 선택을 저 한 문장으로 비로소 이해했다.

그래서 그 역시 같은 선택을 하기로 했다. 온전히 데릭 자신만 놓고 보면, 데릭을 위해 모든 것을 희생하고 지금과 같은 환경을 만들어 낸 루이스를 인정하고 그 뜻을 따라줘야 하지만, 자신이 사랑하고 제 대의에 돈과 기회를 뺏겨버린 니안을 최우선으로 삼기로 한 것이다.

그러나 마음이 고통스러운 것까지는 어쩔 수 없었다. 아마도 백성들의 피와 눈물이 희생될 것을 알고도 전쟁을 선택한 역대 왕들도 책에는 기록되지 않았지만, 마음만큼은 괴로웠으리라.

어느 틈에 살며시 걸어 들어온 니안이 꽉 쥐어진 데릭의 주먹을 조심스럽게 감쌌다. 그녀의 손길에 힘이 들어갔던 손가락들이 하나하나 부드럽게 풀려버렸다.

"오빠……."

참담함에 젖은 푸른 눈이 신록의 눈동자와 마주했다. 그러자 어디선가 꽃향기 섞인 미풍이 불어오는 착각이 들었다.

"오빠는 어떻게 생각하는지 모르지만, 엄마가 나한테 인색한 적은 단 한 번도 없었어."

생각지도 못했던 니안의 말에 데릭은 멍하니 그녀의 얼굴을 바라봤다.

"엄마는 그냥 나한테 줄 게 많지 않은 거야. 다 줘버리고 이미 가진 게 별로 없어서."

"뭐?"

기가 막혔다. 분명 데릭과 다른 대접을 받는 것에 상처를 받았을 줄 알았는데.

니안은 부드럽고 차분하게 말을 이어갔다.

"물론 섭섭할 때도 많았지. 집을 나갈까 고민한 적도 있었어. 엄마가 다 마음을 다 줘버린 상대가 다른 사람이었으면 정말 집을 나갔을지도 몰라. 하지만 오빠잖아. 날 가장 아껴주는 오빠. 어차피 엄마가 나한테 췄어도 내가 받은 걸 기꺼이 다시 내어주고픈 사람."

데릭의 목구멍으로 울컥 격한 감정의 덩어리가 올라왔다. 그것을 억지로 목 뒤로 넘기려니 저절로 인상이 찌푸려졌다.

"그리고 오빠 엄마한테 받은 사랑을 나한테 더 크게 돌려주니까 어차피 내가 받은 사랑의 크기는 똑같아. 그러니까 난 상관없어. 엄마랑 애처럼 싸우지 마."

그러더니 아무렇지도 않은 얼굴로 데릭을 올려다보며 방긋 웃기까지 했다.

"바보냐?"

데릭은 여전히 인상을 찌푸린 채 이 말만 간신히 토해냈다. 퉁명스럽게 말하지 않으면 먹먹한 가슴을 이기지 못하고 눈물이라도 보일 것 같았다.

니안이 작게 웃음을 터트렸다.

"무슨 소리야. 똑똑한 거지. 셈도 빠르고. 집 나가봐야 나만 손해인데, 뭐."

니안은 데릭의 잡은 손을 놓고는 제 침대로 폴짝 뛰어갔다. 그위에 털썩 주저앉는 모양새가 경쾌하기만 했다.

"뭐, 어쨌든…… 잘됐네. 오늘은 오빠 덕에 새 옷이랑 신발 얻겠다. 멜드린 선생님이 이 모든 사달을 다 봤으니 어떻게든 엄마를 설득해서 나오겠지. 아, 행복해."

"하, 행복해?"

데릭이 어이없는 표정을 지었다.

"응. 봐봐. 오빠랑 멜드린 선생님이 날 위해 그렇게 싸워주는데 어떻게 안 행복해? 한 명은 엄마한테 따져주고, 한 명은 엄마 달래서 설득해주고. 덕분에 난 완전 착한 천사 되고. 와, 엄마만 불쌍하다. 아들 키워봐야 다 소용없어. 엄마 편 하나 안 들어주고."

"⋯⋯."

데릭은 어떤 대꾸도 하지 못했다. 니안이 왜 저런 소리를 하는지 이해되질 않았다. 하지만, 곧 이어진 다음 말에서야 그녀의 의도를 알아챘다.

"그러니까, 이따 엄마 나오면 잘못했다고 사과해."

결국, 사과하라는 거다. 왜? 도대체 왜? 데릭은 불만스럽게 미간을 구기며 니안의 이름을 불렀다.

"니안!"

하지만 니안은 새침한 얼굴로 재빠르게 그의 말을 막아버렸다.

"오늘 오빠 보니까 나중에 아들 낳기 싫어졌어. 그렇게 위해줬는데 겨우 한다는 소리가 법원에 가실래요? 내가 못 들었을 줄 알았지?"

니안이 다시 부드럽게 미소를 지었다.

"그러니까 사과해, 오빠. 알았지? 그래야 내 마음이 편해. 그리고…… 고마워."

데릭의 눈을 똑바로 바라보며 전하는 감사의 말에 마음이 부드럽게 풀어졌다. 도대체 왜, 넌 이렇게 바보 같을까? 뭐가 그리 네 마음을 너그럽게 하는 걸까?

데릭의 미간에 힘이 빠지는 것을 확인한 니안이 벌떡 일어나 데릭에게 안겼다. 가느다란 팔이 자신의 목에 휘감기는 것을 느끼며 데릭은 눈을 감았다. 니안의 이마가 어깨에 닿고, 따뜻한 숨결이 가슴께를 간질였다.

"난 오빠를 만난 게 내 인생 최대의 행운이라고 생각해."

"……"

"오빠가 내 오빠라서 정말 다행이야."

아래로 떨어져 있던 데릭의 손이 니안의 작은 등을 덮었다. 너의 이 포옹이 오빠를 향한 것이 아니라면 얼마나 좋을까. 드러낼 수 없는 열망의 불꽃에 가슴이 답답해져 왔다.

니안과 데릭, 멜드린은 니안의 드레스를 사기 위해 함께 집을 나섰다. 제법 굳은 표정으로 주택 문을 나서던 멜드린은 현관문이 닫히자마자 언제 그랬냐는 듯이 씩 웃어 보였다.

손에는 묵직한 돈주머니를 든 채였다. 흡사 내기에서 이긴 어린 아이처럼 의기양양한 표정으로 멜드린은 금화 하나를 꺼내 제 주머니에 넣었다. 그러곤 입구를 다시 여민 주머니를 데릭에게 휙 던졌다.

"둘이 다녀와라."

"네? 선생님은요?"

"이만큼 했으면 내가 할 일은 다 한 거잖아. 자, 자. 귀찮게 굴지 말고 이제 너희 둘이 알아서 하기다. 난 잠깐 펍에서 놀다가 들어 갈 테니."

말릴 새도 없이 멜드린은 뿌듯한 얼굴로 계단을 뛰어 내려갔다. 등을 보인 채 손만 흔드는 동작이 마치 일부러 그러는 것처럼 과장되어 있었다.

'또 펍이라니. 금방 다녀와놓고.'

데릭은 속으로 중얼거렸다.

간만에 니안과 데릭 둘이서만 시간을 보낼 수 있게 배려해준 것이 틀림없었다. 눈치 빠른 그가 고맙기도 하고, 미안하기도 했다. 멍하니 그 모습을 보던 데릭은 이내 주머니를 열어보곤 깜짝 놀랐다.

묵직한 주머니에 들어 있는 것은 모두 금화였다. 은화나 동화조차 없었다. 니안이 궁금했는지 주머니 안을 들여다보러 데릭의 옆으로 머리를 들이밀었다.

"우와 세상에! 우리 돈이 이렇게 많았어? 역시 엄마가 알뜰하게 살림하더니 돈 진짜 많이 모았네?"

그리곤 데릭의 속도 모르고 키득거린다.

"넌 지금 웃음이 나와? 어머니가 이렇게 돈을 쌓아놓고도 너한 텐 하나도 쓰질 않았는데?"

"지금 받았잖아. 그럼 됐지, 뭐. 역시 엄마를 다룰 수 있는 사람은 멜드린 선생님밖에 없다니까."

니안은 새침한 미소를 짓고는 데릭을 귀엽게 흘겨보았다.

"오빠는 뭐야. 엄마가 그렇게 예뻐했는데 엄마 비위 하나 못 맞추고……."

법원 어쩌고 하는 말이 밖에까지 들렸다니. 데릭이 기가 막히다는 표정을 지어 보이자 니안이 새침한 눈을 풀고 깔깔거렸다.

"두고두고 놀려먹어야지."

계단을 내려가는 니안의 발걸음이 경쾌하기만 했다. 하지만 겉보기와 달리 니안의 기분이 날아갈 듯 좋은 것만은 아니었다. 그저 그런 척했을 뿐. 매번 루이스의 박한 마음을 확인할 때마다 내색하진 않았지만, 상처를 입었다.

데릭은 니안이 달랜 후 루이스에게 잘못했다고 용서를 구하긴 했다. 물론 마지못해 한 거라 영 진심처럼 보이진 않았지만…….

그런 그의 마음을 조금이라도 가볍게 하려고 웃었다. 더 발랄하게 굴었다. 데릭은 그런 니안의 뒷모습을 물끄러미 바라보다 홀린 듯 조용히 뒤를 따랐다.

❧

아멜리아의 장미향 부티크.

시내 중심에 있는 드레스 샵 중 10~20대 영애들에게 가장 인기 있는 드레스, 잡화점이었다. 맞춤과 기성을 동시에 하는 이 샵은 젊은 영애들의 취향에 맞춰 화사하고 사랑스러운 컬렉션이 주를 이뤘다. 그 반짝반짝한 분홍색 간판과 섬세한 은세공이 가득한 실내 장식 앞에서 아연실색한 얼굴로 주저하고 있는 사람은 다름 아닌 니안이었다.

"뭐해?"

문손잡이를 잡고 막 들어서려던 데릭이 어색하게 물었다. 니안은 대로에 서서 간판을 올려다보며 멍하니 대답했다.

"꼭 여기로 가야 해?"

"왜?"

"음, 색깔이 너무 핑크핑크해서……."

"아아."

데릭은 무감한척했지만, 얼굴이 붉어지는 것까진 감출 수가 없었다. 그래도 니안을 이 샵에 꼭 데리고 오고 싶었다. 그는 도서실 앞 벤치에 앉아 책을 읽다가 제 옆을 지나던 소녀들의 수다 덕분에 이곳을 알게 되었다.

"와, 이거 이번에 새로 나온 신상이잖아."

"맞아."

"아멜리아의 장미향 부티크."

두 소녀는 동시에 상점 이름을 말하면서 깔깔 소리를 내 웃었다.

"나 여기 물건 너무 좋아해. 진짜 예쁘지 않아? 하나같이 너무 예뻐."

"맞아, 맞아. 요즘 애들 사이에서 여기 물건이 제일 인기가 좋다잖아."

데릭의 시선은 손에 들린 갈색 표지의 책에 고정되어 있었지만, 귀만큼은 소녀들의 대화를 향해 활짝 열려 있었다.

그때 신상이라며 한 소녀가 자랑하던 스카프를 데릭은 아직도 기억하고 있었다. 부드러운 연분홍색 실크에 보라색 장미가 섬세하게 수 놓여 있던 사랑스러운 스카프.

'니안이 했으면 훨씬 예뻤을 텐데.'

데릭도 여성을 대상으로 하는 아멜리아의 상점에 들어가는 것이 부끄러웠지만, 니안을 위해 용기를 내기로 했다. 그는 멍하니 서 있는 니안의 손을 잡아끌었다.

"괜찮아, 니안. 보기보다 물건들은 고급이야. 들어가 보자."

하얀 격자무늬의 문이 열리고 떠밀리듯 들어간 데릭과 니안에게 샵 직원들의 의아한 듯한 시선이 쏟아졌다.

으레 손님이 들어오면 바로 터지던 '어서 오세요.' 하는 인사도 없었다.

그도 그럴 것이, 아멜리아 부티크의 물건들은 상당한 고가의 고급품으로, 주 고객이 부유한 고위 귀족과 대부호의 자제들이었기 때문이다. 그런데 아무리 봐도 평민으로 보이는 여자애 하나와 귀족 복식이기는 하지만 싸구려 옷을 입고 있는 젊은 남자가 들어왔으니 직원들로서는 이 둘이 진짜 옷을 사러 온 손님인지 아닌지 판단을 할 수가 없었다.

5초간의 짧은 정적이 흐르고, 20대 초반으로 보이는 여자 하나가 애써 환한 웃음을 지으며 질문했다.

"어떻게 오셨지요?"

니안은 부끄러워 얼굴이 터질 것 같았다. 과연 데릭의 말대로 밖에서 봤을 때보다 안쪽이 훨씬 더 고급스러웠다.

주로 밝은 계열의 물건들이 주류를 이루긴 했지만 유치하거나 촌스럽다기보다는 사랑스럽고 화사했다. 루이스와 드레스를 맞추러 갔던 곳과는 천지 차이였다.

니안은 데릭의 재킷 아래쪽을 몰래 꽉 잡아당겼다. 너무 비싸 보이니 나가자는 신호였지만, 데릭은 무시하고 직원을 향해 차분히 말했다.

"내일 입을 피크닉 드레스를 사러 왔어."

다시 몇 초간의 어색한 침묵이 흘렀다. 아까 어떻게 왔느냐고 물었던 여자 점원이 야박한 표정을 지으며 무언가를 말하려는데 또 다른 여자가 환한 미소를 지으며 앞으로 나섰다.

예쁘고 친절한 청회색 눈동자에 푸른빛이 도는 짙은 곱슬머리를 단정하게 올린 그녀는 30대 초반쯤으로 보였다. 다른 직원들과는 확연히 다른 고급스러운 옷차림으로 보아 그곳에서 꽤 책임 있는 위치에 있는 듯했다.

"그러셨군요. 잘 오셨습니다. 전 메이라고 해요. 이쪽 영애이신 가요? 피크닉 드레스가 필요하신 분이?"

그녀는 부드러운 손길로 니안의 팔을 잡아 앞쪽으로 이끌었다. 그러고 나서 치수와 스타일을 가늠해보듯 한 발자국 뒤로 물러나 위아래를 훑으며 흡족하게 웃었다.

"정말 예쁜 아가씨네요. 여기 있는 옷들을 한 번쯤 다 입혀보고 싶을 만큼요."

그녀의 따뜻한 미소는 아무리 봐도 가식이 아니었다. 긴장으로 힘이 들어갔던 데릭과 니안의 어깨에서 힘이 빠지기 시작했다.

그녀가 데릭을 돌아보며 물었다.

"약혼녀인가요?"

"네?"

"뭐?"

데릭과 니안이 동시에 화들짝 놀라자 그녀에게서 유쾌한 웃음이 터져 나왔다.

"너무 놀라시네요. 다른 뜻은 없어요. 피크닉 모임에 같이 가실 건지, 같이 가신다면 어떤 관계로 가시는지 알아야 두 분의 분위기에 맞게 옷을 골라 드릴 수 있어서 여쭤본 거예요."

"난 신경 쓰지 않아도 돼. 여기 이 영애만 잘 챙겨줘."

"그럼 같이 안 가시나요?"

"같이 가요."

냉큼 대답한 니안이 도움을 바라는 간절한 눈빛으로 메이에게 물었다.

"남자 옷도 있어요?"

"당연하죠."

환하게 웃는 메이의 미소는 몹시도 포근하고 친절했다.

"주 고객은 여성분들이지만 커플이실 경우엔 모임의 성격과 두 분의 분위기가 조화로워 보이도록 옷과 액세서리를 골라 드리니까요. 함께 보시겠어요?"

"네!"

"아니!"

데릭과 니안은 각기 다른 대답을 뱉어내곤 얼굴을 붉혔다. 하지만 메이는 자연스럽고 유연하게 그 분위기를 넘기는 것이 확실히 프로였다.

"저희 매장 물건들이 화사해서 이렇게 남자분들이 부담스러워하는 경우가 간혹 있어요. 일단은 함께 매치가 가능한 옷들을 보여 드릴 테니 다 보고 난 다음 결정하셔도 괜찮아요. 그럼 두 분은 어떤 관계로……?"

"남……."

"약혼자!"

이번에는 데릭의 대답이 훨씬 빨랐다. 니안이 깜짝 놀란 얼굴로 데릭을 돌아보았지만, 데릭의 시선은 메이의 얼굴에 고정된 채 흔들림이 없었다.

"그럼 의상을 준비할 동안 잠깐 이쪽으로 오시죠."

메이는 고개를 끄덕여 보인 뒤 데릭과 니안을 매장 뒤쪽의 드레스룸으로 안내했다.


대기실과 휴게실을 겸하는 드레스룸은 생각보다 꽤 넓은 곳이었다. 한쪽 벽면에 커다란 거울이 달려 있었고, 양쪽 끝엔 커튼이 드리워진 방이 보였다. 옷을 갈아입는 공간 같았다. 메이는 니안과 데릭을 거울과 마주하고 있는 소파에 앉혔다. 그들이 앉자마자 다른 직원이 향긋한 차를 가져와 소파 앞 테이블 위에 올려 주었다.

옷이 잔뜩 걸린 옷걸이 두 개를 끌고 오는 직원들의 움직임이 일사불란하기만 했다.

한쪽은 드레스가, 다른 한쪽은 남성용 정장이 빽빽이 걸려 있었다. 메이가 옷걸이를 넘겨보며 밝은 목소리로 친절하게 설명했다.

"보통은 여성분께서 드레스를 먼저 고르시고, 남성분은 거기에 맞춰 연출하는 식으로 진행되고 있어요. 그렇다고 세트처럼 똑같은 느낌의 옷으로 매치시키는 건 아녜요. 그럼 좀 촌스러운 느낌이 들거든요. 남성복과 여성복, 둘이 전혀 다른 옷으로 보이지만 함께 섰을 때 잘 어울리게끔 연출한답니다. 이쪽으로 나와 보시겠어요?"

메이가 니안에게 눈짓을 했다. 니안이 쭈뼛거리며 앞으로 나가자 메이는 데릭이 잘 볼 수 있게끔 니안을 돌려세웠다. 그리곤 옷걸이에서 꺼낸 드레스 한 벌을 니안의 앞에 대어 보이며 데릭에게 물었다.

"어떠세요?"

크림색 바탕에 남색 줄무늬가 들어간 깔끔한 디자인으로 짧게 선 목깃에는 앙증맞은 주름장식이 달려 있었다. 예쁘다고 말을 하려니 어쩐지 민망해서 데릭은 온몸에 두드러기가 날 지경이었다. 귓불은 이미 빨개진 지 오래였다.

그가 아무 말도 못 하고 굳은 표정으로 있자 메이가 상큼한 미소를 지으며 다시 물었다.

"잘 어울리죠?"

데릭은 마지못해 고개를 끄덕였다. 괜히 약혼자라고 말했나 후회까지 되었다.

"그럼 일단, 이걸 빼놓도록 하죠."

메이가 그 옷을 뒤의 직원에게 넘기고 옷걸이에서 다른 옷을 꺼냈다. 하얀 잔꽃 무늬가 들어간 하늘색 드레스에 단이 짧은 프릴이 커튼처럼 군데군데 드리워져 있었다. 둥글게 부푼 어깨와 팔뚝은 앙증맞고 사랑스러운 느낌을 주는 드레스였다.

"이건요?"

데릭은 여전히 얼굴을 굳힌 채 대답을 하지 못했다.

"표정을 보니 마음에 들어 하시는 걸 알겠어요."

세상에. 어떻게 저 얼굴을 보고 그런 생각을 하지? 꼭 화난 사람 같은데. 니안은 부끄러우면서도 황당한 표정으로 메이를 바라봤다. 그제야 데릭이 무뚝뚝한 목소리로 띄엄띄엄 말을 했다.

"왜, 나한테 묻는 거지? 니안. 그냥 네 마음에 드는 거로 해."

데릭의 그런 반응에도 메이는 한 치의 당황함도 없이 부드럽게 웃었다.

"그럴까요? 그럼 약혼자분께는 드레스 입은 모습만 보여 드리 도록 하죠. 한번 직접 골라보시겠어요?"

메이가 옷걸이를 가리키며 니안에게 말했다.

"아니요. 그냥 추천해 주시는 거로 몇 개 입어 볼게요."

"그것도 괜찮겠지요."

그러더니 메이가 신중한 얼굴로 옷걸이에서 드레스들을 골라내 기 시작했다. 니안에게만 살짝 보여주고 그녀가 오케이를 하면 따 로 빼놓는 식이었다. 메이는 골라낸 드레스들을 모두 챙겨 니안과 함께 탈의실로 사라졌다. 그리고 이후 데릭에게 정말로 힘든 시간이 펼쳐지기 시작했다.

드레스룸의 커튼이 젖혀질 때마다 화사한 새 드레스를 입은 니안이 나타났기 때문이었다. 그의 예상대로 드레스를 입은 니안의 모습은 너무 아름다웠다. 아니, 그 이상이었다.

그는 니안에게 시선을 뺏긴 나머지 매번 메이가 하는 질문을 제대로 듣지 못했다. 니안은 첫 드레스를 입고 나왔을 때는 살짝 수줍어하더니, 회가 거듭될수록 과감해져서는 데릭 앞에서 빙글 한 바퀴를 돈다든지, 예쁜 포즈를 취해 보인다든지 하며 환히 웃었다.

그리고 그 옆엔 니안이 입은 드레스와 어울릴 만한 남성용 피크닉 정장이 다른 직원의 손에 의해 나란히 전시되었다. 메이와 니안은 그때마다 데릭에게 어떤지 의견을 물어왔고, 데릭은 대답하느라 진땀을 빼야 했다.

자신의 옷은 살 의향이 없는 터라 더욱 난감했다. 하지만 그 옷을 입고 니안과 나란히 거울 앞에 서보고는 싶었다. 메이가 골라주는 옷을 맞춰 입으면 둘이 정말로 약혼한 사이처럼 보일까 하는 호기심도 들었다.

"아, 여태 이렇게 아름다운 커플을 본 건 처음이에요. 옷을 만들면서 가장 보람을 느낄 때가 바로 이런 순간이죠."

크림색 레이스 치마에 붉은 리본이 달린 드레스를 입은 니안 옆에는 베이지와 카키색의 피크닉 정장을 입은 데릭이 나란히 섰다.

메이의 말이 맞았다. 전혀 같은 패턴이 아니면서도 함께 섰을 때

자연스럽게 어울리는 디자인과 색깔이었다.

할 수만 있다면 나란히 선 모습을 영원히 간직하고 싶었다. 데릭은 그 장면을 머릿속에 오래도록 각인시키기 위해 두 눈을 깜빡거렸다.

고른 옷에 맞춰 모자와 구두, 장갑, 양산까지 구색을 갖추고 나서야 그들의 쇼핑은 끝이 났다.

마지막에 데릭은 아무래도 자신의 옷이 마음에 들지 않는다며 니안의 드레스 값만 치렀다. 그런데도 메이는 끝까지 친절한 미소를 거두지 않았다. 가식이라면 연기력이 가히 천재급이라 할 수준이어서 니안과 데릭도 그녀가 진심이라고밖에 믿을 수가 없었다.

"물건들은 잘 포장해서 집으로 배달해 드리겠습니다. 집 주소를 좀 적어주세요."

종이와 펜을 내밀며 메이가 하는 말에 매장 안 직원들 사이에 미묘한 기류가 흘렀다. 그 바람에 이상한 기분이 든 데릭과 니안은 메이의 얼굴을 살폈지만, 그녀의 표정은 익숙한 일상을 대하는 것처럼 평온하기만 했다.

'착각인가?'

데릭은 찝찝한 기분을 떨쳐내며 메이가 내민 종이에 주소와 이름을 적었다. 사각사각 소리를 내는 데릭의 손을 바라보며 메이의 입가에 뿌듯한 미소가 떠올랐다.

집으로 돌아가는 길엔 붉은 노을이 온통 하늘을 붉게 적시고 있
었다. 대로를 따라 천천히 걸으며 니안이 물었다.

"오빠 것도 사지, 왜 안 샀어? 돈은 충분했잖아."

"난 필요 없어."

"엄마가 이렇게 거금을 내놓은 건 처음인데……."

그 말에 데릭의 대꾸가 없자 니안이 다시 말끝을 흐리며 중얼거
렸다.

"오빠 것은 사도 엄마가 뭐라고 안 할 텐데……."

데릭이 걸음을 딱 멈추었다. 그 바람에 니안의 걸음도 따라 멈추
었다. 데릭은 니안의 어깨를 잡아 자신 쪽으로 돌려세우고는 자신
의 재킷 안쪽으로 손을 넣어 돈주머니를 꺼냈다.

"이거 받아."

그가 주머니를 내밀자 니안이 정색했다.

"오빠가 엄마 드려. 내가 드리는 것보단 오빠가 드리는 편이 훨
씬 나을 거야."

"어머니 드리지 마. 그냥 네가 갖고 있어. 그리고 나 없을 때 필
요한 거 생기면 멜드린 선생님께 같이 가 달라고 부탁해서 사고
그래."

"나도 필요 없는데. 사교 모임이 자주 있는 것도 아니고. 사실 별

로 재미도 없어. 오빠랑 같이 가니까 좋은 거지."

그래도 데릭은 한사코 고집을 부렸다.

"그래도 받아. 네 돈이니까."

"왜 오빠는 이걸 내 돈이라고 하는데? 원래 오빠 거잖아. 오빠 후원자가 보내 준 돈인데."

데릭을 빤히 바라보는 니안의 얼굴로 석양이 붉게 스며들었다. 니안과 숲속에서 놀다가 집으로 돌아오던 해 질 녘 길이 떠오르는 순간이었다. 데릭은 가만히 서 있는 니안의 손에 기어이 주머니를 쥐여주었다.

"내 거 아니야. 네 거야."

"……."

"그러니까 절대 어머니께 돌려드리지 마. 필요한 것도 사고, 배우고 싶은 거 있으면 배워."

괴상한 상상이 니안의 머리를 덮쳤다. 알고 보니 후원자라는 사람이 아벨 백작이라든가, 멜드린이라든가……. 그렇다면 데릭이 이 돈을 전부 '네 거'라고 못 박지는 않았을 텐데.

혹시, 내 가족에게서 나온 걸까? 이를테면 바델이 남긴 유산이라든가 아니면 진짜 엄마라든가…….

하지만 니안은 이내 그 생각을 떨쳐버리려 도리질을 쳤다. 상처를 두려워하는 본능이 울리는 경종이었다.

알고 싶어 하지 마! 알려고도 하지 마!

니안은 더는 말하지 않고 돈주머니를 치마 안쪽에 조심스럽게 넣었다. 그 모습을 확인한 데릭이 먼저 성큼 발걸음을 뗐다. 옷 매무새를 가다듬은 니안이 밝은 걸음으로 그 뒤를 따랐다.

그들이 집에 도착했을 때 멜드린은 공동 현관 앞 계단에 기대어 서 있었다. 니안과 데릭이 돌아오면 함께 집으로 들어가기 위해서였다.

"어서 와라. 얘들아. 옷은 잘 골랐고?"

그가 나란히 걸어오는 데릭과 니안을 향해 유쾌한 목소리로 물었다.

"네. 집으로 배달해준대요."

"잘됐구나."

그가 시원한 미소를 씨익 지어 보였다.

셋이 함께 집에 들어갔을 땐 루이스는 약속대로 저녁 준비를 끝내놓은 상태였다. 집 문턱을 넘자마자 멜드린이 천연덕스러운 얼굴로 너스레를 떨었다.

"이야, 우리 니안이 어찌나 예쁜지 안 어울리는 드레스가 없더라니까. 진짜 마음 같아서는 다 사주고 싶더라."

"그럼 마음에 드는 대로 다 사지 그랬어요. 그 돈이면 충분히 사고도 남았을 텐데."

눈도 마주치지 않고 루이스가 퉁명스럽게 쏘아붙였다. 그 말에 멜드린이 뭐라 대꾸하려는데 갑자기 문 두드리는 소리가 났다.

"드레스가 도착했나 봐요."

니안이 재빠르게 달려가 문을 열었다. 예상대로 아멜리아의 샵에서 온 배달 직원이었다. 그리고 그의 손에는 예상했던 것보다 훨씬 많은 상자가 들려 있었다. 그는 성큼성큼 집 안으로 들어와 거실 한쪽에 높다랗게 쌓인 상자들을 내려놓았다.

데릭이 어리둥절한 얼굴로 배달원에게 말했다.

"뭔가 잘못된 것 같은데? 우린 이렇게 많이 사지 않았어."

배달원은 공손한 자세로 싱긋 웃으며 카드 한 장을 데릭에게 내밀었다.

"이 안에 해명이 들어 있습니다."

데릭이 카드를 받자마자 배달 직원은 도망치듯 집 밖으로 나가 버렸다. 어찌나 쏜살같은지 잡을 틈도 없었다. 데릭이 서둘러 봉투를 열고 카드의 내용을 확인했다. 궁금증을 참지 못한 니안도 그 옆에 검은 정수리를 들이밀었다.

– 오늘 귀한 손님들을 모시게 되어 진심으로 영광이었습니다. 찾아주신 데에 대한 보답으로 마음을 담은 선물을 함께 보냅니다. 부디 거절하지 말고 받아주십시오. 두 분의 앞날에 신의 축복이 내리시길……. 메이 아멜리아.

옆에서 상자를 열어본 멜드린의 탄성이 들려왔다.

"이야, 이건!"

여전히 어리벙벙한 데릭과 니안의 고개가 멜드린을 향했다. 멜드린은 뚜껑이 열린 상자를 그들에게 들어 보였다. 상자 안에는 아까 아멜리아의 부티크에서 데릭이 니안과 함께 입어 보았던 베이지색 피크닉 정장이 단정한 자태로 접혀 있었다.

～❦～

"뭐지? 이렇게 늦게 와서 물건 사고 가봉하면 내일 보내줘야 하는 거 아니야?"

"그것도 공식적으론 배달이 안 되는 시간이잖아."

"뭐 VIP쯤 되나 보지."

"대체 어딜 봐서?"

데릭과 니안의 옷을 포장하면서 아멜리아의 직원들이 수군거렸다.

메이가 데릭에게 배달해주겠다며 주소를 물어봤을 때 직원들 사이에 미묘한 기류가 흘렀던 것이 바로 이런 이유에서였다.

하지만 정작 주인인 메이에게는 아무런 질문도 항의도 하지 못했다. 워낙 VIP들의 출입이 잦은 곳이라 손님들에 대해 세세히 알려고 해선 안 된다는 것이 이곳의 불문율이었기 때문이다.

메이는 직원들의 수군거림을 뒤로 하고 가게 가장 안쪽에 있는 자신만의 방으로 향했다. 가게가 생긴 이래 메이 아멜리아 외에는 누구도 들어가 본 적이 없는 방.

따라서 그곳에 무엇이 있는지 아무도 알지 못했다. 그저 막연히, 아멜리아가 개인적으로 휴식을 취하거나 조용히 업무를 보는 곳이라고만 짐작할 뿐.

그녀가 방문 손잡이를 움켜쥐자 연한 보라색 연기가 손등 위로 피어올랐다. 달칵 문 열리는 소리가 나고, 메이는 조심스레 방 안으로 들어갔다. 문 닫힌 손잡이에서는 다시금 보라색 연기가 솟았다 사라졌다. 이번엔 문 잠기는 소리가 울렸다.

창문 하나 없는 방 안은 촛불을 켜지 않았는데도 사물을 구분할 수 있을 만큼 환했다.

보통 사람이 봤더라면 깜짝 놀랄 만큼 희한한 물건들로 가득한 방이었다. 고대어가 적힌 양피지 종이들과 낡고 오래된 표지의 책들, 괴상한 동물의 박제들…….

한쪽 벽면엔 먼 외국에서 온 듯한 독특한 무늬의 양탄자가 걸려 있었는데, 그 앞 테이블에 보라색 쿠션 하나가 놓여있고 제멋대로 생긴 돌 하나가 그 위에서 희미한 빛을 발하고 있었다. 마정석이었다.

그녀가 마정석 위에 가까이 손을 대자 희미하던 돌이 우우웅 하고 옅게 진동을 하며 보라색 빛을 뿜어냈다.

"알?"

"……."

"알!"

메이가 돌을 향해 말하자 이내 돌 속에서 누군가의 목소리가 울려 나왔다. 굵은 저음의 남자 목소리였다.

"메이……."

그제야 메이가 옅은 한숨을 내쉬며 희미하게 웃었다.

"알, 있었군요."

"당연하지. 어차피 나가지도 못하잖아."

"미안해요. 당연한 걸 물었군요."

그가 움직이지 못한다는 건 누구보다 그녀가 더 잘 알고 있었다. 그녀가 다소 들뜬 목소리로 다시 말을 이었다.

"알, 놀라운 소식이 있어요."

"뭐지?"

"찾았어요. 드디어."

낮지만 환희에 찬 목소리가 메이가 말했다. 잠시 뜸을 들인 후 남자가 물었다.

"길렘 지역의 정보원에게서 소식이라도 왔나?"

"아뇨. 그보다 더 좋은 소식이에요."

"그게 대체 뭐지?"

"듣고 나면 아마 당신도 깜짝 놀라실 걸요. 그가 이곳에 있었어요! 아르본에요! 상상도 못 하셨죠? 세상에, 저도 어찌나 놀랐던지……."

남자의 목소리가 떨리기 시작했다.

"아……르본……. 아르본이라고? 어떻게?"

메이가 기쁨에 찬 목소리로 그의 말을 가로챘다.

"더 놀라운 건 뭔지 아세요?"

"또 뭐가 있는데?"

"붉은 용까지 함께 있어요."

"뭐?"

마정석에서 놀라움에 젖은 신음이 흘러나왔다.

"황후가 아니었어요. 하, 맙소사! 신이 선택한 건, 오스만이 아니라 헤이드였다고요."

그녀는 데릭과 니안이 문을 열고 들어오던 순간을 떠올리며 외치듯 말했다.

메이가 데스먼 백작가로 보낼 드레스를 포장하기 전 마지막 점검을 하고 있을 때였다.

처음엔 일에 몰두하느라 상점 안에 들어온 사람들이 누군지 돌아보지도 않았었다. 어차피 첫 응대는 직원들이 할 테니까.

그녀가 고개를 들어 매장에 들어온 고객을 확인한 건 용안석으로 만든 귀걸이가 진동을 시작한 후였다. 용안석이 제 몸을 떨어 용의 존재를 알려줬기 때문이었다.

이미 1000년 전에 사라진 용. 그리고 단번에 알아보았다.

그녀가 상상했던 외모와 달리 긴 검은 머리를 가진 소녀가 용의 능력을 물려받은 페르난디 가의 마지막 붉은 꽃이라는 사실을. 그리고 그 옆, 멜롯 가의 분위기를 고스란히 지닌 소년이 바로 그녀가 찾아 헤매던 헤이드란 것도.

이젠 굳이 황후를 만나기 위해 고급 드레스를 만들며 애 쓰지 않아도 될 것이었다.

그 누가 알았을까? 외도로 태어났다 소문난 페르난디 가의 검은 머리 소녀가 용의 힘을 지닌 가문의 진짜 붉은 꽃일 줄.

메이의 가슴이 터질 듯한 기쁨에 젖어 들었다.

6장

# 엇갈린 사랑

"멜드린! 아이들과 함께 가지 않았군요!"

냉랭한 루이스의 말에 멜드린이 멋쩍게 제 뒤통수를 긁었다.

"아닌데······."

"당신이 같이 갔다면 상자 속 물건들을 보고서 그리 처음 본 듯
한 얼굴로 깜짝 놀라지는 않았겠죠."

식탁에 앉은 루이스는 등을 꼿꼿하게 편 채 수프를 입에 떠 넣으
며 말했다. 얼굴이 차갑게 굳어 있었다. 하지만 루이스는 돈의 사
용처에 대해 굳이 왈가왈부하고 싶지 않았다.

이미 자신의 손을 떠난 돈이다. 그 돈을 내어줄 때 모든 미련과
자존심을 던져버렸다.

단지 화가 나는 건, 멜드린이 데릭과 니안에게 일부러 둘만의 시간을 만들어줬다는 사실이었다.

그는 루이스가 걱정하고 있는 것이 무엇인지 분명 알고 있건만, 하는 행동을 보면 전혀 그녀의 생각에 동참하고 싶은 마음이 없어 보였다. 그것이 그녀를 더욱 화나게 만들었다.


다음 날 아벨 백작은 피크닉 예정 시간보다 조금 더 일찍 니안에게 마차를 보내왔다.

하얀 바탕에 금장 장식이 박힌 유난히 화려한 마차였다.

평민들이 모여 사는 주택가에 고급 마차가 들어오자 온통 사람들의 시선이 쏠렸다. 남루한 문에서 높은 귀족마냥 화사하게 차려입은 니안과 데릭이 나올 때는 눈까지 휘둥그레 진 채 저들끼리 속닥거리고 했다.

니안이 문을 나서자 루이스가 한숨을 쉬며 식탁에 주저앉았다.

이른 시간부터 니안의 치장을 돕느라 진이 빠질 지경이었다. 그런 루이스를 물끄러미 바라보던 멜드린이 기특하다는 표정으로 나지막이 말했다.

"수고했어. 고마워."

루이스는 그 말에 아무런 대꾸도 하지 않았다.

그저 흐트러진 갈색 머리카락을 쓸어 올리며 조용히 제 방으로 들어가 문을 탁 닫아버렸을 뿐.

멜드린은 아벨 백작과의 대화를 떠올렸다.

"이번 피크닉에서 니안에게 진지한 만남을 이어갈 남자를 소개할까 하네. 데뷔탕트의 목적이야 좋은 신랑감을 찾기 위한 것 아니겠는가. 내가 기력이 쇠해 약속한 만큼 사교 모임을 열어주지 못하는 데다 너무 많은 녀석이 니안을 보려고 몰려와 그 아이가 제대로 된 판단을 하기 어려울 것 같아서네. 더구나 니안 어머니는 데릭이 아카데미를 졸업하기 전에 니안을 시집보내고 싶어 하더군."

백작의 부름으로 멜드린이 저택을 찾았을 때, 아벨 백작은 이렇게 말했다.

"헬레나가 니안을 시집보내고 싶어 하는 건 어떻게 아셨습니까?"

"편지를 보내왔어. 어차피 내가 거두기로 한 아이니 내가 책임을 져야 하지 않겠는가."

루이스가 멜드린 몰래 백작에게 니안의 중매를 부탁하는 편지를 보낸 모양이었다. 하지만 멜드린은 루이스와 생각이 달랐다. 그는 니안도, 데릭도 자발적으로 제 짝을 골랐으면 하고 바랐다.

더구나 니안과 데릭이 서로를 몹시 애틋하게 생각하고 있는 것을 그는 잘 알고 있었다.

조금만 더 자라면, 그들의 그런 연정도 봄을 맞은 꽃처럼 활짝 피어날 텐데. 그런 아이들을 시작도 해보기 전에 일부러 갈라놓자고?

'데릭이 따라갔으니 알아서 잘하겠지.'

멜드린은 루이스가 사라진 방문 쪽을 바라보며 착잡한 듯 입맛을 다셨다.

"오늘 날씨가 정말 좋은데? 피크닉 하기 딱 맞는 날씨다."

마차 안에서 데릭과 마주 앉은 니안이 창밖을 올려다보며 들뜬 목소리로 말했다.

데릭은 그런 니안으로부터 눈을 뗄 수가 없었다. 풍성하게 레이스를 쓴 고급 드레스에 머리부터 발끝까지 한껏 치장한 니안은 그 어느 때보다 생기 있고 아름다웠다.

그녀는 창문 밖으로 지나가는 풍경에 넋을 빼앗겼다가도 데릭과 눈이 마주치면 피크닉 모자 아래 행복한 얼굴로 생긋 웃어주었다. 그럴 때마다 데릭의 기분은 하늘을 날 것처럼 좋았다.

데릭에겐 이번이 아벨 백작을 처음 만나는 자리였다. 멜드린은 후계가 없는 아벨 백작의 관심이 여자인 니안보다 남자인 데릭에게 쏠릴까 봐 일부러 데뷔를 부탁하며 니안을 먼저 소개했다.

벌써 백작과 니안이 알게 된 지 1년여가 지났으니, 이젠 니안의 오빠가 직접 인사를 드리는 것도 나쁘지 않을 터.

"어서 오십시오. 니안 아가씨."

그들이 아벨 백작의 저택에 도착했을 때, 집사 로건이 제일 먼저 반겨주었다. 그는 먼저 마차에서 내려 반듯한 자세로 니안의 손을 잡아주는 금발의 훤칠한 청년을 의아한 눈으로 관찰했다.

'백작님께서 오늘 분명 니안 아가씨께 좋은 도련님을 소개해 주기로 하셨는데. 이 청년은 누구지?'

잘못하다간 곤란한 일이 발생할 수도 있는 민감한 사안이었다.

하지만 곧 그런 걱정은 기우라는 것이 밝혀졌다. 니안이 해맑은 얼굴로 그 청년이 누구인지 소개했기 때문이었다.

"제 오빠, 데릭이에요. 데릭 에드워드 르윈느."

집사 로건의 얼굴이 그제야 활짝 퍼졌다.

"오…… 만나서 반갑습니다, 데릭 도련님. 오랫동안 말씀으로만 들었는데 이렇게 직접 뵙게 되어 영광입니다."

"백작님께서는 안에 계신가?"

"네, 기다리고 계십니다. 절 따르시지요."

백작의 저택은 그의 나이만큼이나 노쇠한 느낌이었다.

집 곳곳에 사람의 온기가 닿은 지 오래된 흔적이 역력했다. 그들은 조용한 홀을 지나 백작의 서재가 있는 1층 끝 방으로 향했다.

집사가 덩굴무늬가 새겨진 커다랗고 육중한 문을 열자 갈색 소파에 등을 기댄 채 문을 향해 앉은 백작의 모습이 눈에 들어왔다.

자글자글한 주름, 엷은 검버섯, 하얗게 센 성긴 백발.

실제로 마주한 백작의 모습은 데릭이 상상했던 것보다 더 늙고 기운이 없어 보였다. 니안을 위한 파티를 몇 번 열어주다 지쳐 포기한 이유를 알 것 같았다.

"어서 오거라, 니안."

"잘 지내셨어요, 아벨 디올란 백작님."

니안이 무릎을 살짝 굽혀 인사를 하자, 백작이 이리 오라는 듯 손을 뻗었다. 피크닉에 어울릴 만한 화사한 크림색 야회용 드레스 자락을 사락거리며 다가가는 니안의 발걸음이 경쾌하기만 했다.

그녀는 백작 앞에 무릎을 꿇었다. 싱그러운 미소와 드레스에 달린 강렬한 붉은 리본이 순식간에 백작 주변을 둘러싸고 있던 음침한 기운을 몰아냈다.

니안은 거리낌 없는 표정으로 백작의 손등에 키스했다. 마치 친손녀처럼 살가운 태도였다.

"건강은 좀 어떠세요?"

꿀이 묻어날 듯 다정한 목소리로 니안이 물었다.

"하루하루가 다르구나. 오랜만에 얼굴 보니 좋다."

"네, 저도요. 이렇게 초대해주셔서 진심으로 감사드려요."

잿빛으로 빛바랜 그의 눈동자가 문 앞에 서 있는 데릭에게로 향했다.

"누구냐?"

"저희 오빠예요. 아카데미에 가 있던."

"아…… 데릭. 데릭 르윈느."

데릭이 그제야 공손하게 허리를 굽혀 인사를 했다.

"처음 뵙겠습니다, 아벨 백작님. 데릭 에드워드 르윈느입니다. 그동안 제 동생의 후견인이 되어 주시고 돌봐주셔서 진심으로 감사드립니다. 덕분에 사교계 데뷔도 무사히 치렀다고 들었습니다."

"오오, 그래. 아주 잘생겼구나. 아주 훌륭해. 그런데 생각했던 것과는 모습이 꽤 다르구나. 놀랐다."

"어떻게 생각하셨는데요?"

니안이 사랑스러운 미소를 지어 보이며 물었다. 그러자 아벨 백작이 따뜻한 눈으로 니안을 바라보았다.

"난 너처럼 칠흑 같은 흑발에 아주 강한 이미지를 상상했지. 그런데 황실 귀족처럼 빛나는 금발을 가진 아름다운 청년일 줄이야. 아, 남자한테 아름답다는 표현을 써서 기분이 나빴다면 미안하네."

"천만에요. 칭찬의 말씀을 들으니 오히려 기쁩니다."

"예의도 바르고, 말도 공손하고…… 네 어미가 없는 와중에도 아들, 딸을 둘 다 아주 잘 키웠구나."

"과찬의 말씀이십니다."

"저리 잘난 아들을 왜 이제야 보여주는고? 쯧쯧……."

그러자 니안이 애교 섞인 몸짓으로 백작의 무릎에 머리를 대며 사과했다.

"서운하셨다면 죄송해요."

데릭이 말을 이었다.

"제가 공부에 집중하느라 그동안 집안일에 소홀했습니다. 졸업 반이 된 후 이제야 여유가 생겨 인사드리게 됐음을 용서해주십시오. 하지만 마음으로는 항상 베풀어주신 은혜에 감사하게 생각하고 있었습니다. 오늘 이렇게 직접 뵙고 감사 인사를 전하게 되어 진심으로 영광입니다."

아벨 백작은 데릭이 꽤 마음에 들었다. 어린 나이에도 깊이 있는 눈동자 하며 총명한 말투, 예의 바른 몸짓, 훤칠한 용모…….

'대체 멜드린과 헬레나는 저런 아들을 왜 여태 감추고 있었던 거지? 내게 후계가 없다는 걸 알고 있었을 텐데…….'

니안의 가족사를 알 리 없는 아벨 백작은 루이스를 니안 어머니의 전 이름인 헬레나로 알고 있었다.

그는 '남작' 작위보다는 '백작' 작위가 차후 데릭이 중앙에서 활동하는 데 더 나은 배경이 될 텐데, 하고 아쉬워했다.

아마도 데릭을 다른 집안에 양자로 보내기 싫었던 모양인 게지.

그 역시 양자를 들여서까지 가문을 유지할 의지가 없었기에 크게 신경 쓰지 않았지만, 이렇게 데릭을 만나고 보니 지금이라도 데릭을 양자로 달라고 말해볼까 하는 생각이 들었다.

그때 문 두드리는 소리가 나고 집사 로건이 안으로 들어왔다.

"베오만 가의 영식과 영애께서 도착하셨습니다."

로건의 입에서 나온 '베오만'이라는 이름에 데릭은 몹시도 놀랐다. 그 이름이 누구를 의미하는지 분명하게 알고 있었으니까.

에이든과 로렌.

비록 돈으로 귀족 작위를 샀다고 사람들이 수군거리기는 해도 베오만 가는 무려 후작 가문이었다.

아벨 백작은 권세 있는 가문과 어울리는 것은 별로 좋아하지 않는다고 들었는데 어째서 현재 가장 황제와 가까운 가문의 자제들을 초대한 걸까.

'베오만이라고? 내가 아는 그 베오만이 아니면 좋겠는데.'

데릭은 어느 날인가 괜히 친한 척을 하며 제 여동생인 로렌을 소개해 주던 에이든을 떠올리며 부르르 몸을 떨었다. 물론 단칼에 선을 그어버리고 말았지만.

하지만 이런 사적인 장소에서라면 또다시 제 여동생과 자신을 엮으려 할지도 몰랐다. 그는 니안이 보는 앞에서 억지로 로렌과 엮이는 모습을 보이고 싶진 않았다.

하지만 육중한 문이 열렸을 땐 혹시나 하던 기대는 무참히 깨어졌다.

연한 갈색 머리, 특이한 보라색 눈동자.

소박하고 참한 인상의 소녀와 나란히 서 있는 녀석은 분명 그와 함께 검술 시합을 했던 베오만…… 틀림없는 에이든 베오만이었다.

데릭을 보고 깜짝 놀라기는 에이든 역시 마찬가지였다.

더구나 늘 입던 싸구려 옷이 아닌, 한눈에 봐도 몹시도 비싸 보이는 피크닉 정장이라니. 저 녀석 알고 보면 부자인데 매번 장학금 타는 것에 대한 비난을 피하고 싶어 없는 척했던 거 아니야? 그런 어처구니없는 생각마저 들었다.

그나마 한편으로 다행이란 생각이 든 건 제 여동생 때문이었다.

제대로 인사도 못 해보고 차여서 안 그래도 실망하던 참이었는데.

'로렌 오늘 신나겠군.'

에이든은 백작에게 공손히 인사를 한 뒤 제 옆에 서 있는 여동생 로렌의 얼굴을 슬쩍 훔쳐봤다.

아니나 다를까, 로렌의 보송보송한 뺨에는 이미 연한 핑크빛 홍조가 떠 있었다. 실룩이는 입술 끝을 보아하니 지금 이 순간이 너무 기뻐 웃음이 나는 걸 참고 있는 게 분명했다.

그 모습이 귀여워 에이든은 피식 웃음을 터트릴 뻔했다.

니안은 베오만 남매가 서재에 들어서는 순간 백작에게서 떨어져 데릭의 옆에 나란히 섰다.

아벨 백작에게 인사를 마친 에이든의 눈동자가 남몰래 도르륵 데릭 쪽으로 굴렀다.

그제야 니안의 존재를 발견했다. 그리곤 처음에는 주의 깊게 보지 못했던 데릭의 동행이 알고 보니 몹시도 아름다운 소녀라는 사실을 깨닫고는 또 한 번 흠칫 놀라고 말았다. 윤기가 흐르는 검은

색 머리카락, 로렌보다도 훨씬 선명한 녹색 눈동자, 잡티 하나 없이 빛나는 하얀 피부.

니안을 담은 에이든의 동공이 의지와 상관없이 활짝 벌어졌다.

데릭 녀석, 여자가 있어서 로렌을 단칼에 거절해버린 거였구나. 더구나 제 여자가 저렇게 아름다운 미인이라면 당연히 로렌이 눈에 찰 리가 없겠지.

에이든은 쉽사리 니안에게서 시선을 뗄 수가 없었다.

기력은 쇠했어도 눈치만큼은 노련한 백작이 그런 에이든의 감정 변화를 눈치채지 못할 리가 없었다. 아벨 백작의 얼굴 위로 흐뭇한 미소가 떠올랐다.

"에이든, 혹시 데릭은 알고 있는가? 자네와 같은 왕립아카데미의 장학생이라고 들었는데."

백작이 그에게 질문을 던지고 나서야 에이든의 시선이 간신히 니안으로부터 떨어져 나왔다.

"아, 네. 디올란 경. 데릭과는 같은 아카데미가 맞습니다. 아주 훌륭한 학생이죠. 입학 후 4년 동안 단 한 번도 수석을 놓친 적이 없다고 하더군요. 검술 실력도 뛰어납니다. 현재는 따라올 학생이 없을 정도죠."

"오, 그렇다면 졸업 후 얼마든지 황실 소속 기사로 활동할 수 있겠군. 데릭, 자네도 에이든을 알고 있나?"

"물론입니다. 에이든 역시 아주 뛰어난 검술 실력을 갖추고 있습니다. 성적도 뛰어나다 들었습니다. 해외에서 9년이나 시간을 보내고 왔다는 게 믿어지지 않을 만큼 여러 면에서 훌륭합니다. 저와 같은 검술부이기도 하고요."

아벨 백작은 흡족한 나머지 껄껄 소리를 내 웃으려 했지만, 실패하고 말았다. 무리가 되었는지 시원한 웃음 대신 콜록콜록 기침이 나고 만 것이다. 놀란 니안이 다가가 등을 두드리고 나서야 그의 기침은 간신히 가라앉았다.

"인사하게 에이든. 이쪽은 내가 후견인이 되어주고 있는 니안 르윈느 양일세. 데릭 군의 여동생이고, 내가 오늘 자네에게 소개하려 한 아가씨지."

데릭의 심장이 쿵 소리를 내며 바닥으로 떨어졌다. 순식간에 하얀 얼굴이 더욱 창백해졌다. 그는 에이든의 얼굴에 숨길 수 없이 번지는 기쁨과 환희의 물결을 똑똑히 목격하고 말았다.

말랑거리고 좋았던 기분은 단번에 바닥으로 곤두박질쳤고, 어느새 데릭은 화난 얼굴로 에이든을 무섭게 노려보고 있었다.

"······니안, 저쪽은 빌리어드 베오만 후작의 장남인 에이든 베오만이란다. 그 옆은 여동생 로렌이고. 인사하렴. 로렌, 너도 아카데미를 다니고 있으니 데릭은 알고 있겠지?"

"네······ 물론이죠. 이런 곳에서 만나 뵙게 되다니······ 정말 반갑습니다. 르윈느 군, 르윈느 양. 전 로렌 베오만입니다."

로렌이 먼저 상기된 목소리로 인사를 했다. 니안 역시 무릎을 살짝 굽혀 그녀의 인사를 받은 후 반갑게 말했다.

"저 역시 만나 뵙게 되어 기쁩니다. 베오만 군, 베오만 양. 저는 그냥 니안이라고 불러 주세요."

"르…… 르윈……느라니. 진짜 데릭의 동생인가요?"

에이든이 얼빠진 표정으로 니안을 바라보며 물었다.

니안은 잠시 데릭의 눈치를 살피곤 에이든을 향해 살며시 미소 지었다.

"네, 맞습니다."

웃고 있지만 웃는 게 아니었다. 니안은 데릭의 동공에 이는 격렬한 지진을 분명히 보았다. 얼굴에는 당혹감과 분노, 경계의 빛이 선명했다. 혹여 에이든이나 로렌이 그런 그의 감정을 눈치채고 기분이 상할까 봐 걱정될 정도였다.

하지만 로렌은 이미 데릭에게 눈이 먼 지 오래라 그가 어떤 오만하고 불쾌한 표정을 짓고 있던 다 멋지게 받아들였고, 에이든은 니안에게 꽂혀 데릭 따위는 신경도 쓰지 않았으므로 베오만 가의 두 남매는 지금 전혀 기분이 나쁠 수가 없었다.

'호오, 이거 재미있구먼.'

아벨 백작은 네 사람의 표정을 살피며 슬며시 미소 지었다.

그의 눈에도 베오만 가의 두 남매가 르윈느 남매의 치명적 아름다움에 완전히 빠진 것이 훤히 보였다.

니안과 에이든만 염두에 두고 있던 백작은 이제 데릭과 로렌 커플의 모습까지도 상상하기에 이르렀다.

또는 두 커플 중 어느 한 커플만 성사되더라도 상관없다는 생각이 들었다. 어느 커플이 연결되든 그가 빌리어드 베오만에게 해놓은 약속엔 문제가 없을 테니까.

그는 오늘 이 자리를 만들기를 참으로 잘했다고 속으로 자신을 칭찬하며 뿌듯해했다.

그는 오늘 이 자리를 만들기를 참으로 잘했다고 속으로 자신을

디올란 저택의 작은 호숫가가 사람들로 북적인 것은 실로 오랜만이었다.

손님들은 저택에 도착하는 대로 서재에 있는 아벨 백작과 인사를 나눈 뒤 호숫가로 향했다. 웃고 떠드는 그들의 손에는 하녀들이 정성스레 준비한 피크닉 바구니와 러그가 들려 있었다. 호숫가에 도착해 있던 악사들은 배경과 날씨에 어울리는 아름다운 곡을 연주하기 시작했고, 물놀이용의 작은 나룻배도 띄워 있었다.

니안과 데릭은 서재에서의 손님맞이가 끝난 다음 거의 마지막으로 호숫가로 향했다.

백작은 몸이 좋지 않아 야외에 나갈 수가 없었다. 데릭은 거동이 불편한 그를 직접 안아 2층 침실로 옮겨주었다. 그러자 백작은 마치 제 아들에게 안겨 가는 것처럼 몹시도 기뻐했다.

"니안, 네 오빠한테 할 이야기가 있는데 잠시 밖에서 기다려주 겠니?"

침대에 몸을 뉘인 백작이 힘에 부치는지 크게 숨을 몰아쉬며 말 했다.

니안은 백작에게 가볍게 인사를 올린 뒤 먼저 방을 빠져나왔다. 잠시 복도를 서성이며 실크 벽지에 그려진 무늬를 눈으로 따라가 며 무료함을 달랬다.

데릭이 나오기까지는 그리 오랜 시간이 걸리지 않았다.

백작의 방문이 열리고 데릭의 황금빛 머리카락이 눈에 들어오 자 니안은 반가운 마음에 활짝 웃으며 다가가려 했다. 하지만 그 는 무슨 심각한 고민이라도 있는 사람처럼 무거운 표정으로 그녀 의 곁을 지나쳐갔다.

"오빠!"

결국, 니안이 데릭을 부르고 나서야 데릭은 정신을 차리고 뒤를 돌아보았다.

"아, 니안. 미안해. 못 봤어."

그는 푸스스 웃어 보였지만 이상하게 그 모습이 가슴 아프게 느 껴졌다.

이후 데릭은 계속 혼자서 무언가를 깊이 생각하고 있어서 니안 은 그에게 쉽게 말을 붙일 수가 없었다. 하녀에게 피크닉 바구니와 러그를 받아 들고 호숫가로 향하는 동안에도 데릭은 입을 꾹 다문 채 아무런 말도 하지 않았다.

계속 눈치만 보고 있던 니안이 결국 참지 못하고 질문을 했다.

"백작님께서 뭐라고 하셨길래 그렇게 표정이 어두워?"

"몰라도 돼."

그가 무심하고도 간결하게 대답했다. 그러니 더 걱정됐다.

"오빠 표정이 어두워. 걱정돼."

"걱정하지 마. 별일 아니니까."

니안을 위해선 웃어줘야 했다. 하지만 진심으로 웃음이 나오질 않았다. 날씨는 이렇게 맑고 화창한데 그런 화창한 날씨마저 더없이 잔인하게 느껴지는 순간이었다.

'네 어미가 네 졸업 전에 니안의 짝을 찾아주었으면 하더구나. 에이든은 내가 점찍어둔 니안의 남편감이야. 베오만 가가 돈으로 후작 작위를 단 집안이라 전통 있는 가문이라 할 수는 없겠지만, 쿠커스 황국에서 그만큼 부유한 집안도 없지. 가문만 좋고 돈이 없는 집안보다야 부유한 쪽이 훨씬 낫지 않겠느냐. 그동안 니안이 고생한 것도 보상받을 수 있고……. 그의 아비는 귀족 예법에 무지한 자이지만 자식들은 어릴 때부터 신경 써서 잘 가르쳤다 들었다. 오늘부터 에이든과 니안이 잘 어울릴 수 있도록 네가 좀 살펴주어라. 보다시피 내가 몸이 이러해 일만 벌여놓고 직접 수습하기가 힘이 드는구나.'

데릭은 아무 대답도 할 수가 없었다. 백작은 힘이 드는지 계속

숨을 몰아쉬면서도 말을 멈추지 않았다.

'그리고 로렌…… 에이든의 여동생 말이다. 그 아이도 네게 관심이 많아 보이더구나. 한번 진지하게 생각해봤으면 좋겠다. 니안도 시집갈 지참금이 없지만, 너 역시 가진 것 하나 없으니 그리 인물이 좋아도 딸을 주려고 하는 집안을 찾긴 쉽지 않을 거야. 빌리어드 베오만이 내게 원하는 것이 있어. 그는 돈밖에 모르는 장사치라 그것을 차마 그냥 넘겨줄 수는 없는 일이다. 그가 원하는 것을 내가 니안과 너의 결혼 지참금으로 내걸 참이다. 그럼 그도 받아들일 수밖에 없을 테니. 나도 가진 것이 많지 않아 너희들에게 돈으로는 줄 것이 별로 없단다. 그만큼 좋은 혼처를 또 찾아줄 수는 없단 뜻이다. 네가 집안의 장남으로서 잘 생각하고 결정했으면 좋겠구나.'

아벨 백작은 오스만 황제가 베오만 가와 혈연관계를 맺고 싶어 한다는 것을 잘 알고 있었다. 베오만이 그 사실을 별로 탐탁지 않게 여기고 있다는 사실도…….

하지만 현재 귀족 중 오스만의 눈밖에 나면서까지 로렌 베오만을 데려오고자 하는 가문은 없을 게 뻔했기에 자신이 베오만이 원하는 조건을 내걸고 혼사를 주선하면 받아줄 것이라 믿어 의심치 않았다.

물론 데릭은 이 사실까지는 모르고 있었다.

데릭은 백작이 한 말을 곱씹으며 턱을 잘근거렸다. 생면부지 남에게 그렇게 베풀 수 있는 인성을 가진 사람이 세상에 흔치는 않을 터였다. 그가 아무런 욕심 없이 순수한 뜻으로 세운 계획이란 것도 충분히 알 수 있었다. 그래서 데릭은 그의 말에 토를 달수가 없었다.

그렇다고 니안과 자신이 친남매가 아니라고 말할 수도 없었다. 기력이 쇠한 노인은 그 이야기에 충격을 받아 당장 숨이 넘어갈지도. 어쩌면 화가 나서 니안의 후견인이 되어준 것을 철회할지도 모른다고 생각했다.

"데릭! 니안!"

그 와중에 환한 얼굴로 뛰어오는 저 망할 녀석이라니!

데릭은 해맑게 웃으며 뛰어오는 에이든의 얼굴을 참담한 심정으로 바라봤다.

저 바보 같은 자식이 니안의 남편감이라고? 네가? 네깟 자식이? 겨우 재산이 많다는 이유로? 재산으로 따지면 쿠커스 황국을 한 손에 쥘 내가 더 많다고. 대대로 내려오는 황실의 재산이 얼마인데.

단 한 번도 금전적 관점에서 보지 않았던 황제의 자리가 돈으로 보이는 순간이었다.

왕권만 되찾으면 저까짓 녀석은 내 발밑에 무릎을 꿇고 머리를 조아리게 될 텐데! 니안과 잘되게 내가 저 녀석을 도와야 한다고? 멍청한 에이든.

데릭은 속으로 이렇게 욕했지만, 이것이 사실이 아니란 건 그 스스로가 더 잘 알고 있었다.

검술 시합 이후 살갑게 이야기를 하거나 친하게 지내진 않았지만, 그는 에이든에게 호감을 가져왔기 때문이었다.

차갑고 무뚝뚝한 데릭과 달리 에이든은 밝고 넉살이 좋은 편이었다. 그래서 아카데미에 들어온 지 얼마 되지 않았음에도 친하게 지내는 사람이 많았다.

데릭에겐 감추고 싶은, 감춰야 하는 비밀이 많았지만, 그는 감추거나 거리끼는 것도 없었다.

심지어 에이든 자신이 본래는 평민 출신이며 사업에 성공한 아버지가 황실 재정에 적잖이 이바지함으로써 최근 후작위를 받았다는, 다소 부끄러울 수 있는 진실을 깔끔하게 인정하기까지 했다.

전통과 명예에 집착하는 명망 있는 가문의 아이들은 그런데도 그를 싫어하거나 무시하지 않았다.

데릭은 낮은 가문 출신임에도 넘사벽의 원탑이라 모두가 어려워했다면, 에이든은 후작가의 아들치고는 편하게 생각하면서 평민이었던 과거를 문제 삼지 않았던 것이다.

데릭은 그런 에이든이 부러웠다. 친하게 지내고 싶은 마음도 있었다. 하지만 처지가 너무나 다른 두 사람이 마음을 터놓은 친구가 되기는 불가능하다고 생각했다. 무엇보다 데릭은 그 누구에게도 솔직할 수 없었다. 솔직하지 못한 친구 관계란 있을 수 없다고 생각했다.

만약 니안이 자신 외에 다른 남자를 만나야 한다면 에이든 같은 남자가 적합할 거다. 부유하고, 여유 있고, 안정감 있으며, 예의도 넘치고 감춰야 할 비밀 따위도 없어 보였으니까.

무엇보다 에이든은 긍정적이고 밝았다. 하지만 그건 이성에 기인한 합리적인 판단일 뿐, 그의 심장은 결코 니안을 누구에게도 양보하고 싶어 하지 않았다.

에이든은 동급생으로 자신을 유일하게 무릎 꿇린 데릭을 경외 어린 눈으로 동경하고 있었다. 매사 헐렁하고 긴장감 없는 자신에 비해 자기 관리가 철저한 데릭이 놀랍기도 했다.

데릭은 자신과 달리 빈틈이 없었고 치밀하고 진지했다. 한미한 가문 출신임에도 불구하고 지배자의 카리스마가 넘쳐났다. 향후 자신이 주군을 섬겨야 한다면 데릭 같은 사람이면 좋겠단 생각이 들 정도였다.

그래도 데릭에게 먼저 다가가는 것은 영 꺼려졌다. 아무리 생각 해도 그 많은 사람 앞에서 그에게 진 것이 자존심 상했기 때문이었 다. 그런데 아벨 백작 덕분에 데릭과 가까워질 수 있는 접점이 생 기다니.

에이든은 뛸 듯이 기뻤다. 그는 오늘 일을 계기로 니안뿐만 아니 라 데릭의 마음조차 다 얻어내겠다고 굳게 결심까지 했다.

"기다리고 있었어, 데릭. 어서 와요, 니안."

에이든은 자연스럽게 니안이 안고 있는 러그를 받아 들며 팔을 내밀었다.

이성으로 여기는 숙녀를 에스코트하는 당연한 태도였지만, 데릭의 눈에선 불꽃이 튀었다. 그렇다고 오빠인 자신이 에이든을 밀치고 니안에게 팔을 내어줄 수도 없고!

잠시 머뭇거리던 니안이 에이든의 팔에 조심스럽게 손을 얹었다. 그녀를 데리고 몸을 돌리면서 에이든은 데릭에게 살짝 윙크를 해 보였다.

'동생은 나한테 맡겨. 안심해도 돼'라는 의미를 담은 사인이었지만, 데릭의 목구멍엔 욕만 차올랐다. 그렇다고 이유 없이 욕을 내뱉을 수도 없었다.

데릭은 어쩔 수 없이 치미는 감정을 삼키며 애꿎은 에이든의 갈색 머리통만 노려봤다.

"데릭, 아직 바구니 안 열어봤죠?"

로렌이 옆에 앉은 데릭에게 상냥하게 물었다. 니안의 옆자리는 이미 에이든이 차지하고 앉아 제 바구니를 열어 보이는 중이었다.

"네."

호수에 떠 있는 나룻배에 시선을 둔 채 그가 무뚝뚝하게 대답했다.

"바구니 안에 피크닉을 재밌게 보낼 수 있는 유희 거리가 들어 있대요. 바구니마다 다 달라요. 우리도 한번 열어봐요."

바구니는 두 사람에 하나씩이었다. 데릭은 니안과 나누려던 바구니를 로렌과 나누게 되었다. 마지못해 연 바구니 속엔 호수 주변에서 할 수 있는 미션 쪽지와 카드놀이 세트가 들어 있었다.

"어머, 카드네요."

로렌은 데릭에게 방긋 웃어 보인 후 에이든에게 물었다.

"오빠네는 뭐야?"

"아, 우리는…… 랜다트랑 미션 쪽지."

"우리한테도 미션 쪽지가 있는데. 이건 다 같은 내용인가?"

그러자 에이든이 자신의 바구니에서 꺼낸 미션 쪽지를 펼치고 큰 소리로 읽기 시작했다.

"1. 그녀와 함께 뱃놀이를 즐겨보세요. 가위바위보를 해서 진 사람이 노를 열 번씩 젓는 게임을 해도 좋습니다. 2. 잔디 위 돌판에서 징검다리 건너기를 해보세요. 만약 발이 돌판을 벗어난다면 상대가 원하는 소원 하나를 들어주어야 합니다. 3. 그녀에게 빨간 레브런을 꺾어 머리에 꽂아주세요. 보답으로 그녀가 리시안셔스 한 송이를 당신의 가슴에 선물할 것입니다. 4. 델쿤 열매가 한창입니다. 델쿤나무에 올라 열매가 달린 나뭇가지를 꺾어 그녀에게 선물하세요. 그녀가 세상에서 가장 달콤한 델쿤 열매를 당신의 입안에 넣어 줄 것입니다……."

미션을 읽는 동안 기대, 놀람, 당혹의 삼단 변화를 보이는 에이든의 얼굴에 로렌이 참지 못하고 웃음을 터뜨렸다.

이 오글거리는 미션에 데릭의 푸른 눈동자는 더욱 싸늘하게 식었으며, 니안은 당혹감에 애매한 미소만 짓고 있었다.

"아벨 디올란 백작이 왜 우리 또래들만 파티에 초대했는지 충분히 알겠다."

에이든이 주변을 휙 둘러보며 쑥스러운 얼굴로 말했다.

스무 명 남짓인 초대인원들이 다 자신들과 같은 또래였다. 악사들이 풀밭에서 연주하는 곡 또한 감미롭기 그지없었다. 아름다운 배경에 상쾌한 날씨까지. 굳이 춤을 추지 않아도 맘에 드는 이성에게 자연스럽게 대쉴할 최적의 조건이었다.

"백작님이 연세보다 굉장히 음…… 뭐랄까…… 아기자기하고 로맨틱한 구석이 있으신 것 같아."

로렌이 부끄럽게 키득거렸다. 에이든이 멋쩍은 얼굴로 손에 든 쪽지를 앞뒤로 뒤집어 보며 말했다.

"그러게. 부인이나 따님도 없으시잖아. 결국, 이게 다 백작님 아이디어란 말이네?"

"음…… 로건 집사의 생각일 수도 있어요."

아니면 가정부인 해머 부인의 생각이던가. 니안이 민망한 웃음을 지어 보이며 말했다.

니안은 주변을 둘러봤다. 다른 사람들은 이 닭살 돋는 미션에 대해 어떻게 생각할지 궁금했다. 하지만 뜻밖에 모두 즐거워하는 표정이었다. 벌써 호수 끝에 있는 높다란 델쿤 나무에는 재킷을 벗어 던지고 나무에 매달려 낑낑대는 남자들도 있었다. 그 아래엔 자매나 친구로 보이는 여자 둘이 그들을 응원하며 수줍게 낄낄거리는 것이 보였다.

그녀들의 머리에는 작고 붉은 꽃송이가 꽂혀 있는 것으로 보아 미션에 적혀 있는 붉은 레브런일 것이 분명했다.

"그냥 넷이서 카드놀이나 하자. 아니면 랜다트를 하던가."

데릭이 최대한 태연한 목소리로 말했다. 하지만 마음속은 몹시도 초조했다.

에이든 녀석이 니안의 머리에 꽃을 꽂아주는 꼴을 두 눈으로 보고 싶진 않았으니까. 더구나 녀석의 벌어진 입안에 델쿤 열매를 넣어주는 니안의 모습은 상상조차 하기 싫었다.

"음……."

그러나 에이든은 데릭의 말을 무시한 채 잠시 뜸을 들이더니 반짝이는 눈으로 니안을 돌아봤다.

"우리 그냥 미션 놀이 해요."

"네?"

당혹감에 물든 니안의 녹색 눈동자가 파르르 떨렸다.

"재밌을 것 같아요. 같이할 거죠, 니안?"

"웃기지 마. 니안이 그런 닭살 돋는 놀이를 할 리가 없잖아."

데릭의 입에서 저도 모르게 불퉁한 말이 불쑥 튀어나왔다. 하지만 에이든은 그런 그를 무시한 채 자리에서 벌떡 일어났다.

"니안, 원래 남녀가 어울릴 땐 좀 닭살 돋게 놀아야 재미있어요. 날 믿어봐요."

그가 부드러운 미소와 함께 손까지 내밀었다.

"어서요."

그러자 로렌도 수줍게 데릭을 돌아봤다.

"저도 해보고 싶어요, 데릭."

데릭의 얼굴이 빨갛게 달아올랐다. 로렌은 그가 수줍어서 얼굴을 붉힌다고 생각했지만, 사실은 어쩔 수 없는 이 상황에 화가 나서였다. 이런 바보 같은 아이디어를 쪽지에 적어 바구니에 넣어둔 백작의 감각에도 부아가 치밀었다. 당장 니안의 손목을 붙잡고 집으로 돌아가고만 싶었다.

'니안, 제발 싫다고 해. 싫다고…….'

데릭은 간절한 마음으로 니안을 바라봤다. 그 시선을 느낀 니안의 녹색 눈동자도 데릭을 향했다. 눈동자가 파르르 떨리고 있었다. 데릭의 가슴이 철렁했다. 갈등하고 있는 게 분명해 보였다.

니안은 이내 고개를 돌려 자신을 내려다보고 있는 에이든의 보라색 눈동자를 올려봤다.

'내가 이 사람 손을 잡으면 어떻게 되는 거지?'

니안은 루이스가 아벨 백작에게 편지를 보내 자신의 결혼 문제를 부탁했다는 사정은 알지 못했지만 백작이 에이든을 소개해준 의도는 충분히 짐작할 수 있었다.

지금껏 파티를 열어주면서도 특별한 이성을 콕 집어 소개해준 적이 없던 백작이었다. 또, 데릭은 자신이 아무리 좋아해도 이루어질 수 없는 사이란 것도 잘 알고 있었다.

루이스의 반대도 문제였지만 무엇보다 데릭이 자신을 원치 않는다고 생각했기 때문이다. 데릭이 자신을 평생 함께할 반려나 하다못해 여동생이 아닌 '여자'로 생각했다면 멜드린과 상의해 자신의 데뷔탕트에 그렇게 열을 올리진 않았겠지. 어차피 니안 또래의 사교계 데뷔란 결혼 상대를 찾기 위한 것이니까.

그런데도 니안을 향한 에이든의 대쉬에 데릭의 눈동자에 떠오른 당혹감만큼은 정확하게 보였다. 그가 질투를 느낀다는 것도 전해졌다.

그래, 저 질투는 아마 오빠가 아닌, 남자로서의 자존심이나 소유욕일 수도 있겠지. 어차피 자신과 데릭은 남매 아닌 남매, 남 아닌 남인 만큼 감정 또한 그 둘 사이를 애매하게 오가고 있었으니까.

하지만 그가 진심으로 오빠, 동생으로 남기를 원한다면 얼마든지 그렇게 할 의향이 있었다. 오히려 그편이 가정의 평화를 지키는 데 도움이 될 테니까. 그리고 에이든은 니안이 보기에도 꽤 괜찮은 상대였다.

에이든에게서는 데릭처럼 아픔이나 절망, 야망 따위가 느껴지지 않았다. 그렇다고 무도회장에서 만났던 다른 남자들처럼 자신을 향해 음흉한 눈빛을 보내지도 않았다.

그의 호의는 따뜻했고, 눈빛은 순수했다. 에스코트하려는 움직임은 니안으로 하여금 뭔가 숙녀로서 제대로 대접받는 뿌듯한 기분도 들게 했다. 오빠와 이성의 경계를 오락가락하며 죄책감을 느낄 필요도 없었다. 그저 모든 게 자연스러웠고 환영할 만했다.

니안은 마지막으로 데릭의 얼굴을 흘긋 한 번 쳐다본 뒤 에이든에게로 시선을 고정했다.

"좋아요."

니안의 손이 에이든의 손 위에 얹혔다. 에이든의 얼굴에 환희의 미소가 번졌고, 데릭은 정수리부터 발바닥까지 벼락으로 관통당하는 참담함을 맛봤다.

그런데도 아무것도 할 수가 없다니! 당장 그 앞을 막아설 수도, 괘씸한 에이든 녀석에게 주먹을 날릴 수도 없다. 니안의 오빠인 데릭 르윈느로서는 니안에게 어떤 식으로도 어필할 수 없다는 사실을 절감하는 순간이었다.

니안과 에이든은 호숫가를 따라 걸었다. 그 뒤를 데릭과 로렌이 나란히 따랐다. 데릭으로서는 니안과 에이든 단둘만 보낼 수 없는 노릇이라 어쩔 수 없는 선택이었다.

"뭐부터 해볼까요?"

그의 팔짱에 손을 얹고 있는 니안이 물었다.

"당장 눈에 보이는 것부터요."

장난스럽게 웃어 보인 에이든은 제 팔짱에서 니안의 손을 거둬내더니 조금 떨어진 풀숲으로 뛰어가 버렸다.

얼결에 니안도 따라가 보니 들꽃이 흐드러지게 피어 있는 곳이 나타났다. 에이든은 주저하지 않고 풀숲 한가운데로 뛰어들어가 무언가를 꺾어 나왔다.

작고 붉은 레브런과 핑크빛 실크 같은 리시안셔스였다.

"이게 제일 먼저 눈에 띄다니 운이 좋은데요?"

그가 레브런 줄기에서 꽃송이를 떼어내며 말했다. 그는 니안의 검은 머리카락 사이에 정성스럽게 붉은 꽃송이를 꽂아주었다.

흑발에 꽂힌 붉은 꽃이 몹시도 고혹적이었다.

그는 흡족한 미소를 지으며 니안에게 리시안셔스를 내밀었다.

"이제 보답으로 제 가슴에 리시안셔스를 꽂아주세요."

니안 자신이 선택한 일이지만 이건 정말 낯 뜨거운 일이었다.

니안은 뒤에 서 있는 데릭을 흘긋 보았다. 리시안셔스를 손에 든 니안을 바라보는 그의 얼굴이 사색이 되어 있었다.

니안은 눈을 질끈 감고 가슴에 달린 그의 재킷 주머니에 리시안셔스를 꽂았다.

"……"

에이든은 뭔가 감격한 듯 잠시 말이 없었다.

니안은 데릭에게 괜한 죄책감이 느껴져 저절로 고개가 숙여졌다. 왜 그런 마음이 드는지 이해되질 않았다. 데릭은 한 번도 니안에게 이성으로 다가온 적이 없고 언제나 저 혼자 속으로 좋아했는데도 말이다.

"뭐가 그렇게 부끄러워요? 고개 좀 들어봐요."

웃음기 섞인 에이든의 말에 니안이 살짝 얼굴을 들고 에이든을 바라봤다. 눈이 마주치자 그가 다소 장난기가 섞인 미소를 씩 지어 보였다.

"지금 우리는 말 대신 꽃으로 서로에게 마음을 전한 겁니다."

"그게 무슨 말이에요?"

니안의 눈동자가 커졌다. 그러자 에이든이 니안에게 정중하게 팔을 내밀며 말했다.

"무슨 얘길 들어도 제 팔에서 손을 떼지 않을 거라고 약속하면 말해 드릴게요."

니안은 그의 팔짱에 손을 얹기를 잠시 주저했다. 대체 무슨 이야기길래 팔에서 손을 떼지 말라는 걸까.

자신이 바라는 이야기가 아닐 것은 분명해 보였다. 하지만 궁금했다. 대체 무슨 뜻인지.

결국, 니안은 그의 팔짱에 손을 얹으며 말했다.

"약속할게요."

"좋아요, 그럼."

에이든은 뿌듯한 얼굴로 니안을 리드하며 걸음을 옮겼다. 사락사락 스치는 니안의 드레스 자락 소리가 달콤하게 울렸다.

에이든은 단정하고 예의 바른 목소리로 말을 이었다.

"아벨 백작님은 제가 상상했던 것보다 감수성이 풍부하고 로맨틱하신 분인 것 같습니다. 아마 젊은 시절엔 여성분들에게 인기가 많았겠지 싶어요."

"네. 그런 것 같네요. 미션의 내용만 봐도. 서로에게 꽃을 선물하게 하다니."

니안이 대답했다. 도자기처럼 하얀 입가에 살포시 번지는 미소가 참으로 예뻤다. 슬쩍 옆으로 눈을 내리깔고 에이든이 그 미소를 훔쳐보았다. 에이든은 그녀가 편하게 제게 기댈 수 있도록 가슴을 더욱 단단히 펴며 물었다.

"지금 우리가 서로에게 꽂아 준 꽃의 꽃말을 아십니까?"

"아, 아니요."

대답하는 니안의 목소리가 옅게 떨렸다.

"그럼 알려 드릴게요. 그냥 알려 드리면 밋밋하니까 주고받은 꽃들의 이름 대신 꽃말을 넣어 방금 우리가 한 행동을 묘사해 볼까요?"

니안은 대답 대신 긍정의 의미가 담긴 초록 눈동자를 들어 에이든을 올려다보았다. 에이든이 그런 그녀의 눈동자를 지그시 내려다보며 미소를 지어 보였다.

"전 방금 니안 양에게 '전 당신을 사랑합니다'를 머리에 꽂아드렸고, 그 보답으로 니안 양은 제 가슴에 '변치 않는 사랑'을 꽂아주셨습니다."

그만 얼굴이 달아올랐다. 이미 서로에게 꽃을 꽂아주는 행위만으로도 분위기가 야릇했는데 거기에 사랑의 의미까지 있었다고 하니 해선 안 될 짓을 한 것 같은 묘한 기분이 들었다. 니안은 고개를 돌려 뒤에 있는 데릭을 바라보고 싶었지만 차마 용기가 나질 않았다.

꽃말을 알았다면 결코 데릭 앞에서 에이든의 꽃을 받지도, 그의 가슴에 리시안셔스를 꽂아주지도 않았을 텐데.

당황한 그녀를 위로하려는 듯 이어지는 에이든의 목소리는 봄바람보다도 부드럽고 따뜻했다.

"물론 니안 양은 이 꽃들의 꽃말을 몰랐으니 진짜 마음을 주고받았다고 볼 수는 없어요. 그러니 오늘의 일은 앞으로의 제 희망사항이라 해두죠. 머지않은 미래에 이 고백들이 진심이 되기를 서로에게 기원하는 거요."

에이든의 나긋나긋한 억양이나 부드럽게 깔리는 저음이 꽤 달콤해서 니안은 일순 가슴이 설렐 뻔했다. 하지만 니안은 금세 냉정을 찾았다.

"저에 대해 아무것도 모르시잖아요. 그냥 베오만 씨가 저한테 그만큼의 호의를 가지고 있다고만 받아들이도록 할게요."

"그냥 에이든이라고 불러주십시오."

"네, 에이든."

"그리고 호의라기보다는 호감입니다."

"그렇다면 제 내면이 아니라 외양에 대한 호감이겠군요."

니안은 걸음을 멈추고 에이든의 얼굴을 정면으로 바라보았다.

차분하고 안정된 보라색 눈동자가 그녀를 내려다보고 있었다. 신뢰감을 주는 빛깔이었다.

사파이어색의 화려한 푸른 눈동자. 니안은 그 안에서 일렁이며 불타오르는 아름답도록 시린 불꽃을 알고 있었다. 바로 데릭의 눈동자였다. 그 불꽃에 반하지 않았더라면 아마 부드럽고 따뜻한 저 보랏빛 눈동자에 빠져들었겠지.

"제게 관심 가져주셔서 감사해요, 에이든. 하지만 전 제 외양보다는 내면의 매력을 봐줄 사람을 원해요."

"바라는 바입니다. 하지만 제가 니안 양의 내면까지 알기에는 우리가 만난 시간이 너무 짧지 않았나요? 기회를 얻고 싶어요. 니안 르윈느에 대해 알아갈 기회를요."

가슴에 꽂힌 리시안셔스 꽃잎을 만지작거리며 에이든의 눈빛은 더욱 아련하게 빛났다.

"이런 감각을 지닌 백작께서 추천해주신 분이라면 제 호감이 과한 거라고 생각되진 않습니다만……."

니안은 더는 참지 못하고 데릭의 얼굴을 흘긋 쳐다봤다. 붉으락

푸르락하는 얼굴은 당장에라도 토할 것 같은 표정을 짓고 있었다.

그 얼굴이 꽤 우스꽝스러워 니안은 풋, 웃음을 터트릴 뻔했다. 신기하게도 꽉 막힌 듯 답답하던 가슴이 시원해졌다. 알다가도 모를 일이었다.

"감사합니다. 그렇다면 저 역시 아벨 백작님의 호의를 믿어봐야겠죠."

니안이 에이든을 향해 방긋 미소 지었다. 그 미소에 에이든이 고무된 목소리로 말했다.

"그럼 계속 가볼까요? 제가 저 높은 델쿤나무 열매가 달린 가지를 꺾어올 수 있을지 없을지 궁금하지 않습니까?"

"음……."

니안은 잠시 생각하며 말꼬리를 흐리다 대답했다.

"첫 만남인데 그건 서로에게 조금 부담이 될 것 같은데요? 우리 오늘은 좀 더 편하게 시간을 보내보면 어떨까요?"

니안은 해사한 미소를 지어 보이며 데릭에게 다가가 냉큼 팔짱을 꼈다.

"델쿤 가지는 오빠들이 동생들을 위해 따오는 걸로!"

로렌과 에이든의 눈이 휘둥그레졌다. 데릭의 눈매 역시 커졌다. 로렌이 못마땅한 듯 볼을 살짝 부풀리며 말했다.

"음…… 글쎄요. 오빠들이 과연 여동생을 위해 목숨까지 걸려고 할는지……."

로렌의 어깨에 걸쳐진 양산이 뱅글뱅글 돌았다.

이 결정에 불만이 있다는 사실을 간접적으로 보여주고 있는 거였다. 니안은 모르는 척 더욱 천진한 표정을 지으며 말했다.

"데릭은 기꺼이 걸 거예요. 절 위해 뭐든 해주는 오빠거든요. 에이든도 로렌에게 분명 그런 헌신적인 오빠일 거라 믿어요. 에이든, 동생을 사랑하시죠?"

에이든은 할 말이 턱 막힌 표정으로 멍청하게 서 있었다. 안 하자니 자신이 무정한 오빠가 될 테고, 하자니 뭔가 억울한 기분이 들었다.

여동생에게 선물하자고 저 높은 나무에 낑낑대며 올라가는 수고를 하고픈 오빠가 몇이나 될까? 델쿤 열매야 그냥 시장에 가서도 얼마든지 살 수 있는데!

델쿤나무는 아주 굵고 높은 나무였다. 행여 실수라도 해서 떨어지는 날엔 목이 부러져 죽거나 크게 다칠 수도 있었다. 사랑하는 여자를 위해 델쿤나무에 올라가는 건 그만큼 여자가 자신에게 가치 있다는 것을 증명해보이는 것이건만!

이럴 땐 같은 오빠로서 데릭이 못 하겠다 협조해 주면 좋겠는데, 그는 입을 꾹 다문 채 오히려 편안한 표정을 짓고 서 있었다. 에이든이 마지못해 로렌에게 팔을 내밀며 중얼거렸다.

"이거 어쩐지 함정에 빠진 기분인데?"

델쿤나무 아래에 도착한 일행들은 일제히 고개를 꺾어 나무 위를 올려다보았다.

바로 아래에서 올려다보는 델쿤나무 가지는 아득히도 높아 보였다. 게다가 아벨 백작의 숲에 있는 그 델쿤나무는 나이가 오래된 듯 둘레도 세 사람 정도가 손을 맞잡아야 둘릴 만큼 굵기도 했다.

"으으…… 아무래도 좀 과해."

이렇게 중얼거린 로렌이 난감한 표정으로 서 있는 에이든을 걱정스레 돌아봤다. 그러자 니안도 미안한 마음이 들어 눈으로 데릭을 찾았다. 하지만 데릭은 이미 셔츠 바람이 되어 주저 없이 델쿤나무를 향해 달려가는 중이었다.

한마디 말도 없이 거대한 델쿤나무를 오르는 그 모습에 어쩔 수 없다는 듯 작게 한숨을 뱉어낸 에이든이 재킷을 벗어 던지고 나무줄기에 매달렸다. 나무 아래에 있는 동생들에게 대화가 들리지 않을 만큼 높이 올랐을 때 에이든은 거친 숨을 토해내며 데릭에게 따졌다.

"난 네가 당연히 안 한다고 할 줄 알았다. 그런데 기어이 동생 주겠다고 여기까지 오르냐?"

그러자 데릭이 한결 차분한 목소리로 대꾸했다.

"너도 올라왔잖아."

"네가 하는데 내가 어떻게 안 해?"

에이든이 불만스럽게 소리쳤다.

"그럼 닥치고 그냥 하든가."

무심하게 툭 던진 데릭이 먼저 위로 쑥 올라갔다. 곧바로 그의 옆까지 올라온 에이든이 이해가 안 된다는 표정으로 또다시 물었다.

"데릭, 대체 이렇게까지 하는 이유가 뭐냐? 내가 그렇게 못 미더워? 여동생이 아까워?"

"넌 네 여동생 안 아까워?"

데릭은 대답 대신 퉁명스럽게 물었다.

"아깝다고 내가 평생 책임질 수도 없잖아."

"그럼 책임질 사람한테 넘길 때까진 열심히 챙겨."

데릭은 그 말을 남기고 다시금 획 올라가버렸다. 에이든은 어쩐지 검술 시합 때 졌던 기분이 되살아나는 듯했다.

'로렌이 마음에 안 들어서 그러나? 아니면 내가 마음에 안 들어서?'

뭐가 됐든 자존심 상하기는 마찬가지였다.

설마 진짜 여동생을 너무 아껴서 직접 델쿤 열매를 따 주려는 건 아니겠지? 자기 여동생을 아끼지 않는 오빠는 세상에 없겠지만, 보통의 오빠라면 여동생 기분 맞춰주려고 이런 일을 하고 싶어 하진 않는다. 그런데 데릭은 진지했다.

'그래, 저 자식은 뭐든지 다 진지하니까.'

솟구치는 오기에 에이든은 힘을 냈다. 그리곤 굵은 나뭇가지에 걸터앉아 꺾어갈 만한 잔가지를 고르는 데릭 옆에 재빨리 다가 갔다.

"내가 마음에 안 들어? 니안한테 부족해 보여?"

"누구라도 마음에 안 들어."

"하!"

역시 그런 거였군! 자존심이 상해 절로 헛숨이 나왔다.

"이건 뭐 오빠부터가 난공불락이군. 지금 너부터 공략해 달라는 뜻이냐?"

"……."

데릭은 아무 대답도 하지 않았다. 대답할 가치도 없다는 표정이 었다.

눈길도 주지 않았다. 그저 땀이 송골송골 맺힌 얼굴로 델쿤 열매 가 서너 개 달린 가지를 꺾어 입에 물곤 바로 내려갈 채비를 했다.

에이든은 그런 데릭을 어처구니없다는 눈길로 바라보다 재빨리 적당한 가지를 찾기 시작했다. 그리고 데릭이 꺾은 것보다 훨씬 크 고 열매도 많이 달린 가지를 꺾었다. 덕분에 무거워 입에 물고 있 기가 힘들었지만 악착같이 버텼다.

그가 바닥에 도착했을 때, 니안은 이미 데릭에게 가지를 받아들 고 환한 미소를 짓고 있었다. 가관인 것은 니안을 바라보는 데릭의 표정이었다. 생전 얼굴에 웃음기 하나 없던 녀석이 노골노골 풀어 진 눈으로 씨익 미소 짓고 있는 게 아닌가!

그 모습을 로렌이 멍하니 보고 서 있었다.

'저건 너무 지나친데?'

이로써 데릭이 얼마나 여동생을 아끼는지 증명된 셈이다. 선불리 니안에게 접근했다가 데릭에게 차단당하는 참사를 당할 수도 있겠다 싶었다. 그는 자신이 꺾은 가지에서 열매가 두어 개 달린 잔가지를 꺾어 로렌에게 건네주었다.

로렌 역시 이 상황이 이해가 되질 않는 듯 연녹색 눈동자가 당장에라도 눈물을 쏟을 듯했다.

에이든은 자신에게 데릭을 소개해 달라고 종일 졸라댔던 로렌이 떠올라 마음이 짠해졌다.

열매가 서너 개 정도 남은 가지를 말끔하게 다듬은 후 에이든은 니안에게로 성큼성큼 다가갔다. 그런 다음 비어 있는 그녀의 다른 손에 델쿤 가지를 쥐여주며 부드럽게 말했다.

"이건 니안 거예요. 당신만을 위해 나무에 오른 것이 아니니 이젠 부담 없이 받을 수 있겠죠?"

그가 델쿤 나뭇가지를 들고 서 있는 로렌을 고갯짓으로 가볍게 가리켜 보이곤 말을 이었다.

"쪽지에 적힌 보답은 안 해주셔도 됩니다. 델쿤 열매를 먹여주는 거요. 오늘만큼은 여동생을 위해 희생한 오빠가 받는 편이 더 나을 것 같아서요."

차게 식은 눈으로 자신을 노려보는 데릭을 무시한 채 에이든은 니안에게 싱긋 웃어 보였다.

'아무리 오빠가 잘해줘도 오빠는 오빠일 뿐이지. 로렌이 아무리 사랑스러워도 나한텐 그저 여동생일 뿐인 것처럼……. 데릭, 내가 아니더라도 넌 결국 네 여동생을 다른 남자한테 보낼 수밖에 없어.'

이렇게 생각하고 보니 에이든의 마음에도 조금은 여유가 생기는 기분이었다. 그는 결심했다. 반드시 데릭에게 니안을 내줘도 아깝지 않을 만한 괜찮은 남자로 인정받겠다고.

그리고 그의 제일 친한 친구가 되겠다고 말이다.

백작저에서의 기묘한 피크닉이 끝났다.

에이든과의 신경전으로 니안을 곁에 두기 위해서는 노력이 필요하다는 뼈저린 깨달음을 얻게 해준 피크닉이었다. 하지만, 새로운 한 주의 시작과 함께 아카데미로 돌아온 데릭은 더는 그 일에 신경을 쓸 겨를이 없었다.

매일 저녁 습관이었던 소설 읽기도 계속할 수 없었다.

곧바로 시험이 시작되었기 때문이었다. 교실과 도서실과 기숙사 방에서 종일 책과 씨름하다 지쳐 쓰러지는 나날이 이어졌다.

간신히 여유를 되찾고 침대에 누워 즐겨보던 소설책을 펼쳤을 땐, 아벨 백작의 피크닉이 있었던 날로부터 3주나 지나 있었다.

그동안 주말 귀가는 꿈도 못 꿨다. 졸업반이라 선생들은 더욱 엄격하게 학사 관리를 하고 있었고, 그에겐 수석을 놓치지 않고 장학금을 타는 일이 무엇보다 중요했기 때문이었다.

남청색 하드커버 책 겉면에 흘림체로 멋들어지게 새겨진 금박 제목이 적혀 있었다. 감개무량한 표정으로 잠시 제목에 시선을 던졌다가 책을 펼쳤을 때였다.

툭.

책갈피 사이에서 얼굴 위로 무언가가 떨어져 내렸다. 뭐지? 데릭은 뺨을 타고 옆으로 떨어져버린 것이 뭔지 찾기 위해 상체를 일으켰다.

납작하게 눌린 검붉은 꽃송이. 레브런이었다.

'이건…….'

데릭 자신은 꽃송이 따위를 책갈피에 끼워 넣은 일이 없었다. 같은 방을 쓰던 마틴도 사내 녀석의 책에 꽃 따위를 넣어놓지는 않았을 텐데. 그는 니안의 빛나는 흑발에 에이든이 꽂아줬던 레브런 꽃송이들을 떠올렸다. 괜히 심장이 두근거렸다.

내 책인 걸 모르고 에이든이 준 꽃을 간직하려고 꽂아놓은 걸까? 아니면 나한테 주려고 따로 꺾어 끼워놓은 걸까?

그는 묘한 기분으로 다 말라 바삭거리는 레브런 꽃잎을 어루만졌다. 그때였다.

쾅!

거친 문소리에 데릭의 고개가 휙 돌아갔다.

열린 문밖에는 얼굴이 가릴 정도로 높게 책과 잡동사니를 쌓아 든 누군가가 낑낑거리며 서 있었다.

잡동사니 뒤에서 귀에 익은 목소리가 들려왔다.

"데릭, 방에 있으면 이것 좀 도와줘."

"에이든?"

데릭은 자리에서 벌떡 일어났다. 그는 기가 막힌다는 얼굴로 비척대며 들어오는 에이든을 멍하니 바라봤다. 데릭 맞은편 침대 위로 들고 온 짐을 와르르 쏟아 부으며 에이든이 투덜거렸다.

"좀 도와 달라니까, 너무하네. 으으……."

에이든은 어깨가 아픈지 인상을 찌푸리며 팔을 빙빙 돌렸다.

그제야 상황 파악이 된 데릭이 헛숨을 내뱉었다. 룸메이트였던 마틴이 전날 1인용 특실로 방을 옮겨갔기 때문이었다. 그리고 오늘 비어 있는 마틴의 침대로 에이든이 들어왔다.

생각해보니 마틴 녀석 학기 중에 뜬금없이 특실로 방을 옮긴 이유가 심히 의심스러웠다.

졸업 때까지 조용히 공부에 집중하기 위해서라 했지만, 데릭을 포함한 지인들은 최근 새로 사귄 여자 친구 때문이 아닐까 추측했었다. 그런데 오늘 또 다른 의혹이 떠오른 셈이다.

혹시 마틴과 에이든 녀석 사이에 모종의 거래가 있었던 게 아닐까? 덕분에 남은 1년 혼자 편히 방을 쓸 수 있겠다 하는 기대는 물거품이 됐다.

"대체 네가 이 방엔 왜 들어오는 거야?"

데릭의 입에서 다소 심술 어린 목소리가 튀어나왔다.

"아아, 마침 이 방이 비었다길래. 여기가 식당하고 가깝잖아. 아침에 밥 좀 빨리 먹으려고."

에이든이 뒤돌아 씽긋 웃어 보였다.

지난 피크닉 이후 데릭과 친해지려 무던히도 애써오던 에이든이었다. 그동안 데릭은 그런 그를 무시하기 바빴다.

에이든이 니안을 노리고 자신에게 접근한다고 생각하니 한때그에게 가졌던 호감마저 사라져 버리는 기분이 들었기 때문이었다. 그런데 이젠 방까지 쳐들어오다니!

벙글거리던 에이든이 데릭에게 다가와 친근하게 팔을 둘렀다.

"가까이 지내다보면 내가 얼마나 괜찮은 녀석인지 보여줄 기회가 많을 것 같아서."

데릭은 아무 말도 없이 그의 팔을 휙 걷어냈다. 하지만 그는 별타격을 입지 않는지 태연한 표정을 지으며 탄성을 내뱉었다.

"어?"

그러고는 데릭의 침대로 뛰어가 그 위에 놓인 레브런 꽃잎을 집어 들고서 환호성을 질렀다.

"와! 말린 레브런 꽃잎! 여자한테 받은 거야?"

당황한 데릭이 얼른 그에게서 꽃잎을 빼앗아 다시 책갈피에 끼워넣었다.

"그런 거 아니야."

"그럼 네가 넣었냐?"

침대 협탁 서랍에 책을 쑤셔 넣는 데릭을 보며 에이든이 음흉하게 킬킬거렸다. 그리곤 마치 제 침대인 양 데릭의 침대 위에 벌렁 드러누웠다.

"하도 얼음장처럼 굴어서 동생 말고는 여자한테 관심도 없는 줄 알았더니 아니었네. 여자가 준 꽃잎도 저렇게 간직할 줄도 알고. 와! 이제 나한테도 희망이 좀 생기는 건가? 오빠가 빨리 시스콤을 벗어나야 여동생이 내 차지가 될 텐데."

"……."

데릭은 굳게 입을 닫은 채 에이든을 등지고 제 책상 의자에 앉아 버렸다.

"나도 만만치 않게 시스콤 소리를 듣는데 나보다 더한 녀석이 있을 줄은 꿈에도 몰랐다."

에이든이 말했다.

"짐 다 날랐어? 쓸데없는 소릴 지껄이게."

"도와주려고?"

"아니. 닥치고 마저 나르라고. 신경 쓰이니까."

여전히 눈 하나 깜박하지 않고 에이든이 천연덕스럽게 껄껄거렸다.

"너무 경계하지 마라. 꼭 니안 때문만은 아니니까. 남자로서 네 녀석에 대한 인간적인 호감도 있어."

"사양할게."

"뭐, 괜찮아. 어차피 시간이 해결해줄 테니. 내가 은근 집요한 구석이 있어서. 기대해도 좋아."

엇차. 에이든이 데릭의 침대에서 벌떡 몸을 일으켰다. 데릭은 치미는 울화를 꿀꺽 누르며 책상에 꽂혀 있는 노트와 펜을 꺼냈다. 감정을 다스리려 하얀 공백에 두서없는 낙서를 하며 애써 차분한 목소리로 물었다.

"집안에서는 아냐? 네가 니안을 마음에 두고 있다는 거? 너희 집처럼 돈과 명예를 좇는 집안에서 우리 같은 한미한 가문을 마음에 들어 하겠어?"

"상관없어. 아버지도 그러셨으니까."

"……!"

움직이던 데릭의 손이 우뚝 멈추었다.

그에겐 훨씬 좋지 않은 소식이었다. 에이든의 말이 믿기지 않아 데릭이 뒤를 돌아봤다. 표정은 여전히 얼음장처럼 차가웠다.

에이든은 데릭의 그런 반응을 동생을 아끼는 오빠의 당연한 경계라고 생각하며 부드럽게 말을 이었다.

"니안을 처음 봤을 때 깜짝 놀랐어. 내가 세상에서 가장 존경하고 사랑하는 분과 너무 닮아서."

"……."

"누군지 안 물어보냐?"

"내가 알아야 해?"

"멋대가리 없는 자식."

에이든이 한숨을 내쉬며 머리 뒤로 깍지를 꼈다.

"바로…… 우리 어머니다."

"뭐?"

데릭의 눈썹이 못마땅하게 꿈틀 움직였다.

"못 들었냐? 우리 어머니라고. 엄밀히 말하면 나와 로렌의 새어머니. 그런데도 우리를 당신 친자식처럼 무한한 사랑과 희생으로 키워주셨지."

에이든의 눈동자가 포근하게 젖어드는 것이 보였다. 어머니를 진심으로 좋아하는 게 분명했다.

"……언젠가 결혼이라는 걸 한다면 우리 어머니 같은 사람을 만나고 싶었다. 그런데 니안이 꼭 그래. 생긴 것뿐만 아니라 분위기나 말투도. 그래서 좀 더 알고 싶어. 더구나 사람들에게 존경받는 아벨 백작께서 보증을 서고 나한테 소개까지 해주셨잖아. 나로선 마다할 이유가 없지. 아버지도 분명 니안을 만나보시면 마음에 들어 하실 거야. 우리 어머니 같은 사람을 찾아내 결혼하신 분이니까."

상황이 마음에 들진 않았지만, 에이든의 진심은 충분히 전해졌다.

녀석은 부유하고 안정된 환경에서 자란 사람 특유의 여유와 따뜻함, 그리고 평정심을 갖고 있었다. 데릭 자신이나 니안은 가지지 못한 종류의 것이었다. 그건 에이든이 말한 대로 새어머니란 사람이 꽤 사랑을 주어 키웠다는 뜻일 게다. 그리고 그런 여자를 모델로 아내감을 찾는 일이 결코 비난받을 일은 아니다.

니안을 따로 떼어놓고 생각해보면 에이든은 가까이하고 싶은 사람임엔 틀림없었다.

나중에 자신이 일을 도모할 때 같이 해보고 싶을 만큼.

니안이 진짜 여동생이라면 그에게 내어줘도 아깝지 않을 만큼.

하지만 데릭에게 니안은 진짜 여동생이 아니라 여자였다. 누구에게도 양보하지 못할, 자신의 여자.

"세상에 똑같은 사람은 없어. 너희 어머니와 니안은 다른 존재야."

데릭이 쌀쌀맞게 응수했다.

"지금 내 앞에서 동생 홍보하는 것처럼 들리는데?"

"아니, 멋대로 상상했다가 네 생각과 다르다고 실망하고 나중에 니안을 비난할까 봐 그런다. 니안에겐 니안 자체를 순수하게 바라보고 좋아해 줄 사람이 필요해. 누구랑 닮아서가 아니라."

"그야 당연하지. 시작이 그렇다고 해서 내가 니안을 우리 어머니로 착각하진 않아. 내가 그 정도로 형편없어 보여?"

"보편적인 인간 심리에 빗대어 말했을 뿐이야."

데릭은 책상 앞으로 다시 몸을 돌렸다.

금발로 반짝이는 그의 뒤통수를 보며 에이든이 씨익 미소 지었다. 데릭이 자신을 싫어하진 않는다는 확신이 들어서였다.

에이든이 세 차례나 이전 방을 오가며 짐을 나르는 동안에도 데릭은 꼼짝도 하지 않고 책상 앞에 붙어 앉아 있었다. 하지만 에이든은 밝기만 했다. 오히려 신나 보이기까지 했다.

'시험도 다 끝났는데 유난스럽게…… 멋쩍어 그런 거냐?'

에이든은 책상 앞에 앉아 있는 데릭을 보며 가볍게 혼자 코웃음을 흘렸다. 데릭과 니안의 상황을 알지 못하는 에이든으로서는 그의 반응이 좋으면서도 부리는 여자의 앙탈과 딱히 다를 바 없이 느껴졌기 때문이었다.

그리고 같은 방에서의 첫날 밤.

"데릭, 자냐?"

"……."

캄캄한 어둠 속에 누워 천장을 응시하고 있던 에이든이 문득 데릭에게 말을 걸었다. 데릭은 귀찮다는 듯 일부러 부스럭 소리를 내며 그에게 등을 돌리고 누웠다.

"왜?"

"지금 너희 사는 동네, 안 불안해?"

"……!"

또 니안의 얘기를 하려나 했는데 뜻밖의 주제가 나와버려 데릭은 살며시 감았던 눈을 떴다.

에이든의 말이 머릿속에서 메아리처럼 반복되었다. 최근 들어 마음에 걸려 하던 부분을 에이든이 먼저 찌르고 들어오자 어쩐지 자신이 안일했던 게 아닌가, 하는 기분이 들기도 했다. 에이든이 말을 이었다.

"아르본 숲에서 시작된 실종 사건이 최근 도시 외곽에서도 일어나고 있다고 해서. 너희 동네에서 멀지 않은 거로 들었어. 그 일로 몇 년 전에 아르본 숲을 관통하는 길도 폐쇄됐잖아."

"……."

"넌 대체 그 이유가 뭐라고 생각하냐? 사람들이 끔찍한 흔적만 남기고 사라지는 이유. 진짜 소문처럼 괴물의 짓이라고 생각해?"

"……."

이상한 일이었다. 벌써 10년째 사람들이 끔찍한 잔해만 남긴 채 사라졌는데도 제대로 된 목격담은 나오고 있질 않았다.

숲 안에서는 개인 상단과 같이 작은 무리가 통째로 사라지기도 했다. 덕분에 황실에서는 지방으로 가는 지름길인 아르본 숲을 폐쇄하기에 이르렀다. 이제 상인들은 지방을 오갈 때 아르본 숲 바깥으로 빙 돌아다니거나 외국을 갈 때처럼 항구를 이용했다.

그리고 한동안은 조용한 듯했다. 그러다 다시 사람들이 사라지기 시작한 건 최근 몇 달 전부터였다. 그것도 아르본 숲이 아닌 숲과 가까운 도시 외곽의 외진 장소에서.

"어떤 사람들은 신화에 나오는 마수 엘카트와 그 짐승이 닮았다고 해. 용의 수하라고 불리는 괴물 있잖아. 눈이 다섯 개 달렸다는. 그런데 이상하지? 신화 속에선 신들이 마수와 마법사들을 다른 차원에 가뒀다고 했잖아. 신화의 사실 여부를 떠나서 수천 년 동안 마수나 진짜 마법사를 본 사람들도 없고. 만약 소문이 사실이라면 대체 어떻게 마수가 이쪽 세계로 넘어올 수 있는 걸까?"

"눈이…… 다섯 개 달린 괴물?"

오래전, 연어가 펄떡이던 골짜기의 짐승이 떠올랐다.

마치 현실에 존재하지 않는 것처럼 단 두 걸음 만에 골짜기를 훌쩍 뛰어넘던 녀석의 날랜 몸짓과 으드득 소리를 내며 단숨에 곰의 목을 씹어버리던 끔찍한 이빨…….

이후 니안과 데릭은 그날의 일에 대해 다시는 이야기를 꺼내지 않았다.

소문이 나 사람들의 관심이 저희에게 쏠려서도 안 되었고, 어떻게 거기서 살아나왔는지 설명하기도 몹시 곤란했기 때문이었다. 니안은 기억을 잊었지만, 데릭은 니안이 보여줬던 초자연적인 능력을 분명히 보았다. 지금 같은 때에 그 사실을 황실에서 알게 된다면 니안은 당장 끌려갈 게 뻔한 일이었다.

"어쨌든 데릭, 가족들을 위한다면 그 동네보다 좀 더 안쪽으로 이사하는 게 좋지 않을까? 이번에 집에 돌아가면 한번 진지하게 상의를 해 봐."

"네가 상관할 일이 아니야. 잠이나 자."

"……."

에이든에게 싸늘하게 쏘아붙이고 말았지만, 데릭 자신도 걱정되는 것은 부정할 수가 없었다.

# 드러나는 진실

"화…… 황제 폐하……."

병사들에 의해 끌려온 80대의 점술가 멧드라하는 차가운 대리석 바닥에 엎드려 머리를 조아렸다. 대체 그동안 무얼 하고 다녔는지 옷은 온통 누더기 차림이었다.

그녀 앞, 번쩍이는 황금 의자 위에는 데릭과 같은 금발에 파란 눈동자를 한 오스만 황제가 앉아 냉랭한 얼굴로 그녀를 내려다보고 있었다.

"어찌하여 그동안 도망 다녔느냐?"

호화롭게 번쩍이는 궁 안에 어둡게 깔리는 음험한 목소리.

"폐하…… 제가 어찌 감히 황실의 눈을 피해 도망 다니겠습니까? 저는 진실로 황제 폐하께서 저를 찾고 계신 줄은 꿈에도 알지 못하였나이다."

"거짓말!"

오스만이 소리를 지르며 자리에서 벌떡 일어났다.

"내가 내린 금화를 써서 주변인들에게 죽음을 가장해 달라 부탁하고 그 비루한 골목을 떠난 일을 알고 있다. 내 다시 한번 묻겠다. 어찌하여 그날 이후로 잠적하였느냐?"

"폐, 폐하…… 그…… 그것은……."

좌절과 공포에 떨면서 멧드라하가 아랫입술을 질끈 깨물었다.

멧드라하. 오스만의 왕위 찬탈에 결정적인 기여를 한 예언가.

9년 전, 빈민촌 구석에서 그녀를 찾아낸 오스만이 그녀를 만나기 위해 얼마나 자주 그 후진 동네를 친히 들락거렸던가. 자신에게 제왕의 기운이 있는지, 그리고 형인 빌카인 3세를 내치기 위해 어떤 비책이 필요한지 알아내기 위해서.

멧드라하의 머릿속에 그때의 기억이 주마등처럼 스쳐 지나갔다.


"또 오셨습니까, 오스만 멜롯 대공."

"멧드라하, 대업이 코앞이다. 정직하게 말하라. 이대로 진행해도 좋겠는가?"

당시 멧드라하는 자꾸만 저를 찾아오는 오스만이 부담스러웠다.

'말년에 무슨 험한 꼴을 보려고 저리도 신분 높은 자가 자꾸만 나를 찾는단 말인가.'

오스만은 하늘이 내린 제왕의 기운을 타고난 자였다. 야망 또한 누구 못지않게 컸다. 하지만 그가 가진 운은 그의 야망을 뒷받침해 줄 만큼 길지 못했다. 하늘은 그에게 황제의 자리가 어떤 것인지 맛만 보여주고 하나도 남김없이 거두어 갈 예정이었다.

'운명을 미리 알게 된다고 해서 그가 얌전히 자신의 야망을 포기하고 다른 삶을 살까?'

아니, 아니다. 절대 그럴 리가 없다. 그게 그에게 정해진 운명이었으니까. 그는 어떻게든 지존의 자리에 오를 것이고, 그 운이 다하면 자신이 가진 것의 마지막 한 톨까지 몽땅 내놓게 될 것이다.

제 목숨까지도.

멧드라하는 진실을 오롯이 다 말할 수가 없었다. 괜히 그의 심기를 거슬러 제 명만 재촉할 뿐일 테니. 그렇다고 거짓을 고할 만큼 배짱이 있지도 않았다. 어떻게든 그의 비위를 맞추면서 진실을 전해야 했다.

"……무슨 문제라도 있나?"

"……."

오스만의 질문에 멧드라하는 인상을 찌푸렸다.

얼굴에 새겨진 주름이 더욱 깊게 패였다. 그와 궤를 같이해 오스만의 푸른 눈동자도 차갑게 얼어갔다.

마치 산꼭대기의 얼음 호수처럼 시리디시린 빛으로.

"대공……."

멧드라하는 천천히 입을 열었다.

"향후 10년. 매해 쉬지 않고 천운이 들었습니다. 그동안엔 무엇을 하시던 원하는 것이 있으면 다 얻을 것이고 바라는 것은 모두 이루게 될 것입니다."

"10년!"

멧드라하는 대답 대신 고개를 천천히 끄덕였다. 그가 여기서 질문을 멈추어주면 좋으련만. 속으로 간절히 바랐지만 결국 그녀의 바람은 헛된 희망으로 끝나고 말았다.

"그 이후엔?"

오스만이 진득한 눈빛으로 물었다. 진실만을 말해야 한다. 그가 분노하지 않도록. 그것이 예언자로서 그녀의 사명이었다.

"……잿더미 속에 핀 ……붉은 꽃을 꺾으십시오. 멜롯의 핏줄 중 그 꽃을 꺾는 자만이…… 차후 300년 동안 대를 이어 황국을 다스리게 될 것입니다."

씰룩. 그의 한쪽 입꼬리가 비릿하게 밀려 올라갔다.

"……그럼 일단 그 꽃을 꺾을 멜롯의 핏줄은 세상에 단 한 명만 남겨놓으면 되겠군."

무시무시한 발언 이후 금화가 담긴 묵직한 주머니가 탁자 위에 툭 던져졌다.

"말하라. 잿더미 속에 핀 붉은 꽃이 뭘 의미하는지."

그녀는 손을 뻗어 오스만이 던진 금화 주머니를 움켜쥐었다.

"태초의 폐허 위에 터를 잡은 붉은 용의 후손. 이미 멸문의 길로 접어든 가문의 마지막 꽃입니다. 차원의 경계가 무너지면 영험한 힘을 되찾아 이 세상을 구할 고대의 유산이죠."

"더 자세히 설명하라."

"태초의 폐허는 천지창조의 근원지를 말합니다. 베른 지방이요."

"베른?"

오스만이 인상을 찌푸렸다.

"베른에서 붉은 용의 후예라 일컬어지는 자들은 딱 하나밖에 없습니다."

멧드라하는 잠시 뜸을 들였다간 말을 이었다.

"페르난디. 그 가문의 마지막 꽃을 찾으십시오."

오스만이 자신의 운명을 거스를 수만 있다면 분명 제대로 된 꽃을 찾아낼 것이다. 이렇게 이야기를 해 놓으면 그가 설사 진짜 붉은 꽃을 못 찾는다 해도 자신은 거짓을 말한 것이 아니게 될 테니 선처를 바랄 수도 있을 것이다.

하지만 자신이 감별까지 해야 한다면……. 그녀가 금화 한 주머니만을 챙겨 뒷골목을 떠난 이유가 바로 그것이었다.

그녀는 생의 마지막을 조용하고 무난하게 맞이하고 싶었다. 얼마 남지 않은 생이라도 이런 높은 인간들의 정치 싸움에 휘말려 의미 없는 죽음을 맞이하고 싶진 않았다.

멧드라하는 그가 왕권을 차지하는 데 필요한 모든 정보를 제공하며 협력했다. 덕분에 오스만은 무소불위의 권력을 가지게 되었다.

그녀가 정한 날에 거사를 치러 성공했고, 그녀가 이르는 대로 다음 날 수도의 대부분 귀족을 광장에서 공개 처형했다. 황실 기사단장이자 근위대장인 아르모트의 힘을 빼놓을 방법도 그녀가 알려 준 것이었다.

이후 모든 것이 안정되어 오스만이 공적을 치하하기 위해 멧드라하를 다시 찾았을 때, 그녀는 이미 오스만이 주었던 금화 주머니 하나만을 챙겨 홀연히 골목을 떠난 후였다. 그것도 황실에서 자신을 찾거든, 노환으로 죽었다 전해 달라 부탁까지 해 놓고 말이다.

한 마디로 도망을 친 거였다.

'도대체 왜?'

지난 9년 동안 오스만의 머릿속에선 그 의문이 끊이질 않았다. 모든 것이 멧드라하가 말한 대로 이루어졌는데 그녀는 대체 무엇 때문에 자신의 반란이 성공하기가 무섭게 도망을 쳤던 걸까?

오스만은 끈질기게 그녀를 추적했다. 하지만 그녀가 예언자라는 사실만을 실감하게 되었을 뿐 9년이란 긴 세월 동안 꼬리 한번 밟히지 않았었다.

그랬던 그녀가 드디어 손에 들어오다니! 오늘은 기필코 그 이유를 알아내고 말리라.

오스만은 다짐에 다짐을 거듭했다. 바닥에 이마를 대고 바짝 엎드린 멧드라하는 속으로 생각했다.

'결국, 이날이 오고야 말았어.'

도피 생활을 하면서, 오스만에게 잡히기 전에 명이 다해 죽기를 얼마나 간절히 기도했던가. 그런데 질기고도 질긴 목숨은 나이 팔순을 넘기고도 끝나지 않아, 이렇게 오늘 그의 앞에 끌려오고 말았다.

이제 그녀에게 남은 선택지는 두 개뿐이었다.

진실을 말하고 죽든가, 진실을 간직하고 죽든가.

"묻질 않느냐? 진정 말할 때까지 죽음보다 더한 고통을 겪어야만 입을 열 것이냐? 네가 했던 말 중에 잘못된 것이 무엇이냐? 그렇지 않고서야 네가 그리 허망하게 도망쳐 버리지는 않았을 터. 아니면 내게 말하지 않은 무언가가 있는 것이냐? 말해보아라."

"저, 전하, 자, 잠시만 시간을 주십시오. 지금 당장 전하의 운을 다시 한번 점쳐보겠나이다."

반들거리는 대리석 바닥에 이마를 대고 있던 멧드라하는 제 생의 마지막 예언을 위해 미간 사이에 있는 심안에 온 정신을 집중했다.

헤이드. 뿌연 안개 너머로 멀쩡하게 살아남아 장성한 헤이드 오스왈드 멜롯이 그녀의 눈에 보였다. 그리고 그 옆에 온몸에 불꽃을 휘감고 거대한 날개를 활짝 펼치고 있는 위풍당당한 붉은 용.

말을 해야 할까, 하지 말아야 할까? 말을 한다고 해서 무언가 달라지는 게 있을까? 또는 말하지 않는다 한들, 운명이 바뀔까?

그녀는 속으로 실소했다. 그러고 나서 떨리는 목소리로 어렵게 말을 이었다.

"헤이드 왕자가 살아 있습니다."

"뭐?"

놀란 오스만의 얼굴이 마치 금 간 도자기 같았다. 멧드라하는 조금 차분히, 똑똑하게 다시 발음했다.

"헤이드 왕자가…… 살아 있습니다."

"뭐라?"

오스만은 분노에 가득 찬 얼굴로 자리에서 벌떡 일어났다.

"헤이드는 죽었다. 끈질긴 추격 끝에 거사가 있던 며칠 뒤, 내 심복들의 손에 의해 죽었단 말이다. 그를 구해냈던 멍청한 시종까지도!"

"아니, 살아 있습니다."

잠시 어쩔 줄 몰라 하며 눈을 부라리던 오스만이 크게 심호흡을 하며 감정을 가라앉혔다. 그가 다시 왕좌에 앉고는 한결 차분해진 목소리로 물었다.

"설사 그렇다 한들 무슨 의미가 있느냐? 네 예언이 틀리지 않았다면 헤이드가 살아 있어도 붉은 꽃을 지닌 내게 대적하진 못할 터인데. 혹시 그 예언이 틀린 것이었나? 그래서 도망친 것이었어?"

"부…… 붉은 꽃을…… 꺾으셨습니까?"

"소문을 듣지 못했나? 지금의 황후, 소피아 넬 멜롯. 네가 말한 페르난디의 마지막 여식이다. 아직 각성하지는 못한 것 같지만……."

그가 몹시도 불만스러운 목소리로 덧붙였다.

땅을 짚고 있는 멧드라하의 팔이 얼음 위에 있는 것처럼 벌벌 떨려왔다. 웃음이 나려는 건지, 울음이 나려는 건지 알 수가 없었다.

붉은 꽃이 아직 용으로 각성하지 못한 것은 맞지만, 그녀의 심안에 보이는 붉은 꽃은 황궁에 있지 않았다. 분명 헤이드의 옆에 있었다. 그리고 곧, 각성도 할 것이다.

붉은 꽃이 아직 각성하지 못한 것은 마수를 만나지 못한 탓이 클 것이었다. 아르본 숲에서 시작된 마수들의 출현은 이미 수도 외곽까지 출현 범위를 넓혀오고 있었다.

문이 완전히 허물어지면 하나둘씩 모습을 드러내던 지금과 달리 걷잡을 수 없이 쏟아져 들어올 것이다. 그럼 붉은 꽃도 저절로 각성하게 되겠지. 그리고 그 붉은 용의 진심을 얻고 교감을 할 수 있는 자만이 새로운 세계의 주인이 될 것이다.

그리고 그건 그녀의 곁에 있는 헤이드가 될 것이 분명했다.

과연 오스만이 진짜 붉은 꽃을 찾는다 한들, 이제 와 그녀의 마음마저 얻을 수 있을까? 마음을 얻는다 한들, 각성한 용과 교감을 나눌 수 있을까?

판단은 멧드라하의 몫이 아니었다. 그저 진실을 말할 것인가, 아닌가만 고민하면 되었다. 그녀는 다시금 자신의 심안에 정신을 집중했다. 이번엔 자신의 운명을 점쳐보기 위해서였다.

그때였다.

"절 붉은 꽃으로 지목한 자가 저자란 말이지요?"

길게 늘어진 드레스 자락을 사락거리며 황후 소피아가 홀 안으로 들어왔다. 인어공주처럼 몸매를 드러내는 우아하고 아름다운 진주색 드레이프 드레스였다. 알이 굵직한 다이아몬드로 장식된 티아라가 붉은 머리카락 사이에서 화려하게 빛났다.

"늙은 여인이로군."

그녀가 오만한 얼굴로 말했다.

"그래, 어디 한번 직접 들어보자. 네가 말한 붉은 꽃이 과연 무엇인지. 과연 내 앞에서 네가 붉은 꽃을 뭐라고 이야기할지 궁금하구나."

소피아는 도도하게 걸어 들어와 옆에 서 있는 경비병의 허리춤에서 칼을 뽑아 들었다. 시퍼런 칼날이 대리석을 맞고 반사된 햇살에 번쩍거렸다.

멧드라하는 흔들리는 눈동자로 그런 소피아의 얼굴을 올려다보았다. 타오르는 듯한 붉은 색 곱슬머리, 붉은색 눈동자. 그녀의 외모만을 봐서는 붉은 용의 후예임에 틀림없었다. 그러나…….

'……마지막 꽃이 아니다.'

그 어떤 영험한 기운도 가지지 못한 껍데기뿐인 용.

멧드라하는 다시 고개를 조아렸다. 심안으로 보이는 것이 맞았다. 용은 헤이드의 옆에 있는 것이 분명했다.

이젠 이 자리에서 죽더라도 어쩔 수 없었다. 여든이면 살 만큼 살지 않았나. 도망 다니는 것조차 힘에 부쳤다.

멧드라하의 눈에는 소피아가 빼어든 칼의 의미가 명확하게 보였다. 자기 자신에게 아무런 힘도 없다는 것을 직감하고 있는 게 틀림없었다. 그래서 무리수임을 뻔히 알면서도 멧드라하의 입에서 진실이 나오는 것을 막기 위해 이 자리에 나타난 것이리라.

멧드라하가 진실을 말하려 하면 가차 없이 목을 내리치기 위해…….

'과연 여기서 잠시나마 목숨을 부지하려 하는 것이 무슨 의미가 있을까?'

그렇다고 진실을 말하면 남은 자들에겐 어떤 일이 벌어지지? 특히 아무것도 모르고 잔인한 운명의 수레바퀴 속에 휩쓸려 버린 저 한심한 황후의 운명은?

그녀는 마음을 정했다.

"황후마마, 제게 미천하나마 어렴풋이 미래를 보는 능력이 있는 것은 사실이오나 그것이 제가 할 수 있는 일의 전부일 뿐, 보석의 진위 여부는 물론, 거기 보석이 있는지조차 알아볼 눈을 가지지 못하였나이다. 황제 폐하의 선택이시라면 그 자체로 의미가 있는 것이오니 폐하의 안목을 믿으시옵소서."

그러나 소피아의 기세는 전혀 꺾일 기미를 보이지 않았다. 진정 죽이려고 작정한 것 같았다.

"네가 과연 세 치 혀를 요망하게 놀려 나와 폐하를 기만하려 하는구나. 모든 것을 폐하의 책임으로 떠넘기려는 수작이 아니더냐. 그 죄, 죽어 마땅하다!"

소피아가 멧드라하의 목에 시퍼런 칼날을 갖다 댔다. 멧드라하는 두 눈을 질끈 감고 어깨를 움츠렸다. 그러자 황제가 엄중한 목소리로 소리쳤다.

"황후, 지금 뭘 하는 게요? 그는 내 죄인이오. 내 허락이 없인 누구도 그의 목숨을 앗을 수 없소."

그 말에 소피아는 칼을 내리곤 황제를 향해 차가운 바닥에 한쪽 무릎을 꿇었다.

"폐하, 진실의 화살이 저를 향하지 않는다 하여도 저는 기꺼이 받아들일 것이옵니다. 지난 9년 동안 폐하를 가까이서 모실 수 있었다는 것만으로도 충분하옵니다. 하오나 이 노파가 간교한 계략으로 책임을 회피하다 못해 존엄하신 폐하께 떠넘기는 것을 묵인할 수는 없사옵니다. 또한, 제가 폐하의 원대한 포부를 위해 선택된 이상, 잘못된 것이 있다면 제 손으로 직접 이자를 벌함으로써 바로잡고 싶습니다. 그것이 바로 붉은 꽃의 역할이 아니겠나이까."

소피아의 의도는 멧드라하에게 충분히 전달되었다. 진실을 감추고 죽든지, 아니면 거짓을 말하라는 거였다. 하지만 멧드라하는 여전히 황제에게 거짓을 말할 배짱도, 거짓말을 하고 싶은 마음도 없었다. 그렇다고 남의 손에 죽는 것은 더더욱 싫었다.

"폐, 폐하. 제대로 된 점괘를 확인하려면 맑은 기운에 맑은 영으로 임해야 하오나 현재는 늙은이가 기력이 쇠한 데다, 불신으로 가득 찬 이곳의 기운이 제 눈을 가려 더 이상은 아무것도 볼 수가 없습니다. 하루만 시간을 주시면 소인, 감옥 안에서라도 차분히 기운을 되살려 심안에 힘을 실어보겠나이다."

오스만은 불만스러웠으나 아직은 그녀에게 들어야 할 말이 있었으므로 일단 원하는 대로 해줘야겠다고 생각했다. 어차피 멧드라하가 제 손에 들어온 이상 답을 듣는 것은 시간문제일 터.

감옥으로 돌아온 멧드라하는 차가운 돌벽 구석을 보고 앉아 허탈하게 쿡쿡 웃었다.

'기껏 붉은 꽃의 정체에 대해 알려줬더니 엉뚱한 꽃을 꺾어?'

역시 자신의 운명을 비껴가는 것은 불가능했다.

'이제 진실이 밝혀지는 것은 시간에 맡기고 이 늙은이는 조용히 입을 다물고 떠나는 수밖에……'

굳이 입을 놀려 황후의 인생을 일찍 망가트릴 필요는 없다. 붉은 꽃의 운명을 일찌감치 혼돈으로 밀어 넣을 필요도 느끼지 못했다.

'이대로 나 하나만 사라지면 된다. 나 하나만⋯⋯.'

이럴 줄 알았으면 여기 오기 전에 진작 목숨을 끊을 것을.

하지만 황제가 꺾었다는 꽃이 어떤 꽃인지 직접 눈으로 보고 싶었다. 직접 만나 본 황후는 겉모습만큼은 잔뜩 치장되어 아름다웠지만, 속마음까지 아름다운 사람은 아니었다. 탐욕스럽고 이기적인 여자였다. 이 뜻밖의 비극이 어울릴 만큼.

크큭. 예언자의 입에서 터진 허무한 웃음은 멈출 줄을 몰랐다.

그녀는 가슴에 품고 있던 독약을 꺼내어 입에 털어 넣었다. 이것으로 몸 일부가 분리되어 죽는 참극은 막은 거다.

그때 누군가 감옥 문을 두드리며 헛기침을 했다. 멧드라하는 깜짝 놀라 빈 병의 뚜껑을 닫고 다시 가슴에 밀어 넣었다.

뒤를 돌아보니 긴 검은색 로브를 뒤집어쓴 여자가 깊게 내리썼던 후드를 젖혔다. 소피아였다.

"황후마마⋯⋯."

멧드라하가 납작 바닥에 엎드렸다.

"멧드라하."

멧드라하의 이름을 부르는 소피아의 음색은 궁궐 안에서 들었던 것보다 낮고 초조했다.

"예⋯⋯."

"내가 왜 찾아왔는지 짐작이 되느냐?"

"⋯⋯."

멧드라하는 대답하지 못하고 고개만 더욱 조아렸다. 그녀가 은밀하게 소리를 낮추며 말했다.

"멧드라하. 지금은 너와 나 단둘이만 있으니 진실을 말해다오. 내게 진실을 말해준다면 어떻게든 이곳에서 무사히 빠져나갈 수 있게 해주겠다. 굳이 폐하 앞에서 거짓을 고하게 하지도 않겠다. 붉은 꽃은 어떤 능력을 지녔느냐? 대체 어떻게 해야 각성을 할 수 있으며 폐하께 어떤 도움을 드릴 수 있단 말이냐?"

"⋯⋯."

"아니⋯⋯ 내가 분명 붉은 꽃이 맞긴 한 것이냐?"

그러나 멧드라하는 고개도 들지 않고 죽은 듯 가만히 엎드려 있기만 했다.

"멧드라하!"

소피아가 간절한 목소리로 그녀의 이름을 다시 불렀을 때야 멧드라하는 고개를 들어 탁한 회색 눈동자로 소피아를 올려다보았다.

"황후마마께서도 짐작 가는 바가 있어 이리 절 찾으신 것이 아니시옵니까?"

"⋯⋯!"

허를 찔린 듯 움찔 놀란 소피아가 얼굴을 붉혔다.

"무⋯⋯ 무슨 말이냐?"

"황후마마께서 믿고 계신 것이 진실이옵니다."

"그, 그럼…… 내가 붉은 꽃이 아니란 말이냐?"

"저는 그저…… 황후마마께서 믿으시는 것이 진실이라 말씀드렸을 뿐입니다. 그리 믿으시는지요?"

"말장난할 시간이 없다. 내가 아무리 황후이나 폐하 몰래 널 만나러 오는 것이 쉬운 일은 아니다. 그러니 말해 다오, 제발. 내가 어떻게 해야 하는지. 그렇다면 내가 어떻게든 너를 이곳에서 무사히……."

크흡.

그 순간 멧드라하의 입에서 시뻘건 피가 역류했다. 땅을 짚고 있는 그녀의 팔이 사시나무처럼 떨리기 시작했다.

"무…… 무슨 일인 게야?"

"……큭……크흡."

"멧드라하! 대체 이게 무슨 일이냐?"

소피아는 몹시 당황해 몸을 일으켰다. 어떻게 해야 할지 판단이 서질 않았다. 당장 경비병을 불러야 하겠으나 몰래 들어온 처지라 소란을 피우기가 곤란했다.

"독약을 먹은 거야, 응? 아니면 누가 독살이라도……."

멧드라하는 힘겹게 가슴팍에서 빈 병을 꺼내어 보였다. 그제야 소피아는 그녀가 스스로 독약을 삼켰음을 눈치챘다.

"왜? 어째서? 내게 대체 왜 이러는 거야?"

소피아가 감옥 문을 붙들고 낮게 소리쳤다.

"······과거의 잘못에 대한······ 대가를 치른다······ 생각하십시오."

"난 아무것도 잘못한 것이 없어!!"

"마마의 욕심이 자초한 일이옵니다."

"뭐라고?"

"가슴에 손을 얹고······ 생각해보십시오. 진정······ 아무것도 하지 않았는데······ 이곳에 온 것이옵니까? 크크 헉······."

멧드라하의 입에서 다시금 울컥 커다란 핏덩어리가 토해져 나왔다.

"아, 안 돼. 멧드라하. 그럼 내가 어떻게 해야 해? 응? 어떻게 해야 살아날 수 있어?"

황후의 목소리가 몹시도 간절했다.

죽어가는 멧드라하의 마음마저 흔들 만큼. 최소한 자신의 운명을 거스르기 위한 노력이라도 하게 해줘야 하지 않을까? 자신이 9년이나 오스만을 피해 도망 다녔던 것처럼.

숨이 넘어가려는 3초간의 짧은 고민 끝에 멧드라하가 힘겹게 입을 뗐다.

"처, 천륜을······ 거슬러야······."

"그, 그게 무슨 말이야? 응? 그게 무슨 말이야?"

"이······곳에서 살아 나가시려면······."

"안 돼. 죽으면 안 돼."

"하지만…… 못…… 하실 것이옵니다…… 크흡……."

"멧드라하!"

"페르……난……디 마지막 꽃……이어야 합니다. 큭…… 마지막…… 각성하기 전에……."

멧드라하는 그대로 고개를 땅에 푹 묻고 고꾸라져 버렸다.

"메, 멧드라하!"

소피아의 입에서 나온 그녀의 이름이 공기 중에 허무하게 흩어졌다. 멧드라하는 바닥에서 잠시 경련을 하다가 이내 죽은 듯 빳빳하게 몸을 굳혔다. 이상한 낌새를 눈치채 들어왔던 경비병이 깜짝 놀라 소리쳤다.

"황후마마. 이게 대체……."

"쉿! 조용히 해. 내가 그런 게 아니야."

그녀가 신경질적으로 쏘아붙였다.

"그럼?"

"저 혼자 자살한 거다. 품에 독약을 갖고 있었어."

"그…… 그런……."

소피아는 경비병의 멱살을 잡고 조용히 윽박질렀다.

"내가 다녀간 사실을 누구도 알아서는 안 돼. 내가 죽인 건 아니지만 내가 왔을 때 저 노파가 죽은 게 알려지면 오해를 받게 될 거고 너 역시 목숨을 부지하지 못할 테니까. 알겠어?"

"……네……네."

"그냥 저 혼자 있다가 숨겨 온 약을 먹고 자살한 거다. 알겠느냐?"

"예, 예…… 마마."

잔뜩 겁을 집어먹은 경비병이 대답했다.

소피아는 방으로 돌아와 침대에 앉은 채 손톱을 물어뜯었다. 낭패도 이런 낭패가 없었다. 하필 자신이 감옥에 갔을 때 멧드라하가 죽을 게 뭐람. 그 늙은이가 아무 말도 안 하고 자살할 줄 알았다면 괜히 그곳까지 찾아가는 수고를 하지도 않았을 텐데.

'진정…… 아무것도 하지 않았는데…… 이곳에 온 것이옵니까?'

질문을 던지던 노파의 회색 눈동자가 떠오르자 부르르 소름이 끼쳤다. 더불어 수도로 와 처음 만났던 황제가 자신을 보며 통쾌하게 웃던 모습도 생각났다.

'하하하…… 페르난디의 마지막 붉은 꽃이 드디어 내 손에 떨어졌구나.'

페르난디의 마지막 붉은 꽃.

궁에 있는 사람들은 모두 자신을 그렇게 호칭했다. 황후를 넘어 성녀와도 같은 대접을 받으며 기분이 우쭐하기도 했으나 '마지막'이라는 단어가 이상하게 마음에 걸렸다.

'페르난디의 마지막 꽃은 나야. 나 이외에는 없어. 니안은…… 아버지 딸이 아니야. 그 더러운 새엄마가 외도로 낳은 자식이라

고! 그렇지 않고서야 제 엄마를 꼭 닮은 흑발에 녹안을 가지고 태어날 리가 없잖아.'

페르난디 가문에서 다른 색깔은 용납되지 않는다.

자신도, 오빠인 게오르도, 선친도, 조부도, 어머니의 머리카락이나 눈 색깔과 상관없이 무조건 붉은 머리에 적안이었다.

조상들은 그 이유가 몸 안에 흐르는 붉은 용의 기운이 너무 강해서라고 했다. 그런데도 불안한 가슴은 쉽게 가라앉지를 않았다.

"니안을 족보에 올렸으면 한다."

니안이 다섯 살이 되던 해에 아버지 세이번 페르난디는 장남 게오르와 소피아를 불러 이렇게 말했다.

"그건 말도 안 돼요, 아버지. 페르난디 가문에 다른 색깔을 지닌 자식은 태어날 수가 없어요."

게오르가 핏대를 올렸다. 이에 소피아가 맞장구를 쳤다.

"오빠 말이 맞아요. 그 아이가 페르난디를 성으로 받는다는 건 집안의 수치라고요."

"네 엄마가 결백하다는 것은 내가 보증한다. 이 세상에 완전한 것은 없다. 우리 집안에 변이가 생겨 엄마를 닮은 아이가 태어난 것뿐이야. 공식적으로 1000년이다. 그 정도 세월이면 무언가 변화가 생길 때도 되지 않았니?"

그러자 게오르가 다시 소리쳤다.

"우리 집에 그런 변이가 있었다는 기록은 어디에도 없어요. 설사 있었다고 해도 최소한 족보에 이름이 올라 있지는 않아요. 그게 뭘 의미하겠어요? 붉은 머리와 적안이 아니면 정통성을 인정하지 않는다는 뜻이라고요! 전 이 집안의 장자로서 절대 그 정통성이 깨지는 꼴을 볼 수가 없어요. 아버지, 이건 절대로 안 되는 일이라고요!"

소피아와 게오르의 극렬한 반대를 셰이번은 도저히 꺾을 재간이 없었다. 그는 결국 족보에 니안을 올리진 않았지만 그렇다고 니안이 페르난디라는 이름을 사용하는 걸 막지도 않았다.

니안은 제 어미의 외가 성인 르윈느를 따랐지만, 중간 이름으로는 페르난디를 사용했다.

또한, 셰이번은 니안의 어미인 헬레나를 죽은 첫 부인보다 훨씬 더 사랑하고 아꼈다. 소피아의 기억에 따르면 아버지는 늘상 니안을 더 예뻐했다.

니안이 결혼할 때가 되면 페르난디 가문의 이름으로 시집을 보내겠다고 공공연하게 선언하기까지 했다.

'어떻게 아빠가 그럴 수가 있어? 그 사생아가 대체 뭐라고?'

소피아는 몹시도 속이 뒤틀렸다.

'내가 한참 사교계에 나가 신랑감을 찾아야 할 때는 관심도 없었으면서!'

그러자 순진했던 과거가 떠올랐다. 자신에게 유독 적극적이었던 어느 파락호 몰락 귀족에게 섣불리 몸을 허락했던 자신이…….

이후 그녀는 잔인하게 버림받았다. 백작이라는 신분이라면 분명 무언가를 해줄 수 있었을 텐데도 아버지 셰이번은 그녀를 위해 아무런 조치도 취하지 않았었다. 그저 그 사실을 수치스러워하며 외면했다.

그 때문에 스물셋이 넘도록 제대로 된 혼처를 찾지도 못하고 나이만 먹어가던 소피아였다.

새어머니와 니안에게 감정이 좋지 않은 건 오빠 게오르도 마찬가지였다.

그는 자신이 아버지 눈밖에 난 것이 아버지가 젊고 아름다운 새어머니에게 푹 빠졌기 때문이라고 믿었다.

도박에 빠진 게오르가 번번이 큰 빚을 지고 들어와 아버지가 불같이 화를 내면, 새어머니가 자신의 편을 들어주지 않는다고 몹시 못마땅해했으니까. 아버지와 자신의 사이가 멀어질수록 새어머니가 외도로 낳은 니안을 페르난디 가문의 자식으로 올리기 위해 일부러 중간에서 이간질한다고도 생각했다.

아버지 셰이번이 죽고 장자 상속법에 따라 게오르가 모든 재산을 물려받았을 때, 남매는 누가 먼저랄 것도 없이 새어머니와 니안을 집안에서 쫓아내기로 했다. 그들은 새어머니와 니안을 위해 단 한 푼도 쓰고 싶지 않았다.

더구나 니안은 페르난디 가문의 특질을 가지고 있지 않았으니, 새어머니가 외도로 니안을 낳았다는 그들의 주장에 아무도 반박

할 수가 없었다. 누가 봐도 그들이 새어머니를 쫓아내는 것은 당연한 처사였다.

그들은 새어머니인 헬레나와 니안을 거의 맨몸으로 집에서 쫓아냈다. 새어머니의 친정은 몰락해 돌아갈 곳이 없다는 것을 뻔히 알면서도 일말의 자비조차 베풀지 않았다.

애당초 집안이 그리 몰락하지 않았더라면 처녀였던 그녀가 재취 자리인 페르난디 가문에 시집을 오지도 않았을 터.

"게오르, 소피아…… 오해야. 절대 그렇지 않아. 니안도 너희와 똑같이 아버지 자식이야. 너희 형제라고. 그러니 제발…… 니안만이라도 성인이 될 때까지 여기서 살게 해줘. 부탁할게……. 게오르…… 제발……."

쫓겨나던 날, 새어머니는 게오르의 발치를 붙잡곤 땅바닥에서 울며 애원했다. 하지만 게오르는 냉정하게 그녀를 뿌리쳤다.

"당신을 쫓아내는 게 니안 때문이라고. 모르겠어? 어디서 누구 씨인지도 모르는 애를 만들어와서는 형제 운운해? 당신같이 더러운 여자는 꼴도 보기 싫으니까 당장 나가!"

"알았어! 알았어, 게오르. 그럼 내가 일자리 구한 곳에서 첫 월급을 탈 때까지만이라도 니안을 여기 있게 해줘. 아니, 그럼 며칠 동안 니안을 데리고 밖에서 지낼 여비라도…… 게오르…… 부탁할게. 제발……."

하지만 게오르는 한 푼도 주지 않았다. 심지어 그녀가 갖고 있던 물건 중에 돈으로 바꿀 수 있는 것들은 하나도 가져가지 못하게 했다. 그녀와 니안은 초라한 옷 몇 벌만 간신히 챙겨서 집 안에서 쫓겨났다.

소피아는 그렇게 그들이 길에 나앉아 그냥 죽어버렸으면 좋겠다고까지 생각했지만, 이후에는 생사조차 알아보지 않았다. 아니, 솔직히 알아볼 여유가 없었다.

그들이 나가자마자 게오르가 정신없이 사고를 치기 시작했기 때문이었다. 그는 협잡꾼과 도박꾼을 집으로 불러 파티를 하고 도박을 벌였다. 원래도 페르난디 가는 귀족 중에서 딱히 부유하다 말할 처지는 아니었지만, 그렇다고 저택과 영지를 유지하는 데에 모자람이 있는 편도 아니었다.

그런데 그 모든 것을 단 1년 만에 게오르가 몽땅 탕진해버리더니 빚쟁이들을 피해 어디론가 잠적해버렸다. 그것도 소피아만 덜렁 혼자 남겨놓고.

심지어 황폐해진 영지에 홀로 남은 소피아가 극적으로 발탁돼 황제와 대대적으로 결혼식까지 올리고, 그 소식이 전국 방방곡곡에 닿았을 텐데도 그는 한동안 그림자조차 드러내지 않고 있었다.

분명 무서운 빚쟁이들에게 쫓기다 무슨 봉변이라도 당한 게 틀림없으리라. 차라리 잘된 일일지도 모른다.

소피아가 그리 생각하며 안도하고 있을 때, 게오르는 다시 나타났다. 불과 3년 전이었다.

"이야아…… 내 동생이 황후가 되다니."

어디서 구해 입었는지 알 수도 없는 촌스러운 귀족 옷을 입고 게오르는 황궁에 모습을 드러냈다. 실로 반갑지 않은 손님이었다. 건들거리는 그의 모습을 보며 인상을 찌푸리던 오스만의 모습이라니. 소피아는 부끄러워 어디론가 숨고만 싶었다.

"황후의 오라비라면 당연히 백작 작위를 복귀시키고 품위에 걸맞은 재산을 하사하여야 하지 않겠소?"

오스만이 불쾌함을 숨기고 소피아에게 말했다.

그는 냉정하고 잔인한 황제였지만 소피아에게만큼은 관대했다.

그 이유는 단 하나. 그녀가 오스만의 미래를 보장하는 붉은 꽃이기 때문이었다.

"그래도 새어머니한테는 바델이 따라갔으니…… 죽지는 않았겠지? 어휴, 은혜도 모르는 못돼먹은 늙은이 같으니라고."

그녀가 손톱을 물어뜯는 속도는 점점 빨라졌다.

바델 크라우디.

가족 하나 없는 여자를 보증인도 없이 하녀로 거둬준 거로도 모자라 30년이나 월급까지 주면서 데리고 있었는데!

아버지가 죽고 나니 페르난디의 순수 혈통인 자신들을 배신하고 근본도 알 수 없는 새어머니를 따라가?

'그래서 만약 니안이 살았다면……?'

어느 덧, 소피아는 손톱을 물어뜯는 거로도 모자라 생살을 씹기 시작했다. 손톱뿐만 아니라 입술에도 붉은 피가 배어들었다. 진주 분을 입혀 화려하게 장식한 손톱은 엉망이 되어버렸다.

'만에 하나 아버지와 새어머니의 주장대로 니안도 페르난디의 피를 물려받은 게 맞다면……?'

그러면…… 페르난디의 마지막 붉은 꽃은 누가 되는 거지?

"아악!"

소피아는 비명을 지르며 테이블 위에 있던 꽃병을 집어 던졌다. 불안해서 미칠 것만 같았다.

'처, 천륜을…… 거슬러야…….'

그 순간 멧드라하가 죽어가며 했던 말들이 어질러진 퍼즐처럼 머릿속에 떠오르기 시작했다.

'이……곳에서 살아 나가시려면…….'

천륜을 거슬러야 한다는 말은 대체 무슨 뜻일까? 소피아는 격한 숨을 애써 진정시키며 치열하게 고민했다.

그녀에게 남은 천륜이라고 해봐야 망나니 오빠 게오르뿐이 아니던가. 개 버릇 남 못 준다고 오스만에게 하사받은 재산마저 거의 탕진해 버린 게오르는 현재 저택과 약간의 영지를 손에 쥔 채 베른에서 숨을 죽이고 있었다.

그를 완전히 내치고 연을 끊어야 한다는 뜻일까? 아니면 죽여야?

"하지만…… 못…… 하실 것이옵니다…… 크흡……."

소피아는 멧드라하의 말이 떠오르자 인상을 찌푸렸다.

못 할 것도 없지. 당장 내가 죽게 생겼는데. 그까짓 인생에 도움도 안 되는 망나니 혈육 따위!

"페르……난……디 마지막 꽃……이어야 합니다. 큭…… 마지막…… 각성하기 전에……."

그러나 여전히 마지막이라는 말이 가슴을 울렸다.

페르난디의 마지막 꽃이어야 한다……? 페르난디의 마지막 꽃…….

그런데 아무리 생각해도 그 꽃은 자신이 아닌 것만 같았다. 실제로 아직까지 능력이라는 것이 발현하지도 않았던 것이다.

그렇다면 다음으로 붉은 꽃이라 추정할 수 있는 사람은 누구지?

그녀는 다시 인상을 찌푸렸다.

니안. 니안밖에 남지 않았다. 그 아이가 진짜로 페르난디의 핏줄이라는 가설이 맞다면 말이지만! 그야 니안을 찾으면 알 수 있겠지?

그녀는 입술이 하얗게 깨물었다. 살아 있다면 죽이면 그만이다. 붉은 꽃이면 더 좋고, 아니어도 상관없었다.

어차피 9년 전에 죽었으면 했던 아이니까. 이젠 사람 하나쯤은 간단히 죽일 힘도 지니고 있지 않은가.

"난 지금 황후니까 말이야."

말로 내뱉고 나니 숨이 가라앉으며 입가로 웃음이 비집고 나왔다. 매혹적이고도 냉혹한 웃음이었다.

시험이 끝난 주의 금요일은 반나절 만에 수업이 끝나버렸다.

꽤 많은 학생이 시험 기간 집에 돌아가지 못했기에 아카데미 측이 해준 배려였다.

이날을 얼마나 기다렸던가?

데릭 역시 간만에 집으로 돌아가 니안을 만날 수 있다는 생각에 들뜬 마음을 완전히 감추긴 어려웠다.

금요일 오후에 돌아가겠다고 미리 연락하지 않았으니, 이대로 집에 들어가면 가족들이 아마 깜짝 놀랄 것이다. 루이스는 미리 연락을 줬으면 맛있는 저녁을 준비해 놨을 텐데 하며 아쉬워할 거고, 니안은 팔짝팔짝 뛰면서 좋아하겠지? 멜드린은 또 어디론가 나가 있다가 저녁에 들어와 '오, 데릭! 이게 어쩐 일이냐?' 하며 껄껄 웃을 것이다.

가족들의 반응을 하나하나 머리에 떠올리다 보니 절로 웃음이 나왔다. 집으로 돌아가기 위해 간단히 가방을 챙기며 데릭이 씨익 행복한 미소를 떠올렸다.

'그런데, 에이든 녀석 웬일이지?'

문득 평상시와 다른 허전함에 흘긋 에이든의 책상과 침대를 돌아보았다. 모두 깨끗했다. 데릭이 오기 전 벌써 정리를 하고 떠난 것이 틀림없었다.

녀석 성격에는 마지막 수업이 끝나는 즉시 옆에 따라붙어서는 오늘 갈 거냐, 내일 갈 거냐, 뭐 타고 갈 거냐 등등 귀찮게 물어댔을 텐데. 그럼 또 어디선가 로렌이 쪼르르 달려와 그 옆에 같이 매달려 있겠지?

그래서 오늘은 일부러 강의실 문 옆에 앉았다가 수업이 끝나는 즉시 방으로 도망쳐 왔다. 에이든이 준비되기 전에 먼저 기숙사를 나서려고. 그런데 에이든은 떠나고 난 뒤였다. 그의 예상을 깨고 말이다.

'무슨 상관이람?'

데릭은 어깨를 한 번 으쓱해 보이고는 다시 부지런히 손을 놀렸다. 가방을 다 챙기고, 재킷과 외출용 모자를 챙겨 방을 나섰다.

유난히 맑은 날씨에 교정을 지나오는 내내 기분이 좋았다. 그렇게 밝은 햇살을 맞으며 막 아카데미 정문을 나와 대로를 향해 상쾌한 발걸음을 내디뎠을 때였다.

"데릭!"

익숙한 목소리가 들려왔다. 혹시나 하는 심정으로 소리가 난 쪽으로 고개를 돌려보았다.

역시나! 에이든이었다. 그는 평상시 타고 다니던 것에 비해 상당히 소박한 디자인의 마차 안에서 막 문을 연 참이었다.

그가 문밖으로 몸을 살짝 내밀고 데릭에게 말했다.

"타. 태워줄게!"

데릭은 짜증이 확 솟구쳤다. 자신이 일찌감치 집으로 갈 것을 예상하고 에이든이 미리 계획한 것이 틀림없다. 그의 어깨너머 다소곳이 앉은 로렌의 모습도 보였다.

"필요 없어."

차갑게 일축한 데릭은 가던 방향으로 뚜벅뚜벅 발걸음을 옮겼다.

"야, 데릭!"

그의 목소리를 무시한 데릭이 걷는 속도를 높이자 서 있던 마차와 곧 거리가 벌어졌다. 에이든은 마부에게 데릭과 속도를 같이해 움직일 것을 주문했다. 눈 깜짝할 새에 데릭 옆을 구르는 마차 안에서 에이든이 소리쳤다.

"누가 잡아 먹냐? 너희 동네에서 너무 눈에 띄면 부담될까 봐 마차도 이렇게 무난한 걸로 대령했다고. 할 말도 있으니까 타! 같이 집에 가면서 얘기해."

"그건 네 사정이지."

데릭은 돌아보지도 않고 대꾸했다. 보다 못한 에이든이 움직이는 마차 안에서 훌쩍 뛰어내려 데릭의 어깨를 잡았다.

"와, 너 여자보다 더 튕기는 거 알아? 반하겠다, 야."

"미친놈."

"그래, 뭐…… 내가 너한테 하루 이틀 미친놈이냐? 로렌도 기다리고 있어. 내 동생 얼굴을 생각해서라도 좀 타주라. 응?"

데릭이 발걸음을 딱 멈추었다. 아벨 백작이 저택에서 했던 이야기가 머릿속에 떠올랐다.

'에이든의 여동생 말이다. 그 아이도 네게 관심이 많아 보이더구나. 한번 진지하게 생각해봤으면 좋겠다. 네가 집안의 장남으로서 잘 생각하고 결정했으면 좋겠구나.'

에이든이야 니안과의 관계에 앞서 친구니까 편하게 대해도 괜찮지만, 로렌은 아니었다.

때가 되어 정식으로 거절하기 전까진 소개해준 아벨 백작의 얼굴을 봐서라도 최소한의 예의는 지켜야 했다.

그는 마차를 돌아보았다. 마차 안에 앉은 로렌의 연녹색 눈동자가 간절한 빛을 띠고 자신을 바라보고 있었다. 눈이 마주치자 로렌이 답지 않게 수줍은 미소를 지어 보이며 말했다.

"함께 가요, 데릭. 나름 신경 쓴 건데 호의를 거절하지 말아주셨으면 좋겠어요. 부탁해요."

'빌어먹을.'

데릭은 속으로 욕을 삼키며 에이든의 얼굴을 바라봤다. 에이든이 '넌 이걸 거절하면 개다' 하는 표정으로 씨익 웃고 있었다.

모자에 손을 얹은 데릭이 마지못해 로렌을 향해 살짝 고개를 숙여 보였다.

"베오만 양께서 그리 말씀하시니 거절할 수가 없군요. 그럼 감사히 호의를 받겠습니다."

로렌의 얼굴에 환한 미소가 번졌다.

덜컹거리는 마차 안에서, 문가에 앉은 데릭은 몹시 불편한 표정으로 창밖만 바라보고 있었다.

혹시나 자기에게 시선이라도 줄까 봐 로렌은 데릭에게서 눈을 떼지 않고 있었다. 작은 창문을 통해 직각으로 잘린 햇빛이 데릭의 얼굴과 목에 뚜렷한 음영을 만들고 있었다. 모자 아래로 삐져나온 곱슬머리도 햇살이 닿은 곳은 투명한 금빛으로 환하게 빛났다.

'남자가 저렇게 아름다울 수 있을까?'

속으론 몹시 감탄하면서도 제게 틈 하나 보여주지 않는 데릭이 섭섭하기 그지없었다.

어쩌다 우리 남매가 이렇게 됐을까? 오빠인 에이든은 니안에게, 자신은 데릭에게 목을 매는 처지라니.

'내가 진짜 마음에 들지 않는 걸까? 아니면 오빠가 자기 여동생을 좋아하는 게 싫어서 나까지 밀어내는 걸까?'

3주 동안 에이든이 껌딱지처럼 붙어서 살갑게 말을 걸고 따라

다니는 동안 로렌도 만만치 않게 데릭의 주변을 맴돌았다. 에이든의 핑계를 대고 말이다.

에이든은 룸메이트에 동기이기까지 했으니 차가우나마 대거리도 하고 눈길도 줬지만, 로렌에게 데릭은 지극히 공손하고 예의 바르기만 할 뿐 인사할 때를 빼고는 눈길도 주지 않았다.

어쩌다 눈이 마주쳐도, 로렌을 향한 푸른 눈동자엔 아무런 감정도 들어 있지 않았다. 상대의 마음을 공허하게 만드는 재주가 있는 데릭이었다.

문득 절친한 친구인 제시가 했던 말이 떠올랐다.

"철벽도 저런 철벽은 본 적이 없어. 내가 말했지? 데릭이 여자한테 미소 짓는 걸 본 건 딱 한 번뿐이라고. 작년 연말 축제 때 파트너로 여동생 데리고 왔을 때. 여자한테 그렇게 해맑게 웃어주는 건 처음 봤다."

그런 웃음은 로렌도 확인했다.

아벨 백작의 피크닉에서 니안에게 델쿤 열매를 선물했을 때, 데릭의 땀 맺힌 얼굴에 떠오르던 그 눈부신 미소!

데릭이 창밖에 시선을 둔 채 무감한 얼굴로 에이든에게 말했다.

"아까 할 이야기라는 게 뭐야?"

"아, 그거……."

가슴에서 편지 봉투를 꺼내어 보이며 에이든이 환하게 웃었다.

"파티 초대장. 우리 집에서 열리는 어머니 생신 파티. 꽤 크게 열릴 거야."

"그런 건 아카데미에 있을 때 말해도 됐잖아."

"아카데미에서 말하면 네가 분명 거절할 테니까."

"여기서 말하면 거절 안 하고?"

"그래서 내가 직접 전달하려고, 니안한테. 안 그러면 네가 중간에서 차단해버릴 거잖아."

데릭의 얼굴이 못마땅하다는 듯 일그러졌다. 로렌의 눈에는 그마저도 멋져 보였지만.

"지금 우리 집엘 가겠다고 말하는 거야? 그거 상당히 무례한 거알지? 정 니안 앞으로 초대장을 보내고 싶었으면 편지로 보내는게 예법에 맞는 거잖아."

에이든은 그저 어깨만 한 번 으쓱해 보이고는 싱긋 웃었다.

데릭의 말이 맞았다. 하인을 통해 초대장을 보내는 편이 훨씬 정중한 일이었다. 하지만 니안이 아벨 백작의 저택에서 열리는 파티외에는 다 거절했다는 소문을 들은 터라 직접 만나 설득해볼 참이었다.

데릭은 천진한 미소를 짓는 에이든에게 차갑게 말했다.

"소시민들의 집 구조가 궁금하기라도 한가 본데 난 구경거리가되는 취미는 없어."

"좋아, 그럼. 니안을 불러줘. 마차로. 마차 안에서 기다릴게."

"거절할래."

데릭이 단호하게 말했다.

"왜?"

에이든이 억울한 목소리로 물었다.

"어차피 내가 안 가면 니안도 안 갈 테니까."

그 말에 에이든이 답답하다는 듯 한숨을 크게 내쉬었다.

데릭이 어떻게 반응해도 발랄하기만 했던 이전과는 사뭇 다른 반응이었다.

"하아, 데릭. 가끔 널 보면…… 니안을 여동생이 아니라 사수해야 할 여자 친구쯤으로 생각하고 있는 것 같아."

데릭은 뜨끔했지만 무심하게 창문 밖으로 고개를 돌리면서 외면했다. 잠시 정적이 흘렀다. 하지만 에이든은 곧 아무렇지도 않게 밝은 모습으로 돌아왔다. 그가 데릭의 어깨에 척 손을 올리며 장난스레 말했다.

"데릭, 제발 연애를 해라! 로렌이 마음에 안 들면 다른 여자라도!"

"오빠!"

로렌이 비명처럼 '오빠'를 외쳤다.

'아, 이게 정말 오빠인지, 적군인지.'

로렌은 몹시 속이 상했다. 그제야 데릭의 푸른 시선이 로렌에게 닿았다.

"제가 대신 사과드리겠습니다, 베오만 양."

데릭은 공손하게 고개를 끄덕해 보였지만 눈동자엔 여전히 아무 감정도 들어 있지 않았다.

사실 에이든으로서는 이럴 때마다 자존심이 상했다. 데릭이 자신에게 쌀쌀맞게 구는 거야 자기가 그의 여동생을 노리고 있으니 같은 오빠로서 어느 정도 이해하겠지만, 로렌을 찬밥 취급하는 건 퍽 불쾌했다. 사교계에서 로렌을 탐내는 녀석들이 얼마나 많은데! 심지어 현 황제까지도!

에이든이 불만스러운 목소리로 말했다.

"그러니까 넌 그게 문제라고, 데릭. 그냥 로렌이라고 불러도 된다는데 꼬박꼬박 베오만 양이라고 하잖아. 일부러 선 긋는 것처럼…… 아아악!"

그러나 그는 말을 끝맺지 못하고 비명을 질렀다. 로렌이 갑자기 그의 옆구리를 세게 꼬집었기 때문이었다. 평상시 장난치던 습관대로 과한 행동을 하고 나서야 에이든은 아차 싶었다.

데릭의 입가가 웃음을 참듯 살짝 실룩이는 기분이 드는 건 착각인가? 데릭이 다시 덤덤한 표정으로 눈을 맞추며 말했다.

"내가 보기엔 오히려 너희 남매가 커플 같다. 지금처럼 꽁냥거리는 모습이……."

그러자 에이든이 정색했다.

"그런 말 하지 마. 토 나와!"

로렌은 '나도거든!'이라고 외치고 싶은 걸 꾹 참고 다시 한번 에이든의 옆구리를 꼬집었다.

에이든은 이번엔 소리를 지르지 않고 꾹 참았다. 데릭이 당황한 에이든의 보랏빛 눈동자를 또렷이 바라보며 짚어주었다.

"먼저 시작한 건 너야."

삐뚜름하게 말려 올라간 입꼬리가 꼭 약 올리는 것만 같다. 하지만 에이든은 어쩐지 그의 그런 행동에 오히려 안심되었다. 비죽 웃음도 나왔다.

저 말인즉슨, 동생하고 이성으로 엮이는 게 말도 안 된다는 뜻이겠지? 나처럼. 동생을 여자로 보는 게 아닐까 했던 의심은 결국 과민반응이었던 거?

"역시 나와 같은 심정이었단 거군."

에이든이 만족스러운 얼굴로 낮게 중얼거렸다.

"그러니까 불러줘. 차라리 니안에게 거절을 당할래. 설마 니안이 오빠 없이는 아무것도 결정 못 하는 어린애라고 생각하는 건 아니지?"

데릭은 대답 없이 창밖만 쳐다봤다.

마차는 어느새 익숙한 골목으로 접어들고 있었다. 마차가 데릭 집 앞에서 멈췄을 때 에이든이 말했다.

"그럼 기다린다."

"그건 네 자유고."

톡 쏘아붙인 데릭이 로렌을 향해 정중히 인사를 했다.

"데려다주셔서 감사합니다, 베오만 양."

그리곤 뒤도 돌아보지 않고 열린 마차 문으로 훌쩍 뛰어 내려버렸다.

니안과 루이스는 아침부터 서로에게 아무 말도 하지 않았다.

둘은 그저 각자 익숙한 일상을 묵묵히 해나갔다.

멜드린은 전날 루이스와 싸운 후 니안에게 데리러 오겠다는 말만 남기고 집을 나가 돌아오지 않는 중이었다.

화가 난 건 니안도 마찬가지였다. 부당한 대우를 받으며 살아왔지만 루이스가 자신을 학대하거나 내치지 않는 것에 안도하며 최소한 자신을 사랑하진 않아도 미워하지도 않는다고 생각했었다. 그러나 이젠 그마저도 믿을 수가 없었다.

사건은 전날인 목요일 아침에 시작됐다.

그날 아침 식사 당번은 루이스였다. 루이스는 자신이 아침을 준비하는 날에는 니안에게 30분가량은 더 잘 수 있도록 배려해주었으므로 니안은 마음 편히 꿈속을 헤매고 있었다.

그런데 느닷없이 데니펫이 잠자는 니안의 얼굴을 핥기 시작했다. 분명 아침 사냥을 나갈 시간임에도 불구하고.

"으음…… 데니펫. 그만해."

니안이 데니펫의 길고 말랑한 몸통을 잡아 옆으로 밀어내며 중 얼거렸다.

"아직 조금 더 자도 된단 말이야."

그럴수록 데니펫은 더욱 끙끙거리는 소리를 내며 얼굴을 핥아 댔다.

결국, 니안이 그런 데니펫을 피해 옆으로 돌아누웠다. 하지만 멀리서 느껴지는 심상치 않은 기류에 정신은 다시 꿈속으로 돌아가지 못했다. 점점 선명해지는 현실의 소리.

아래층에서 루이스와 멜드린의 대화가 들려오고 있었다. 아니, 대화라기보다는 말다툼에 가까웠다. 니안은 두 눈을 번쩍 떴다.

멜드린은 웬만하면 소리를 지르거나 화를 내는 성격이 아니었다. 하지만 웬일인지 지금은 몹시 화가 난 듯 언성이 높아져 있었다.

니안이 놀라 벌떡 몸을 일으키자 데니펫이 침대 아래로 뽀르르 뛰어 내려가 반갑게 그녀를 올려다봤다.

"저것 때문에 깨운 거구나?"

바로 그거라는 듯, 데니펫이 제자리에서 한 바퀴 빙글 돌았다.

니안은 옷장에서 카디건을 꺼내 걸치고 살그머니 계단으로 향했다. 방에서 문을 닫고 말다툼을 하고 있는지 여전히 윙윙거렸지만, 1층으로 가까워질수록 말소리는 더욱 선명해졌다.

그리고 문 앞에 도착했을 땐, 어설픈 목재 문틈 사이로 그들이

하는 대화가 선명히 들려왔다.

"루이스! 난 당신이 조금 차갑긴 해도 지극히 이성적이고 상식적인 사람이라고 생각했어. 그런데 이게 대체 뭐야? 어떻게 이런 식으로 왕자와 니안을 키울 수 있는 거야? 어떻게!! 이래놓고 왕자를 잘 키웠다고 할 수 있어?"

'왕, 자……?'

생각지도 못했던 단어에 놀란 손바닥이 입을 가렸다. 왕자를 키우다니? 루이스가 키운 건 데릭과 자신밖에 없는데. 그럼 저기서 말하는 왕자가…….

'데릭?'

녹색 눈동자에 지진이 난 듯 흔들렸다.

원래 그의 신분이 높다는 건 눈치채고 있었지만…….

아니, 어렸을 때 봤던 능력과 외모 때문에 혹시 멜롯 가의 핏줄이 아닐까 생각은 했지만, 그가 황실 적통일 거라고는 생각조차 하지 못했다.

"왕자 얼굴의 그늘이 뭔지 이제야 알았어. 단순히 부모님이 죽고 황실에서 도망쳐 나왔기 때문만은 아니야. 왕자도 알고 있는 거지, 이 사실을? 내가 몇 번이나 말을 했잖아. 그에겐 자부심이 중요하다고. 그것이 그가 다시 일어날 힘을 준다고. 단지 먹이고, 입히고, 교육만 한다고 해서 되는 게 아니란 말이야. 왜 나한테까지 숨겼어?"

"그럼 분명 당신은 날 방해했을 테니까요! 어쭙잖은 양심과 자존심으로 왕자를 고생시켰을 테니까! 지금처럼 좋은 교육을 받는 건 고사하고 결국 황실 아카데미에 들어가지도 못했을 테니까! 알잖아요. 귀족들이 얼마나 보수적이고 속물인지. 혈통이 중요하다고 해도 제대로 교육조차 받지 못한 왕자를 왕으로 인정해줄 리가 없어요. 어디에 내놔도 흠 잡히지 않을 만큼 완벽하게 키우고 싶었다고요. 훗날 아무도 왕자를 무시하지 못하도록!"

"물론 그렇다면 더할 나위 없이 좋은 거지. 하지만 남의 돈을 가로채서 살았다고 하면 누가 왕자를 인정하겠어? 왕자 자신도 자신을 인정하지 못하는데!"

"전 남의 돈이라 생각하지 않아요. 어쨌든 아무도 없는 니안을 돌봐주고 키워줬잖아요. 내가 아니었으면 니안은 그 숲속에서 혼자 죽었을 거라고요."

"니안이 아니었으면 왕자도 죽었어! 당신도 마찬가지고."

"니안의 양육비예요, 양육비! 무슨 뜻인지 알아요? 니안을 키우는 대가로 내가 받는 돈이라고요. 내가 보수로 정당하게 받는 돈을 내 마음대로 쓰지도 못해요?"

"아니, 양육비라는 것은 아이를 키우는 데 필요한 돈을 의미하는 거라고."

"그럼 누가 대가도 없이 아이를 키워줘요? 부모도 버린 아이를?"

"하다못해 짐승들도 남의 새끼를 거둬. 그들이 대가를 바라고 거두냐? 측은지심이란 말 몰라? 사람이면 당연히 드는 감정이잖아."

그러나 루이스가 기가 막힌다는 듯 코웃음을 치며 소리를 질렀다.

"내가 죽게 생겼는데, 그리고 내 자식이 죽게 생겼는데 측은지심이 웬 말이에요? 당신이 알아요? 그날 밤 왕자와 내가 무슨 일을 겪었는지? 얼마나 절박했는지? 그때 당신은 없었잖아! 함부로 말하지 말라고요."

니안은 그만 머리가 어지러워 몸이 휘청거렸다. 간신히 벽을 짚고 서서 조용히 심호흡했다. 그들에게 자신의 소리가 들리지 않도록 조심하면서.

"루이스! 누누이 말하지만, 왕자는 당신 자식이 아니야. 좋아, 그날 밤은 워낙 다급해서 도덕적인 판단을 못 했다고 치자. 그럼 같이 사는 동안 사랑이라도 줬어야지."

멜드린이 소리쳤다. 그러나 루이스도 지지 않았다.

"난 니안을 미워한 적 없어요. 구박한 적도, 때린 적도 없어요. 밥도 굶기지 않았다고요."

"난 당신이 니안을 미워했다고 말하지 않았어. 사랑을 주지 않았다고 했지. 그리고 구박이 별건 줄 알아? 차별하는 게 구박이야. 왕자와 니안을 차별하면서 길렀잖아."

"허, 맙소사, 멜드린! 어떻게 왕자와 한낱 반쪽짜리 귀족 아이를 똑같이 대우해요? 헤이드는 왕자라고요, 왕자. 이 황국의 황태자요. 원래대로라면 니안 같은 아이는 함부로 얼굴조차 보기 힘든 상대였단 말이에요!"

멜드린이 답답하다는 듯 소리를 질렀다.

"그래! 쫓겨난 황태자! 다시 제자리를 찾을 수 있을지 없을지도 모르는!"

루이스의 얼굴이 충격으로 굳어버렸다. 움찔 어깨를 떨며 숨을 멈춘 그녀가 낮고도 깊은 목소리로 멜드린을 비난했다.

"어떻게 그런 불경한 말을 할 수가 있어요, 감히! 빌카인 3세 황제 폐하께서 살아계셨다면 당신은 이미 죽었어요!"

그러자 멜드린이 화가 난 나머지 옆에 있던 옷장 문을 '쿵' 소리가 나도록 때렸다.

"그래, 젠장! 살아 있었다면 말이지! 하지만 죽었잖아!! 이젠 황제도 아니라고. 당신의 비양심적인 행동이 전 황실에 대한 내 경외심과 충성심마저 하찮게 만들어버렸어. 알아? 귀족이 속물이라고? 그래도 그들은 명예만큼은 그 어떤 것보다 중요하게 생각해! 심지어 목숨보다도! 당신은 귀족도 아닌, 황족의 명예에 먹칠했어!"

니안은 어찌해야 할지 알 수가 없었다. 너무나 혼란스러웠다. 왕자라니! 데릭이 왕자? 그리고 양육비? 데릭이 아니라, 날 위한 양육비라고?

'누가 날 위해 양육비를⋯⋯?'

그 순간 머릿속에 떠오르는 사람은 단 한 사람밖에 없었다.

엄마.

분명 자신을 버린 줄 알았던 엄마가 실은 지금껏 자신을 위해 양육비를 보내온 것은 아닐까?

그럼 엄마와 연락을 하던 루이스는 엄마가 지금 어디에 있는지 알고 있다는 뜻이 된다. 그러자 더는 주저할 수가 없었다.

니안은 벌컥 방문을 열었다. 설전을 벌이던 두 사람의 얼굴이 동시에 니안을 향했다. 이미 흥분해 얼굴이 벌겋게 달아올라 있던 멜드린은 잠옷 바람에 창백한 얼굴로 서 있는 니안을 보며 어쩔 줄을 몰라 했다.

"니…… 니안. 우리가 너무 시끄럽게 했구나.'

그가 신음하듯 중얼거렸다.

"제 양육비라뇨?"

"니안, 그게 있잖니……."

멜드린이 무언가 변명을 시작하려는 것처럼 운을 떼자 니안이 그의 말허리를 자르고 들어갔다.

"분명 제 양육비라고 하시는 걸 들었어요."

"……."

"……."

난감한 상황이 진행될수록 루이스의 얼굴은 뻔뻔하게도 평온한 빛을 띠었고, 멜드린은 더욱 미안한 표정이 되어갔다.

니안이 또박또박한 목소리로 다시 물었다.

"제 양육비를 누가 보내줬단 말이에요? 그럼…… 오빠의 후원 자라고 했던 사람이 실은 제 양육비를 대고 있었단 말이에요? 그게 누구예요? 그게…… 혹시……."

더듬거리며 말끝을 흐리는 니안의 초록 눈동자에 그렁그렁하게 물기가 차올랐다.

"……혹시, 엄……마?"

엄마라는 두 글자를 발음하는데 참지 못하고 울컥 목이 메어왔 다. 멜드린이 크게 한숨을 내쉬었다. 이렇게 된 이상 숨기는 건 아무 의미가 없다.

"그래, 맞아. 네 엄마야."

멜드린이 다 내려놓은 얼굴로 차분히 대답했다.

"엄마…… 엄마라니……."

결국, 눈물을 흘리고 말았다.

기쁨의 눈물인지 슬픔의 눈물인지는 알 수 없었다. 어쩌면 둘 다일지도 몰랐다.

그저 오랫동안 꾹꾹 눌러왔던 그리움이 봇물 터지듯 터져 나와 눈물과 함께 뚝뚝 떨어져 내렸다. 니안은 주저앉지 않으려고 문틀을 꽉 붙잡았지만 결국 버티지 못하고 스르륵 내려앉았다. 중얼거리는 목소리엔 감격이 배어 있었다.

"아아……. 날 버린 게 아니었어. 날 버린 게…… 아니었어."

"니안!"

멜드린이 안타깝게 니안의 이름을 불렀다.

그는 웃음과 울음이 뒤섞인 얼굴로 울고 있는 니안을 끌어안고는 부드럽게 토닥였다.

"그래, 너희 엄마는 널 버리지 않았어. 지금까지 단 한 번도 널 잊은 적이 없어. 매달 양육비를 보내오고 루이스를 통해 네 소식을 듣고 있었다."

"아아…… 날 버리지 않았어. 엄마가 날 버리지 않았어. 엄마가…… 엄마가……. 흑흑…… 난 그것도 모르고 원망했어요, 엄마를…… 원망했어요. 흐흐흑…… 어쩌면 좋아요?"

니안이 서럽게 흐느끼기 시작했다.

자신을 바델과 함께 깊은 숲속에 내버리고 사라져 버린 엄마를 얼마나 원망했던가. 오빠와 언니에게 버림받은 것으로도 모자라 세상에서 가장 사랑하는 엄마에게 버림받은 상처는 말로 표현할 수 없을 만큼 아팠다.

내가 그렇게 가치 없고 쓸모없는 인간일까? 그래서 가족들이 모두 날 버린 걸까?

그런 이유로 비록 냉랭하지만, 자신을 거둬 길러준 루이스에게 항상 감사한 마음을 갖고 있었다. 누구보다 자신을 아끼고 소중하게 대해주는 데릭에게 사랑을 느꼈다. 자상한 멜드린의 존재가 큰 힘이 되었다.

가끔 마음이 너무 힘들어 달아나고 싶은 생각이 들 때면 자신을 가족으로 받아준 그들에게 못된 마음을 먹은 자신을 나무라며 참고 또 참았다.

"진작…… 진작 말해줬더라면……."

'나를 좀 더 사랑할 수 있었을 텐데!'

니안의 울음소리가 구슬펐다.

냉정함을 유지하려는 루이스의 가슴마저도 서럽게 파고들 만큼. 결국, 그녀도 아픈 눈으로 니안을 내려다보고 말았다.

'그래, 알아. 네가 엄마, 아빠 이야기를 하지 않는다는 걸. 그래서 몰랐구나. 네가 엄마를 그리워할 수도 있다는 사실을 말이야.'

처음부터 할머니와 단둘이 있는 모습부터 봐서 그런지도 몰랐다. 게다가 니안은 마치 아무 사연도 없는 아이처럼 언제나 밝고, 상냥하고, 사랑스러웠다. 때로는 얄미우리만치.

'쟨 어떻게 저렇게 티 없이 해맑을 수만 있지? 어떻게 걱정 하나 없이 저리도 천진하기만 하냐고.'

그러면서 왕자가 더 측은하게 생각되었다.

'그는 부모가 형제의 손에 죽는 모습을 직접 봤는데. 그 고귀한 자리에서 하루아침에 더러운 바닥으로 추락하고 말았는데. 넌 뭐가 그리 좋기만 하니?'

루이스는 니안의 우는 모습을 보며 그간 자기가 바라봐온 니안의 모습이 제 상처를 감추기 위해서 억지로 투영해온 모습이었음을 깨달았다.

'네 아픔도 왕자 못지않았구나. 그 어린 것이 아픈 상처를 이겨 내려 고군분투해왔구나.'

루이스는 니안이 측은하고 가엽다는 사실을 가슴 깊이 느끼고 인정했다. 하지만 겉으로 나오는 말은 속마음과 달리 냉정하고 쌀쌀맞았다.

"니안, 그런다고 이미 지나간 시간이 되돌아가진 않아. 덕분에 잘 살아왔으니 그냥 감사하면 되는 거야."

멜드린이 그런 루이스에게 말없이 눈을 치켜떴다.

단 한 번도 본 적이 없는 눈빛이었다. 영원히 변하지 않을 것만 같았던 멜드린의 마음이 달라 보이는 순간이었다.

덜컥 겁이 났다. 맞잡은 손이 덜덜 떨릴 만큼.

그가 루이스를 노려보던 시선을 거둬 니안을 바라보며 말했다.

여느 때와 같이 따뜻하고 자상한 눈빛이었다.

"미안하다…… 정말 미안해, 니안. 내가…… 내가 사과할게. 정말 너한텐 무슨 말로도 갚을 수 없는 죄를 지었구나. 정말 미안하다……."

멜드린의 물기 젖은 목소리엔 진심이 가득했다. 정작 그는 알지도 못했고 저지르지도 않았던 일을 대신 사과하고 있었다.

마음 한구석에 구겨 놓았던 가책은 순식간에 눈덩이처럼 불어나 가슴을 짓눌렀다. 하지만 루이스 입장에서는 멜드린처럼 니안에게 제 약한 속마음을 비쳐 보일 수는 없는 노릇이었다.

그건 루이스답지 못한 일이었으니까. 그녀는 측은함에 가라앉으려는 눈빛을 감추곤 오만하게 턱을 추어올렸다. 감정을 삼키려다 목울대가 꿀걱, 크게 일렁거렸다.

"그럼, 엄마는…… 엄마는 어디에 계세요?"

울음이 잦아들었을 때 니안이 루이스에게 물었다.

"말해줄 수가 없구나."

루이스가 딱딱하게 말했다. 니안의 눈이 둥그렇게 커졌다.

"왜요? 어째서?'

"네 엄마와 약속했기 때문이야. 네 엄마가 어디에 있는지, 무엇을 하는지 너에게는 말하지 않기로."

"엄만 제가 보고 싶지 않대요? 전 엄마가 너무 보고 싶은데…….
그러니 말해주세요. 제발요."

"미안해, 니안. 진짜 말 못 해. 하지만 네가 원한다면 네 엄마에게
혹시 따로 만날 의향이 있는지 물어봐 줄 순 있어."

실망한 니안의 간절한 눈동자가 이번엔 멜드린을 향했다.

"선생님은요? 저희 엄마가 어디에 계시는지 선생님도 모르게
요? 찾아가지 않을게요. 편지도 보내지 않을게요. 그냥 어디에 있
는지…… 어떻게 살고 계신지만 알려주세요."

멜드린은 난감한 표정으로 루이스를 올려다보았다.

루이스가 절대 말하면 안 된다고 눈빛으로 경고하고 있었다. 멜

드린의 부드러운 헤이즐넛 색 눈동자가 안타까운 빛을 띠고 니안을 향했다. 그는 더없이 푸근한 목소리로 니안을 달래려 노력했다.

"니안, 일단 네 엄마에게 물어보고 결정하는 게 좋겠다. 엄마가 너한테 자기 행방을 알리지 말라고 했을 때는 분명 뭔가 이유가 있지 않겠니? 조금 있으면 너도 성인이니 엄마 입장을 조금만 이해해드리자. 일어나렴. 내가 방으로 데려다줄 테니."

니안은 멜드린에게 의지해 자신의 방으로 돌아왔다.

그 뒤를 데니펫이 쪼르르 따랐다. 뭐가 어떻게 된 건지, 어떻게 반응해야 할지 판단이 서질 않았다. 갑자기 너무 많은 생각이 떠올라 정리가 되지 않았다.

멜드린은 니안을 침대에 앉히곤 그 앞에 무릎을 꿇고 앉았다.

"미안하다 니안. 그리고 너무나 고맙고. 생각해보니 너한테 단 한 번도 제대로 고맙다는 인사를 한 적이 없구나. 네가 아니었다면 데릭도, 루이스도 그날 밤 눈보라에 밖에서 얼어 죽었을 거야. 그리고 네가 아니었다면, 데릭이 그렇게 좋은 교육을 받고 자라지도 못했을 거고. 너한테 좀 더 신경 쓰지 못한 나를 용서하렴. 그리고 루이스는…… 고집과 자존심이 세서 아마 너한테 더 살갑게 대하지 못했을 거야."

니안은 아무 말도 하지 않았다. 그저 측은하게 뜬 눈으로 멜드린의 헤이즐넛 눈동자를 멍하니 바라볼 뿐이었다.

"우리가 하는 이야기를 들었으면…… 데릭에 관한 것도 들었니?"

"네……."

니안이 힘겹게 대답했다.

"헤이드 오스왈드 멜롯. 그게 데릭의 원래 이름이다. 전 황제인
빌카인 3세의 적통. 반란의 밤에 도망친 황태자. 그 얘기를 미리
하지 못한 건, 혹시라도 데릭이 위험해질까 봐서였다. 더불어 너
도…… 차라리 모르는 편이 데릭도 너도 더 안전할 거라고 생각했
어. 남매로 자라야 하는 둘인데, 그래야 서로를 더 편하게 대할 수
도 있을 테고."

"엄마는, 아니 루이스는…… 그럼 그 돈 때문에 여태 절 길러주
신 거였어요?"

니안의 연녹색 눈동자가 아프게 흔들렸다. 멜드린의 심장도 찌
릿하게 저려왔다.

"난…… 꼭 그렇게만은 생각하지 않는다."

"데릭은요? 데릭도 이 사실을 알고 있는 거죠?"

"데릭은……."

그는 꿀꺽 침을 삼켰다. 그 자신도 아직 데릭의 심경을 제대로
듣지 못했다. 그가 어떤 생각을 하고 있는지, 실제로 이 사실을 알
고 있었는지…… 아직은 그저 추측만 할 수 있을 뿐.

니안이 속삭이듯 조그맣게 조그맣게 말했다.

"난 오빠가…… 어떤 이유나 조건 없이 순수하게 날 좋아한다

고 생각했어요. 그런데 결국, 죄책감이었네요. 그래서 잘해줬던 거 였어."

"그건 데릭에게 직접 들어야 할 내용이겠구나. 하지만 그것도 난 너와 생각이 다르다."

"선생님은요? 선생님은 절 어떻게 바라보고 계셨어요? 그냥 진짜 가족들에게 버림받은 불쌍한 아이요? 아니면 엄마가 데리고 있어서 어쩔 수 없이 돌봐야 하는 아이?"

니안이 몹시도 슬픈 눈으로 물었다. 멜드린은 침대 위로 올라와 니안의 옆에 앉았다.

"니안······."

니안의 이름을 부르는 목소리가 무척 따뜻하고 포근했다. 그는 니안의 머리를 잡아당겨 제 가슴에 묻었다.

"넌 정말 사랑스러운 아이란다. 너도 데릭도 나한테는 똑같아. 둘 다 내 자식처럼 아끼고 사랑하고 있어. 내게 경제적 능력이 조금만 더 있었어도 이런 일이 벌어지지는 않았을 텐데. 나 역시 후원자가 있다는 말에 너무 안일하게 생각했구나. 너희들을 자식처럼 아낀다면서 단 한 번도 진짜 아빠처럼 경제적으로 책임지려 하지 않았잖니."

"······."

"그래서 루이스가 더 그랬는지도 모르겠다. 어린아이 둘을 키우며 그녀 혼자 밖에서 벌 수 있는 돈이란 얼마 되질 않았을 테니까.

맡은 바 사명에 따라 데릭은 잘 키워야겠고, 너희는 둘 다 어려서 손이 많이 갔을 거고……. 그녀 역시 아이를 길러본 적이 없지 않았겠니. 서투른 것도 어쩔 수 없었겠지. 결국 잘한 일은 아니지만 자기도 어쩔 줄 몰라서 네 양육비에 대해서는 특히 함구하고 있었을지도 모르겠구나."

"그랬겠죠……."

니안이 고개를 주억거렸다.

"하지만 조금만 다르게 생각해보렴. 너 역시 루이스가 없었다면 그 겨울 통나무집에서 어떻게 됐을지……. 너와 루이스, 데릭은 서로가 서로에게 목숨을 빚진 거란다. 넌 그 목숨값을 너희 엄마의 돈으로 치렀고, 루이스는 널 키우는 것으로 치렀다고 생각하면 둘 다 서로 이해할 수 있지 않을까."

니안도 잘 알고 있었다. 루이스가 아니었다면 그 통나무집에서 죽었을 거라는 걸. 데릭이 아니었다면…… 할머니를 묻으러 나갔을 때 늑대에게 물려 죽었을 거라는 것도…….

멜드린이 말을 이었다.

"내가 한 가지는 확실하게 보장할 수 있다. 루이스는 절대 널 미워하지 않아. 그저 루이스 성격상 약한 감정을 드러내 보이는 걸 꺼려서 그렇지. 자기 사명이라고 생각하는 데릭만큼은 아니더라도 자기 자신보다는 너를 훨씬 더 아낄 거다. 그건 내가 보장해."

그가 니안을 꼭 끌어안았다.

"오, 니안. 넌 정말 충분히 사랑받을 만큼 착하고 예쁜 아이야. 게다가 현명하고 지혜롭기도 하지. 그러니 이런 사실을 알게 되었다고 해서 네 가치를 의심하진 말렴. 넌 정말 소중한 사람이란다."

그의 위로가 너무도 따뜻해 니안은 다시 눈물이 쏟아질 것만 같았다. 멜드린이 니안을 바라보며 자상하게 말을 이었다.

"니안, 난 내려가서 루이스와 이 일에 관한 이야기를 마무리 지어야겠다. 아까처럼 조금 시끄러운 소리가 나더라도 이해하렴."

멜드린은 니안의 이마에 키스한 후 자리에서 일어나 방을 나갔다.

데니펫이 니안을 위로하려는 듯 무릎 위로 포르르 뛰어 올라와 애교를 부려 댔다. 니안은 데니펫의 기다란 몸통을 손가락으로 훑으며 중얼거렸다.

"데니펫, 오빠도 정말 알고 있었을까? 엄마가 보내준 돈으로 우리가 살아왔다는 사실을……. 멜드린 선생님은 아니라고 했지만 결국 루이스도 데릭도 돈 때문에 나와 함께 살아온 건 아닐까? 백번 양보해 루이스 엄마야 그렇다고 쳐도…… 오빠가 돈 때문에 미안해서 내게 잘해준 거라면 난…… 견딜 수 없을 것 같아."

결국, 또르르 눈물이 다시 흘러내렸다. 그까짓 돈쯤은 아무래도 좋았다. 그보다는 사랑하는 사람들의 진심이 더 중요했다. 자신을 떠난 친엄마, 새엄마가 된 루이스, 멜드린 선생님, 그리고 데릭.

"데릭이 황족이었다니…… 왕자였다니……."

루이스가 자신을 왜 그렇게 못마땅해했는지 조금은 이해가 됐다.

아까 루이스의 말처럼 원래 신분대로라면 지방 귀족 가문에서 조차 쫓겨난 자신 같은 사람은 평생 가도 그의 얼굴조차 보기 힘들었을 것이다.

그때는 어려서 몰랐는데 이제 와 생각해보니, 오스만 황제가 등극했던 시점이 데릭과 루이스가 통나무집에 온 즈음이었다.

당시 황실에서 황제를 모시던 루이스의 눈에 자신은 얼마나 하찮게 보였을까? 그런 귀한 신분의 사람과 남매로 엮인 것도 모자라 격 없이 지내는 걸 보고 얼마나 한심했을까?

돈과 신분 세탁의 문제만 아니었으면 그날 밤 루이스는 자신을 버리고 갔을지도 모를 일이었다. 바델의 시신을 묻어주려는 노력 따위도 하지 않았을지도 몰랐다. 결과적으론 늑대들 때문에 숲에 내다 버리고 온 꼴이 되고 말았지만…….

한편 멜드린이 루이스의 방으로 돌아가면서 둘의 설전은 다시 시작됐다. 니안의 양육비 처분에 대해 멜드린의 비난이 맹렬히 이어졌고, 참지 못한 루이스가 급기야 소리를 지르고 말았다.

"내가 그때 니안을 죽이지 않은 것만 해도 다행인 줄 알아요!"

말문이 막혀버린 멜드린의 얼굴이 하얗게 질려버렸다.

"당신 지금 그 말은…… 절대 하지 말아야 할 소리였어, 루이스!"

멜드린의 목소리가 낮게 떨렸다.

"왜요? 그럼 내가 아무런 대가도 없이 니안을 거뒀어야 한다고 말하고 있는 거예요? 하아, 멜드린. 철없는 소리 하지 말아요. 도대체 당신이 뭘 알아?"

"난 그래도 당신이 속마음만큼은 따뜻한 사람이라고 믿었어. 겉으로 표현만 못 할 뿐이지. 실제 마음속은 그렇지 않다고."

"마음이 따뜻하니까 여태 니안을 키웠죠! 내 코가 석 자인데 누가 남의 자식을 거둬 키워요? 어차피 니안 엄마는 니안을 보러 오지도 못하는데 내가 그 앨 죽이고 돈만 타낸다 한들 누가 알겠어요?"

멜드린이 엄한 목소리로 단호하게 말했다.

"그만해, 루이스! 당신 지금 선을 넘었어!"

"선을 먼저 넘은 건 당신이에요! 내가 여태 그 애를 어떤 마음으로 키웠는데 그까짓 양육비 좀 비싸게 받았다고 날 비난해요?"

멜드린은 좌절한 표정으로 머리를 감싸 쥐며 의자에 털썩 주저앉았다.

"니안을 데리고 나가겠어."

움찔. 루이스의 어깨가 미세하게 떨렸다.

차마 멜드린에게서 나온 말이라는 게 믿어지지 않았다. 심장도 덜컹거렸다. 하지만 루이스는 그에게 한 수 접는 대신 팔짱을 끼며 오만하게 고개를 쳐들었다.

"흥. 갈 데나 있고?"

"일주일!"

멜드린이 비장한 눈빛으로 루이스의 얼어붙은 얼굴을 응시했다.

"딱 일주일만 기다려. 일주일 후에 데리러 올 테니까. 데릭한테도 내가 말할게. 그래야 걱정을 덜 할 테니."

그러고는 그대로 의자에서 일어나 2층으로 올라갔다.

그사이 니안은 잠옷을 벗고 평상복으로 갈아입은 상태였다.

여전히 아래층에서 나는 시끄러운 소리 때문에 나가지도 못한 채 침대에 걸터앉아 속만 끓이는 중이었다.

"니안."

멜드린이 부드럽게 니안을 불렀다.

"엄마와 이야기를 해 봤는데 아무래도 이견을 좁히기는 힘들 것 같구나. 내가 잠깐 나가 있어야겠다."

"네?"

니안의 초록 눈동자가 놀라서 커다랗게 떠졌다. 그러자 멜드린이 더욱 부드러운 목소리로 니안을 달랬다.

"아, 너무 불안해하지는 말아라. 일주일 후에 데리러 올 테니까. 그때엔 지금과는 조금 다른 환경을 제공해줄 수 있도록 노력하마."

그렇게 멜드린은 집을 나가버렸다.

그게 전날인 목요일 오전의 일이었다.

이후 집에 남은 니안과 루이스 사이에는 쉽게 넘을 수 없는 싸늘한 장벽이 생겨버렸다. 원래도 대화가 많지는 않았지만, 니안이 전처럼 애써 상냥하게 말을 붙이거나 농담을 하지 않게 되자 거의 대화 자체가 없어지게 되었다.

식탁에 마주 앉은 둘 사이에 무거운 정적이 흐르고 있었다.

니안은 여전히 마음이 괴로웠다. 루이스가 자신의 양육비를 데릭에게 모두 써버렸기 때문은 아니었다.

니안에게 필요한 것은 확신이었다. 루이스가 자신을 진짜 가족으로 여기고 있다는 확신. 사랑하기까진 바라지도 않았다. 돈 때문에 자신과 함께 살기 시작했다 하더라도, 이젠 자기를 가족으로서 어느 정도는 아끼고 있지 않을까 하는 기대와 확신.

"엄마……."

니안이 마지못해 입술을 뗐다. 바느질하던 루이스의 손이 멈췄다. 이전과 다름없는 무감한 눈빛이 니안을 향했다.

"처음부터 저한테 들어오는 양육비가 있다는 걸 알았어도 전 기꺼이 오빠를 위해 다 내놓았을 거예요."

한동안 빤히 니안을 바라보던 루이스가 바느질감으로 시선을 내리며 담담하게 말했다.

"알아."

"돈 때문에 절 거두게 되셨다 해도 원망하진 않아요. 당연히 그럴 수 있다고 생각해요."

"다행이구나."

다시금 정적이 흘렀다. 루이스는 바느질에 집중했다. 그 모습을 바라보며 한참을 주저하던 니안이 결심한 듯 단호한 얼굴로 물었다.

"절 사랑하세요?"

루이스의 손이 다시 멈췄다. 묘한 빛을 띤 그녀의 눈동자가 니안의 얼굴을 향했다.

"미워한 적은 없다."

"아뇨…… 그건 맞지 않는 대답이에요. 절 미워하냐고 물은 게 아니잖아요. 절 사랑하시냐고 물었어요."

"내가 그래야 하니?"

니안의 얼굴이 발갛게 상기되었다.

"아니요……."

그 대답에 아무 일 없었다는 듯 루이스가 고개를 숙이고 바느질을 시작했다. 안타깝게 그 모습을 바라보던 니안이 작게 속삭였다.

"하지만……."

루이스의 고개가 다시 들렸다.

"제…… 엄마시잖아요."

"……."

"오빠랑 똑같이 대해 달라는 뜻은 아녜요. 그냥…… 조금의 진

424

심이라도…… 저한테 품고 계셨으면 했어요."

니안의 목소리가 작아졌다. 고개도 숙여졌다. 마지막 희망마저 산산이 사라지는 듯해 가슴이 몹시도 아팠다.

루이스가 손을 멈추고 그런 니안을 뚫어지라 응시했다. 감정을 지운 목소리가 그녀의 입술 사이로 느리고도 단호하게 흘러나왔다.

"이제 너도 알게 됐듯이 난 왕자의 유모다. 내게 자식이 있었대도 왕자보다 우선할 수는 없어."

"네……."

니안의 목소리는 부쩍 풀이 죽었다.

그런 니안을 여전히 뜻 모를 눈빛으로 바라보던 루이스가 차마 지우지 못한 감정을 담은 듯한 목소리로 한참 만에 말을 이었다.

"그렇다고…… 내 친자식이……."

똑똑.

갑작스레 들려온 문 두드리는 소리에 루이스의 말이 끊기고 말았다. 니안은 고개를 들어 루이스를 바라봤다.

마주친 루이스의 눈빛에 담긴 심경이 몹시도 복잡해 보였다.

니안이 문을 열기 위해 자리에서 일어서려고 하자 루이스가 손을 저어 보였다.

그대로 앉아 있으라는 신호였다.

'나갑니다.' 하고 문가를 향해 소리를 지른 후 루이스는 문 앞에

섰다. 경계하며 살짝 연 문틈으로 유니폼을 입고 있는 배달부가 보였다. 우편물이 온 것이 틀림없었다.

안심한 루이스가 문의 빗장을 완전히 풀고는 물었다.

"뭐죠?"

"니안 페르난디 르윈느 양 집에 계신가요?"

반쯤 열린 문 사이로 루이스의 어깨너머를 흘긋거리며 배달부가 물었다. 그게 살짝 신경에 거슬려 루이스의 미간에 못마땅한 주름이 잡혔다.

"그건 아실 것 없고요. 어쨌든 니안의 집은 맞습니다. 뭐 배달 온 거라도 있나요?"

목소리가 경계의 빛을 띠자 배달부가 활짝 미소를 지어 보였다.

그러곤 무언가를 꺼내려는 듯 가슴 안쪽에 손을 넣었다.

"아, 네. 니안 양 앞으로 도착한 우편물이 있어서요."

미적미적 몸 안쪽을 뒤적이던 남자의 손이 갑자기 확 튀어나왔다.

탁, 쿵!

위험을 감지한 루이스의 반사 신경이 재빨리 열었던 문을 닫았다. 하지만, 남자의 왼쪽 팔꿈치가 닫히려는 문을 막는 바람에 문은 완전히 닫히지 못했다.

몸 안쪽을 뒤적이던 그의 오른손엔 단도가 쥐여 있었고, 날카로운 칼끝이 나무문에 꽂혔다.

루이스는 그대로 문을 닫으려고 필사적으로 밀었다. 하지만 배달부는 오히려 그 힘을 지지대로 삼아 문에 꽂힌 단도를 뽑아냈다.

"어서! 어서 2층으로 올라가, 니안!"

루이스의 다급한 외침에 니안이 자리에서 벌떡 일어났다.

"엄마!"

"아아, 니안…… 아아…… 도저히……."

니안이 빨리 2층으로 가주면 좋으련만.

놀란 니안은 오히려 루이스를 도우려 문으로 다가오려 했다.

루이스는 남자의 완력을 막아내는 데 한계를 느꼈다. 문밖의 남자가 문을 발로 차려고 살짝 힘을 뒤로 물릴 때, 루이스는 냅다 문에서 떨어져 나와 니안의 손목을 낚아챘다.

-2권에서 계속-

# 붉은 꽃 페르난디 1

**초판 1쇄 인쇄** 2019년 3월 5일 **초판 1쇄 발행** 2019년 3월 12일

**지은이** 월강
**펴낸이** 연준혁

**웹소설사업분사 이사** 정은선
**책임편집** 오가진 **디자인** 조은덕

**펴낸곳** (주)위즈덤하우스미디어그룹 **출판등록** 2000년 5월 23일 제13-1071호
**주소** 경기도 고양시 일산동구 정발산로 43-20 센트럴프라자 6층
**전화** 031-936-4000 **팩스** 031-903-3893
**홈페이지** www.wisdomhouse.co.kr

값 12,800원
ISBN 979-11-89709-76-1 04810
　　　979-11-89709-75-4 (세트)

•이 도서의 국립중앙도서관 출판예정도서목록(CIP)은 서지정보유통지원시스템 홈페이지(http://
　seoji.nl.go.kr)와 국가자료종합목록시스템(http://www.nl.go.kr/kolisnet)에서 이용하실 수 있습니
　다. (CIP제어번호 : CIP2019005729)